ANFARWOL

neu

*Diflaniad
Theophilus Cibber*

I Seiriol

CYNNWYS

Prolog	7
Yr Act Gyntaf	9
Yr Ail Act	43
Y Drydedd Act	91
Y Bedwaredd Act	157
Y Bumed Act	213
Epilog	280
Nodyn hanesyddol	283

PROLOG

Cefais fy ngeni mewn storm ac mi ddiflannais mewn storm. Hwyrach mai yn nwylo'r ddrycin oeddwn i erioed.

Fy enw yw Theophilus Cibber. Nid yw'r enw hwnnw'n cael ei gofio bellach, ond unwaith roedd ar dafodau ledled y wlad. Roeddwn i o bwys, unwaith – ond mae peth amser wedi pasio ers hynny.

A allwch chi amgyffred sut oedd hi i fyw yn yr oes gythryblus honno, cyn i'r awyr las droi'n llwyd, cyn i'ch diwylliant segura? Pan oedd y byd yn wacach a'r Hud Anfeidrol heb lifo eto i bob ban ohono? Ai dyna pryd oedd gwawr eich Cymru, ynteu ei machlud?

Yr ydym oll yn dechrau mewn tywyllwch ac yn symud tua'r golau, yn addoli'r golau, oherwydd yn y golau ceir gwirionedd, ac yn y gwirionedd, dysg. Ond os mai pwrpas bywyd yw dysgu, pam mae eich bywydau mor fyr?

Do, cefais fy ngeni mewn storm ac mi ddiflannais mewn storm. Ond nid am y cyfnod rhwng y ddau ddigwyddiad hwnnw y mae'r stori hon. Stori am beth ddigwyddodd *wedyn* yw hi.

Cyfyd y llen…

YR ACT GYNTAF

I

Rydw i'n actor. Gwir, cefais lawer o wahanol swyddi a dyletswyddau yn ystod fy mywyd ac rydw i wedi meistroli peth wmbreth o feysydd, ond, ym mêr fy esgyrn, actor ydw i.

Pan oedd fy ngyrfa yn blodeuo, eisteddai'r George cyntaf ar orsedd Prydain ac Walpole oedd Arglwydd y Trysorlys. Nid mod i wedi poeni erioed am wleidyddiaeth, gan mai ar brennau'r llwyfan ac yn rhu'r dorf y mae ystyr bywyd ac nid yn siambrau brenhinoedd neu goridorau'r llywodraeth. Yn Drury Lane y cefais fy mhrentisiaeth, nid yn Gray's Inn.

Dilynais drywydd fy nhad, Colley Cibber, a oedd yn ei gyfnod yn actor, awdur a *maestro* (am gyfnod) y Drury. Enillodd yntau rywfaint o boblogrwydd drwy ei ddramâu. Mae ei gomedïau – *Love's Last Shift*, *The Careless Husband*, ac ati – yn angof erbyn hyn ond profasant beth sylw yn eu dydd. Roedd yn gomedïwr digon dawnus, mae'n siŵr; pan oeddwn i'n blentyn, roedd pobl byth a hefyd, er enghraifft, yn mynnu dweud wrthyf gymaint roedden nhw wedi mwynhau ei Lord Foppington (er i mi, wrth gwrs, wneud gwell cynnig ar yr un cymeriad yn ddiweddarach). Rydw i'n cofio treulio oriau maith yn y *wings* yn ei wylio wrth ei waith. Cofiaf arogl y paent olew, dwndwr y setiau wrth iddyn nhw gael eu llusgo i'w lle, golau crynedig y canhwyllau yn y *girandoles*...

Ond ddysgais i ddim oddi wrth fy nhad. Heblaw am ei

glownio, doedd o ddim yn actor gwerth ei halen. Roedd ei ddramâu yn plesio'r seddi gwyrddion, ond doedd dim *celfyddyd* ynddyn nhw, dim ond ffwlbri. Efallai wir iddo fod yn *poet laureate*, ond cytunaf â Johnson mai ffars oedd bod fy nhad wedi ennill y fraint honno. Dylai fod wedi canolbwyntio ar reoli ei theatr, yn lle fy ngadael innau yn waglaw un diwrnod...

Nid ydw i'n beio fy nhad. Nid pawb sy'n cael ei eni gyda'r addewid i fod yn artist.

Yn ystod Storm Fawr 1703, wrth i wynt a glaw fflangellu pobman, deuthum innau i'r byd. Ystyr Theophilus yw 'mae Duw yn fy ngharu'. Pan oeddwn i'n arfer credu yn Nuw, roeddwn i'n meddwl ei fod O wedi defnyddio'i storm i waredu'r byd o bobl anhaeddiannol er mwyn gwneud lle i mi. Ers pan oeddwn i'n ddim o beth, dywedai fy mam mai actor fyddwn i. Y byddwn i'n llenwi'r byd gyda'm llais. Y byddwn i'n gwneud hwn yn fyd gwell i bawb arall.

Does neb yn fy nghofio i erbyn heddiw. Bai Mathonwy yw hynny. Ond ar fy anterth roedd cynulleidfaoedd wrth eu boddau gyda mi. A'r fath gymeriadau fu i mi ddod â nhw'n fyw ar y llwyfan! Pistol, Ptolemy, Philander, Capten Bellamant, Melissander, Looby Headpiece, Squire Chip... Trawsffurfiais fy hun i mewn i bob un ohonynt gyda dim mwy na thipyn o golur, het gyda phluen, a fy mherfformiad. Gallwn godi fy llais nes y byddai pobl yn y stryd nesaf yn ei glywed. Nid dim ond sŵn fy llais oedd yn adnabyddus, ond y ffaith mod i'n tywallt fy holl enaid i mewn i'r llais hwnnw, bob gair, bob sillaf. Ar ddiwedd ambell sioe byddwn mewn poen, cymaint oeddwn i wedi llwyr ymroi i'r perfformiad. Byddwn i wedi actio nes bod fy wyneb yn brifo. Nid oedd unrhyw un o'r actorion eraill fel hynny. Nid oedd ganddynt yr ymroddiad – na'r gallu. Dyna pam roeddwn i'n gwybod mai'r llwyfan oedd fy nghartref i, ond hefyd, yn y man, mai fi fyddai'r actor enwocaf yn y wlad.

Ond nid pawb sydd yn gwerthfawrogi talent.

Mae rhedeg theatr yn gêm ddrud a dyw actor ddim yn cael cyflog haeddiannol am ei aberth. Heblaw am hynny, er mwyn byw bywyd yn llawn, roedd angen gwario'n nosweithiol ar y byrddau cardiau, ar y claret, ar y merched. Fel glaslanc roeddwn i'n mwynhau cwmni Wharton ac eraill fel y fo, ac mae bywyd y *rake* yn fywyd drudfawr. Byddwn wedi gwneud mwy o elw wrth losgi papurau punt. Felly roedd yn rhaid i mi wneud arian *ryw* ffordd.

Fel y dwedais, ychydig sydd ar ôl ohonof ar dudalennau hanes, ond, pe byddech chi'n turio'n ddigon dwfn ac yn dyfalbarhau, mae'n siŵr y byddech chi'n dod ar draws fy enw yn gysylltiedig â'r sefyllfa anffodus honno gyda fy ngwraig a John Sloper. Jadan dwyllodrus oedd Susannah Maria erioed, yn meddwl mwy am ei pherfformiad nesaf nag am ein gwely priodasol. Peth anodd yw cydweithio gyda'ch gwraig, ac roeddwn i'n dyheu am adael y theatr ar ddiwedd pob sioe er mwyn osgoi ei llygaid dilornus a'i llais piwis. Aeth yr hwrdai a'r clybiau yn fwy a mwy o hafan i mi rhag oerfel ei chwmni nosweithiol. Dyna pryd y llithrodd Sloper i'n bywyd.

Roedd hi'n amlwg eu bod nhw'n cysgu gyda'i gilydd. Doedd ddim hyd yn oed angen i mi ofyn iddi: roedd ei dwylo drosto pryd bynnag y gwelwn i nhw. Deuai Sloper yn ddyddiol bron i'w gwylio ar y llwyfan a glafoerio drosti, ac i frasgamu i mewn i'r *green room* ar adegau er mwyn sgwrsio'n benodol gyda hi. Er ei bod hi wedi heneiddio'n fuan ac yn wael ar ôl i ni briodi, ddywedwn i, roedd hi'n gallu gwisgo digon o golur i'w hudo fo fel yr hudodd hi lawer o gynulleidfaoedd oriog. Agorodd ei choesau i John Sloper – ac mi gyhuddais hi o hynny un noson.

'Rwyt ti wedi meddwi gormod,' atebodd y jesebel.

'Dydw i ddim,' meddwn innau, 'wedi meddwi digon! Ble ddiawl mae Sloper? Yn dy wely di?'

'Dydw i heb ei weld o heno.'

Celwydd! Gallwn weld y celwydd yn y modd roedd ei dwylo'n plethu yn ei chôl a'i llygaid tywyll yn edrych i ffwrdd.

'Mae o yma, on'd ydi?' Rydw i'n meddwl fy mod i'n bloeddio erbyn hynny. Yn brifo fy nghlustiau fy hun. Dyma fi'n dechrau gweiddi enw'r diawl. 'Sloper! Sloper! Tyrd allan, y *blackguard*, a gad i mi roi cweir i ti!'

'Nid ydi o yma,' meddai Susannah. Dyna *fyddai* hi'n ei ddweud, yntê?

Roeddwn i'n brasgamu wedyn i fyny'r grisiau gan weiddi, 'Sloper, y cnaf iti!' eto ac eto. Chwiliais amdano yn wyllt.

Nid oedd Sloper yn y gwely.

Nid oedd yn y *boudoir*.

Ond mi *oedd* o yn y cwpwrdd.

Dyma fi'n bytheirio arno yntau ac ar fy ngwraig am hydoedd, ac nid oes dim gwaeth na chael actor mawr candryll yn rhestru eich camweddau wrthych. Erbyn y diwedd (os cofiaf yn iawn) roedd Susannah'n wylo ac roedd Sloper ar ei liniau, ei wyneb yn wyn, yn ymbil am fy maddeuant; minnau yn sefyll uwch eu pennau, fy nwrn yn melltithio'r nenfwd a'm llygaid fel rhai Moses gerbron y Ffaro.

Ond wedyn, ar ôl i mi ddadebru, dyma fi'n sylweddoli bod yma gyfle. I Uffern â fy ngwraig: câi hithau lapswchan gyda'r gwehilyn hwn os mynnai hi – cyn belled â bod neb arall yn gwybod. Roedd dwsinau o ferched eraill prydferthach o amgylch Llundain a oedd y funud honno'n cynhesu eu gwlâu ar fy nghyfer i – *dwsinau* – felly doedd hi'n fawr o golled. Ac roedd John Sloper yn sgweier cyfoethog...

Chwarae teg i'r diawl, mi ariannodd y sofrenni a ddaeth o'i gwdyn nifer o ddramâu gan James Miller a oedd yn lled lwyddiannus – gennyf i roedd y rolau gorau ynddynt – ac roedd yn rhaid i mi chwerthin wrth ddychmygu wyneb y duwiol Miller pe gwyddai fod breindal cnychu'r ddau yna wedi talu am lwyfannu ei *Universal Passion*!

Am wn i bod pob dyn – hyd yn oed y goreuon – yn gwneud camgymeriadau o bryd i'w gilydd. Fy nghamgymeriad i oedd meddwl y byddai Susannah a Sloper yn gallu cadw'r gyfrinach, er mwyn i'w arian yntau lifo'n selog i mewn i fy nghoffor, iddynt hwythau allu diwallu eu dyheadau anifeilaidd, ac i minnau gael y rhyddid i redeg y Drury – a'm chwiwiau eraill – yn fy modd fy hun.

Ond nid oedd Susannah a Sloper, ysywaeth, yn gallu cadw'r gyfrinach. Aethant allan beunydd yn ddigywilydd, fraich ym mraich, yn rhannu cusanau cyhoeddus. Roedd y siopau coffi'n fwrlwm o siarad amdanynt o fewn misoedd. Dechreuodd pobl glebran amdanaf i. Meddyliwch – fy enw da *innau*'n cael ei faeddu fel hyn! Nid oedd fel pe bai gan Susannah un gronyn o gywilydd ei bod yn fy ngwneud yn gwcwallt yn llygad y wlad. O, wraig ffug! Hi'r fenyw fwyaf anffyddlon, cyfrwys a diddiolch i styrbio calon dyn truenus erioed!

Nawr, fy marn i bryd hynny – a barn y rhelyw o wybodusion cyfreithiol – oedd bod arian y wraig yn berchen i'w gŵr. Gorfododd Susannah fi, cyn ein priodas, i arwyddo dogfen oedd yn caniatáu iddi gadw ei holl enillion pan oedden ni'n briod. Nid oeddwn i'n gwrthwynebu rhoi fy llofnod ar y fath beth ar y pryd, gan i mi gymryd yn ganiataol y byddai Susannah'n rhoi'r gorau i actio ar ôl cael plant. Ond wnaeth hi ddim. Yn fwy na hynny, roedd hi'n ennill arian da (mwy nag yr haeddai) – ac nid elai yr un ddimai goch ohono i fy mhocedi i, ei gŵr yng ngolwg Duw! Teimlwn yn gryf nad oedd hynny'n iawn.

Wrth gwrs, pan ddysgodd y sguthan lle roedd ei henillion hi wedi bod yn mynd (roedd gennyf filiau i'w talu), aeth pethau'n waeth rhyngon ni. Yng nghartref John Sloper ac nid fy nhŷ i y treuliodd Susannah ei hamser wedi hynny.

Cynllwyniais i adennill fy ngwraig. Wnes i ddim, mae'n rhaid i mi gyfaddef nawr, ymddwyn mewn ffordd a oedd yn weddus i ŵr bonheddig. Fe'i llusgais allan o'i thŷ un noson at ble roedd y ceffyl a'r wagen yn disgwyl. Wrth i mi geisio dianc gyda hi, rhuthrodd Sloper allan yn ei ddillad isaf gan bwyntio pistol aton ni. Ni chafodd neb eu brifo, ond rydw i'n cydnabod fod yr antur wedi bod yn llanast braidd.

Er hyn i gyd, nid oedd y *creditors* yn gollwng eu gafael ynof. Ni wnaeth mynd i Ffrainc, hyd yn oed, fy nghadw'n ddiogel rhag eu crafangau. Dim ond un dewis oedd amdani felly: troi'r byrddau ar y ddau afradlon.

Oherwydd mae rhedeg theatr *yn* gêm ddrud.

Roeddwn i'n ffyddiog y byddai dynion y jiwri yn fy nghoelio (fi, Theophilus Cibber, yr actor o fri a oedd yn gwasanaethu eu cymdeithas drwy ddarparu adloniant cyson o safon iddynt). Yn yr achos llys cyflwynais leng o lygad-dystion a dyngodd, ar eu llw, eu bod wedi gweld Susannah yn mynd tu ôl i fy nghefn – ac ar ei chefn – gyda John Sloper. Roedd y papurau newydd wrth eu boddau yn dysgu am anfadrwydd f'annwyl briod ac roeddwn i wrth fy modd bod y newyddion yn fy mhortreadu fel yr arwr trasig yn hyn oll. Datganais wrth yr ynadon, yn llawn angerdd, fod dysgu am yr amarch carwriaethol hwn wedi peri niwed eithriadol i fy iechyd, niwed a oedd yn werth o leiaf pum mil mewn *damages*.

Ond pwy all ennill yn erbyn y nobs? Huriodd Sloper y cownsil drytaf a oedd ar gael, a bu'n rhaid i mi eistedd yno yn clywed y piffian a'r sïon o'r galeri wrth i gyfreithiwr wynepgoch dreulio awr gyfan yn pardduo fy enw.

Decpunt enillais i.

Roedd beth ddwedodd George Chapman yn gywir. Mul ydi'r Gyfraith.

Bu farw fy nhad yn 1757, ychydig ddyddiau cyn y Nadolig. Erbyn hynny roedd Susannah wedi fy ngadael ('am byth', chwedl hithau) ac roedd cynulleidfaoedd anwadal wedi rhoi eu sylw iddi unwaith eto. Bryd hynny dylsai fy seren i fod yn ei hanterth, ond ar Susannah a'r llipryn Garrick yr oedd llygaid pawb. Cefais ambell job actio ond doedd fy nhalent yn dal ddim yn cael ei gwerthfawrogi. Cael fy ngwatwar gan Pope yn ei *Dunciad* oedd y sarhad olaf. Nid oedd Lloegr yn fy haeddu.

Fel y dwedais, roedd actio yn fy ngwaed ac yn rhoi modd i fyw i mi. Yn wir, pan nad oeddwn ar lwyfan, teimlwn bwl o hiraeth. Allwn i ddim wynebu'r syniad o beidio bod yn actor. Actio oedd diben fy mywyd.

Dyma fi felly'n troi fy nhrem tuag at Iwerddon.

Roedd Thomas Sheridan, Gwyddel y bu i mi actio ag o rai blynyddoedd ynghynt, wedi ailgydio yn ei swydd fel rheolwr y Theatre Royal yn Nulyn. Roedd y theatr, meddai, yn ffynnu, ac roedd yn darogan llwyddiant mawr gyda'r ddrama nesaf. Anfonodd lythyr ataf yn fy ngwahodd yn bersonol i gymryd y brif ran. *'I have the perfect Role for you,'* ysgrifennodd Sheridan. *'I can, good Sir, make you Immortal!'*

Nid yw'n bosib trechu actor da yn llwyr. Gall oroesi unrhyw beth.

Dyna pam, ar fore'r unfed ar bymtheg o Hydref, 1758, y cyrhaeddais Gaergybi ar Ynys Môn, yn barod i fyrddio'r *Dublin Merchant* a hwylio i anfarwoldeb.

A dyna pryd y clywais i ei lais…

II

Nid oeddwn i wedi bod i Gaergybi cyn y diwrnod hwnnw yn 1758. Mae'r brif ffordd o Lundain i Ddulyn yn rhedeg drwyddi, wrth gwrs, ond nid oes theatr yn y rhan honno o'r deyrnas – byddent yn cynnal eu hadloniant yn y tafarndai a'r ysguboriau bryd hynny, a phrin fod unrhyw bobl o'r ardal erioed wedi gweld drama go-iawn – felly nid oedd rheswm i mi fynd ar gyfyl y dref. Cofiaf fy nhad yn sôn am Gaergybi unwaith, gan honni bod Swift ei hun yn casáu'r dref a'i galw'r 'lle gwaethaf yng Nghymru'. Nid oes rheswm gennyf i anghytuno â'r dyfarniad hwnnw.

Roeddwn i'n disgwyl dal y *Dublin Merchant* y diwrnod canlynol. Hwyliai'r llong honno yn rheolaidd o Park-gate yng Nglannau Merswy, gan basio drwy Gaergybi er mwyn llwytho a dadlwytho cargo a phobl, cyn mordwyo dros Fôr Iwerddon at borthladd Dulyn. Roedd Sheridan wedi prynu tocyn i mi, gan sicrhau caban y byddwn i'n ei rannu gyda dyn o'r enw Maddox.

Darfu i mi gyfarfod Maddox funudau ar ôl cyrraedd Caergybi, er nad o fwriad. Clywodd fy enw wrth i mi gyflwyno fy hun i'r gwas, a daeth yn eofn ataf ac ysgwyd fy llaw cyn i mi allu ymateb.

'Rydw i wedi clywed llawer amdanoch chi, syr, llawer!' meddai. Saesneg yr oedd yn ei siarad, wrth reswm, nid Cymraeg; ni fedrwn i mo'r Gymraeg ar y pryd chwaith.

'Dydw i ddim yn meddwl mod i wedi—'

'Maddox, Anthony Maddox, at eich gwasanaeth, annwyl syr!'

'O, ie, mi ddwedodd—'

'Sheridan? Dyna fo! Y *maestro*! Rydyn ni'n dau yn mynd i fod yn gyd-deithwyr ac, wedi hynny, yn gyd-*weithwyr*!' Chwarddodd yn rhadlon.

Edrychais arno o'i gorun i'w sawdl gan geisio cuddio'r dirmyg naturiol a deimlwn. Dyn bychan, tenau oedd Maddox, gyda bysedd merchetaidd ond â chyhyrau amlwg yn ei ysgwyddau a'i gluniau. Daliai ei hun yn syth fel procer ac roedd ei lygaid gleision yn pefrio i fyny ataf.

'Actor ydych chi felly, Mr Maddox?'

Chwarddodd eto. 'Nage, syr, nid actor. Nid fel y chwi, beth bynnag! Nage, ond yr *ydw* i yn berfformiwr fel y chwi.'

Choeliaf i fyth, meddyliais i.

Esboniodd, mewn manylder nad oeddwn i wedi gofyn amdano, mai 'dawnsiwr y gwifrau' ydoedd. Golygai hynny ei fod yn adlonni (os dyna'r gair) cynulleidfaoedd drwy sefyll ar wifren wedi ei hymestyn yn uchel rhwng dwy ysgol, gan wneud triciau ar y wifren heb iddo syrthio. Roedd y fath acrobatiaid yn gymharol anarferol ym Mhrydain bryd hynny, er eu bod yn boblogaidd ar y cyfandir ers achau; yn ddiweddarach daethant yn llawer mwy cyffredin, wrth gwrs. Wrth iddo ddisgrifio ei hun i mi, cefais frith atgof o glywed amdano – mae'n siŵr mod i wedi gweld poster yn hysbysebu ei giamocs, efallai mewn rhyw dalwrn ceiliogod dandi fel Sadler's Wells neu'i debyg.

'Rydw i mor falch,' byrlymodd Maddox, 'y byddwn ni'n gallu rhannu ein doniau gyda phobl dda dinas Dulyn! Rydw i'n siŵr eu bod nhw yn edrych mlaen at ein gweld.' Pwysodd yn anghyfforddus o agos ataf. 'Mae fy act i'n *celebrated*, syr! Cefais glod oddi wrth frenin Ffrainc ei hun! Meddyliwch!'

Hir oes i'r ffwlbart, meddyliais. Doedd gan y Ffrancwyr ddim syniad ynglŷn â phwy oedd yn haeddu cael ei ddathlu. Hwn? *Hwn?* Doedd o prin yn cyrraedd fy ysgwydd!

Allwn i ddim deall pam y byddai Sheridan wedi fy nghyplysu gyda'r fath adyn od, nac ychwaith pam y byddai ar neb eisiau dawnswyr gwifrau ac actorion o'm statws i ar yr un *bill*. Mae'n rhaid mai wedi camddeall oedd Maddox ac mai cynnig rhyw adloniant stryd fyddai ei swyddogaeth o, gan adael y perfformio safonol gyda'r nos i mi a'r actorion eraill.

'Tai waeth, chefais i fyth ddarganfod yr ateb y naill ffordd na'r llall.

Mynnodd Maddox y dylen ni frecwasta gyda'n gilydd, ond gwrthodais gyda phob gewyn yn fy nghorff. Euthum i'r ystafell roeddwn i wedi ei llogi yng ngwesty'r Eagle and Child, gan fwriadu aros tan y deuai'r signal fod y *Merchant* wedi cyrraedd a'i bod hi'n barod i mi ei byrddio.

Pan oeddwn yn fy ystafell teimlais flinder aruthrol yn cydio ynof. Roeddwn i wedi bod yn eistedd ar y Goets Fawr o Lundain ers dyddiau lawer, wedi fy ngwasgu rhwng dau farsiandwr tew o Gaint oedd yn chwyrnu am yn ail wrth i'r milltiroedd dreiglo'n erchyll o araf heibio. Roedd hi'n Hydref cynnes ac roeddwn i'n chwys domen, llwch y ffordd yn haen dros fy nillad a 'nghroen. Golchais cyn bwyta brecwast hwyr yn fy ystafell; roedd y bwyd yn wael a'r gwin wedi suro.

Roedd bwrw i mewn i Maddox wedi suro fy hwyliau hefyd. Roeddwn wedi bwriadu mynd i ddarganfod strydoedd Caergybi a'r hyn a ddalient – er nad oedd y cip a gefais o ffenestr y Goets wedi fy llenwi â brwdfrydedd – ond roeddwn i'n drewi ac yn flinedig ac yn surbwch, felly yn lle hynny gorweddais ar y gwely cul a syrthio'n syth i gwsg swrth, anghysurus.

Wnaf i byth anghofio'r eiliad y deffrois. Roedd fel pe bai llais wedi sibrwd yn fy nghlust, gan ddweud gair neu eiriau nad oeddwn i'n eu deall ond a oedd yn rhybudd ac yn wahoddiad ar yr un pryd. Roeddwn i'n boeth; nid dim ond oherwydd y tywydd ond fel pe bawn i'n llosgi o'r tu mewn, fy anadl yn danbaid. Syrthiais allan o'r gwely'n wallgof, diosg fy nillad yn sydyn ac ymolchi eto yn nŵr llugoer y basn.

Breuddwyd oedd y llais, tybiais ar y pryd. Dim ond rhith wedi ei greu gan feddwl blinedig.

Wedi dadebru rywfaint, gadewais y gwesty – gan gadw llygad barcud ar gyfer unrhyw Faddoxys a oedd yn aros i'm cyfarch – a cheisio cael tonig o awyr iach. Ond nid oedd (ac nid oes) awyr iach i'w chael yng Nghaergybi. Roedd y doc yn agos iawn at y gwesty ac, er nad oedd mast y *Dublin Merchant* i'w weld eto, roedd llawer o longau a chychod eraill yno, gyda dynion yn prysuro'n chwyslyd i fyny ac i lawr y gangplanciau, yn gweiddi ar ei gilydd mewn ieithoedd nad oeddwn i'n eu deall. Roedd arogl tail ceffylau ar y stryd yn ymlid arogl jin o ryw gilfach gerllaw. Yn sydyn, allwn i ddim ymdopi â'r cyfuniad o synhwyrau. Er mod i'n frodor o Lundain, ac wedi hen arfer â threfi prysur, cefais deimlad o ysictod eithriadol y funud honno; felly, gan dynnu hances dros fy ngheg, prysurais i fyny'r bryn i ffwrdd o'r cei a thuag at ble gobeithiwn fod awyr las i'w gweld.

Chefais i ddim hyd i awyr las, ond cefais hyd i ardal fwy heddychlon ymhell o firi'r brif stryd. Cerddais yn fy mlaen, y tai o'm cwmpas yn prinhau wrth i mi fynd, nes i mi weld mod i ger rhyw draeth bychan lle roedd y llanw'n swrth a brown a'r glaswellt yn farw. Yr unig gwmni yma oedd cwpwl o bysgotwyr gwichiaid hyd at eu fferau yn y dŵr; roedden nhw'n denau fel sgerbydau. Edrychasant arnaf yn swta cyn troi i fy anwybyddu am byth.

Eisteddais ar graig a thynnu fy siaced. Roeddwn i'n dal yn boeth. Difethais fy hances sidan wrth dynnu'r gacen o lwch a chwys oddi ar fy nhalcen. Dwrdiais yr awyr yn ddiegni, gan ddiawlio bod y daith Goets a Chaergybi a Maddox a'r tywydd wedi difetha fy hwyliau da ar drothwy adfywiad fy mywyd proffesiynol. Mae cyflwr meddwl dyn yn gallu newid mewn fflach, megis lwc wrth y bwrdd chwist. Dyna fel oedd hi i mi. Ddiwrnod ynghynt, roeddwn i'n ysgafndroed ac yn dychmygu'r wynebau addolgar yn y gynulleidfa yn ddagreuol oherwydd fy nghampwaith diweddaraf. Nawr, roeddwn i'n swp blin yng nghornel gefn tref waethaf Cymru – yn ysu am ddim ond melltith ar yr holl rymoedd oedd wedi cydgynllwynio yn fy erbyn.

Anfarwoldeb. Dyna oedd Sheridan wedi'i addo i mi yn ei lythyr. Dyna oedd fy ffawd i, onid e? Theophilus, yn cael ei garu gan Dduw a Ffortiwn ill dau, yn wynebu holl rwystrau anffodus bywyd nes y deuai ei foment fawr?

Mi rown i unrhyw beth, meddyliais yn yr ennyd honno, i gael fy lle haeddiannol mewn hanes.

'Theophilus Cibber?'

Daeth y llais o'r tu ôl i mi. Am eiliad dychmygais mai'r llais o'r freuddwyd ydoedd, ond wrth droi gwelais fod dynes yn sefyll yno ar ochr y llwybr, ychydig lathenni i ffwrdd. Syllai arnaf â llygaid gwyrddion eithriadol o lachar. Un ifanc oedd hi, prin hŷn na rhyw ugain oed. Roedd hi'n gwisgo ffrog drwsiadus ac roedd ei chroen hi'n lân; nid tyddynwraig oedd hi. Gwisgai glogyn coch dros ei dillad. Syrthiai cudyn o wallt aur o'i chwfl a thros ei boch.

Meddyliais i mi fy hun mai hi oedd un o'r merched mwyaf deniadol i mi daro fy llygaid arni erioed.

O! na wyddwn i bryd hynny beth a ddelai wedyn!

Mae'n rhaid fy mod i wedi bod yn rhythu arni yn gegagored, oherwydd meddai'r ddynes eto, 'Theophilus Cibber?' Nid mewn ffordd anghrediniol nac edmygol na bygythiol, ond yn ddi-lol a ffeithiol, ac yn fwy cadarn na chynt.

'Ie.' Llwyddais i gael hyd i'm llais. 'Ie, Cibber ydw i. A chi?'

'Dilynwch fi, Mr Cibber,' oedd ei hateb, a dechreuodd gerdded i lawr y llwybr, ymhellach i ffwrdd o'r dref ac i gyfeiriad unigrwydd y penrhyn.

Euthum ar ei hôl. Wyddwn i ddim ar y pryd pam y dilynais i hi – chwilfrydedd? Chwant? Y gwres? – ond ei dilyn hi a wneuthum, gan fustachu i fyny'r llethr wrth iddi gadw sawl cam o fy mlaen yn hawdd.

Wrth i ni gerdded taflais fwy o gwestiynau ati, gan ofyn pwy oedd hi, ble roedden ni'n mynd, a sut oedd hi'n gwybod fy enw. Ond chefais i'r un ateb. Ddwedodd hi ddim ac ni throdd i edrych arnaf tan, yn ffwr-bwt, dyma hi'n stopio.

Bu bron i mi daro i mewn iddi. Gafaelais yn fy mhengliniau ac anadlu'n ddwfn; roeddwn i'n berson ffit ond roedd y tro byr hwn wedi pwnio'r gwynt allan ohonof. Gallwn flasu llwch a gwybed yng nghefn fy ngheg.

'Ble ydyn ni?' gofynnais maes o law.

'Mae ar rywun eisiau eich gweld chi,' meddai'r ddynes.

Sylwais ein bod ni tu allan i dŷ. Mae 'tŷ' yn air anaddas i ddisgrifio'r adeilad; nid oedd ddim mwy na chwt wedi hanner suddo i mewn i'r pridd a'r graig, heb ffenestri iddo a mwg drewllyd du yn treiddio o dwll yn ei do gwellt. Ffieiddiais gan rynnu.

'Rydych chi'n ceisio dwyn oddi arnaf,' sylweddolais mewn ofn, gan fagio'n ôl yn araf. Teimlwn fel ffŵl yn cael fy nenu yma gan y seiren hon. 'Ond does gen i ddim arian. Wir yr, dyw hi ddim yn werth i chi ddwyn oddi arnaf!'

Llithrodd cysgod diamynedd dros wyneb y fenyw. 'Na, Mr Cibber,' meddai, ei gwefusau'n teneuo. 'Yma i'ch helpu chi ydyn ni.'

'Ni?' Stopiais symud i ffwrdd, ond euthum i ddim yn nes.

'Ie. Nid oes arnom eisiau eich arian, dim ond rhoi cyfle i chi gydio yn yr hyn rydych chi wedi bod yn ysu amdano drwy eich oes.'

Yn sydyn clywais y llais *hwnnw* eto, yn ddwfn yn fy nghlust, yn dweud... rhywbeth. Tair sillaf eglur, annealladwy. Bu bron i'm traed ildio oddi tanaf. Edrychais yn ynfyd ar y ddynes er mwyn gweld a oedd hi wedi clywed y llais hefyd, ond, os gwnaeth hi, nid oedd ei hwyneb wedi newid. Roedd hi'n dal i syllu arnaf.

'Ysu?' gofynnais. Sylwais pa mor fregus oedd fy llais. 'Ysu am beth?'

'Chi yn unig a ŵyr hynny, Mr Cibber,' meddai'r fenyw'n ysgafn.

Agorodd drws y tyddyn. Welais i ddim pwy agorodd o; rhywun o'r tu mewn. Heb symud o'i hunfan cododd y ddynes ei llaw tuag at y drws, yn fy ngwahodd i mewn.

Oedais. Pwy fyddai ddim? Gwelais ddelweddau yn fy nychymyg o beth allasai fod yn disgwyl amdanaf yn yr hofel musgrell hwn – canibaliaid yn barod i'm bwyta; llofruddion â'u cyllyll hirion yn barod i dorri fy nghorff yn ddarnau; gwrach yn barod i fy nhroi yn llyffant...? Dim ond gwallgofddyn fyddai'n mynd drwy'r drws.

Felly dyma fi'n mynd i mewn.

III

Wrth edrych yn ôl nawr, dydw i ddim yn credu y byddwn i wedi gwneud dim yn wahanol. Ar y pryd roedd trymder yn fy enaid, minnau'n gobeithio am lwyddiant yn theatr Sheridan ond yn ofni na fyddai dim yn newid. Roeddwn i'n heneiddio ac roedd rolau dynion ifanc y tu ôl i mi bellach. Pa yrfa llwyfan, mewn gwirionedd, oedd yn disgwyl gŵr hanner cant a phump a oedd yn cario'i holl eiddo mewn dwy gist deithio ac a oedd wedi cael ei sarhau cymaint gan gynulleidfaoedd Lloegr?

Rydw i hefyd, nawr, yn gwybod mwy am y rhai sy'n gwisgo'r clogynnau coch. Am sut maen nhw'n hudo pobl, yn tynnu cortennau'r pypedau y tu ôl i'r llenni.

Ac rydw i'n gwybod amdano *fo*.

Ond ar y pryd wyddwn i ddim o'r fath bethau. Nid ydw i'n meddwl mod i wedi gwneud dewis, mewn gwirionedd, wrth fynd i mewn i'r tŷ tywyll hwnnw. Roedd y dewisiadau wedi cael eu gwneud drosof amser maith ynghynt.

Cymerodd sawl eiliad i'm llygaid ymdopi â'r golau gwantan y tu mewn i'r tyddyn. Canhwyllau oedd yn ei oleuo, wedi eu gwneud (tybiwn o'u harogl) o gŵyr braster anifeiliaid, ac roedd eu mwg chwerw yn gwneud i ddagrau redeg i lawr fy mochau.

'Pwy sydd yno?' meddwn i. Welwn i neb.

Atebodd llais fi. Llais dyn. 'Mr Cibber. Eisteddwch, syr. Mae cadair yma.'

Rhwbiais fy llawes dros fy wyneb. Gwelais y dyn. Roedd yn eistedd wrth fwrdd isel ym mhen draw'r ystafell. Dim ond un ystafell, ymddengys, oedd i'r tyddyn, a honno prin yn fwy na phymtheg troedfedd o wal i wal. Roeddwn i wedi bod mewn ceudai mwy swmpus.

Eisteddais yn lletchwith gyferbyn ag o. Roedd yn hen ddyn gyda barf lwyd; eto, fel y ddynes y tu allan, gwisgai yntau glogyn, gyda'r cwfl dros ei ben, ond rhwng plygiadau'r brethyn ysgarlad gallwn weld siaced o frodwaith arbennig a botymau arian. Roedd golwg drwsiadus, bron yn fonheddig, arno. Edrychai'r henwr arnaf gyda gwên fach ar ei wyneb.

'Peidiwch â phoeni, Mr Cibber,' meddai mewn llais cynnes, cysurlon. Roedd hi'n amlwg mai Cymraeg oedd ei iaith arferol, ond siaradai Saesneg yn rhugl fel rhywun a oedd wedi derbyn addysg o safon. 'Rydw i'n cydnabod bod hyn yn ddull rhyfedd o gysylltu â chi. Maddeuwch i mi.'

'Sut ydych chi'n gwybod pwy ydw i?'

Crymodd y dyn ei ben ychydig. 'Onid ydych chi'n actor adnabyddus, Mr Cibber? Roedd ein cymuned yn fwrlwm o glywed y byddech chi'n teithio drwyddi. Rhywun o'r fath statws!'

Cyfaddefaf fod y geiriau hyn wedi peri i'm calon chwyddo ac i mi wrido gyda balchder, er mai dim ond geiriau oeddent (a geiriau gwag, fel y dysgais wedyn).

'Ie, wrth gwrs,' atebais i. Ni phoenais *sut* wnaeth y dyn a'r ddynes yma yn eu clogynnau cochion ddod i wybod mod i'n pasio drwy'r porthladd hwn. 'Wel. Dwedodd eich... cydymaith y tu allan rywbeth am... gyfle?'

Gwyrodd y dyn ei ben yn barchus. 'Rydych chi'n ddyn talentog, Mr Cibber' – nodiais – 'ac rydych chi wedi gwneud enw i chi'ch hun ym myd y theatr. Ond mae'n amlwg bod... dyheadau gennych chi. Uchelgais.'

Cododd fy ngwrychyn. 'Onid oes gan bawb uchelgais?'

'Na, nid pawb. Mae gormod yn hapus i fyw eu bywyd a diflannu wedyn, heb feddwl am beth maen nhw'n ei adael ar eu hôl. Ond *ni*, Mr Cibber, pobl fel chi a fi – dydyn ni ddim yn fodlon gyda hynny. Mae rhai ohonon ni wedi cael ein dethol.'

'Gan Ffawd?'

'Ie, os hoffwch chi. Dywedwch wrthyf i, Mr Cibber: beth sydd arnoch ei eisiau?'

'Eisiau? Wn i ddim beth—'

Pwysodd yntau yn ei flaen a rhoi ei ddwylo ar fy rhai i. Roedd yn gwisgo menig o sidan gwyn. 'Does dim angen i chi fod yn swil, Mr Cibber. Cewch fod yn agored. Mae angen i bobl agor eu hunain fwy, gredaf i. Bod yn onest gyda nhw'u hunain. Felly byddwch yn onest gyda mi nawr, Mr Cibber. Beth, pe bai'r byd i gyd ar agor i chi, fyddai arnoch chi eisiau ei gael?'

'Nid oes neb yn fy ngwerthfawrogi!' poerais yn sydyn, y geiriau'n dod heb i mi fwriadu.

Oedais, wedi fy syfrdanu fy hun. Llyncais yn betrus, ond gwelais yr henwr yn gwenu'n gefnogol, felly, ar ôl llyfu fy ngwefus, euthum yn fy mlaen. 'Cefais fy ngeni er mwyn rhannu fy nhalent â'r byd. Mae gennyf rodd i'w rhannu gyda chynulleidfaoedd! Ac nid ydw i am i hynny fyth stopio.' Cofiais y gair oedd wedi bod yn nofio yn fy meddwl ers i mi dderbyn y llythyr hwnnw oddi wrth Sheridan. 'Anfarwoldeb. Dyna ydw i'n ei haeddu. *Mae arnaf eisiau bod yn anfarwol.*'

Stopiais. Roedd y dyn barfog yn edrych arnaf yn amyneddgar. Disgleiriai rhywbeth yn ei lygaid. Yna nodiodd, bron fel pe bai'n dod i benderfyniad.

Estynnodd wedyn y tu mewn i'w fantell a thynnu allan beth bychan wedi ei lapio mewn lliain. Rhoddodd y gwrthrych ar y bwrdd rhyngon ni a dechrau ei ddadorchuddio'n ofalus. Curodd fy nghalon yn gynt, y cyffro yn cydio ynof, ond beth bynnag oeddwn i'n disgwyl ei weld yn y parsel, cefais fy synnu. Yno roedd darn o garreg maint dwrn. Roedd un ochr wedi ei thorri ymaith yn lân gan greu arwyneb cwbl lyfn i'r rhan honno; cefais fy atgoffa o farmor. Roedd lliw anarferol i ochr lefn y garreg; edrychai'n wen ar yr olwg gyntaf, ond wrth iddi ddal golau'r canhwyllau fflachiai'n arian, wedyn aur, melyn, pinc. Rhaid i mi gyfaddef i mi ddal fy ngwynt wrth edrych arni.

'Beth ydi hi?' gofynnais yn ddistaw.

Yn lle ateb fy nghwestiwn, meddai'r dyn, 'Ydych chi'n gwybod o le daw cerrig, Mr Cibber?'

Gwgais; am gwestiwn hurt. 'O'r môr? O'r mynyddoedd? Pa ots yw hynny?'

Pwyntiodd y dyn at y to. 'Ie, ond wyddoch chi fod rhai creigiau'n dod oddi fry?'

'O'r awyr?'

'O'r sêr! Darn bach yw hwn o feteor wnaeth lanio yng Nghymru flynyddoedd maith yn ôl, cyn i mi gael fy ngeni. Maen ydyw sydd felly ddim o'r byd hwn, ond yn dalp, am wn i, o blaned arall.'

Rhythais ar y garreg, fy chwilfrydedd wedi dyblu. Doeddwn i ddim wedi gweld dim a ddaeth o'r gofod o'r blaen. Cofiwn glywed straeon yn blentyn fod gweld seren wib yn dod â lwc, ond beth os glaniai'r seren wib honno? Oni fyddai hynny yn *fwy fyth* o lwc?

Estynnais i'w chyffwrdd ond tynnodd y dyn barfog y garreg fechan tuag ato. 'Mae'n rhaid i mi eich rhybuddio chi, Mr Cibber,' meddai, ei lais yn caledu fymryn, 'bod grym arbennig yn byw yn y garreg hon. Grym hudol. Prin yw'r bobl sy'n cael

28

ei gweld, ond rydych chi'n arbennig – mae'n ymddangos.'

Codais fy ael. 'Hud a lledrith? Choeliaf i ddim yn y fath sothach, syr.'

'Nid sothach, Mr Cibber. Nid yn yr achos hwn.' Pwysodd yn ei flaen. Gallwn arogli ei anadl. 'Rydych chi wedi clywed y *llais*, on'd ydych chi?'

Oerodd y chwys ar fy ngwar. Wyddwn i ddim sut i'w ateb. 'Y llais?'

'Peidiwch â gwadu, Mr Cibber. Mae'r llais yn siarad gyda phawb sydd yn haeddiannol. Mae'r llais yn ein cysylltu, yn ein bendithio; nyni, y rhai a ddewisodd.'

Roeddwn i'n edrych ar wyneb llyfn y garreg fach. Troellai'r lliwiau ynddo. Allwn i ddim tynnu fy llygaid oddi wrtho.

Roedd y dyn yn dal i siarad. 'Mae o wedi eich adnabod chi, Mr Cibber, fel dyn sydd yn haeddiannol o'i wyrthiau. Gall roi i chi'r hyn a ddymunwch – y cwbl sydd yn rhaid i chi ei wneud yw ymroi'n llwyr iddo.'

Ceisiais ei ateb ond roedd fy ngwefusau'n teimlo'n dew ac roedd eu symud yn anodd. 'Ymroi?' llwyddais i'w ofyn.

'Agorwch eich hun iddo, fel ei fod yn gallu eich cyffwrdd chi – a'ch bendithio.'

'Pwy ydi o?' Roedd y garreg fechan yn llenwi fy nhrem i gyd bellach, fel pe bawn i ddim yn y tyddyn pitw o gwbl, ond *y tu mewn i'r garreg*, ac roedd y synau o'm cwmpas wedi distewi nes mod i ond yn clywed llais y dyn. Llais a oedd yn gweddnewid erbyn hyn, gan swnio fel petai'n dod o dan ddŵr.

'Mae wedi cyflwyno ei hun i chi eisoes,' clywais eiriau'r dyn yn atseinio yn y trobwll o liwiau roeddwn i ar goll ynddo. 'Dydych chi ddim yn cofio?'

Y llais.

Dyna roedd o'n ei ddweud wrthyf i.

Y gair, y tair sillaf nad oedd yn gwneud synnwyr imi.

Hyd yn oed wrth i'r gair ddod o geg y dyn, roeddwn i'n ei ddeall.

'Mathonwy.'

Yna welais i ddim byd ond sêr.

Y peth nesaf ydw i'n ei gofio yw mod i'n eistedd eto wrth y traeth bychan trist gyda'r tlodion gerllaw yn pysgota gwichiaid. Nid oedd golwg o'r ddynes benfelen nac o'r hen ddyn, na'r tyddyn ychwaith.

Roedd fy nhafod yn sych ac roeddwn i'n teimlo'n chwil, fel pe bawn wedi meddwi er nad oeddwn wedi yfed dim. Ceisiais sefyll ond ofer fu hynny, felly parheais i eistedd am gyfnod gan gymryd anadl ddofn ar ôl anadl ddofn, yn methu'n lân â phenderfynu a oedd beth roeddwn i wedi ei brofi'n freuddwyd ai peidio.

Bellach rydw i'n gwybod: nid breuddwyd ydoedd. Dyna sut maen nhw'n eich hudo chi.

Ond ar y pryd, rydw i'n credu mod i wedi penderfynu mai dylanwad y gwres a'r blinder oedd wrthi, ac mai dychmygu cyfarfod y ddynes a'r dyn, ac edrych i fyw'r meteorit bychan, oeddwn i.

Uwchben roedd haul tila canol Hydref wedi hen basio'i uchafbwynt (roedd bellach yn chwarae mig yn y cymylau) ac roedd hi'n hwyr yn y prynhawn. Roedd arnaf angen bwyd – a rhywbeth cryf i'w yfed i sadio fy nerfau. Llwybreiddiais yn ôl i lawr y bryn i'r gwesty er mwyn aros i'r llong gyrraedd.

Dechreuodd fwrw glaw.

IV

Roedd hi'n flynyddoedd ar ôl hyn i gyd cyn i mi ddysgu Cymraeg.

Pan oeddwn i'n ifanc roedd Cymro o'r enw Wil Bowen yn actio yn y Drury. Cofiaf ef yn chwarae'r plisman gyferbyn â 'nhad yn un o ddramâu Breval; er mai rôl fechan gomig oedd honno, gwnaeth pathos Bowen wrth gyfleu'r cymeriad gryn argraff ar fy meddwl glaslancaidd. Oddi ar y llwyfan roedd Bowen yn afieithus ac yn hoff o yfed gwin, ac o bobl eraill yn yfed gwin gydag o. Ar yr adegau hynny byddai'n ddi-ffael yn dechrau canu yn Gymraeg, gan wneud ystumiau i gyd-fynd â'r geiriau a oedd yn awgrymu'n gryf nad caneuon crefyddol oedden nhw. Mynnai geisio dysgu'r geiriau i bawb arall, gyda'r llwyddiant disgwyliedig, ac mewn gwirionedd rydw i'n credu ein bod ni wedi bod braidd yn greulon gyda'r hen Bowen, yn gwatwar ei famiaith a'i acen Saesneg pan elai'r gwin i'w ben. Cymeriad hoffus oedd o, ac mi hoffwn pe bawn i wedi gofyn iddo ddweud mwy wrthyf am fro ei fagwraeth (wn i ddim o ble yng Nghymru y dôi). Lladdwyd Bowen yn fuan wedyn mewn *duel* gyda'r Gwyddel Jim Quin; dydw i ddim yn cofio'r rheswm.

Bowen oedd fy nghyflwyniad cyntaf i'r Gymraeg, ac mae'n siŵr mod i wedi dod ar draws yr iaith yn Llundain pan oeddwn i'n byw yno, ond ddim yn ei hadnabod o'i chlywed. Y tro nesaf rydw i'n cofio clywed pobl yn siarad Cymraeg oedd yng Nghaergybi. Roeddwn i yn yr Eagle and Child yn ceisio, ac yn methu, bwyta stiw cig oen. Roeddwn i wedi treulio prynhawn digwmni, noswaith ddi-hwyl a noson ddi-gwsg yn pendroni dros droeon trwstan y diwrnod cynt. Nid oedd y glaw wedi peidio dros nos. Meddyliais y byddai cinio swmpus yn dod â mi at fy nghoed, ond roedd llyncu'n fwrn. Gyferbyn â mi roedd dau ddyn lleol yn dadlau â'i gilydd am rywbeth. Er mwyn ceisio tynnu fy meddwl oddi ar y digwyddiad anghysurus yn y tyddyn – os digwyddodd o gwbl – canolbwyntiais ar eu parablu Cymraeg i geisio gweld a allwn i ddirnad rhai o'u geiriau. Yr unig beth ddaliais i oedd '*Dublin Merchant*' (sydd ddim yn cyfrif fel Cymraeg, am wn i), ac o'u hwynebau sur roeddwn i'n cael yr argraff bod y llong a oedd i'm cludo i Iwerddon yn hwyr.

Codais a mynd i dalu dimai i fachgen i redeg i weld beth oedd y sefyllfa; rhedodd i ffwrdd a ddaeth o byth yn ôl.

Dychwelais at fy mwrdd cyn pwyso drosodd a holi'r ddau ddadleuwr, mewn Saesneg araf, beth oedd o'i le ar y *Dublin Merchant*. Edrychon nhw ar ei gilydd ac wedyn arnaf i.

'*Is bad weather in coming*,' meddai un, gan bwyntio'n ddefnyddiol tua'r nenfwd. '*The wind and the rain.* Storom.'

'*Storm*,' cyfieithodd y llall.

Ar ôl palu drwy lond llaw o frawddegau eraill gyda'n gilydd, tynnwyd y gwynt o'm hwyliau fwyfwy. Ymddengys fod tywydd mawr yn dod o'r gorllewin a bod y ddau ddyn yma, oedd wedi bwriadu mynd ar yr un llong â mi, wedi penderfynu gohirio eu taith. Doeddwn i ddim yn forwr profiadol ond roeddwn i wedi croesi'r Sianel ychydig o weithiau ac wedi dal cychod aneirif ar hyd afon Tafwys dros y blynyddoedd, er nad oeddwn i wedi bod ar donnau Môr Iwerddon o'r blaen. Roedd y siwrnai o Gaergybi i Ddulyn bryd hynny yn cymryd o leiaf diwrnod, weithiau ddau, yn dibynnu ar y gwynt. Nid oedd treulio ugain, deg ar hugain, deugain awr ar drugaredd storm yn codi blys arnaf.

Ystyriais ohirio'r trip fel y ddau yma. Nid oeddwn yn fy iawn bwyll, tybiais. Efallai mod i'n cael twymyn. Roedd angen gorffwys arnaf a chyfle i ddisgwyl i'r storm basio. Ond ar y llaw arall, roedd Thomas Sheridan a llwyfan Dulyn yn fy nisgwyl, gyda'r sioe gyntaf yn dechrau mewn deg diwrnod. Pe bawn i'n methu hynny, meddyliais, byddai Sheridan yn siŵr o ddigio ac mae'n bosib y byddwn i'n cael fy ngadael heb waith. Doedd dim amdani, felly, ond cymryd y siawns.

Cyrhaeddodd y *Dublin Merchant* ychydig oriau'n ddiweddarach. Roedd ei hymddangosiad yn amlwg wrth i'r cei brysuro er mwyn paratoi amdani. Roedd hi'n cario'r *mail*, felly roedd hwn yn ddigwyddiad rheolaidd a phwysig i'r dref fechan. Hefyd roedd hi heddiw, yn ôl y sôn, yn cludo nwyddau eraill (a'u prynwyr) o Ffair Caer, felly roedd cryn firi wrth y doc. Ni ymunais innau yn y cyffro hwnnw: arhosais dan do, rhag y glaw, yn yfed gwin sur ac yn teimlo'n salach fesul munud.

Pan nad oedd modd oedi mwyach, a phan ei bod hi'n glir bod y llong yn barod i dderbyn ei theithwyr, codais. Mi es at y landlord a gofyn i'm cistiau gael eu cludo at y llong. Edrychodd arnaf yn od, fel pe na bai'n fy neall. Roedd yn rhaid i mi esbonio, mor bwyllog ag y gallwn, mai fi oedd Mr Theophilus Cibber, Actor; bod fy nwy gist *yn y fan yna* (pwyntiais y tu ôl iddo); a'i fod o wedi bod yn ddigon parod i gymryd fy arian hyd yn hyn ac felly y dylai ddangos cwrteisi tuag ataf. Dyn araf, twp oedd y landlord, ond nid un i wrthod swllt gennyf, y diawl, a mynd ati a wnaeth i lusgo'r cesys at drol a chael ei was stabl i'w gyrru'r ychydig lathenni i lawr at y cei. Roedd y glaw yn pistyllu erbyn hyn, ac felly daliais fy het yn dynn o gwmpas fy nghlustiau wrth i mi ruthro mlaen i ymofyn lloches yn y llong.

Packet oedd y *Dublin Merchant*. A bod yn dechnegol, brìg oedd hi – hen wreigan a oedd wedi gweld dyddiau gwell – gyda dau fast a hwyliau mawr sgwâr. Wrth i mi edrych arni yn eistedd yn isel yn y dŵr, roedd yr hwyliau hynny wedi eu rhaffu ond gallwn weld y mastiau'n siglo yn y gwynt, a chefais yr ysfa eto i ohirio. Ond roedd bron pawb arall fel petaen nhw'n hapus i fyrddio'r llong, felly dyna wnes i. Roedd y rhan fwyaf o'r teithwyr, ymddengys, wedi dal y llong yn Park-gate ac wedi bod arni wrth iddi hwylio ar hyd arfordir gogleddol Cymru. Dim ond rhyw ddwsin o deithwyr ychwanegol, gan gynnwys y fi, aeth ar y *Merchant* yng Nghaergybi. Roedd o leiaf trigain o bobl i gyd wedi eu gwasgu ar y llong, ac nid oeddwn yn edrych ymlaen at orfod rhannu'r oriau nesaf gyda nhw.

Un ohonynt, wrth gwrs, oedd Anthony Maddox. Wn i ddim yn union pam fy mod i wedi cymryd yn ei erbyn gymaint ar ein cyfarfyddiad cyntaf, ond diau fy mod i wedi sylweddoli yn syth nad fy math i o berson ydoedd. Roedd yn ddyn rhy hapus o lawer, ac yn rhy hoff o gyffwrdd ynoch chi.

Nid oeddwn yn chwilio amdano, ond wrth i mi gamu oddi ar y gangplanc ar ddec y llong, bu bron i mi daro i mewn iddo.

'Mae'n ddrwg gen i, syr,' meddai Maddox gyda gwên gwrtais a chan gyffwrdd cantel ei het – cyn symud yn ei flaen.

Dyna od, meddyliais. Roeddwn i'n disgwyl y byddai'n ailgydio yn ei bwnc blaenorol a pharhau i'm syrffedu â straeon am ei hoff *equilibrists*, ond heblaw am nòd a gwên sydyn i'm cyfeiriad, fe'm triniodd fel pe na bai'n fy adnabod. Mae'n rhaid mod i wedi ei ddigio pan wrthodais frecwasta ag o y bore cynt. Dyma lanc oedd yn barod i ddal dig, meddyliais! Wel, mi anwybyddwn *ein gilydd* am weddill y fordaith felly, penderfynais, er ein bod ni'n rhannu caban.

Ar ôl ychydig o strach gyda fy nghistiau, cefais hyd i'r caban islaw'r prif ddec. Ystafell i ddau oedd hi, er y teimlai nad oedd lle i fwy na phlentyn ynddi. Roedd Maddox, yn amlwg, eisoes wedi cyrraedd a gollwng ei bethau cyn gadael. Roedd un o'm cistiau yn rhy fawr i ffitio yma ac felly aeth honno i'r howld; gwthiais y llall o dan fy ngwely, a oedd prin mwy na chot i ddyn orwedd yn ei gwman ynddo. Byddai Maddox yn cysgu ddwy droedfedd oddi wrthyf, gyda basn pitw a stôl yn y bwlch rhyngom. Diolchwn mai Sheridan oedd wedi talu am hyn, oherwydd fel arall mae'n berygl y byddwn i wedi mynd yn syth at y capten a chwyno.

Nid oedd ffenestr i'r caban a deuai'r unig olau o lusern olew a hongiai o'r to. Eisteddais ar y cot a rhoi fy mhen yn fy nwylo. Roedd y llong yn symud eisoes, yn lolian i fyny ac i lawr yn echrydus. Corddai fy stumog, oherwydd fy sefyllfa yn gymaint â symudiad y cwch. Gwrandewais ar y synau o'm cwmpas: traed yn stampio'n ddi-baid, uwch fy mhen, oddi tanaf, i'r chwith ac i'r dde; drysau'n clepio; dynion yn gweiddi; gwylanod yn sgrechian.

Yn y man dyma fi'n penderfynu estyn fy ffidil er mwyn sadio fy meddwl a fy mol. Roedd hi'n ffidil dda, yn anrheg oddi wrth frawd Susannah flynyddoedd yn ôl, mewn cas gyda 'T. C.' wedi ei ysgrifennu arno mewn aur. Roeddwn i wastad wedi bod yn hoff o'r ffidil ac wedi dysgu ei chanu – yn go soniarus, tybiais. Tynnais hi allan o'i chas nawr a cheisio annog tiwn ohoni. Am ryw reswm, ni ddaeth yr awen ataf a dim ond nodau cam ddaeth allan o gorff y ffidil. Rhois ymgais ar diwn arall, rhyw sianti neu'i gilydd, ond roedd fy mysedd yn drwsgl. Roedd angen cynhesu dipyn ar y ffidil cyn iddi allu cynhyrchu ei sain berffeithiaf, penderfynais, felly eisteddais yno'n amyneddgar gan symud y bwa yn ôl ac ymlaen ar y llinynnau. Creodd hyn rŵn hir, undonog a oedd yn swnio'n ddymunol i'm clust ar y pryd, a chaeais fy llygaid a gadael i ddirgryniad y tannau a'r pren dreiddio drwy fy esgyrn.

Tarfwyd ar y heddwch hwn gan rywun yn malu dwrn yn erbyn drws y caban a'm siarsio – mewn iaith nad yw ond yn dderbyniol ar fwrdd llong, ymddengys – i stopio canu'r ffidil yn syth, oni hoffwn iddi gael ei hailgadw'n chwim mewn mangre annymunol. Pwdais. Rhois y ffidil yn ôl yn ei chas a'i daflu ar garthen y gwely. Yn sydyn roedd yr ystafell yn teimlo hyd yn oed yn llai nag yr oedd; felly, gyda'm pen unwaith eto yn troi a'm traed yn ansad, baglais allan o'r caban er mwyn dychwelyd at y dec. Nid oedd y *Dublin Merchant* wedi gadael y doc eto. Gan mod i ar fin gadael Prydain – efallai, meddyliais ar y pryd, am byth – mynnais gael cip olaf ar ei thir.

Prin oedd y lle ar y dec i ymochel rhag y glaw. Roedd y *tars* wrthi'n rhiffio'r cynfasau a chlymu rhaffau a throi'r capstan a beth bynnag maen nhw'n ei wneud cyn hwylio. Synnais o weld mai dim ond tri neu bedwar o forwyr oedd wrthi – un ohonynt prin allan o'i glytiau – a ymddangosai'n griw annigonol ar gyfer llong o'i maint hi. Clywais y capten, White oedd ei enw, yn dwrdio'i griw pitw i'w siapio hi, er nad oedd ef yn gwneud dim heblaw pwyso yn erbyn y reilin wrth yr helm yn smocio cetyn ac yn edrych fel dyn a oedd angen mwy o gwsg a llai o chwisgi.

Gwthiais rhwng dau berson a oedd yn chwifio'u hancesi poced at rywrai ar y doc islaw, ac anadlais surwynt Caergybi am y tro olaf. Digwyddais glywed un o'r teithwyr wrth fy ymyl yn dweud wrth ei gydymaith, yn Saesneg, 'Mi aeth hi'n sownd yn nhywod Aber Dyfrdwy ben bore yma, wyddost ti?'

'Diawl,' atebodd y llall, 'gobeithio na wnaeth hynny ddifrod i'r llong.'

'Na. Dwedodd White bod popeth yn iawn. Dim rheswm i boeni.'

Llyncais fy mhoer.

Wrth i'r llong ddatod ei hun o'r diwedd oddi wrth fysedd seimllyd Caergybi, a hithau'n agos at fachlud, boliodd yr hwyliau'n syth wrth i wynt cryf afael ynddon ni. Er bod y glaw yn dal i ddisgyn a'r cymylau'n llwyd-ddu, nid oedd hi'n ymddangos i fy llygaid *landsman* bod y 'storm' hanner mor ddrwg ag yr oedd y Cymry yn y dafarn wedi'i honni.

Yna, o bell, daeth dwndwr isel. Taran yn trystio rywle i'r gorllewin. Crynodd y byd am eiliad. Crynais innau hefyd.

V

Mae'n rhaid i chi ddeall mod i'n ddyn gwahanol bryd hynny. Ers y fordaith honno rydw i wedi gweld llawer mwy o'r byd ac wedi cyfarfod llawer mwy o bobl. Dydw i ddim, hyderwn i, y llipryn yr oeddwn i ar fwrdd y *Dublin Merchant*. Wedi dweud hynny, wrth edrych yn ôl, gallaf faddau rywfaint i mi fy hun am fy ymddygiad y diwrnod hwnnw, oherwydd roedd fy ysbryd i wedi cael ei sigo'n wirioneddol gan y cyfarfod byr ond brawychus a gefais gyda'r dyn a'r ddynes yn y cilcyn anghysbell hwnnw o Gaergybi. Roeddwn i'n pendilio rhwng bod yn sicr mai breuddwyd ganol-dydd oedd hi, a bod yr un mor sicr y bu i bopeth ddigwydd fel y cofiais. Os yr ail bosibilrwydd, pwy oedd y ddau yn eu clogynnau coch? Pam y daethon nhw ataf *i*? Pam ddangosodd y dyn y garreg fechan ddisglair yna i mi, ac addo'r fath wyrthiau? A phwy, neu beth, oedd Mathonwy?

Heddiw mae gennyf atebion i rai o'r cwestiynau hyn. Atebion o fath, beth bynnag. Allaf i ddim honni bod gwybod yr atebion yn gwneud i mi deimlo'n well. Os rhywbeth, rydw i wedi dod i'r casgliad bod cysur i'w gael mewn anwybodaeth.

Ar y pryd, wrth eistedd ym mol y llong i Ddulyn, fodfeddi oddi wrth gyrff chwyslyd teithwyr eraill, pob un ohonom yn ymochel rhag y storm a oedd bellach yn lambastio'r byd uwchben, doedd gennyf mo'r atebion o gwbl. Yn waeth na hynny, roedd meddwl am unrhyw agwedd o'r diwrnod blaenorol yn codi mwy o gwestiynau yn fy mhen, pob cwestiwn fel llaw newydd yn gwasgu fy nghorn gwddf. Roedd anadlu'n mynd yn anos ac roedd curiad fy nghalon yn diasbedain yn fy nghlustiau.

Pan gododd y storm, cododd yn sydyn ac yn ddidostur. Nid oeddwn yn ddigon dewr i aros ar y dec, felly i lawr â mi er mwyn ceisio dychwelyd i'm caban. Er bod hwnnw'n llecyn anghartrefol, byddai'n rhoi llonydd i mi ddioddef. Ysywaeth, cymaint oedd y wasgfa o deithwyr ym mol y llong – y rheiny wedi fy nghuro wrth fynd ar ruthr i gysgodi rhag y gwynt a'r glaw – nes nad oeddwn i'n gallu cyrraedd fy nghaban. Gwnes y gorau y gallwn, felly, drwy ddwyn bwlch bychan ar fainc a sodro fy hun yno cyn i mi orfod bodloni ar orwedd ar y llawr.

Gyferbyn â mi roedd menyw yn gweddïo'n swnllyd. Wrth ei hymyl hi roedd dyn a oedd efallai yn ŵr iddi yn ysmygu cetyn, y mwg du yn corddi o'n cwmpas ni. Gofynnodd mwy nag un person sawl gwaith i'r dyn ddiffodd ei getyn, ond roedd yntau'n syllu i ganol nunlle, ei lygaid yn fawr ac ofnus, ac ni chlywai – neu ni wrandawai ar – neb. I'r dde i mi roedd dyn yn peswch yn ddi-baid i mewn i'w hances, pob sŵn gyddfol yn bygwth cyfog, ac ar fy aswy roedd hen ŵr gyda chreithiau'r pocs ar hyd ei wyneb – a hwnnw'n hepian yn ddiffwdan. Sgrechiai plentyn rywle yng nghrombil y llong, er nad oeddwn i wedi gweld plant yn dod ar ei bwrdd. Deuai'r unig olau o lusernau olew oedd yn troelli'n wyllt uwch ein pennau.

Gwasgais fy hun yn belen ar y fainc a cheisio anwybyddu'r ffaith bod y storm yn chwarae gyda'r llong fel pe bai wedi ei gwneud o bapur. Ond doedd dim yn tycio. Bob rhyw ddeg eiliad byddai'r llong yn codi'n aruthrol wrth iddi ddringo ton, gan wneud i fy stumog esgyn i gyffwrdd fy nhafod, cyn y byddai'r llong yn dymchwel, gan wneud i mi godi am eiliad o'm sedd cyn cael fy hyrddio i lawr eto. Roedd y gwin a oedd yn slochian yn fy stumog yn cripian yn araf i fyny fy llwnc, fodfedd sur wrth fodfedd sur, gyda phob munud. Yr unig beth oedd yn fy nghadw rhag hyrddio fy hun dros ochr y cwch i'r dyfnderoedd oedd y wybodaeth bod pob storm yn tewi a bod diwedd i bob ing.

Dyna gredais i ar y pryd, beth bynnag.

Mae clychau ar fwrdd llong sydd yn canu pan fo'r gwynt yn eu bwrw. Am wn i mai pwrpas cloch fel honno yw i forwr allu dweud gyda'i glust yn syth pa mor gryf yw'r gwynt oddi wrth nerth ei thincial. Yr adeg honno nid oedd angen clust morwr i ddweud bod y gwynt yn eithriadol. Roedd dwsinau o glychau'n clindarddach uwchben, yn wyllt ac yn groch, ac roedd eu clywed yn fwy nag y gallwn ymdopi ag o.

Teimlais bwnio poenus yn fy asennau, ac mi gymerodd sawl eiliad i mi sylweddoli bod y dyn drws nesaf i mi yn ymbil yn ddagreuol arnaf i 'stopio gweiddi' (er ei fod o ei hun yn gweiddi wrth ofyn hynny). Doeddwn i ddim yn sylweddoli mod i'n gwneud unrhyw sŵn o gwbl, ond drwy lygaid niwlog gallwn weld pobl yn syllu arnaf yn llawn braw. Mae'n siŵr mod i'n sgrechian neu'n rhegi a thrwy hynny'n dwyn sylw ataf fy hun, ond allwn i glywed dim heblaw'r clychau.

Awr ar ôl awr ar ôl awr. Ni ostegodd y storm. Llewygodd teithwyr. Fesul tipyn dyma bawb yn dechrau ymuno â mi i weiddi'n ynfyd, rhai'n gweddïo ac eraill yn cablu. Diffoddodd y llusernau; roedden ni mewn tywyllwch dudew, prennau'r llong yn griddfan o'n cwmpas a'r taranau'n taro uwchben fel pe bai'n forthwyl yn ein curo. Roedd hi'n annioddefol o oer. Deuai'r môr i mewn drwy dyllau uwchben a'n gwlychu bob ychydig eiliadau, nes bod fy ffroenau'n llawn arogl halen a thrydan ac ofn.

Yng nghanol y tryblith erchyll hwnnw, rhedodd fy meddwl i lefydd tywyll ac uffernol. Nid oedd hi'n hawdd dweud beth oedd yn wir a beth oedd yn ddrychiolaeth. Credwn, er y tywyllwch o'm cwmpas, fod lliwiau yno hefyd, fflachiadau porffor, coch a fioled a oedd weithiau'n cymryd ffurf wynebau, neu ar brydiau dim ond parau o lygaid. Teimlwn yr adwaenwn rai wynebau, eu bod nhw efallai'n bobl roeddwn i'n eu hadnabod gynt. A oedd yn eu plith, tybed, fy ngwraig gyntaf, Jane druan, neu un o'r plantos bach? Roedden nhw oll wedi marw ers blynyddoedd maith. Ai ysbrydion oeddent, yn dod i'm tywys i'r byd nesaf? Ond yma hefyd roedd fy chwaer Catherine, a Dicky Cross yr actor, a Berry ei gyfaill – ond roedden *nhw* yn dal ar dir y byw, hyd y gwyddwn i, felly pam oedden nhw'n ymddangos i mi nawr? Ac yn chwerthin am fy mhen...?

Yr unig beth ydw i'n ei gofio yn gwbl eglur yw, tua'r diwedd, glywed llais yn fy nghlust. *Y* llais. Yn sibrwd yn ddistaw i ddechrau, prin mwy nag adlais ar awel, ond yn ailadrodd ac yn ailadrodd ei hun yn gryfach bob tro, nes ei fod yn boddi hyd yn oed sŵn y clychau. Nid oeddwn i'n gweld y drychiolaethau bellach chwaith, dim ond y lliwiau a hwythau'n corddi ac yn gwingo i sillafau'r llais. Roedd y llais yn dweud rhywbeth wrthyf, y geiriau mewn iaith amhosib ac yn swnio fel cymysgedd o watwar a gorchmynion, er na allwn i eu dehongli. Credaf i mi geisio gweiddi ar y llais, gan bledio arno i stopio siarad, i adael llonydd i mi, ond roedd y llais yn gryf ac yn llenwi fy mhen, yn diferu allan o'm clustiau.

Theimlais i ddim y llong yn torri, na'r môr creulon yn llifo i mewn, na chlywed y teithwyr truenus yn sgrechian wrth foddi. Yr unig beth roeddwn i'n ymwybodol ohono oedd y llais – ac yna, yn sydyn, dim byd o gwbl.

YR AIL ACT

I

Dyna'r storm y diflannais ynddi. Hwyrach mod i wedi marw. Wedi'r cyfan, amhosibilrwydd oedd dychmygu fy mod wedi goroesi trychineb suddo'r *Dublin Merchant* ym môr cythryblus Iwerddon. Oroesodd neb arall.

Y peth cyntaf i mi ei feddwl wrth agor fy llygaid ar y traeth creigiog oedd mod i yn Uffern. Roedd y graean yn ddu ac yn finiog o dan gledrau fy nwylo ac roedd clogwyni cas o fy mlaen. Rhythai awyr goch i lawr arnaf. Prin y gallwn anadlu ac roedd trymder eithriadol i bob cymal yn fy nghorff.

Ond doeddwn i ddim yn Uffern. Fel y sylweddolais yn ddiweddarach, roeddwn i yn yr Alban, un o'r ychydig lefydd sydd o bosib yn *waeth* nag Uffern. Dim ond y machlud oedd yn llenwi'r awyr â lliw gwaed; dim ond cysgodion y gwyll oedd yn troi'r graean a'r clogwyni'n ddu.

Doeddwn i ddim wedi marw – neu, yn fwy technegol, doeddwn i ddim *yn farw*, oherwydd fy ail feddwl wrth ddeffro ar y traeth hwnnw oedd fy mod i wedi boddi ond, drwy ryw ryfedd wyrth, wedi cael fy atgyfodi. Eisteddais, yn rhy chwil i sefyll, a chyffwrdd fy hun drosof. Doedd dim anafiadau yno, dim hyd yn oed cleisiau neu grafiadau. Fyddai'r un dyn a oroesodd longddrylliad a chael ei ysgubo ar lan ddieithr (fel yn nofel Defoe) yn gwbl ddianaf fel yr oeddwn i, felly yr unig esboniad, meddyliais, oedd fy mod wedi cael fy nychwelyd i'r byd. Fi, Theophilus Cibber, wedi fy ngeni mewn storm, wedi fy lladd mewn storm, ac wedyn yn cael fy aileni wedi'r storm!

Llanwodd hynny fi â chymaint o deimladau gwrthgyferbyniol nes i mi ddechrau wylo.

Ar y pryd doeddwn i ddim yn gwybod nad oedd neb arall wedi goroesi'r gyflafan. Felly dechreuais feddwl: a oedd pobl eraill, tybed, wedi cael eu golchi ar y traeth hwn hefyd? A oedd llaw Duw wedi achub mwy? Ond na; pan oeddwn i'n ddigon cadarn i gerdded, chwiliais hyd a lled y lan am unrhyw arwydd bod eraill yn fyw. Chefais i hyd i ddim. Ymestynnai'r môr mawr yn gysgodion melyn tuag at y gorwel lle machludai'r haul. Roedd y storm wedi gostegu.

Gan wybod nad oeddwn i yn Uffern ond ddim ble roeddwn i fel arall, dringais at ben y clogwyn er mwyn gweld mwy. Roeddwn i ar arfordir diffaith; allan o loches y bae bychan y tasgwyd fi arno roedd gwynt main nawr yn chwythu arnaf, gan wneud i'm dillad gwlyb oeri fwyfwy. Roeddwn i'n crynu, yn teimlo'n sâl ac yn wag. Roedd angen rhywle arnaf i gynhesu, i gael bwyd ac i gael atebion.

Dechreuais gerdded. Roedd llwybr geifr ar hyd ochr y clogwyn, ond yn y fan honno roedd y gwynt yn rhy rewllyd a doeddwn i ddim yn ymddiried ddigon yn fy nghoesau i beidio syrthio dros y dibyn, felly cadwais ychydig lathenni i ffwrdd o'r ochr. Yno roedd brwyn tal, sych yn tyfu. Roedd y cerdded yn anodd, fy nillad yn drwm a'r brwyn yn cuddio ysgall a oedd yn fy mhigo'n achlysurol.

Machludodd. Roedd y cymylau'n cuddio'r lleuad ac felly roeddwn i'n cerdded mewn tywyllwch. Llanwyd fi gan ofn ac anobaith; roedd arnaf i'n daer eisiau syrthio ar fy ngliniau a dechrau crio eto, ond gwyddwn na fyddai hynny'n tycio, felly gwthiais fy hun yn fy mlaen. Er gwaethaf yr hyn roeddwn i wedi bod trwyddo, nid oedd fy nghoesau'n blino ac roeddwn i'n synnu at yr egni y gallwn gael hyd iddo er mwyn parhau i gerdded. Tybiais fod pa bynnag Ffawd oedd wedi fy nychwelyd i'r byd wedi rhoi nerth ychwanegol i mi yn yr oriau hynny, er mwyn i mi gyrraedd hafan mewn un darn.

Maes o law, wrth ddringo i ben bryn gydag adfeilion hen gastell ar ei gopa, gwelais oleuadau gwan islaw a edrychai fel pentref. Brysiais tuag atynt. Beth a gyrhaeddais oedd clwstwr o dai hyll, tlawd yng nghesail y clogwyn. Deuai golau cannwyll o ambell ffenestr. Roedd un adeilad yn fwy na'r lleill ac yn edrych fel tafarn; roedd arwydd yn hongian uwch ei borth ond roedd hi'n rhy dywyll i mi weld yr enw. Curais yn orffwyll ar y drws gyda dau ddwrn nes cafodd ei agor gan ddynes yn ei choban. Roedd hi'n dal lamp yn un llaw a bwyell yn y llall. Roedd golwg fel y Diafol arni.

Arthiodd arnaf yn ei hiaith ei hun. Ni ddeallais, wrth reswm, y geiriau ond roedd eu hystyr yn ddigon plaen. Ymbiliais arni yn Saesneg, gan sefyll yno ar y rhiniog am rai munudau yn gwneud ystumiau ac yn ceisio defnyddio geiriau syml fel *'ship sink'*, *'need fire'* a *'me like Robinson Crusoe'*. O'r diwedd, dyma fy ymddangosiad truenus yn peri iddi ildio a'm gadael i mewn. Diolchais iddi eto ac eto nes iddi floeddio arnaf i ddistewi.

Roedd marwor yn dal i fod yn loyw yn y pentan yn y parlwr; mae'n rhaid mai dim ond yn ddiweddar roedd hi wedi ei ddiffodd. Pwniodd y glo gyda phrocer nes bod y tân yn ailgynnau, a gwneud mosiwn i mi eistedd wrtho. Roedd y fflamau'n isel ond roeddwn yn ddiolchgar amdanynt. Ymhen dipyn daeth y fenyw yn ôl, wedi cyfnewid ei bwyell am blatiaid o gig sych a chosyn o gaws; yna daeth â chwpan o gwrw ataf. Arhosodd yno'n ddisgwylgar. Byseddais yn fy mhocedi gwlybion a chael hyd, wrth lwc, i ddau swllt. Rhoddais un iddi ond ni adawodd hi lonydd i mi nes i mi roi'r ail swllt iddi hefyd.

Cnodd hithau'r metel yn wyliadwrus, cyn nodio iddi hi ei hun a gadael yr ystafell.

Pan dybiais nad oedd neb o gwmpas a mod i ar fy mhen fy hun ar lawr gwaelod y dafarn hon, tynnais fy nillad i gyd a'u hongian i ddeifio o flaen y tân. Eisteddais yno'n noeth, yn dal i rynnu, yn cnoi ar y cig gwydn ac yn defnyddio'r cwrw er mwyn ceisio golchi ymaith flas yr heli. Ni chefais gysur gan y bwyd na'r ddiod ac ni ddaeth cwsg chwaith, er i mi roi fy mhen i lawr i hepian. Wrth iddi wawrio, penderfynais fod perygl i'r fwyell ddychwelyd i law'r wreigan petasai'n fy narganfod yn noethlymun yn ei pharlwr, felly ailwisgais y dillad tamp. Defnyddiais ddrych budr ar y wal er mwyn ceisio gwneud i mi fy hun edrych yn llai fel bwgan; cymedrol fu'r llwyddiant.

Gyda'r bore gwelais y ddynes eto, ei hiwmor heb wella ers y noson cynt, ac ymunodd ei gŵr a'i phedwar plentyn â hi. Roedd yntau yn dew gyda breichiau praff fel rhai ffermwr – edrychodd arnaf fel pe bai'n ceisio datrys sut y byddai'n cuddio fy nghorff wedyn – tra oedd ei blant (dau fachgen a dwy ferch) yn denau fel sgerbydau, eu llygaid crynion yn glynu arnaf. Ordrodd y fam ei phlant i'r gegin. Eisteddodd y tad gyda mi yn y parlwr wrth i ni ein dau fwyta brecwast. Nid ynganodd air nes iddo orffen ei bysgodyn, yna cododd ei lygaid boliog a gofyn rhywbeth yn Saesneg ond gydag acen nad oeddwn i'n gallu ei dehongli. Ymddiheurais a gofyn iddo'i ailadrodd.

'Pwy ydach chi?' meddai wedyn, pob gair yn araf ac yn llysnafeddog.

'Theophilus Cibber,' meddwn, 'actor. Cafodd fy llong ei dryllio yn y storm ar y ffordd i Ddulyn. Allwch chi ddweud wrtha i ble ydw i?'

Dydw i ddim yn siŵr a ddeallodd y llabwst yr oll a ddwedais, ond atebodd, 'Lendalfoot.'

Yn wir, roedd rhaid i mi ofyn iddo ailadrodd hyn deirgwaith, gan nad oedd y gair yn ystyrlon i mi, ac erbyn y drydedd waith roedd cochni yn gwawrio dros wyneb y dyn, ond deallaf wrth edrych yn ôl mai enwi ei bentref a wnaeth. Ar y pryd nid oeddwn i fawr callach, ac roeddwn i'n meddwl mai yn Iwerddon oeddwn i – gan mai at y wlad honno roedden ni'n hwylio – felly nid tan yn llawer hwyrach y deallais mod i yn yr Alban. Mae Lendalfoot yn ddiddim o le ar yr arfordir gorllewinol. Pe bawn i wedi cerdded i'r gogledd yn hytrach nag i'r de byddwn wedi cyrraedd tref Girvan yn lle Lendalfoot, a diau y byddwn i wedi cael mwy o groeso yno.

Roedd y pentref hwn – euthum am dro ar ôl brecwast, gan obeithio'n ofer weld wynebau mwy cyfeillgar ac er mwyn sychu fy nillad yn y gwynt yr un pryd – yn llond llaw o dai, y dafarn hon (y Ship, neu hwyrach y Sheep) ac adeilad hirsgwar a ymddangosai fel pe bai'n storfa o ryw fath. Er ei fod yn gyfagos at y môr, pentref ffermio yw Lendalfoot, ac wrth gerdded ar hyd ei unig stryd gwelais ddwsin o ddynion salw yr olwg yn cerdded oddi wrth y lan tuag at y caeau a orweddai y tu hwnt i'r pentref. Chododd yr un ohonynt mo'u capiau ataf; nid oeddwn yn gwisgo fy nillad gorau, dim ond fy nillad teithio, a'r rheiny bellach wedi eu cannu gan donnau'r môr. Sylweddolais y funud honno fod fy holl eiddo wedi mynd gyda'r *Dublin Merchant*, gan gynnwys fy nillad, fy ffidil, fy sgriptiau, fy offer siafio, fy mhistol a fy holl arian (wyth bunt, naw swllt, chwe cheiniog a dimai). Yr unig bethau oedd gennyf oedd y dillad ar fy nghefn a'r llythyr oddi wrth Sheridan yn fy mhoced, yr inc ar hwnnw wedi rhedeg ond y papur yn un darn rywsut. Doedd dim cetyn gen i hyd yn oed. Roeddwn i wedi rhoi fy ngheiniogau olaf i'r fadam surbwch yn y Sheep (neu'r Ship). Diawliais fy anffawd.

Meddyliais y gallwn holi am reid oddi wrth rywun oedd yn teithio tuag at Ddulyn (gan ddal i gredu mai yn Iwerddon oeddwn i) ac y byddai Sheridan yn gallu rhoi help llaw unwaith i mi gyrraedd y ddinas honno. Pan gawn fy hun yn ôl lle bo gwareiddiad, penderfynais, byddwn yn anfon llythyrau at gyfeillion yn Llundain yn erfyn arnynt am gymorth. Buan, gobeithio, y byddwn i yn ôl ar fy nhraed. Ac yn fwy na hynny, sylweddolais gan deimlo fy nghalon yn ysgafnhau, byddai'r papurau newydd wrth eu boddau yn clywed (ac yn talu am glywed) am fy anturiaethau.

Yn barod roeddwn i'n saernïo'r stori yn fy mhen, yn ychwanegu addurniadau addas iddi, megis sut y ceisiais achub y gwragedd a'r plant oddi ar y llong cyn iddi suddo ond bod tonnau'r môr wedi fy nhrechu; sut roeddwn i wedi nofio â'm holl anafiadau am ugeiniau o filltiroedd nes cyrraedd y lan, yn gorfod ymladd pysgod ffyrnig ac angenfilod ar fy nhaith; sut roeddwn i wedi cael fy mendithio gan Dduw i oroesi am fod fy enaid i'n bur, &c. Roedd angen gwaith ar y syniad, ond eisoes gallwn weld yn llygad fy meddwl y byddai enw Theophilus Cibber ar dudalen flaen y *Gazetteer & London Daily Advertiser* ac y byddai baledi'r *broadsheets* yn lledaenu'r hanes am fy newrder ar hyd a lled y wlad.

Nid felly y bu.

Afreolaidd oedd dyfodiad papurau newydd i'r rhan hon o'r byd, gan gynnwys hyd yn oed cyhoeddiadau'r Albanwyr megis yr *Evening Courant*, ac felly roedd newyddion o'r tu hwnt i'w pentref yn treiddio'n drybeilig o araf i ymwybyddiaeth trigolion Lendalfoot. Byddai'r Post yn dod yn wythnosol i Girvan neu Ayr, ymddengys, a byddai marsiandwyr teithiol a yrrai eu certiau oddi yno a thrwy Lendalfoot yn cludo hynny o lythyrau a ddeuai i'r pentrefwyr gwachul. Ar wahân i hynny, byw eu bywydau eu hunain yr oedd y gwerinwyr hyn, a sylweddolais na fyddent o fawr o ddefnydd i mi heblaw fel darparwyr to uwch fy mhen.

Arhosais yno am dridiau, gan mai dyna oedd, fel y dysgais, gwerth fy neuswllt. Bob bore byddai'r ddynes a'i gŵr yn edrych arnaf yn hurt, fel pe bawn i'n fwystfil a oedd wedi cropian o'r tonnau. Allwn i ddim dioddef treulio mwy o amser yn y gwesty truenus hwnnw hyd yn oed pe bai gennyf fwy o arian yn fy mhocedi.

Ar ddiwedd fy mhreswyliad annymunol yn y pentref hwnnw, cefais fynd yn nhrol un o'r ffermwyr i dref Girvan (a chanfod fy mod i yn yr Alban, a barodd gryn sioc a chyni i mi). Dim ond ar ôl cyrraedd Girvan a holi yn y dafarn gyntaf a welais y cefais wybod beth oedd y dyddiad. Dysgais ei bod hi'n chwe diwrnod ers i mi adael Caergybi ar fwrdd y *Dublin Merchant*. Rywsut roeddwn i wedi colli diwrnod neu ddau rhwng y llongddrylliad a deffro ar draeth yn yr Alban. Allwn i ddim, ac ni allaf hyd heddiw, esbonio hynny.

Nid oedd trigolion Girvan, hyd yn oed meistr y dociau na'r swyddog Post, yn gwybod am ffawd y *Merchant*. Siaradais â'r Ustus lleol, dyn swmpus pedwar ugain oed, ac, er tegwch iddo, credodd fy stori a chynigiodd lety i mi yn ei dŷ tan i mi lwyddo i drefnu ffordd yn ôl i Lundain.

Roeddwn mewn cyfyng-gyngor p'run a ddylwn i geisio darganfod ffordd arall i gyrraedd Dulyn (roedd cwch yn pasio drwy Girvan mewn wythnos, meddent) neu ddychwelyd i Lundain. Er mwyn ceisio darganfod faint o gefnogaeth a gawn i pe dychwelwn i'r brifddinas, anfonais sawl llythyr brysiog at bwy bynnag y gallwn feddwl amdanynt, yn ymofyn arian ganddynt er mwyn fforddio dillad newydd, lle i fyw a bwyd yn fy mol. Addewais iddynt y byddwn i'n eu talu'n ôl a mwy yn fuan, gan y byddai fy sioe nesaf yn Nulyn yn siŵr o fod yn llwyddiant ysgubol. Ysgrifennais hefyd at Thomas Sheridan yn esbonio beth a ddigwyddodd ac yn ymbil arno am *advance* o'm cyflog. Rhois fy nghyfeiriad fel cartref Ustus Girvan, ond nodais hefyd y gellid gadael unrhyw ohebiaeth ar fy nghyfer yn nhafarn y Craven Head ar Drury Lane (roedd landlord y dafarn yn fy adnabod, a gobeithiwn na fyddai'n llosgi'r fath lythyrau heb eu hagor oherwydd y ddyled oedd arnaf iddo).

Gwyddwn y byddai'n cymryd nifer o ddiwrnodau i'r llythyrau gyrraedd pen eu taith ac i'r atebion fy nghyrraedd innau yn eu tro, felly, heb ddimai goch ar f'elw, bu'n rhaid i mi dreulio fy amser yn eistedd ym mharlwr blaen clòs yr Ustus, gan yfed ei goffi a'i frandi a cheisio darllen y llyfrau eithriadol o ddiflas a lenwai ei silffoedd. Daeth ac aeth y llong i Ddulyn; daeth ac aeth y Goets i Lundain. Arhosais ble roeddwn i, oherwydd roeddwn i wedi penderfynu disgwyl i weld pwy atebai fy llythyrau gyntaf.

Arhosais am bythefnos. Un musgrell oedd yr Ustus gan iddo edrych arnaf bob tro y deuai i mewn i'r ystafell fel pe bai dim syniad ganddo pam roeddwn i yno, ond roeddwn i'n edrych mor gartrefol, ymddengys, nes iddo beidio â dadlau. Ond gallwn deimlo ei fod yn gynyddol lai goddefgar o'm presenoldeb yn ei gartref. 'Hwyrach y dylech chi ddal y Goets nesaf i Lundain, syr,' meddai wrthyf fwy nag unwaith. Ond roedd rhaid i mi aros tan fod atebion yn cyrraedd. Felly aros, ac yfed, a wneuthum.

Dim ond un ateb a gefais, a hwnnw oddi wrth Thomas Sheridan, Esquire, Theatre Royal, Dulyn. Meddai, '*Dear Sir; As astonish'd as I was to learn of your Predicament and Adventures, I am regretfully unaware of any recent Arrangements made as regards your employment at my Establishment. Our Repertory is full and no Roles are available at present. I remain yours, etc., T. S.'*

II

Fe'm lloriwyd gan eiriau Sheridan. Pam yr oedd wedi gwadu iddo gynnig swydd i mi? Darllenais eto ac eto weddillion gwlyb y llythyr gwreiddiol ganddo. *I can, good Sir, make you Immortal* oedd yr hyn a ddwedodd. Anfarwoldeb! Dyna'r oll roeddwn i'n chwilio amdano. Ond nawr roedd am olchi ei ddwylo ohonof i?

Meddyliais yn wallgof am hyn am weddill y diwrnod y derbyniais ei lythyr diweddaraf, a thrwy gydol y nos hefyd. A oeddwn i wedi gwneud rhywbeth i haeddu dilorni Sheridan? Rhyw bymtheg mlynedd ynghynt roeddwn i a Sheridan wedi cael ffrae, pan wnes i actio yn y Theatre Royal ddiwethaf. Ffrae wirion oedd hi – yntau'n gwrthod chwarae rhan yn un o ddramâu Addison am nad oedd yn hoff o'r gwisgoedd – ac mae'n wir ein bod ni wedi dweud nifer o bethau lliwgar am ein gilydd wedyn mewn llythyrau yn y papurau newydd ac ati. Ond roeddwn i wedi cymryd bod ei epistol diweddar yn cynnig swydd i mi yn arwydd ei fod wedi anghofio am yr anghydfod hwnnw.

A oeddwn i felly wedi gwneud rhywbeth i rywun *arall* a haeddai'r fath ymateb? Meddyliais am Mr Maddox, y dawnsiwr gwifrau, a'r gwahaniaeth rhwng y ffordd y siaradodd â mi yn y gwesty a phan fwriodd i mewn i mi drannoeth ar y llong. Roedd Maddox wedi cael cynnig swydd yn y Theatre Royal hefyd. A oedd hi'n bosib bod Maddox wedi digio wrthyf, wedi llwyddo i oroesi'r llongddrylliad a chyrraedd Dulyn, wedi adrodd wrth Sheridan am ba bynnag gamwedd a wneuthum, a bod hynny wedi'i arwain i derfynu fy nghyflogaeth yn y fan a'r lle? Prin fod y fath gyfres o ddigwyddiadau yn gredadwy. Cefais ddelwedd hurt yn fy meddwl yn sydyn o Maddox yn defnyddio ei fedrau rhaff-gerdded i ddawnsio ar hyd y mastiau wrth i'r *Dublin Merchant* suddo oddi tano, gan gerdded wedyn ar draws y tonnau fel yr Iesu tuag at y lan bell. Ysgydwais fy mhen, yn gandryll â mi fy hun – nid bod hudol oedd Maddox, ac nid oeddwn yn credu ei fod wedi byw, ond mae hyn yn enghraifft i chi o'r tryblith oedd yn berwi yn fy ymennydd yn y cyfnod hwnnw; weithiau'n methu dweud y gwahaniaeth rhwng y gwirionedd a ffuglen fy nychymyg, y dasg o geisio datod y ddau beth yn peri i mi orfod gorffen potel arall o frandi Ffrengig yr Ustus.

Fel y dwedais, roedd newyddion yn teithio'n araf at y rhan anghysbell hon o'r byd. Roedd hi'n bedair wythnos wedi'r gyflafan ar y môr cyn i mi gael fy nwylo ar bapur o Lundain a oedd yn adrodd yr hanes. Daliais o rhwng bysedd crynedig a'i ddarllen deirgwaith, prin yn coelio'r geiriau a oedd wedi eu hargraffu yno:

> The reporter regrets that a tragic loss of Life and Goods occurr'd as the packet *Dublin Trader*, captain'd by *J. White*, sank in stormy weather while sailing from *Holy-head* in Wales to *Dublin*. Wreckage has been found along the Coast of Scotland, where it is assum'd that the Ship was blown by the Gale and sunk at sea, for no large piece of the Hull has yet been discover'd and must regrettably now be beneath the Waves. It is said that the Vessel was transporting many thousands of Irish Pounds and sundry trade Goods totalling a similar Value. Aboard also, and most tragically perish'd, were the Member of Parliament for *Dunleer*, *Edward*, Earl of Drogheda, along with his infant Heir; Gentlemen by the names of Messrs. *Shaw* and *Fletcher* also are unaccounted for; also *Mr Maddox*, the celebrated Wire-dancer, and *Mr Theophilus Cibber*,

formerly an Actor, all presum'd lost at Sea. No Survivors have come forth and it is most sadly confided that none now shall.

Mae geiriau'r erthygl fer honno wedi eu serio ar fy nghof. Wyddwn i ddim ar y pryd faint o ffydd i'w roi yn y ffeithiau a restrwyd yno – wedi'r cyfan, cafodd y gohebydd enw'r llong yn anghywir. Ond roedd Maddox yn cael ei enwi – a minnau! Gallaf eich sicrhau bod darllen am eich marwolaeth eich hun yn siglo dyn.

Nid oedd syniad eglur gennyf beth i'w wneud, ond, ar ôl i mi ddadebru wedi'r syndod, penderfynais fod angen i mi siarad gyda'r papurau newydd er mwyn profi fy mod i'n dal yn fyw. Diau y byddai hynny'n stori dda ar gyfer eu tudalennau blaen! Defnyddiais ronynnau olaf caredigrwydd yr Ustus a daliais y Goets i lawr i Lundain.

Roedd hi'n fis Rhagfyr pan gyrhaeddais y ddinas fawr o'r diwedd, y tywydd wedi troi o gynhesrwydd hydrefol annisgwyl i oerni llym y gaeaf. Rydw i'n cyfaddef bod dagrau wedi cyrraedd fy moch wrth i mi weld tirlun Llundain unwaith eto ac arogli ei drewdod cyfarwydd, gwefreiddiol.

Euthum ar fy union i'r Craven Head, ble y gwyddwn fod rhai o actorion y Drury Lane yn yfed yn rheolaidd. Mae cymrodoriaeth fythol ymysg pobl sydd wedi rhannu llwyfan, a byddai rhywrai o'u mysg yn sicr o roi help llaw i'w cyn-gyd-actor hoff.

Roedd hi'n hwyr y nos pan gamais i dros drothwy'r dafarn megis y mab afradlon. Wedi hir ymarfer fy mynediad yn fy mhen, datganais, gyda'm breichiau ar led, 'Gyfeillion, yr wyf wedi dychwelyd o dir angau!'

Edrychodd llond y taprwm o wynebau arnaf, gan ddangos diffyg diddordeb a llai fyth o barch.

Ystyriais nad oedd yr actorion yma, ac nad oedd ffrindiau penodol i mi yn y dafarn ar hynny o bryd, felly rhoddais gynnig arall arni. 'Ie, Theophilus Cibber ydw i. Nid ydw i, fel y dwedodd y papurau newyddion, wedi boddi ym Môr Iwerddon. Rydw i'n fyw! A'r fath anturiaethau a gefais!'

Chwarddodd ambell un; anwybyddodd y lleill fi. Sefais yn gegrwth. Gwthiodd dau gwsmer newydd heibio wrth ddod i mewn y tu ôl i mi, a bu bron i mi faglu. Yn chwil, eisteddais wrth fwrdd gwag yn y gornel. Maes o law daeth y perchennog ataf i holi beth yr hoffwn ei fwyta a'i yfed.

'John,' meddwn innau, 'dwyt ti ddim yn fy adnabod i?'

Crychodd ei dalcen, yna nodiodd a dweud, 'Theophilus Cibber?'

Dawnsiodd fy nghalon. 'Ie! Dyma fi.'

'Ie,' cytunodd John, 'mi ddwedaist ti dy enw gynnau wrth bawb yn y dafarn.'

'Ond... rydw i wedi dod yma ganwaith. Rwyt ti wedi gweini cig a gwin i mi wrth y bwrdd yma fwy o weithiau nag y medraf eu cyfri!'

Cododd ei ysgwyddau. 'Mae'n ddrwg gen i, syr. Mae'r lle yma'n boblogaidd. Mae llawer o ddynion yn yfed yma. Rŵan 'te, beth hoffech chi?'

A 'mhen yn troi a'm stumog yn corddi, gofynnais am ddiod gref. Aeth John i ffwrdd yn ddiffwdan.

Nid oedd yn fy adnabod. Pam? A oeddwn i wedi newid cymaint? Roedd addurn pres yn hongian ar y wal wrth fy ymyl; edrychais ar fy wyneb ynddo. Na, meddyliais, doedd dim trawsnewidiad mawr wedi bod i'm gwedd. Yn wir, os rhywbeth roeddwn i'n edrych yn fwy iach a harti nag y bûm ers blynyddoedd, ond ddim mor wahanol nes byddai John yn fy nhrin fel dieithryn.

Eisteddais yno am gyfnod yn yfed ac yn stiwio yn fy mhryderon. Doedd bosib nad oedd *rhywun* roeddwn i'n gyfarwydd ag o yn y fangre hon, rhywun a fyddai'n wyneb cyfeillgar? Edrychais ar y bobl yn yr ystafell ond ni welais neb.

Yna, wedi rhyw hanner awr, cerddodd dau ddyn i mewn a mynd at y gornel bellaf i eistedd. Adnabyddais un ohonyn nhw'n syth: dacw Astley Bransby, gŵr a droediodd fyrddau'r Drury bron gymaint â minnau, a'r cyw-actor Booth yn yfed gydag o. Euthum draw atynt, yn llai hyderus nag oeddwn i pan gamais i mewn i'r dafarn. Edrychodd Bransby i fyny ataf wrth i mi ddynesu, a chododd ei aeliau.

'Bransby, yr hen go!' meddwn cyn sirioled ag y gallwn.

'Syr,' meddai yntau'n fflat, gan eistedd yn ei ôl.

'Beth ydi hyn, fachan? Ydych chi i gyd yn chwarae triciau arnaf i?'

Edrychodd Bransby a Booth yn ddryslyd ar ei gilydd. 'Pa dric, syr?'

'Fi sydd yma. Theophilus!' Gwthiais fy wyneb yn agosach. 'Peidiwch â gwneud castiau, dydw i ddim mewn hwyliau am y fath beth.'

'Dim castiau, Mr Theophilus. Ond dydyn ni ddim yn—'

'*Cibber*, Mr Theophilus Cibber. Myn diawl, roeddwn i'n disgwyl gwell gennyt ti, Bransby. Mi oeddwn i'n chwarae Pistol cyn i ti gael dy eni! Mi ddylet ti ddangos parch.'

Roeddwn i wedi cynhyrfu'n lân erbyn hyn, ond roedd Bransby wedi digio ac yn sefyll. Roedd ugain mlynedd yn iau na mi a chwe modfedd yn dalach; camais yn fy ôl. Dwedodd yntau rywbeth bygythiol nad ydw i'n ei gofio, a sylweddolais nad oeddwn i'n mynd i allu ei ddarbwyllo. Roedd hon yn gêm greulon, meddyliais, yn cael ei chwarae arnaf gan ddynion y credais eu bod yn gyfeillion i mi. Am ba reswm y gwnaent hyn, ni allwn ddyfalu, oherwydd pam na fyddent yn dangos parch tuag at actor mor hynaws â minnau, rhywun a ddylai fod yn eilun iddynt?

Gadewais y dafarn yn sigledig. Credaf fod Booth, neu un o'r lleill, wedi mwmian rhywbeth am 'hen actorion' wrth i mi adael.

Mewn hwyliau du ac yn llawn arswyd, rhedais at y theatr.

Mae'r Drury'n lle mawr sydd bron wedi'i guddio pan edrychwch arno o'r tu allan. Dim ond coridor llydan, hir sy'n arwain i'w grombil oddi ar Bridges Street, a hwnnw mae'r cyhoedd yn ei ddefnyddio fel mynedfa. Euthum rownd y gornel at gefn yr adeilad, sydd ar Drury Lane ei hun, er mwyn defnyddio'r drysau cefn. Roeddent ar glo. Curais arnynt yn ynfyd.

O fewn munud neu ddau daeth bachgen ac agor un drws fymryn. Doeddwn i ddim yn ei adnabod – ond gobeithiwn y byddai'n fy adnabod i.

'Fachgen! Mae angen i mi ddod i mewn. Mr Cibber sydd yma. Roeddwn i'n arfer rheoli'r theatr. Gad fi i mewn ar unwaith.'

Edrychodd arnaf â golwg ryfedd. 'Mr Garrick ydi'r rheolwr, syr.'

'Ie, mi wn mai *Garrick*' – poerais ei enw, heb fwriadu gwneud hynny – 'yw'r rheolwr, ond fi *oedd* y rheolwr. Mae angen i mi ei weld. Garrick – ble mae o?'

'Dydi o ddim yma. Mae hi'n hwyr, syr.'

Doeddwn i ddim wedi sylweddoli ei bod hi ymhell wedi diwedd y perfformiad nosweithiol. Dichon mai dim ond y bachgen yma oedd o gwmpas, yn cadw golwg ar y lle tan y bore. Mewn ennyd o rwystredigaeth, gwthiais yn hy heibio i'r llanc, gan anwybyddu ei brotestiadau, i mewn i'r theatr.

Mae'r drysau o'r stryd honno'n arwain yn syth at y llwyfan. Os ydi *drops* y cefndir yn ei guddio, fel a geir yn y rhan fwyaf o berfformiadau, mae modd i'r actorion a'r criw fynd a dod heb i'r gynulleidfa weld. Ond heno roedd y golygfeydd wedi eu cadw, efallai er mwyn eu hailbeintio, ac felly, wrth gamu drwy'r drysau cefn, cefais fy hun yn sefyll unwaith eto ar y llwyfan. Fy llwyfan *i*.

Cydiodd rhywbeth ynof fi, rhyw egni a chynddaredd nad oeddwn wedi ei ddisgwyl. Er bod y meinciau gwyrdd o'm blaen a'r galeri tu hwnt iddynt yn gwbl wag, a'r llwyfan yn dywyll heblaw am olau gwelw o'r lleuad uwchben, teimlais unwaith eto yr ecstasi o fod yno. Llifodd gwres drwy fy nghorff a llosgodd fy nhafod. Estynnais fy mreichiau ar led a bloeddiais tuag at y seddi gweigion:

Then Death rock me asleep, abridge my doleful days!
Why then, let grievous, ghastly, gaping wounds
untwind the Sisters Three! Come, Atropos, I say!

Atseiniodd fy llais o'r pedair wal, ond ni ddaeth cymeradwyaeth.

Syrthiais ar fy ngliniau. Beth oedd wedi digwydd? Beth oedd wedi digwydd *i mi*?

Edrychais i fyny at awyr y nos a syllodd honno yn ôl arnaf yn fud drwy'r agendor mawr yn nho'r theatr, y lloer yn troi'r cymylau'n arian. Ni welwn unrhyw sêr oherwydd y cymylau. Yna teimlais gnoc drom, boenus ar gefn fy mhen – roedd y cenau bach wedi fy ngholbio gyda phastwn – ac, yn wir, mi welais sêr wedyn.

III

Nid ydw i'n beio'r bachgen erbyn heddiw – amddiffyn ein theatr oedd o, wedi'r cyfan – ond am sawl diwrnod wedi'r digwyddiad hwn roeddwn yn ei ddiawlio am beth a wnaeth ac am beth ddigwyddodd wedyn.

Roedd heddlu o fath gan Lundain yn 1758, wedi i John Fielding gymryd drosodd fel yr ynad lleol oddi wrth ei frawd atgas ychydig flynyddoedd ynghynt. Allaf i ddim cofio'n iawn, ond roedd hi'n ymddangos bod llanc blaengar y theatr wedi rhuthro drwy Covent Garden at dŷ Fielding – prin ddau funud i ffwrdd. Hambygiodd yntau yr ordinari cysglyd a oedd yn cadw siop ar yr awr honno nes y cafwyd hyd i *Runner* a oedd wrthi'n yfed mewn tafarn gyfagos. Daeth y *Runner* i'm llusgo gerfydd fy mraich drwy'r nos at annedd Fielding yn Bow Street, ble roedd yr ynad wedi creu ei lys ei hun (mae pawb yn hoff o weithio o gartref). Ar ôl ysgrifennu adroddiad ffwrbwt, rhoddodd yr heddwas fi i eistedd mewn ystafell fechan anghyfforddus heb ffenestri. Gan fwrw golwg olaf sydyn a dryslyd arnaf, clodd y drws.

Roeddwn i'n dal yn chwil. Credaf mod i wedi clebran am oriau, i bwy bynnag a wrandawai ond yn bennaf i'r pedair wal, gan fynnu eu bod wedi carcharu actor o bwys, *veteran* y llwyfan, ac nad oeddwn i wedi gwneud dim o'i le, a beth am *habeas corpus*? Anwybyddon nhw fi.

Gyda'r bore, cefais fy ngweld gan John Fielding. Roedd y gŵr urddasol hwn, fel y gŵyr pawb, yn ddall; er na welai o fi, roedd sefyll yn ei ŵydd a'i gael yn syllu *drwof* i, fel petai, yn brofiad anghysurus.

'Enw?' meddai yntau.

'Theophilus Cibber.' Doeddwn i ddim mewn hwyliau da o gwbl erbyn hynny ac mae'n siŵr mod i wedi ymateb yn sur iddo, gan i'w wefus dynhau yn syth. Dyma'r clerc wrth ei ddesg fechan yn crafu rhywbeth yn ei lyfr gyda chwilsen. Safai *Runner* – nid yr un a'm harestiodd – ychydig i'r ochr, ac edrychodd hwnnw arnaf gyda golwg ddiflas. Diau fy mod i'n ymddangos yn greadur digon digalon yn ei olwg o; fy nillad yn dal i fod yn fudr o'r daith hir i lawr o'r Alban, fy anadl yn dal i fod yn dystiolaeth o'r ddiod a yfais yn y Craven Head, a chanlyniad gweledol cael fy ngholbio, fy llusgo a'm caethiwo'n amharu ar fy nghymesuredd arferol.

Ni wyddwn pa effaith fyddai clywed fy enw yn ei gael ar Fielding. Roedd ei ddiweddar frawd, Henry, wedi gwneud sawl cam gwag â mi cyn i Angau ei dynnu i'w haeddiannol gell yn Uffern, a dychmygwn y byddai gan John gof cyfreithiwr o'r celwyddau a ddywedodd y papurau newydd amdanaf rai blynyddoedd ynghynt. Nid yw dynion fel hyn byth yn anghofio! Serch hyn oll, gobeithiwn y byddai'r enw Cibber yn adnabyddus iddo ac y byddai'n gwerthfawrogi nad oferddyn neu dramp oeddwn i, ond rhywun o bwys.

Gobeithiwn hefyd y byddai ynad pwerus fel hwn yn gwybod beth i'w wneud o ran y digwyddiad anffortunus ar donnau Môr Iwerddon, ac eisoes roeddwn i'n dechrau cynllunio yn fy meddwl i ofyn iddo am ei wasanaethau cyfreithiol – y tâl i ddod ar ddiwedd y gwaith – er mwyn ceisio adfer fy sefyllfa i'w lle blaenorol.

Ond aeth Fielding yn ei flaen fel pe bai fy enw'n golygu dim iddo. 'Cyfeiriad?'

Cochais wrth gofio nad oedd cyfeiriad parhaol gennyf ar y pryd, gan mod i wedi gwerthu'r cyfan er mwyn paratoi at fy mywyd yn Nulyn; roedd y tŷ yn Kensington a rannais gyda Susannah wedi hen lithro o'm dwylo. Ar ôl oedi am rai eiliadau, darparais fy hen gyfeiriad iddo gan obeithio na fyddai'n ei wirio. Gwichiodd ysgrifbin y clerc unwaith yn rhagor.

'Beth yw'r drosedd?' gofynnodd Fielding. Roedd yn amlwg wedi diflasu, yn symud yn araf o un ochr i'r llall yn ei sedd, ei fysedd wedi eu plethu ond yn gwingo, fel pe bai'n ysu i wneud rhywbeth arall.

'Torri i mewn i'r theatr yn Drury Lane, syr,' meddai'r *Runner* gan fwrw golwg ar yr adroddiad o'r noson cynt. Sgriblodd y clerc. Ysgyrnygais ar yr heddwas ac agor fy ngheg i'w groes-ddweud, ond cyn i fwy na dau air adael fy ngwefusau rhoddodd Fielding ei law i fyny, ac mi stopiais. Bu'n rhaid i mi frathu fy nhafod wrth i'r sinach o *Runner* ddweud wrth yr ynad mod i, yn ôl y bachgen a oedd yn gwarchod y lle, wedi curo'n fileinig ar ddrws y theatr, wedi ei wthio'n dreisgar er mwyn cael mynediad i'r adeilad, cyn mynd ar y llwyfan i wneud *impromptu*.

Cododd ael Fielding. '*Impromptu?*'

'Ie, syr. Mae'n dweud ei fod yn actor.'

'Yr *ydw* i'n actor, damia'th lygaid!' ffrwydrais.

Ochneidiodd Fielding. 'Mr... Cibber, ie? Ydych chi'n gwadu hyn?'

'Ydw!'

'Felly wnaethoch chi ddim ceisio cael mynediad i'r *locus delicti* yn hwyr neithiwr?'

'Do, ond—'

'Ac wnaethoch chi ddim ymaflyd gyda'r gwarcheidwad er mwyn cael heibio iddo?'

'Fyddwn i ddim yn dweud *ymaflyd*—'

'Ac a wnaethoch chi yn wir gymryd ennyd o'ch noswaith i adlonni'r theatr wag gyda thipyn o'r *Beggar's Opera*?'

'*Henry IV*, rhan 2,' meddwn i yn surbwch gan blygu fy mreichiau, ond roedd hi'n amlwg i mi bellach, o'r wên ysmala ar ei wyneb, mai fy nilorni oedd Fielding.

Wrth i'r clerc wneud nodyn o'r peth diwethaf i mi ei ddweud, meiddiais agosáu at yr ynad a gofyn, mewn llais mwy mesuredig a rhesymol, onid oedd yn adnabod fy enw? Cyfeiriais at fy nhad, yr *impresario* enwog, at yr amryw o rolau nodedig i mi fod yn adnabyddus amdanynt, ac at y ffaith na allaswn mewn difrif calon fod yn torri i mewn i theatr y bu i mi fod yn gyflogedig ynddi tan yn lled ddiweddar!

Wn i ddim a oedd fy nadl wedi gwneud argraff ar Fielding, ond ochneidiodd eto a throi at y *Runner*. 'Ai Mr Garrick sy'n dal i redeg y theatr yn Drury Lane y dyddiau hyn?'

'Cywir, syr.'

'Bydd yntau'n gallu cadarnhau'r ffeithiau hyn, am wn i. Allwch chi ei gael o yma, os gwelwch chi'n dda?'

Edrychodd yr heddwas yn anfoddog. 'Wn i ddim ble bydd o, syr…'

Chwifiodd Fielding ei law yn ddiamynedd. 'Gofynnwch yn y theatr, wrth gwrs. Ac os nad fanno, yna bydd rhywrai yno yn gallu eich cyfeirio chi at leoliad presennol Garrick. Dewch yn ôl yma gydag o pan fedrwch chi.'

Daeth David Garrick. Er tegwch i'r *Runner*, ni chymerodd fwy na hanner awr i'w hebrwng i'r cwrt, ond byddwn i wedi bod yn hapus i aros am flwyddyn yn hytrach na gorfod edrych ar y penbwl hwnnw unwaith eto.

Roedd Garrick wedi dilyn trywydd tebyg i minnau ym myd y theatr. Actor a fu, cyn cymryd drosodd reolaeth y Drury

Lane ar fy ôl i. Ond heblaw am hynny roedd o a minnau yn ddynion cwbl wahanol. *Tragedian* oedd David Garrick, o'r math gwaethaf, ac roedd ei arddull wamal yn boblogaidd gyda chynulleidfaoedd y cyfnod. Yn lle arddangos gwir angerdd roedd yn well ganddo gyfleu ei gymeriadau mewn modd tawel a llipa.

'Dyna maen nhw'n hoffi bellach,' meddai fy nhad wrthyf ar un o'r troeon olaf i ni erioed siarad gyda'n gilydd, 'am ei fod yn fwy tebyg i'r ffordd mae pobl yn siarad go-iawn. Ond pam talu i fynd i'r theatr, os mai dyna mae dyn yn chwilio amdano? Pam ddim sefyll ar gornel stryd yn lle hynny?' Anaml y cytunwn â Colley Cibber, ond yn hyn o beth roedd yn llygad ei le.

Daeth Garrick yn ôl i'm bywyd, felly, a syllodd arnaf yng nghwrt John Fielding gyda llygaid miniog. Llabwst oedd Garrick erioed, gydag wyneb fel cefn rhaw a dwylo ffermwr, ond pan oedd yn sefyll yn dalsyth gan ledu ei ysgwyddau, ni allwn ond cydnabod bod llwyfan yn lle priodol ar ei gyfer.

'Mr Garrick. Diolch am ddod, ac ymddiheuriadau am darfu arnoch,' meddai Fielding mewn llais meddal.

Gwnaeth Garrick sŵn yn ei wddf, wedyn meddai, 'Wastad yn hapus i helpu i gadw'r heddwch ar y strydoedd hyn, Mr Fielding.'

Nodiodd Fielding. 'Ydych chi'n ymwybodol o rywun yn torri i mewn i'ch sefydliad chi neithiwr, syr?'

'Ydw.' Ciledrychodd Garrick arnaf. 'Cefais yr hanes gan y bachgen rydw i'n ei dalu i warchod y lle gyda'r nos. Wrth lwc fe fu'n llwyddiannus yn stopio'r drwgweithredwr cyn iddo fynd yn rhy bell. Ai *hwn* yw'r dihiryn?'

Rhoddodd Fielding wên fain ond ni atebodd y cwestiwn. 'Ydych chi'n ei adnabod, syr?'

Trodd Garrick i syllu arnaf am ychydig eiliadau, ei lygaid

yn cropian dros bob modfedd ohonof. 'Nac ydw,' meddai wrth Fielding yn swta.

Byddwn wedi ymateb yn frwd i'r fath gelwydd noeth pe na byddai fy ngheg wedi syrthio'n agored, y cyhyrau yn fy safn yn gwrthod ei chau eto mewn pryd.

Dyma John Fielding yn parhau'n esmwyth, 'Ond mae yntau, Mr Garrick, yn dweud ei fod yn eich adnabod *chi*.'

Gwgodd Garrick. 'Beth ydi ei enw o?'

Daeth fy ngallu i gynhyrchu iaith lafar yn ei ôl. 'Theophilus Cibber,' meddwn, pob sillaf yn gleddyf.

'Dydw i ddim yn cofio'r enw.' Cododd Garrick ei ysgwyddau.

'Mae'n rhaid i mi brotestio!' meddwn innau (yn protestio eisoes). 'Rydw i wedi cyfarfod â'r *gŵr bonheddig* yma ddwsinau o weithiau. Nid oes unrhyw bosibilrwydd ei fod yn anymwybodol o'r cyfraniad rydw i wedi ei wneud i ddiwylliant theatrig Llundain – ac i'w yrfa o ei hunan! Mr Fielding, mae—'

Ochneidiodd yr ynad am o leiaf y trydydd tro, ac o'r ffordd y crychodd ei dalcen roedd hi'n amlwg ei fod yn alaru ar y drafodaeth.

'Foneddigion,' meddai – ysgrifennodd y clerc yn wyllt wrth iddo siarad – 'rydw i'n ddyn prysur ac nid oes angen i hyn gymryd drwy'r dydd. Mr Garrick, mae'n ymddangos i mi na fu unrhyw ddifrod i'ch theatr yn sgil yr anffawd neithiwr. Mr Cibber, mae'n ymddangos i mi eich bod o'r farn bod yr hawl gennych i fynd i mewn i'r theatr yn Drury Lane, a bod felly ddim bwriad gennych i droseddu. *Actus non facit reum, nisi mens sit rea*, fel y dywed y Gyfraith, ac, Mr Garrick, *de minimis non curat lex* yw'r idiom mwyaf perthnasol yn yr achos hwn, mi gredaf. Wedi'r cyfan, gellid honni mai pen Mr Cibber – ac amser y cwrt hwn – yw'r unig beth sydd yn wirioneddol wedi dioddef yn hyn oll.'

Tybiais nad oedd Garrick wedi deall mwy o'r hyn ddwedodd Fielding na minnau, er bod wyneb yr ynad yn awgrymu ei fod wedi gwneud cyfaddawd da o'm safbwynt i. Cyn i Garrick allu dadlau, diolchais yn rymus i Fielding – cyn ymadael cyn gynted ag y gallwn i.

Mae'n debyg y byddwn i wedi elwa o aros er mwyn, fel y bwriadais, holi'r ynad ymhellach am fy sefyllfa gymhleth, ond roedd hi'n amlwg nad oedd cyfeillion gennyf yn yr adeilad hwnnw, felly i ffwrdd â mi i lawr y stryd, gwynt oer yn chwythu ac eira'n bygwth. Ond cyn i mi gyrraedd cornel Duke's Court clywais lais o'r tu ôl i mi. 'Cibber?'

Trois ar fy union.

David Garrick oedd yno, yn sefyll gan syllu arnaf, golwg od iawn ar ei wyneb. Roedd ei geg ar hanner agor a'i wefusau'n crynu, y cyhyrau yn ei dalcen yn gwingo, a oedd i gyd yn awgrymu bod arno eisiau dweud rhywbeth ond heb wybod beth na sut.

'Garrick,' atebais. Cymerais sawl cam tuag ato, fy nghalon yn curo'n gynt. 'Beth ddigwyddodd yn fanna? Beth ddaeth drosot ti, ddyn?'

Ond daliai Garrick i rythu. Yna meddai, 'Ydw i'n dy...?' – yna stopiodd, ei dafod yn gludo i'w geg. Rhoddodd ymgais arall arni. 'Ble ydyn ni wedi...?' Ond bob tro y baglai'r geiriau allan, byddai cysgod yn golchi dros ei wyneb a byddai'n agor a chau ei lygaid mewn penbleth. 'Th... Th...'

'Theophilus,' meddwn innau, fy ngwaed yn oer. 'Fy enw i ydi *Theophilus*. Rwyt ti'n fy adnabod i, on'd wyt?'

Roeddwn i wedi camddeall. Hyd yn hyn cymerais mai bod yn ystyfnig a sarrug oedd Garrick yn nhŷ'r Ynad, ond nawr dechreuais ofni bod pethau'n llawer gwaeth na hynny. Ei fod yn wirioneddol ddim yn cofio pwy oeddwn i.

Gallwn weld yn ei lygaid bod gwrthdaro'n digwydd yn ei feddwl. Rhywbeth yn ceisio gwthio'i hun allan o'i geg ond ei ymennydd yn ei atal.

'Theophilus,' meddai o'r diwedd. 'Theophilus… Cibber.'

Cydiais yn ei lawes mewn cyffro. 'Ie! Dyna ti. Rwyt ti'n cofio!'

'Cibber,' meddai eto, ond yna gwelais y cymylau llwyd yn nofio i mewn i'w lygaid unwaith eto. 'Ydyn ni… ydyn ni wedi cwrdd o'r blaen?'

Brathais fy ngwefus. 'Do. Lawer gwaith.'

Ysgydwodd ei ben yn araf. 'Rhyfedd. Dydw i ddim yn… Beth ddwedoch chi oedd eich enw chi eto?'

'Theophilus Cibber.' Roedd dagrau yn llosgi fy amrannau. 'O'r Drury gynt. Theophilus Cibber. Theophilus Cibber!'

Mae'n rhaid bod fy angerdd wedi siglo Garrick, gan iddo'n sydyn gipio ei fraich oddi wrth fy llaw a chamu ymaith. 'Rydw i'n ddyn prysur, syr,' meddai, ei lais yn newid ac yn swnio fel pe bawn i wedi ceisio ei gornelu ar y stryd er mwyn gwerthu rhywbeth. 'Dydd da i chi.'

Yna brasgamodd i ffwrdd gan ddal ei het fel na fyddai'r gwynt rhewllyd yn ei dwyn.

Sefais yn fy unfan. Syllais ar gefn Garrick nes iddo ddiflannu. Allwn i ddim coelio'r peth, ond nid oedd modd gwadu: roedd pobl wedi anghofio pwy oeddwn i. Roedd hi fel pe na bai Mr Theophilus Cibber erioed wedi bodoli.

IV

Roedd hi'n waeth na bod pobl wedi anghofio amdanaf. Fel y dangosodd David Garrick, hyd yn oed pan fyddwn i'n ceisio atgoffa pobl o bwy oeddwn i, neu'n cyflwyno fy hun o'r newydd iddynt, byddent yn anghofio hynny hefyd maes o law. Roedd fy enw yn llithro o feddwl person bron cyn gynted ag yr elai i mewn.

Mae'r cof yn beth rhyfedd, mi wn. Mae rhywun yn gallu anghofio enwau, anghofio am bobl hyd yn oed. Ond dros gyfnod o flynyddoedd, nid eiliadau; ac nid pobl rydych chi'n eu hadnabod yn dda. Ydyn, mae hen bobl yn gallu ffwndro wrth i'r ymennydd farw'n araf, ond nid rhywun fel Garrick neu Fielding; cofiais hefyd am Maddox ar fwrdd y llong, yntau'n peidio cofio pwy oeddwn i er i ni gyfarfod dim ond oriau ynghynt. Roedd y gwŷr hyn yn berchen ar feddyliau craff ac yn dibynnu ar eu hymenyddiau chwim ar gyfer eu swyddi. Siawns na fydden nhw'n anghofio dyn mor sydyn – yn enwedig nid y fi!

Roedd rhywbeth wedi digwydd i mi, ond nid oeddwn i'n deall beth – na sut. Yr unig beth roeddwn i'n ei ddeall oedd bod ton rewllyd o unigrwydd yn codi ynof i, eithr ton nad oedd yn torri ond yn parhau i chwyddo ac i chwyddo tan y byddai'n fy llenwi'n llwyr.

Wn i ddim am ba mor hir y sefais yno yn yr oerfel wedi i Garrick fy ngadael. Ar ryw bwynt dyma ddau blentyn yn bwrw i mewn i mi wrth chwarae, gan bron â fy nghnocio i'r mwd. Agorais fy ngheg i'w dwrdio nhw, ond roedden nhw'n fy anwybyddu ac eisoes yn rhedeg i ffwrdd dan chwerthin.

Cof niwlog sydd gennyf o weddill y diwrnod hwnnw a'r dyddiau ac wythnosau wedyn, yr atgofion fel breuddwyd. Mi gefais hyd i lety, rywsut – nenlofft dywyll, ble cofiaf arogl alcohol a sŵn babanod yn crio – ac am wn i mod i wedi crafu arian at ei gilydd, er Duw a ŵyr sut.

Rydw i'n eithaf siŵr mod i wedi mynd o gwmpas pwy bynnag oeddwn i'n gallu meddwl amdanynt, gan geisio cael hyd i rywun fyddai'n fy nghofio – fyddai'n fy *adnabod*. Cefais hyd i hen boster ar hap oedd yn cynnwys fy enw, ac rydw i'n meddwl i mi fynd o gwmpas yn dangos hwnnw i bobl. Hyd y cofiaf, yr un peth ddigwyddodd bob tro, sef eu bod nhw ddim yn fy adnabod oddi wrth Adda a bod unrhyw gynnydd a wnawn i wrth sgwrsio gyda nhw – rhyw lygedyn o atgof yn gwawrio ar eu hwynebau; arlliw bychan o olwynion eu meddwl yn troi – yn diflannu funud neu ddau wedyn. Nid eu bod nhw'n methu fy *ngweld* i – roedden nhw'n ymddangos yn gwbl ymwybodol bod dyn yna o'u blaenau nhw, a'i fod o'n edrych fel rydw i'n edrych – ond nid oeddent yn gallu fy amgyffred fel unrhyw beth ond dieithryn.

Cefais sawl ymgom ddigon cwrtais gyda phobl a fu unwaith yn gyfeillion clòs neu'n gyd-weithwyr, ond yr un oedd y diweddglo bob tro. Bydden ni'n gorffen ein sgwrs a hwythau'n anghofio ein bod ni erioed wedi cyfarfod, heb sôn am gofio pwy oeddwn i.

Chwalwyd fy nghalon, rydw i'n tybio, gan hyn oll. Bellach mae'r profiad yn un rydw i wedi arfer ag o, yn yr un modd ag y mae dyn yn arfer ag afiechyd sydd yn gwrthod gadael. Ond yn y dyddiau cynnar roedd gweld neu siarad gydag unrhyw un a oedd yn gyfarwydd i mi fel cael fy nhrywanu gan gyllell.

Mae'n bosib mai dyna pam mae fy atgofion o'r cyfnod hwnnw yn annelwig, gan fod fy ymennydd yn ceisio fy amddiffyn rhag gorfod ail-fyw'r tor calon.

Erbyn hyn, wrth gwrs, rydw i'n gwybod beth oedd wedi achosi'r niwed hwn i mi. Mathonwy – a'r rhai sydd yn ei ddilyn. Roedd y digwyddiad yn y bwthyn bach hwnnw yng Nghaergybi wedi fy melltithio – nid oes gair gwell na 'melltith' ar gyfer hyn, oherwydd cafodd fy mywyd ei ddifetha ar amrantiad gan ryw hud cyfrin. Ond yn ystod y cyfnod hwn nid oeddwn i'n gallu amgyffred pethau'n llawn. Gwyddwn fod *rhywbeth* o'i le, wrth reswm, ond penderfynais feio'r llongddrylliad am beri'r newid erchyll ynof, gan fyfyrio ai rhagluniaeth Duw ynteu'r Diafol oedd wrthi. Tybed a oedd Mathonwy bryd hynny yn *fwriadol* yn cuddio ei hun rhagof, gan fwytho fy ymennydd fel na lithrai fy amheuon i'w gyfeiriad? Pe bawn i wedi meddwl mai Mathonwy oedd ar fai ynghynt, efallai y byddai pethau wedi mynd yn wahanol.

Ond dyna ni. Am resymau nad oeddwn yn eu deall – a phrin ydw i'n deall mwy heddiw – deuthum i'r casgliad fod melltith wedi fy nharo a barodd i bawb fy anghofio. Fyddwn i ddim am i neb arall fynd drwy'r fath artaith. Ni allwch ddychmygu'r arswyd o ddeffro yn y bore a gwybod na fydd neb callach eich bod yn fyw ai peidio. Ond dyna oedd fy modolaeth i bellach. Bwgan o gig a gwaed, yn cael fy ngweld ond ddim yn dylanwadu ar fywydau neb.

Gofynnais i Mathonwy yn y bwthyn hwnnw am anfarwoldeb, oherwydd roeddwn am i bobl gofio fy actio a fy ysgrifennu a fy nghwmni. Dyna'r oll y dyhëwn amdano. Bellach byddwn i wedi rhoi unrhyw beth i gael rhywun yn cofio fy enw.

V

Mi ofynnech, efallai, a euthum i chwilio am fy nheulu. Pwy, os nad hwythau, fyddai'n fy adnabod? Onid yw gwaed yn dewach nag unrhyw ledrith?

Wrth gwrs, daeth yr un syniad i mi, ond prin eu nifer oedd fy ngheraint yn 1758. Roeddwn i heibio fy nghanol oed ac roedd y rhan helaeth o'm teulu agos yn farw. Collais fy nhad flwyddyn union ynghynt, fy mam ugain mlynedd cyn hynny. Roedd fy chwiorydd, Anne, Lizzie a Catherine, yn byw yn Llundain, neu ddim yn bell ohoni, ac mae gennyf feddwl mod i wedi mynd i weld un ohonynt – caf frith atgof o fenyw'n wylo ac o arogl sinamon, ond gallasai honno fod yn Anne neu'n Lizzie. Rydw i'n eithaf sicr i mi ymdrechu i fynd i ymweld â Catherine ond mod i wedi oedi o flaen gât fawr haearn eu cartref, wrth geisio penderfynu p'run a ddylwn i fentro drwyddi. Hwn oedd y tŷ y dylwn i fod wedi ei etifeddu oddi wrth fy nhad, ond Catherine a'i cafodd, ynghyd â phopeth arall, bron. Doedd Catherine erioed wedi maddau i mi am (yn ei geiriau hi) lusgo enw da ein teulu drwy'r llaid gyda fy achosion llys ac ati. Roedd hi wedi cynorthwyo fy nhad i fagu fy nwy ferch, hwythau bellach yn fenywod priod ac yn byw dramor, minnau heb eu gweld nhw ers achau. Roedd hynny, a'm beiau fel tad, yn rheswm arall pam nad oedd fy chwaer hynaf yn debygol o'm croesawu adref, hyd yn oed petai hi yn fy adnabod. Rydw i'n credu mod i wedi troi'n ôl oddi wrth ei gât, felly, a byth wedi gweld Catherine eto.

Mae'n bosib y byddwn i wedi colli fy mhwyll yn llwyr yn y cyfnod hwnnw, oni bai am Charlotte. Cyd-ddigwyddiad oedd ei gweld hi – neu ffawd. Doedd fy chwaer ieuengaf heb gael dim i'w wneud â'r teulu ers tro, er gwaethaf y ffaith iddi fy nilyn i a 'nhad i fyd y theatr. Rydw i'n ei galw'n *chwaer*, ond hwyrach y dylwn i ddweud *brawd*, gan mai'r enw a roddodd y person a welais ar hap y tu allan i'r dafarn un noswaith oedd 'Charles'.

Roedd yn gwisgo *culottes* sidan, sanau melynion a chôt las lachar. Roedd pluen yn ei het. Wnes i ddim ei adnabod am funud gyfan, gan nad oeddwn i wedi ei weld ers cyn i fy nhad farw. Gwelais o yn adlewyrchiad y ffenestr. Gan nad oedd locsyn ganddo na cholur ar ei ruddiau a bod ei wallt yn gwta, edrychai ym mhob ffordd fel gŵr ifanc, er gwaethaf y crychau yn y croen a awgrymai ei fod tua deugain oed. Ond roedd rhywbeth cyfarwydd amdano a wnaeth i mi ailedrych, a sylweddolais mai Charlotte oedd yno.

Daliodd fy llygad gan gyffwrdd cantel ei het mewn cyfarchiad ffwrdd-â-hi – y math y mae unrhyw ddau ŵr bonheddig yn ei gyflwyno i'w gilydd ar y stryd – a dechrau cerdded i ffwrdd, cyn stopio. Trodd a syllu arnaf, ei aeliau'n suddo mewn penbleth.

'Noswaith dda,' meddwn yn betrus o obeithiol. Yn y dyddiau hynny – gwanwyn 1759 oedd hi – roeddwn i'n dal i deimlo gobaith achlysurol wrth gyfarfod un o'm cydnabyddion.

'Noswaith dda,' oedd yr ateb a gefais. Yna, 'Syr, ydyn ni wedi cyfarfod o'r blaen?'

Daliais fy ngwynt. 'Do. Fi yw dy frawd, Theophilus.'

Nodiodd yn araf. 'Ie... Theophilus.' Tynnodd ei het a mwythodd ei dalcen, fel pe bai'n ceisio cael trefn ar ei feddyliau. 'Theophilus,' meddai eto, yn fwy hyderus.

Gafaelais yn ei ysgwydd mewn cyffro. 'Mae hi mor dda dy fod di'n fy nghofio i, Charlotte!'

Gwgodd yntau. '*Charles*, os gweli di'n dda. Charles Brown ydi'r enw sydd well gen i ar hyn o bryd.'

Roedd llawenydd wedi cydio mor galed ynof nes na chwestiynais i hyn o gwbl. 'Charles, wrth gwrs. Ddoi di am ddiod gyda mi, chw—, ym, frawd?'

Oedodd yntau am eiliad cyn codi ei ysgwyddau. 'Pam lai?'

Bu'n well gan Charles, ers ei fod yn blentyn, wisgo dillad bachgen. Yn wir, am y rhan fwyaf o'i yrfa broffesiynol roedd yn adnabyddus am ei rolau *breeches* – y merched ifanc sydd yn chwarae rhannau bechgyn. Yn y pen draw dyma fo'n penderfynu gwisgo'r fath ddillad bron drwy'r amser a chymryd enw dyn, er ei fod, ar rai adegau, yn dal i gyflwyno'i hun fel dynes. Wn i ddim beth oedd y rheswm dros hyn oll – 'does a wnelo hynny â neb heblaw fi fy hun' oedd yr hyn a ddywedodd unwaith ynghylch y dewis o wisgo dillad *gentleman* – ond ymddengys mai dyna sut oedd Charlotte neu Charles hapusaf. Ys gwn i os, cyn hynny, mai ar y llwyfan roedd o'n actio, ynteu oddi arno?

Aeth y ddau ohonom i mewn i'r dafarn. Roedd hi'n brysur, gyda llawer o ddynion yn ymochel yn ei chynhesrwydd rhag oerni'r gwanwyn. Nid edrychodd neb ddwywaith ar Charles wrth i mi ac yntau eistedd mewn cornel ac archebu potel o glaret rhyngom. Wyddwn i ddim ar y cychwyn p'run a ddylwn i drin Charles fel y chwaer roeddwn i wedi ei hadnabod fel plentyn ynteu'r brawd a eisteddai nawr wrth fy ymyl. Ond edrychai fel petai pawb arall yn y dafarn yn ein gweld fel dau ddyn yn yfed gyda'i gilydd, a '*gents*' oedd yr hyn y galwyd ni yn syth gan y tafarnwr, felly dyna a fuodd.

Adroddais fy stori wrtho, mewn cymaint o fanylder ag y

gallwn. Llifai'r geiriau o fy ngwefusau mewn ton o ryddhad, gan nad oeddwn wedi gallu esbonio pethau wrth neb arall hyd yn hyn – nid a hwythau'n gwrando. Rhythai Charles arnaf wrth i mi siarad, ei lygaid yn chwyddo yn raddol, heb symud ond er mwyn codi gwydryn at ei geg yn achlysurol.

Ymddengys fod effaith fy melltith yn llai dwys ar Charles nag ar bawb arall roeddwn i wedi eu cyfarfod hyd hynny. Efallai ei bod yn amhosib i'ch teulu eich anghofio yn llwyr. Eto, gallwn ddweud o wyneb ac ymatebion Charles ei fod yn gorfod brwydro yn erbyn dylanwad yr hud wrth siarad â mi – ymladd yn erbyn ei ymennydd ei hun, fel petai – ond llwyddodd i wrando arnaf yn esbonio fy helynt, er ei fod weithiau'n gofyn i mi ailadrodd rhywbeth. Byddai'n rhoi ei law ar fy un i weithiau, fel pe bai'r weithred o'm cyffwrdd yn gymorth iddo ganolbwyntio.

'Wel,' meddai ar ôl i'm hanes ddirwyn i ben, 'mae honna'n dipyn o stori!' Eisteddodd yn ei ôl yn feddylgar. 'Mae gen i gof bod brawd hŷn gen i, ond tan ddeg munud yn ôl fyddwn i ddim wedi gallu dweud dim wrth neb amdano. Os ydw i'n meddwl yn ôl at fy mhlentyndod, mae bwlch annelwig ble dylet ti fod. Oeddet ti'n frawd da i mi?'

Tybiwn fod cellwair y tu ôl i'r cwestiwn ond cefais gnoc ganddo serch hynny. Ffwndrais am eiriau er mwyn ei ateb. 'Roeddwn i'n... Rwyt ti'n iau na mi. Dydi brodyr hŷn ddim fel arfer yn garedig iawn wrth eu chwiorydd – eu brodyr – iau.'

Disgynnodd wyneb Charles fymryn. 'Mm.'

'Roedd ein mam yn hen pan gafodd hi ti.'

'Mi wn i.' Sipiodd glaret am gyfnod. 'Does gen i ddim atgofion da iawn o fy chwiorydd, weli di,' meddai wedyn. 'Oeddwn i'n... oeddwn i'n meddwl efallai y byddet... y byddet— Wel, pa ots am hynny nawr.'

'Ie,' meddwn yn wresog. 'Beth bynnag ddigwyddodd, rydw i'n falch ein bod ni wedi ailgyfarfod nawr.'

Nodiodd Charles a rhoi gwên sydyn. 'Mae'n od. Mae'r *teimlad* gen i mod i'n dy adnabod di, er nad ydi'r atgofion gen i. Fel gweld wyneb mewn torf sydd yn gyfarwydd ond dwyt ti ddim yn siŵr sut.'

Nodiais yn drist gan syllu i mewn i fy ngwydryn. 'Ti ydi'r unig un sydd wedi ymateb fel hyn.'

'O. Felly fyddaf i'n dy anghofio di y munud yr af i allan o'r drws?'

'Siawns, byddi. Dyna sy'n digwydd i bawb arall.'

Pwysodd Charles yn ei flaen a gafael yn fy mraich. Roedd ei fysedd yn hir a thenau ac yn cydio'n dynn. 'Os byddaf i'n dy anghofio, Theophilus, tyrd yn ôl ataf i ac mi wnaf i dy gofio di eto!'

'Ond,' atebais, a deigryn yn fy llygad, 'os nad wyt ti'n cofio ein gorffennol, fyddi di felly ddim yn cofio am—'

'Paid â phoeni am hynny. Mae teulu yn maddau.' Gostyngodd ei lygaid. 'Mi driais i wneud pethau'n iawn gyda Tada yn ei waeledd. Dydw i ddim yn gwybod faint o lwyddiant oedd hynny. Ond... o leiaf mi wnes i *drio*.'

Aeth ymlaen i sôn amdano ei hun wedyn. Drwy ei hunangofiant daeth ei droeon trwstan niferus yn enwog, ond nid oeddwn wedi ei ddarllen ar y pryd ac felly roedd hi'n wledd gwrando ar yr hanes, er bod rhai o'r straeon yn gyfarwydd i mi. Clywais am sut y bu Charles yn garcharor oherwydd ei ddyledion (roeddwn i'n rhy gyfarwydd â'r profiad hwnnw), sut y bu'n *valet* i'r Iarll Anglesey (hwnnw a anfonodd ei nai i Jamaica er mwyn dwyn ei stad), am ei waith fel gwneuthurwr sosejys, fel *pâtissier*, fel ffermwr ac fel newyddiadurwr. Roedd ei ferch o'i briodas gyntaf, Cathy, bellach wedi priodi a symud i America gyda'i gŵr; gallaf gofio'r olwg o unigrwydd yn llygaid Charles wrth iddo sôn am hynny. Roedd o wedi teithio a gweithio gyda'i ferch am flynyddoedd ac roedden nhw, yn ôl pob tebyg, yn eithriadol o agos. Phrofais i ddim byd felly gyda'm plant i.

Ambell waith byddai Charles yn oedi, yn tynhau ei wefus ac yn cau ac agor ei lygaid yn gyflym, cyn parhau. Unwaith torrodd ar ganol brawddeg a chymryd anadl fawr, sydyn. Cododd ei lygaid mawrion ataf i. 'Wyt ti'n meddwl bydd yr un peth yn digwydd i *mi*? Ydi hyn yn felltith ar ein teulu?'

Bu'n rhaid i mi chwerthin. 'Wn i ddim, Charles. Ond rydw i'n dychmygu mai fi ydi'r unig ddyn sy'n ddigon anlwcus i hyn ddigwydd iddo!'

Nodiodd Charles, a gallwn weld – gan deimlo mymryn o siom rhyfedd – rhyddhad yn llifo ar draws ei wyneb. Brathodd ei wefus a dweud, 'Ddylai neb gael eu hanghofio.'

'Rydw i'n eithaf siŵr na wnaiff neb dy anghofio *di*, Charles annwyl,' mwmiais, heb fod yn siŵr o hynny o gwbl, a chymryd llwnc mawr o win.

Aeth hi'n hwyr. Dwedodd Charles ei fod yn teimlo'n flinedig iawn; hwyrach mai'r ymdrech o orfod gwthio ymaith hud dieflig Mathonwy oedd wrthi. Doeddwn i ddim am iddo adael. Yn wir, roedd fy nghalon i'n curo mor gyflym nes ei bod yn brifo wrth i ni ysgwyd llaw ar ddiwedd y noson.

'Cofia, Theophilus,' meddai Charles yn ofalus, 'cofia ddod yn ôl ataf i yfory. Hyd yn oed os nad ydw i'n dy adnabod di. Mi wnawn ni hyn eto. Bob nos, os oes raid. Ddylai neb orfod mynd drwy beth ddigwyddodd i ti.'

'Cofia fi,' oedd yr unig beth y gallwn ei ddweud fel ateb.

Bu Charles farw'r Ebrill wedyn. Salwch sydyn. Saith a deugain oed. Rhy fuan.

Yna roeddwn i'n wirioneddol ar fy mhen fy hun.

VI

Mi wnes i fy ngorau i geisio adennill rhywfaint o'r hyn oedd gennyf cyn y llongddrylliad a'r holl anfadwch hwn, gan gynnig fy hun ar gyfer swyddi actio yn y ddinas i ddechrau. Ond ffolineb oedd y fath syniad. Roedd hi'n amlwg na chawn i waith oddi wrth Garrick. Mentrais fy lwc mewn theatrau eraill, er eu bod yn bethau prin yn Llundain bryd hynny. Rhoddwyd ambell gyfle i mi wneud datganiad bach iddyn nhw gael gweld fy nhalent, ond bydden nhw'n colli diddordeb yn fy mherfformiad cyn iddo orffen hyd yn oed, ac ni chefais unrhyw gynnig swydd. Nid oes neb yn chwilio am actor nad yw'n gofiadwy.

Gan sylweddoli, gyda chryn anobaith, bod arnaf angen arian rhag cael fy hun yn cysgu ar y stryd, cymerais swyddi bychain fel y bydden nhw'n codi, gan dderbyn taliad sydyn am ychydig oriau neu ddiwrnod o waith. Cludo offer. Sgubo'r llawr. Peintio wal. Y math o dasgau a oedd ymhell islaw fy ngallu – ond a oedd yn caniatáu i mi dalu fy rhent a phrynu diod. Eto mae fy nghof o'r cyfnod hwn yn niwlog; yn fflachiadau o ddelweddau, arogleuon a synau, nid yn atgofion cyflawn. Gallaf feio hud Mathonwy, ond gwn fod 'Madam Geneva' hefyd wedi cyfrannu at fy nghyflwr meddwl yn y cyfnod hwnnw. Oedd, roedd *gin shops* i'w cael ym mhob cornel o Lundain, er gwaethaf y cenhadu dirwestaidd a oedd wedi ceisio llusgo'r tlodion oddi wrthynt, ac roedd y ddiod danllyd y gellid ei phrynu yn y fath ffeuau yn rhad ac yn wyrthiol. Diod y slymiau oedd jin, ac roedd yn llawer, llawer iawn gwell gennyf i glaret neu frandi, ond nid oedd digon yn fy mhoced i fforddio digon o'r ddiod ysgarlad, felly dyma fi'n troi'n fwy a mwy aml at y ddiod glaerwyn. Rydw i'n difaru hynny bellach, ond ar y pryd roedd gallu gwthio ymaith fy nheimladau yn werth y sarhad o orfod prynu chwart o jin yn ddyddiol oddi wrth ryw ddynes ddiddannedd, lygad-felyn neu'i gilydd.

Aeth fy nillad yn fwy bratiog. Stopiais ymolchi. Mae gennyf atgof o fod ar fy ngliniau mewn pwll mawr o ddŵr glaw, yn syllu i lawr ar adlewyrchiad aneglur o ddyn mewn carpiau yn edrych yn ôl arnaf gyda llygaid gwallgof.

Pa fodd y cwympodd y cedyrn! Nac adroddwch hyn yn Gath; na fynegwch yn heolydd Ascalon!

Fe'i gwelais i hi ryw bryd tua chanol 1760, rydw i'n credu. Roedd hi'n cerdded yn frysiog i lawr y stryd, a'r unig reswm y gwnes i ei hadnabod oedd bod chwa o wynt wedi tynnu ar ei chwfl a dangos i mi, am eiliad fer, ei hwyneb – a'i llygaid yn ddau emrallt.

Roeddwn i'n eistedd mewn tafarn ar y pryd. Nid oedd hi'n dafarn dda, ond yn ddigon da i mi gan fod fy ngheiniogau'n llosgi yn fy mhoced. Eisteddwn wrth ymyl y drws pan aeth y ddynes heibio, a daliwyd fy llygad gan fflach o ddeunydd coch. Codais a baglais allan i'r stryd, heb fod yn siŵr pam, a dyna pryd y dangosodd y gwynt ei hwyneb i mi.

Llyncais fy anadl mor gyflym nes i mi bron â syrthio.

Hi.

Y ddynes ifanc o Gaergybi. Yn ei chlogyn coch.

Roedd hi yma yn Llundain!

Rhuthrais ar ei hôl gan wthio heibio i'r cerddwyr eraill,

yn ofni ei cholli yn y dorf. Roedd hi'n symud yn chwim ac roeddwn i'n ansicr ar fy nhraed.

Hi! Pam oedd hi yma? *Oedd* hi yma – neu oeddwn i'n gweld pethau? Roedd hi wedi fy nhywys ar y prynhawn enbyd hwnnw tuag at fy anffawd bresennol – tuag at Mathonwy. Efallai ei bod hi'n gwybod sut i ddad-wneud y felltith! Efallai y byddai hi'n gallu fy helpu! Ac os na allai, wel, hwyrach bod yma gyfle i ddial...

Cyrhaeddais groesfan yn chwys i gyd. Allwn i ddim ei gweld; roedd y dyrfa yn brysur yma, a sŵn bloeddio'r marchnatwyr, y meddwon a'r hwrod yn llenwi fy mhen. Edrychais o'm cwmpas yn wyllt. Yna – cip o'i gwallt melyn wrth iddi droi i lawr stryd gefn. Ymwthiais yn lletchwith ar ei hôl.

Roedd yr ali hon yn gul ac yn dywyll, er nad oedd hi wedi nosi. Wyddwn i ddim ble roeddwn i. Nofiai fy llygaid yn llysnafedd fy meddwdod a gallwn daeru bod y waliau uwch fy mhen yn gwyro i lawr tuag ataf, yn fy nghau yn eu crafangau. Ond gallwn ei gweld *hi* yn eglur, fel cnewyllyn coch o fy mlaen. Nid oedd hi eto wedi sylwi arnaf, meddyliais, nac ychwaith wedi troi ei phen i edrych.

Dilynais hi, gan geisio bod yn ddistaw, ond mae'n debyg fy mod yn gwneud dwndwr fel tarw wrth lwybreiddio drwy strydoedd culach a chulach ar ôl y Fenws hon. Hyd yn oed yn fy hwyliau dryslyd roeddwn i'n ymwybodol pa mor brydferth oedd y ferch, ei cherddediad yn llyfn a gosgeiddig, ei siâp yn ddeniadol o dan blygiadau'r clogyn, ei chroen fel marmor. Llyfais fy ngwefusau a bustachu yn fy mlaen.

Stopiodd hithau wrth ddrws rhyw adeilad. Cuddiais yn y cysgodion er mwyn gwylio. Ar ôl curo morthwyl y drws yn ysgafn, safodd hi yno gan fyseddu ei dillad yn nerfus. Edrychodd i'r naill ochr nawr ac yn y man, ond ni chredwn ei bod wedi fy ngweld i.

Yna agorodd y drws; dywedodd y ferch rywbeth nad oeddwn i'n ei ddeall, yna aeth i mewn.

Gan deimlo fy nghalon yn llamu mor egnïol yn fy asennau nes mod i'n ofni y byddai'n ffrwydro, symudais yn wyliadwrus tuag at y drws. Nid oedd dim byd yn nodedig amdano; yn wir, roedd yn bren du a diaddurn, gyda morthwyl siâp modrwy yn ei ganol.

Sefais yno mewn cyfyng-gyngor. Nid oedd cynllun yn fy mhen ac roeddwn i'n gweithredu'n fwy trwy reddf na rhesymeg. Oni bai mod i'n gweld ysbrydion, teimlwn yn sicr fod y ddynes hon wedi fy *nhywys* i yma, ac y byddai camu drwy'r drws hwn yn gyfle i mi ddychwelyd i'm hiawn bwyll unwaith eto. Allwn i ddim gwrthod y cyfle hwnnw. Ond rydw i'n cyfaddef bod ofn sydyn wedi cydio ynof – oherwydd diffyg gwybodaeth ynghylch beth a orweddai y tu mewn i'r adeilad. Brathais fy ewinedd mewn pryder a symud o un droed i'r llall.

Wn i ddim faint o amser aeth heibio. Yna daeth sŵn cras o rywle a wnaeth i mi neidio; yn fy nghof, tylluan oedd yno, ond mae'n fwy tebygol mai un o golomennod truenus y ddinas oedd hi. Parodd y sioc i mi wneud penderfyniad byrbwyll. Trois ddolen y drws a mynd i mewn.

Mwy o dywyllwch, gyda dim ond ambell gannwyll wachul yn tasgu'i golau. Roeddwn i mewn cyntedd gyda pharwydydd pren o'm cwmpas a slabiau carreg o dan fy nhraed. Nid oedd unrhyw un arall yma. Gallwn glywed fy anadlu fy hun, hwnnw'n floesg a herciog, a chofiaf deimlo'n eithriadol o oer yn sydyn.

Dim ond un coridor a arweiniai yn ddyfnach i mewn i'r adeilad o'r cyntedd; nid oedd grisiau yma, nac yn wir unrhyw ddodrefn na lluniau ar y waliau. Oni bai am y canhwyllau yn eu sgonsys duon, byddwn wedi dychmygu nad oedd neb yn byw yma o gwbl.

Yna clywais sŵn oddi tanaf, megis mewn seler. Llyncais fy mhoer; blasai hwnnw o jin. Roedd y sŵn islaw yn aneglur, ond gallwn ddweud mai seiniau dynol oeddent. Traed yn symud, lleisiau'n siarad – ond yn rhy isel i mi ddehongli dim – a thapio o bryd i'w gilydd, fel rhywbeth yn tolcio carreg. Roedd yn amlwg bod o leiaf dau berson yn y tŷ, y ddynes a'r sawl a agorodd y drws iddi, ond mi dybiwn fod rhagor. Beth oeddwn i wedi tarfu arno? Yna tawodd y synau hyn, ac yn eu lle gallwn glywed sain uwch, fwy cyson; sylweddolais mai llais person, dyn, yn siarad ydoedd. Allwn i ddim clywed y geiriau, dim ond mydryddiaeth y sillafau, ond gallwn daeru mai areithio oedd y dyn.

Yn araf ac yn ansad, euthum i lawr y coridor. Roedd ambell ddrws caeedig yn arwain oddi arno, ond cadwais fy sylw ar y grisiau a welwn ar ben draw'r coridor, y rheiny'n arwain am i lawr yn serth. Gan brin feiddio anadlu a chyda fy nghorff i gyd yn crynu, dechreuais fynd ar flaenau fy nhraed i lawr y grisiau. Rhai pren oedden nhw, pob gris yn drwchus, a myfyriais fod gwneuthuriad y grisiau hyn yn ymddangos yn hynafol iawn. Wrth i mi gerdded roedd sŵn y llais yn codi'n uwch a gallwn weld mwy o olau, mwy o ganhwyllau.

Cyrhaeddais y gwaelod. Erbyn hyn roedd yn rhaid i mi gau fy ngheg yn dynn fel na fyddai fy nannedd yn clecian. Roedd y llais yn dod o rywle o fy mlaen i. Nawr roedd yn glywadwy – ond allwn i'n *dal* ddim deall ei ystyr. Roedd yr iaith yn anhysbys i mi.

Nawr, wrth gwrs, rydw i'n gwybod beth oedd yr iaith. Cymraeg – roedd yn siarad Cymraeg. Ond i'm clust Seisnig innau roedd yn swnio fel y cawdel mwyaf arswydus o

81

gytseiniaid a synau gyddfol, a gwnaeth i'r blew godi'n unionsyth ar fy ngwar.

Roedd y seler wedi ei hadeiladu o garreg ac roedd pethau wedi eu pentyrru yma ac acw ymysg y pileri. Ni allwn weld y siaradwr na'i gynulleidfa eto. Cymerais ychydig gamau yn fy mlaen a chyrcydu y tu ôl i golofn ble nad oedd golau'r canhwyllau'n cyrraedd. Meiddiais sbecian rownd ochr y golofn, gan ddal fy ngwynt.

Yno roedd dwsin o bobl. Safent mewn torf fechan yng nghanol y seler, canhwyllau ar fyrddau o'u cwmpas. Roedd pob un yn gwisgo clogyn coch; roedd eu cyflau nawr wedi eu bwrw i lawr gan ddatgelu eu hwynebau, er bod yr wynebau hynny'n gwylio'r un a oedd yn areithio.

Roedd y dyn hwnnw'n hen, ei groen yn grebachlyd ac yn smotiog oherwydd rhyw glefyd neu'i gilydd. Gwisgai yntau hefyd glogyn coch, ond bod rhuban gwyn wedi ei wnïo ar hyd godre'r defnydd. Pinsiai sbectol fechan ei drwyn a syllai ar ei gynulleidfa drwy'r gwydrau gyda llygaid caled, cul. Pwysai'r gŵr ar gansen, ond, er ei fod yn grwm ac yn oedrannus, roedd egni a chyffro yn ei lais a'i symudiadau wrth iddo siarad. Chwifiai ei law rydd uwch ei ben yn achlysurol, a meddyliais fod deigryn yn sgleinio yn ei lygad. Roedd yn rhaid i mi gydnabod bod yma berfformiwr dawnus!

Yna fe'i gwelais hi – y ferch. Nid oedd modd camgymryd ei gwallt a ddisgynnai'n gudynnau euraid i lawr cefn ei gwddf. Welwn i ddim ei hwyneb ond roedd ei sylw'n amlwg wedi ei ddwyn yn gyfan gwbl gan yr hen areithiwr. Symudodd ei llaw i frwsio cudyn gwallt oddi ar ei chlust, a bron na allwn flasu melyster meddal ei chroen…

Heb i mi fwriadu hynny, dechreuodd fy nhraed symud yn eu blaen tuag ati. Cyflymodd fy anadlu ac mi glywais lais

– nid oddi wrth y bobl yn eu clogynnau, ond y tu mewn i fy mhen. Y llais hwnnw eto, y llais a glywais yng Nghaergybi cyn y gyflafan ond nad oeddwn wedi ei glywed ers hynny. Llais Mathonwy.

Tyrd yma. Dyna rydw i'n credu i'r llais ei ddweud. *Tyrd yn nes.*

Doedd arnaf ddim eisiau ufuddhau i'r llais. Nid oedd yn llais mwyn, ac mi wnâi i mi feddwl am ofn a stormydd ac anfeidroldeb. Cofiwn y maen bychan yn y cwt ar Ynys Môn ac am y ffordd y treiddiodd ei liwiau godidog, arswydus i mewn i fy enaid – neu ai'r gwrthwyneb? – ac roedd yr atgof yn un o boen ac o lawenydd ar yr un pryd.

Wn i ddim a ddaeth sŵn yn ddigymell allan o fy ngwefusau yn yr ennyd honno, neu a oedd Mathonwy wedi siarad gyda'r lleill yma hefyd, ond dyna pryd y sylwasant fy mod i yno. Trodd dwsin ac un o wynebau tuag ataf ar unwaith, ac, ar ôl moment syfrdan – stŵr. Roedden nhw'n adnabod tresmaswr pan welent un ac nid oedden nhw'n hapus â'm presenoldeb.

Cyfarfu llygaid gwyrddion y ferch gyda'm rhai cochion i, a gwelais... *rywbeth* ynddyn nhw. Syndod? Cyffro? Edmygedd?

Yna bloeddiodd yr henwr rywbeth – mewn Cymraeg, am wn i – a rhuthrodd ambell un o'r bobl yn gandryll i'm cyfeiriad. Dyna pryd y dihengais.

Mae ofn yn rhoi egni i rywun. Carlamais fel gwallgofddyn i fyny'r grisiau, i lawr y coridor, ac allan i'r stryd. Gallwn glywed clecian traed yn dynn y tu ôl i mi, a bloeddiadau ffiaidd. Gan ddeall nawr mai camgymeriad enbyd oedd dod yma a bod y diafoliaid yn eu clogynnau coch yn awchu am fy ngwaed, rhedais ymaith o'r tŷ hwnnw mewn ecstasi o fraw. Gallaf gofio teimlad od, annifyr fy ngwefusau wedi'u tynnu'n dynn ar draws fy nannedd gan wneud i fy mochau frifo. Wyddwn i ddim, a hidiwn i ddim, pa strydoedd roeddwn i'n rhedeg hyd-ddynt, dim ond mod i'n rhedeg ac yn dianc rhag y bobl hyn.

O'r diwedd, stopiais mewn ali. Dymchwelodd fy nghoesau oddi tanaf a suddais at fy ngliniau yn y budreddi. Roedd hi wedi nosi bellach ond ni threiddiai hyd yn oed golau'r lleuad i'r encil roeddwn i wedi ei ddarganfod. Roeddwn i ar fy mhen fy hun. Caeais fy llygaid a cheisio rheoli fy anadl, gan wrando er mwyn clywed a oedd y bwganod yn dal ar fy ôl. Ond allwn i ddim eu synhwyro. Roeddwn i wedi eu colli!

Gyda rhyddhad yn ffrydio drwof, arhosais yno am gyfnod yn penlinio yn y mwd ac yn wylo. Wyddwn i ddim beth roeddwn i wedi ei weld yn y seler, ond roedd hi'n amlwg nad oeddwn i fod yno. Mae'n rhaid mai cymdeithas gyfrinachol oedd hon, meddyliais, fel y rhai roeddwn i wedi clywed amdanynt ond erioed wedi dod ar eu traws. Beth oedd eu hamcanion, nid oedd syniad gennyf.

Ar ôl tipyn, codais yn araf. Roedd syched arnaf ac roedd cur yn fy mhen. Teimlai fy mhenglog yn wacach, rywsut. Ystwythais fy nghymalau a cheisio ystyried pa ffordd oedd adref.

Yna meddai rhywun yn fy nghlust – 'Dyro i mi bopeth sgen ti, was.'

Roedd y llais yn isel ac yn beryglus. Rhewais. *Lladron.*

Teimlais rywbeth miniog yn gwthio i mewn i'r croen islaw fy nghlust chwith a gafaelodd llaw gadarn, anghyfeillgar yn fy ysgwydd. Allwn i ddim symud.

'Rŵan,' meddai'r lleidr. Nid oeddwn i'n gallu gweld ei wyneb, ond roedd yn amlwg yn ddyn mawr. Roedd yn arogli o dybaco ac alcohol. Gwthiodd flaen ei gyllell yn ddyfnach i mewn i fy nghroen.

'Does gen i ddim byd,' llwyddais i'w ddweud, a oedd yn gywir heblaw am ryw swllt neu dri a oedd wedi eu cuddio yn fy hosan. 'Os gwelwch chi'n dda, wnewch chi ganiatáu i ddyn truan fynd ar ei ffordd?'

'Fawr o siawns o hynny,' meddai llais arall. Ymddangosodd cyfaill y lleidr yr ochr arall i mi. Helpodd hwn y llall i'm gwthio'n galed yn erbyn wal gyfagos, fy wyneb yn crafu yn erbyn y brics. 'Popeth sgen ti, neu ti'n marw heno. Wneith neb ffeindio dy gorff di draw yn fama, *syr*.'

Mae'n amlwg eu bod nhw wedi fy adnabod fel gŵr bonheddig, er gwaethaf ansawdd fy nillad a'r olwg gyffredinol oedd arnaf. Suddodd fy nghalon ac mi grensiais fy nannedd mewn ofn wrth i mi sylweddoli mod i wedi llwybreiddio i un o *rookeries* ysgeler y ddinas – St Giles, efallai. Roeddwn i wedi clywed am y fath lefydd, wrth reswm, ond erioed wedi bod ar gyfyl un. Lleoedd peryglus, yn llawn tlodion, dihirod, gwehilion cymdeithas a thramorwyr. Ni feiddiai neb parchus nac yn ei iawn bwyll fentro i *rookery*. Serch hynny, dyna oeddwn i, y ffŵl i mi, wedi ei wneud, a hynny er mwyn dilyn merch! Wrth i'r gyllell a'r dwylo geirwon wthio i mewn i mi, teimlais mod i efallai yn haeddu'r fath ffawd gywilyddus, ddi-nod. Llifodd fy nagrau eto.

Roedd fy nau elyn wedi colli eu hamynedd bellach ac yn dechrau ymbalfalu'n frwnt y tu mewn i fy nghôt. Chawson nhw hyd i ddim – heblaw'r darn crychlyd, budr o bapur wedi ei blygu; y llythyr gwreiddiol hwnnw gan Sheridan yn fy ngwahodd i Ddulyn. Roeddwn i wedi ei gadw, o ran ofergoel yn fwy na dim, mewn gobaith y byddai fy lwc yn newid. Rhegodd y lleidr cyntaf wrth weld nad papur punt oedd yn ei law, ac mi daflodd y llythyr i dywyllwch y nos.

Ymdrechais i ryddhau fy hun, ond roeddwn i'n swrth, a

diau bod digalondid wedi fy llethu nes mod i'n fodlon wynebu pa anffawd bynnag roedden nhw'n ei pharatoi ar fy nghyfer.

Dechreuasant waldio eu dyrnau i mewn i mi gan fy niawlio am wastraffu eu hamser. Dyma nhw'n dwyn fy esgidiau – roedd byclau arian arnynt – a'm gadael.

Gorweddais yno dan grynu. Roedd fy mhen yn nofio.

Ond yn fuan clywais eu lleisiau eto, yn trafod â'i gilydd o ben arall y stryd. Yna, sŵn eu traed yn dychwelyd. Gafaelasant ynof gerfydd fy mreichiau a'm llusgo'n ddidrugaredd yn ddyfnach i dywyllwch eu nythfa.

'Os gwelwch chi'n dda—' dechreuais, fy nhafod yn dew, ond gafaelodd yr un mwyaf ohonynt yn fy ngên a throi fy mhen yn filain i'w gyfeiriad nes mod i fodfedd i ffwrdd o wyneb salw, gwyn a dannedd pydredig. Roedd ei lygaid yn wyllt ond gwelwn yno hefyd ddryswch, megis rhywun a oedd wedi cyrraedd pen ei dennyn.

'Ddrwg gen i, Mistar,' sibrydodd hwnnw, 'ond does neb fel ti yn cael gadael fama.'

Wrth i ystyr ei fygythiad dreiddio i fy ymennydd, dechreuais sgrechian. Roedden nhw am fy lladd. Prin fod traed fy sanau yn cyffwrdd y llawr wrth iddynt fy llusgo. Gallwn ddweud eu bod nhw'n fy hebrwng hyd set o risiau caregog a arweiniai i fyny rhwng clwstwr o dai anghynnes, yn uwch ac yn uwch...

Er mwyn tawelu fy ubain cefais glep ar draws fy moch. Gan sugno gwynt i mewn, edrychais yn orffwyll – ond yn ofer – o'm cwmpas am ddihangfa. Roedd gafael y dihirod yn rhy dynn ac roeddwn i'n rhy wan.

Cyraeddasant ben eu taith. Roedd y staer yn gorffen yn ddirybudd yma ac roedd dibyn gyda thywyllwch dudew islaw. Edrychais i lawr mewn arswyd wrth i'r ddau ddyn fy ngwthio tuag at yr ochr, lle nad oedd reilin na wal, dim ond gwagle.

'Na, na,' meddwn eto ac eto, fy llais yn codi'n wich druenus, 'mae arnaf i eisiau byw!'

Trois i'w hwynebu. Gwelais fflach cyllell a theimlais y llafn yn trywanu'n galed i mewn i fy ystlys. Ar yr un pryd plannwyd llaw drom yn fy mrest nes mod i'n hedfan yn fy ôl. Ni chyffyrddodd fy nhraed ddim ond awyr, ac fe'm llyncwyd gan y nos. Disgynnais am lathenni a llathenni, wynebau'r ddau lofrudd yn diflannu uwchben, yna – *crac* – dyma fi'n bwrw'r llawr, fy mhenglog ac asgwrn fy nghefn, heb os, yn cael eu chwalu. Wedyn, y fagddu, a mynwes marwolaeth.

VII

Llygod mawr yn fy nghnoi wnaeth fy neffro. Gwingais a sgrechiais, gan chwifio fy nwylo'n wyllt er mwyn cael gwared o'r anifeiliaid ffiaidd. Sgrialasant ymaith i'w cilfachau.

Llusgais fy hun ar fy nhraed. Roedd hi'n ddydd, ond wyddwn i ddim pa ddiwrnod. Roeddwn i'n dal, ymddengys, yn y *rookery*, yn sefyll mewn iard bitw lle roedd y llawr yn llanast o lysnafedd, sbwriel, esgyrn, a detritws arall nad oedd arnaf eisiau meddwl amdano. Roeddwn i'n rhynnu ac roedd fy nillad wedi eu difetha.

Ond roeddwn i'n *fyw*.

Cerddais oddi yno mewn llesmair, heb ddeall beth oedd wedi digwydd. Er mai labyrinth oedd nyth y brain llofruddgar hyn, llwyddais, ymhen amser ac wedi sawl cam gwag, i gyrraedd stryd a oedd fymryn yn fwy parchus.

Pwysais yn erbyn wal er mwyn cael fy ngwynt ataf. Ffrydiai pob math o ofnau a dryswch drwy fy mhen, minnau'n methu deall pam nad oeddwn i'n bentwr marw mewn gwter. Ai lwc oedd wrthi – fy mod i wedi glanio mewn man meddal, a bod cyllell y lleidr wedi methu ei tharged?

Cyffyrddais fy ochr, lle roedd y llafn wedi mynd i mewn. Nid oedd gwaed yno. Oedd, roedd deunydd fy ngwasgod wedi ei rwygo, ond pan wthiais fy mys i mewn drwyddo gallwn deimlo bod fy nghnawd yn berffaith iach.

Teimlais gefn fy mhen wedyn. Roeddwn i wedi syrthio,

beth, ugain troedfedd, dybiwn i, a glanio ar fy nghefn, ac nid oedd unrhyw ffordd i ddyn oroesi hynny heb anaf difrifol i'w benglog – anaf angheuol, onid e? Ond, heblaw bod fy ngwallt wedi ei wlychu gan y carthion y glaniais i ynddynt, nid oedd anaf i fy mhen chwaith. Yn wir, er gwaethaf dyrnu a chamdrin y dynion, a'u hymgais i gael gwared ohonof, *nid oedd unrhyw nam ar fy nghorff o gwbl.*

Cerddais i'r dafarn agosaf, tynnu swllt o fy hosan dde, a phrynu potel o glaret a phorc tsiop. Eisteddais yno am oriau yn yfed, yn bwyta ac yn myfyrio.

Ddwywaith nawr roeddwn i wedi cael fy achub rhag marwolaeth. Pan ddrylliwyd y *Dublin Merchant* yn y storm, boddwyd pawb arall, ond mi wnes i fyw, a hynny heb unrhyw friw arnaf. Nawr roeddwn eto wedi goroesi ymosodiad a ddylai fod wedi fy lladd, ac roeddwn yn iach fel aderyn.

Anfarwoldeb.

Dyna oeddwn i wedi gofyn amdano yn y bwthyn hwnnw yng Nghaergybi. Er nad oeddwn i'n sylweddoli hynny ar y pryd, nawr, yn y dafarn, gyda photel wag ac asgwrn porc tsiop ar y bwrdd o fy mlaen, deallais o'r diwedd. Roeddwn i wedi gwneud cytundeb, rywsut, gyda Mathonwy. Roeddwn i wedi ymbil am anfarwoldeb, fel bod fy enw yn cael ei gofio am byth – ond yn lle hynny roedd pwerau Mathonwy wedi rhoi anfarwoldeb o fath arall i mi. Roedd wedi fy newid fel nad oeddwn i'n gallu cael unrhyw anaf. Allwn i ddim marw.

Rhoddais fy mhen yn fy nwylo – ond roeddwn i'n gwenu. Pwy fyddai ddim, wrth sylweddoli eu bod nhw wedi eu bendithio gan rym anfarwoldeb? Roeddwn i, meddyliais, fel yr arwyr yng Ngwlad Groeg gynt, fel y ffigyrau mewn chwedloniaeth. Roeddwn i'n dduw! Roedd cymaint o bethau y gallwn i eu gwneud gyda fy mywyd nawr bod marwolaeth ddim yn fygythiad. Hyd yn oed os nad oedd pobl yn cofio pwy oeddwn i, roedd cyfle yn cael ei gynnig i mi. Cyfle, tybiwn, i Theophilus Cibber ddangos i bobl y byd pwy oedden nhw wedi ei neilltuo.

Do, mi wenais. Ac wedyn archebais ail botel.

Roeddwn i'n ffôl. Rydw i'n sylweddoli hynny bellach. Roeddwn i'n gweld bendith lle nad oedd dim byd mewn gwirionedd ond melltith. Melltith yw'r cyfan y mae Mathonwy yn ei roi i chi. Mae'n eich defnyddio ac yn eich defnyddio ac yn eich defnyddio, nes bod dim ar ôl. Dim byd heblaw Mathonwy.

Y DRYDEDD ACT

I

Pan nad ydi marwolaeth yn rhwystr, rydych chi'n teimlo fel brenin.

Dyna oedd yn fy meddwl am gryn amser wedi'r noson dyngedfennol honno. Ni allai dim fy mrifo! Pam, felly, ddylwn i ofni unrhyw beth? Heb os, roeddwn i'n eofn ar y cychwyn, yn hyderus mai fi ymhlith holl drigolion y ddaear oedd wedi cael ei fendithio – gan Dduw, gan Mathonwy, gan ryw ddiafol; beth oedd y gwahaniaeth? Y peth pwysig i mi nawr oedd gwneud y mwyaf o fy sefyllfa.

Ni faliwn werth grôt am y gymdeithas gyfrinachol yn eu clogynnau cochion. Gwthiais nhw i gorneli mwyaf llychlyd fy meddwl a chanolbwyntio arnaf i fy hun. Y fi oedd awdur fy ffawd bellach; y fi oedd Thespis; y fi oedd y prif gymeriad yn nrama'r byd!

Y peth cyntaf oedd ei angen arnaf oedd arian. Sylweddolais fod mantais i'r ffaith nad oedd neb yn fy nghofio nac yn gallu fy niweidio. Er mwyn profi damcaniaeth, euthum i mewn i siop a oedd yn gwerthu gemwaith drud. Cyn i'r siopwr allu fy anfon ar fy ffordd – gan mod i'n dal i edrych fel gwerinwr anniben – codais lond llaw o neclisau a modrwyau aur oddi ar y cownter a brasgamu allan o'r siop. Roeddwn i rownd y gornel a'r nwyddau wedi eu cuddio yn fy mhocedi cyn i'r how-an-crei ddechrau, ond yn lle rhedeg i ffwrdd cerddais yn ôl at y siop a loetran gyferbyn â hi. Maes o law daeth *Runner* yn ei dop-hat i wrando ar gwynfan y siopwr, a ddisgrifiodd sut y bu i rywun ddwyn tlysau gwerthfawr oddi arno – ond ni allai ddisgrifio'r lleidr hwnnw i'r heddwas! Yn hy, camais yn fy mlaen nes bod y siopwr yn ddi-os yn gallu fy ngweld, ond, er i'w lygaid oedi arnaf ac i grych sydyn ymddangos ar ei dalcen, nid oedd yn fy adnabod. Cerddais i ffwrdd dan chwibanu, prin yn gallu cadw fy moddhad dan glo.

Chwarae plant oedd gwneud fy ffortiwn o fewn dim. Gwerthais yr hyn y bu i mi ei ailfeddiannu i wahanol *pawnbrokers* ar draws Llundain, ac er i ambell wystlwr edrych yn ddrwgdybus arnaf – byth ers crogi Jonathan Wild bu'r ddeddf yn llym yn erbyn derbyn nwyddau a ladratawyd – nid oedd eu hamheuaeth yn para'n hwy na'r amser a gymerai i mi gerdded allan o'u siop.

Gyda'r arian hwn prynais ddillad crand yn y ffasiwn ddiweddaraf, watsh gadwyn ddrud wedi ei hadeiladu gan George Graham ei hun, cansen gyda rhuddem yn ei charn – a thŷ yn Kensington, nid nepell o ble bu Susannah Maria a John Sloper unwaith yn fy sarhau (roedd y ddau'n dal yn fyw ar y pryd, ond wedi symud ers tro i'w stad wledig yntau). Oedd, roedd gennyf gyfoeth fel na chefais erioed o'r blaen, ac roedd hynny'n fy mhlesio.

Ond buan y sylweddolais y rhwystrau oedd yn dal i'm hwynebu. Allwn i ddim cadw help yn y tŷ, gan nad oedd y gweision a'r morynion roeddwn i'n ceisio'u cyflogi yn cofio eu bod yn gweithio i mi. Nid oeddwn i byth yn cael fy ngwahodd i bartïon neu ddawnsfeydd gan nad oedd cyfeillion gennyf. Erbyn y wawr byddai merched wedi anghofio fy enw. Ac ni lwyddais i brynu'r theatr yn Drury Lane oddi wrth Garrick, er i mi geisio gwneud hynny'n fuan ar ôl gwneud fy ffortiwn, gan nad oedd modd cael trefn ar y gwaith papur heb iddynt anghofio am ein trafodaeth yn syth.

Wrth i 1762 ddirwyn i ben, felly, roeddwn i'n ŵr cefnog ond anniddig. Eisteddwn yn fy mhlasty yn edrych drwy'r ffenestr ar y dynion a'r gwragedd a âi heibio ar y stryd, gan wybod mod i'n fwy cyfoethog na nhw, yn fwy grymus na nhw ac yn *well* na nhw – ond nad oedd yr un ohonynt yn gwybod hynny, ac nad oedd ffordd i mi esbonio hynny iddynt.

Roedd unigrwydd yn rhywbeth roeddwn i wedi gorfod ymdopi ag o ers pedair blynedd, ond o leiaf pan foddwn fy mhryderon mewn jin roedd cwmni gennyf yn y cwpan. Roedd angen i mi lenwi fy amser â rhywbeth.

Teithiais. Pan ydych chi'n mynd dramor, does neb yn eich adnabod beth bynnag, felly tybiais, pe byddwn i ymaith o Lundain, y byddai fy hwyliau fymryn yn well. Doeddwn i ddim o deulu digon bonheddig i fod wedi mynd ar *Grand Tour* pan oeddwn yn llanc, ond gwelais fy nghyfle i wneud hynny nawr. Felly, gyda'r gwanwyn, paciais fy mag a hwylio dros y Sianel i lastiroedd Ewrop.

Rhaid i mi gyfaddef bod ysictod wedi cydio'n annifyr ynof wrth i mi fyrddio'r llong fawr yn Portsmouth, gydag awyr lwyd Chwefror yn bygwth gwyntoedd anffafriol. Ond buan y pasiodd yr ofn hwnnw wrth i mi gofio fy mod i'n arbennig, nad oedd na mellten na môr-fwystfil a allai beri niwed i mi.

Wyddwn i ddim, wrth hwylio, beth fyddwn i'n ei wneud ar y cyfandir, ond roeddwn i wedi cytuno â mi fy hun na fyddwn i'n dychwelyd i Loegr am sawl blwyddyn. Un o'r pethau roeddwn i'n dal i ysu amdano oedd cael troedio llwyfan eto, ond roedd theatrau Llundain wedi suro gyda mi erbyn hynny. Efallai, gobeithiais, y byddai *impresarios* y cyfandir yn adnabod fy nhalentau; efallai, gobeithiais, na fyddai grym Mathonwy yn parhau wedi i mi adael Prydain...

Roeddwn i'n dal i obeithio bryd hynny.

Yr unig ieithoedd roeddwn i'n gallu eu siarad oedd Saesneg a Ffrangeg, ond bod fy Ffrangeg yn drwsgl iawn, yn ddigon i gyfathrebu gyda thafarnwyr a phuteiniaid ond ddim llawer mwy. Roeddwn i wedi teithio i Ffrainc fwy nag unwaith yn fy mywyd, a dyna pryd y casglais hynny o wybodaeth o'r iaith oedd gennyf. Pan deithiais i Baris, nid drwy fwriad y gwellais safon fy Ffrangeg, ond, drwy dreulio cymaint o amser yn y ddinas liwgar honno yn blasu ei danteithion, cynyddodd fy rhuglder; yn raddol i ddechrau, yna'n sydyn. Roeddwn i wedi gweld perfformiadau theatrig y Ffrancwyr o'r blaen, ac yn eu gweld yn ddi-chwaeth – yn rhy *boblogaidd* – ond wrth i fy nealltwriaeth o ddeialog yr actorion wella, deuthum i gael mwy o foddhad o'r cynyrchiadau. Wrth gwrs, ni wnaiff yr un dramodydd o wlad y Galiaid gyrraedd safon Shakespeare na Marlowe na Cibber, ond mae'n rhaid i bob actor ymgyfarwyddo ag ystod eang o ddramâu o ran arddull a safon.

Mae'r Ffrancwr yn hoff o ramant. Eisteddais drwy ddrama sentimentalaidd Diderot am dad a oedd yn ennyn maddeuant ei blant erbyn y diwedd (wyddwn i ddim sut na pham, gan i mi gysgu drwy'r rhan fwyaf ohoni). Gwelais M. de Voltaire ei hun, ei wyneb wedi ei beintio, yn chwarae rhan y Khan yn ei ddrama am Tsieina; teimlais y dylai'r creadur ganolbwyntio ar ei ysgrifennu. Dyma'r cyfnod y cododd seren Beaumarchais, a gwelais ei *Eugénie* yn y Comédie-Française. Dyna chi theatr oedd honno! Cofiaf fethu mwynhau'r ddrama yn llawn gan mod i'n teimlo eiddigedd yn llosgi ynof na chefais i erioed y cyfle i berfformio mewn lle tebyg. Cytiau oedd theatrau Lloegr o'u cymharu. Ar y pryd roedd byddigion Paris i gyd i'w gweld yno, a chredaf unwaith i mi fwrw i mewn i'r enwog Mme. du Barry (menyw yr hoffwn i fod wedi cael dod i'w hadnabod yn well, ond nid yw'n syniad da i ddyn, waeth pa mor anfarwol, fela ym musnes brenhinoedd). Fwy nag unwaith ceisiais gael gwaith yn actio yn un o'r theatrau ym Mharis, gan hyd yn oed gynnig mil o bunnoedd i un rheolwr syn er mwyn cael cymryd y brif rôl y noson honno, ond nid oedd dim yn tycio.

Wedi cyfnod go hir ym Mharis, teithiais yn fy mlaen ar draws cyfandir Ewrop. Roedd hyn cyn y Chwyldro yn Ffrainc a chyn y rhyfeloedd mawr a ddaeth wedyn. Oedd, roedd y dinasoedd mawr yn *ddinasoedd mawr*, ond fel arall roedd pob siwrnai yn golygu treulio dyddiau lawer yn mynd drwy gefn gwlad, rhywle nad oedd diwylliant wedi'i gyffwrdd eto, a ble roedd cael golwg ar ddyn a edrychai fel y fi yn bwrw parchedig ofn yn y tyddynwyr a'm gwelai.

Yn Vienna gwyliais operâu. Diflas oedden nhw ar y cyfan, a rhy hir. Nid ydw i'n gyffredinol yn hoff o gerddoriaeth mewn drama – siarad yw swydd actor, nid canu – ac roedd lleisiau'r cantorion hyn yn llawer rhy swnllyd. Hiraethwn, wrth wylio'r *castrato* Guadagni yn clochdar am golli ei Euridice, am y lleisiau syml a gwerinol a lenwai fuarthau tafarndai ar hyd a lled Lloegr. Ac roedd pobl Vienna byth a hefyd yn dawnsio, hyd syrffed, ac yn y diwedd allwn i ddim ymdopi mwy gyda nhw'n cicio'u traed bob munud, felly symudais yn fy mlaen.

Yn yr Eidal darganfyddais fod trasiedïau yn ffasiynol, fel petai ei chynulleidfaoedd newydd ddarganfod bodolaeth y *genre*. Ni chefais flas ar theatr yr Eidalwyr, hyd yn oed wedi i mi ddysgu digon o'u hiaith i ddeall yr actorion. Roedd gwaith Alfieri yn rhy syml a gwaith Maffei yn rhy gymhleth. Roedd y *commedia dell'arte*, gyda'i fygydau a'i bantomeim, yn ymdebygu i'r math o gynhyrchiad a hoffai cynulleidfaoedd hawdd-eu-plesio yn ôl yn Lloegr. Er mod i wedi ymostwng i berfformio mewn sioeau cyffelyb yn fy nydd, nid oedd traethu aflafar yr actorion ym Milan na Rhufain yn rhyngu fy modd, a theimlwn rywfaint o dristwch fod safon theatr yr Eidal, gwlad a oedd yn cael ei gweld yn Llundain fel ffynhonnell fawr diwylliant, yn llawer is na safon hyd yn oed y sioeau mwyaf gwamal i ymddangos yn y Drury.

Er gwaethaf hyn oll, nid oeddwn i'n barod i ddychwelyd i Lundain eto. Roeddwn i wedi cael gormod o flas ar haul y Canolfor, ar ddiod a bwyd ein cefndryd cyfandirol, ac ar eu merched. Roedd sawl blwyddyn wedi pasio ers i mi adael fy mhlasty yn Kensington, er nad oedd hi'n teimlo felly i mi. Roedd pob profiad yn toddi'n un, fel pe bawn i ar ben ton a honno'n fy nghludo ar draws môr o bleserau. Na, nid oedd neb yn fy nghofio, ond pa ots am hynny os oedd bywyd mor felys?

Byr yw pob bendith. Rydw i'n meddwl mai yn Rhufain yr oeddwn i pan sylwais ar y sibrwd am y tro cyntaf. Pan ydych chi yng nghanol rhialtwch ddydd a nos, rydych chi'n dod i arfer â'r synau o'ch cwmpas a'r atsain yn eich clustiau am oriau wedyn. Ond un noswaith, yn yr *appartamento* moethus hwnnw ar y Via Giulia, gyda'i falconi marmor a'r clematis porffor yn cropian o amgylch ei bortico, deuthum i sylweddoli bod atsain *arall* yn fy nghlust, fel sisial gwynt drwy gilfach. Nid oedd yn sŵn cyson; roedd yn hytrach yn herciog, megis sillafau – ond roedd yno drwy'r amser, yn cosi fy mhen. Y funud y sylwais arno, ni allwn *ond* sylwi arno.

Aeth fy hwyliau'n ddu. Roedd y sibrwd yn fy llethu, yn gwneud i mi rincian fy nannedd a chnoi fy ewinedd. Dyblais faint oeddwn i'n ei yfed. Ceisiais lenwi fy nyddiau â sŵn, p'run ai cerddoriaeth neu ddwndwr y farchnad, ond, er i hynny weithio am gyfnod, yn y pen draw nid oedd modd i mi anwybyddu'r sibrwd. Roedd yn fy mhlagio, a thaerwn ei fod yn dod yn fwy a mwy... *aflonydd*. Fe'i disgrifiais fel sillafau, ond nid oedd unrhyw ystyr eglur i'r sibrwd. Gwnâi hynny bethau'n waeth, os rhywbeth, gan mod i'n cael y teimlad bod y sibrwd yn ceisio dweud rhywbeth wrthyf, ond wyddwn i ddim beth.

Rydw i wedi disgrifio eisoes y llais a glywais o'r blaen yng Nghaergybi, ac yna yn fwy diweddar yn y siambr danddaearol honno yn Llundain. Galwais hwnnw yn llais Mathonwy, a gwawriodd yr ymwybyddiaeth arswydus arnaf mai Mathonwy hefyd oedd yn sibrwd wrthyf yn awr; roedd wedi cael hyd i mi, oherwydd ni allwn ddianc rhagddo.

Wrth edrych yn ôl, ni allaf ddweud a oeddwn i'n wirioneddol wedi datrys erbyn y cyfnod hwn mai Mathonwy oedd yn gyfrifol am fy anffawd. Roedd y cyfan y tu hwnt i bob rheswm; weithiau byddwn i'n dychwelyd at yr esboniad mod i *wedi* marw ac mai Uffern oedd hwn, neu mod i'n fyw ond wedi mynd yn wallgof ac mewn gwirionedd yn griddfan mewn cell seilam. Bellach rydw i'n fwy sicr, ond nid yn gwbl sicr, mod i'n gwybod y gwirionedd.

Ceisiais deithio yn fy mlaen, rhag ofn bod y sibrwd yn distewi po bellaf yr awn i o Loegr. Euthum i Wlad Groeg, i'r Aifft, a hyd yn oed ystyried mynd i India er bod hwnnw'n lle digon anghysbell i Sais bryd hynny. Ond cynyddu wnaeth y sibrwd, a mynd yn fwy a mwy cynhyrfus a thaer po fwyaf y teithiwn. Yn yr un modd, euthum yn fwy a mwy dryslyd a gwyllt. Cofiaf gael fy nhaflu allan o theatr yn rhywle am godi cynnwrf, a thybiaf mai hwn oedd yr anfri olaf a barodd i mi sylweddoli nad oedd modd i mi redeg mwyach.

Roedd angen i mi ddychwelyd i Brydain.

II

Ddistawodd y sibrwd ddim, byth. Ond wedi i mi wneud y penderfyniad i lusgo fy hun yn ôl ar hyd y milltiroedd maith tuag at Lundain, aeth y sibrwd, mi gredaf, yn llai aflonydd, nes ei fod yn sisial yng nghefn fy mhen. Roedd yn dal i oglais, ac roeddwn yn dal i ddeffro weithiau yng nghanol nos yn meddwl bod rhywun wrth fy nghlust, ond fwy na heb roeddwn i wedi llwyddo i'w dawelu – am y tro.

Y flwyddyn 1777 oedd hi pan ddychwelais o'r diwedd i'r tŷ gwag yn Kensington. Roeddwn i wedi bod i ffwrdd am bron i bymtheg mlynedd. Yn fuan wedi symud yn ôl i mewn i'r plasty (roedd wedi mynd â'i ben iddo braidd heb neb yn edrych ar ei ôl, ond roedd hi'n gryn ryddhad i mi nad oedd neb wedi ei feddiannu tra bûm i ffwrdd), cofiaf edrych yn y drych a gweld y dyn a edrychai'n ôl arnaf. Roedd y gŵr hwnnw'n edrych yn harti ac iach, gyda bochau cochion a llygaid clir. Rhyfeddais wrth sylweddoli nad oeddwn i'n edrych yn ddim gwahanol i sut yr edrychwn ugain mlynedd ynghynt; yn wir, edrychwn yn well o lawer. Cyfrais yn sydyn yn fy mhen: roeddwn i'n saith deg a phedwar oed y flwyddyn honno, ond yn dal i edrych yn hanner cant a phump, yr oedran roeddwn i pan ddrylliwyd y *Dublin Merchant*. Nid oeddwn i hyd yma, rywsut, wedi sylweddoli hyn. Roeddwn i wedi dychmygu bod fy anfarwoldeb yn golygu na allwn i gael fy niweidio, ond bod treigl amser yn dal i effeithio'n araf arnaf. Nawr, roedd cael pen clir ar ôl bod ymaith gyhyd yn gymorth i mi ddod i'r casgliad nad oedd amser ychwaith yn gallu amharu arnaf.

Myfyriais am amser hir ar hynny. Eisteddais wrth ffenestr fawr y *drawing room* wag yn syllu ar bobl yn pasio islaw. Roedd hi'n ymddangos bod Llundain wedi newid tra oeddwn i oddi yno, gan deimlo'n fwy prysur a mwy cyflym. Mwy o bobl a mwy o geffylau, roeddwn i'n siŵr. Roedd y gwahaniaeth rhwng hynny a bywyd arafach y cyfandir yn drawiadol, ac mi deimlwn yn gyndyn i gerdded y strydoedd, er eu bod nhw'n strydoedd y bu i mi eu cerdded drwy gydol fy oes.

Pa mor hir, meddyliais, fyddai'r felltith hon yn parhau? A oedd terfyn i hud cyfrin Mathonwy? Roeddwn i'n dal o fewn ystod oed arferol dyn, ac roeddwn i'n adnabod sawl person oedd wedi byw tu hwnt i bedwar ugain heb, am wn i, fod dan swyn annirnadwy. Roedd hi'n eithaf posib, tybiais, fod fy nghorff yn heneiddio ac yn pydru oddi mewn – efallai mai dyna pam y dechreuais glywed y sibrwd? – ac y byddwn i o fewn ychydig flynyddoedd yn disgyn yn swp marw heb rybudd. Dyna fyddai jôc gan Mathonwy! Ni ddylwn i gymryd fy melltith yn ganiataol, felly.

Ar y llaw arall, nid oedd y blynyddoedd ers cyfarfod yr henwr yn ei glogyn coch wedi cael effaith arnaf hyd yn hyn. Yn sicr, roedd fy meddwl yn fwy darniog ac roeddwn i wedi dioddef llawer. Ond beth os mai fel hyn fyddai hi o hyn ymlaen? Beth os byddwn i'n byw am byth...?

Parodd yr holl bosibiliadau hyn gryn bryder i mi. Arhosais yn fy nghartref y rhan fwyaf o'r amser, yn ei ddistawrwydd a'i ehangder, yn ceisio gwneud synnwyr o bethau, ond po fwyaf roeddwn i'n myfyrio am fy sefyllfa, mwyaf pryderus oeddwn i.

Dyna pryd y dechreuais ysgrifennu.

Roeddwn i wedi bod yn awdur cyn hynny, fel y gŵyr pawb. Roeddwn i wedi mireinio dramâu'r Bardd ar gyfer y llwyfan ac wedi cyfansoddi fy narnau fy hun, er nad oedd y cynulleidfaoedd wedi rhoi sylw haeddiannol iddynt ar y pryd (roeddwn i, ysywaeth, efallai yn ddyn o flaen fy amser). Bûm yn arbennig o falch o'm cyfrolau ar feirdd Prydain ac Iwerddon, fy *magnum opus*; roeddwn wedi gadael y gyfres honno ar ei hanner rai blynyddoedd ynghynt, ond bellach nid oedd awydd gennyf i'w gorffen.

Yr hyn roeddwn i wedi penderfynu ei ysgrifennu yn 1777 oedd nodiadau ar fy sefyllfa. Roedd fy meddwl yn fregus a doeddwn i ddim yn sicr weithiau a oeddwn i'n effro neu'n breuddwydio, ac felly roedd crafu inc ar bapur yn help i roi trefn ar fy myfyrdodau.

Anodd oedd yr ysgrifennu, serch hynny. Golygai ailfeddwl am – ac felly ail-fyw – profiadau amhleserus nad oedd arnaf eisiau eu hwynebu. Er mwyn bod yn drylwyr, cofnodais bob syniad oedd gennyf am darddiad fy anffawd. Duw? Satan? Y Tylwyth Teg? Rhyw elicsir roeddwn i wedi ei gymryd heb gofio gwneud hynny? Lwc?

Ond yn y diwedd dim ond un esboniad oedd yn gwneud synnwyr – er nad oedd, mewn gwirionedd, yn gwneud unrhyw synnwyr – sef bod rhywbeth wedi digwydd i mi yn y tyddyn bach tywyll ger Caergybi pan ddangosodd y dyn y garreg lachar i mi. Dyna pryd glywais i'r enw 'Mathonwy' gyntaf. Roeddwn i wedi clywed llais – dwedais wrthyf fy hun mai llais Mathonwy ydoedd, ond dim ond label oedd hwnnw, oherwydd nid oeddwn i'n gwybod pwy na beth oedd Mathonwy.

Ond roedd *rhywun* yn gwybod.

Roeddwn i wedi gweld y bobl hyn yn eu mentyll coch yng

Nghymru ac yma yn Llundain. Yn wir, bu un ohonynt, y ddynes brydferth â'r gwallt euraid, yn y ddau le. Roedd yn rhaid eu bod nhw'n gwybod am Mathonwy, oherwydd deuthum i'r casgliad mai amdano fo roedd yr hen areithiwr yn siarad yn y seler flynyddoedd ynghynt. Ceisiais gofio geiriau'r gŵr yng Nghaergybi, ac mi daerwn ei fod wedi sôn am Mathonwy mewn ffordd ddefosiynol, megis y mae Cristion yn sôn am Grist. Dywedodd y byddai Mathonwy yn rhoi i mi yr hyn a ddewiswn. Oedden nhw felly'n addoli Mathonwy? Yn deisyfu bendithion ganddo?

Po fwyaf yr ysgrifennwn am y pethau hyn, ac yn wir, po fwyaf aml y sillafwn enw Mathonwy gyda fy ysgrifbin, mwyaf y corddai fy mhen, nes bu'n rhaid i mi stopio ysgrifennu. Roedd y llais yn fwy hyglyw, er na allwn ddirnad beth roedd yn ceisio'i ddweud wrthyf.

Eisteddwn am oesoedd o flaen y tân, yn sipian gwin ac yn ceisio anghofio popeth, er mwyn ceisio cael y llais i adael. Ond roedd hynny'n gwneud pethau'n waeth, achos *allwn* i ddim anghofio, ac wrth i mi geisio gwneud hynny roedd y llais yn sibrwd yn gryfach.

Nid oeddwn yn gwybod beth oedd ei eisiau arnaf. Ai cofleidio melltith Mathonwy roedd arnaf ei eisiau, a mwynhau fy sefyllfa? Ond roeddwn i wedi ymdrechu i wneud hynny eisoes yn ystod fy *sojourn* ar y cyfandir, ac ni phrofodd hwnnw yn fuddiol i mi yn y pen draw. A oeddwn i, ar y llaw arall, â'r awydd i geisio dad-wneud y felltith? Ond os gwnawn i hynny, beth ddigwyddai i mi? A fyddwn i'n diflannu mewn cwmwl o fwg? A fyddwn i'n dioddef anffawd fwy enbyd fyth? Ac oedd hi hyd yn oed yn *bosib* cael gwared ar fy anfarwoldeb?

Allwn i ddim gwneud y penderfyniad. Nid oeddwn i'n gwybod beth oedd ei eisiau arnaf.

Ond roedd un ateb yn eglur i mi. Dim ond un ffordd oedd yna i gael atebion. Byddai'n rhaid i mi ddarganfod mwy am Mathonwy, ac er mwyn gwneud hynny byddai angen i mi gael hyd i'r gymdeithas gyfrinachol yr oedd ei haelodau'n gwisgo coch.

Ac er mwyn gwneud hynny, byddai'n rhaid i mi ddysgu Cymraeg.

III

Roeddwn i'n gwybod bod cysylltiad Cymreig i'w cymdeithas, wrth gwrs, gan mod i wedi dod ar eu traws gyntaf ar Ynys Môn. Cymraeg oedd pawb yn ei siarad ym Môn. Acen Gymraeg oedd gan y ferch a'r henwr yn y tyddyn, ac wrth feddwl yn ôl roeddwn i'n tybio mai Cymraeg oedd iaith yr araith yn y seler ger y *rookery* hefyd. Fel y dwedais, roeddwn i wedi adnabod siaradwyr Cymraeg yn fy amser, ond wyddwn i ddim ble roedden nhw bellach. Nid athro oedd ei eisiau arnaf beth bynnag – teimlwn yn berffaith alluog i'm haddysgu fy hun.

Euthum o amgylch y siopau llyfrau er mwyn cael hyd i destunau Cymraeg i'w hastudio. Yn Llundain, wrth gwrs, y ceir siopau llyfrau gorau'r byd – y rhan fwyaf ohonynt o fewn tafliad carreg i'w gilydd, drwy lwc – er nad oedden nhw'n adeiladau roeddwn yn hoff o fod ynddynt fel rheol. Roeddent heb eithriad yn llychlyd ac yn arogli o bapur tamp, ac mae pob arwerthwr llyfrau a fu erioed yn gwneud ymdrech aruthrol i lenwi pob modfedd o'i siop gyda silffoedd, nes ei bod hi'n amhosib i unrhyw ddyn sydd yn dewach na llythyr gerdded o'u cwmpas. Rhowch i mi ehangder y theatr dros gyfyngder y siop lyfrau unrhyw bryd. Ond mynd iddynt oedd raid.

Prin oedd siopau'r ddinas a werthai lyfrau Cymraeg, ond cefais afael ar thesawrws Thomas Richards mewn un lle ac un o gyfrolau geiriadur John Walters mewn man arall. Cafodd un siopwr ag inc ar ei fysedd hyd i gopi o *Caniadau* gan William

Williams Pantycelyn i mi. Mewn siop arall roedd y perchennog yn ymwybodol o *fodolaeth* llyfrau Cymraeg ond ddim yn eu stocio; anfonodd fi at fasnachwr cyfagos yr oedd 'yn weddol siŵr' ei fod yn 'berchen ar lyfrau o wlad y Cymro' – er, meddai, nad oedd yn gweld llawer o bwrpas mewn darllen unrhyw beth Cymraeg. 'Byddai unrhyw beth o *werth*, syr, wedi cael ei gyfieithu i'r Saesneg eisoes – ac nid oes fawr ddim, gredaf i, sydd wedi cyrraedd y nod hwnnw hyd yn hyn!'

Gadewais y sinach a mynd draw i siop yr arwerthwr dan sylw, sef Hawes, Clarke & Collins. Roedd y siop fawr hon yn Paternoster Row, darganfyddais, wedi ariannu Geiriadur Samuel Johnson (y diawl iddo) rai blynyddoedd ynghynt. Ei rheolwr oedd Thomas Evans, Cymro bychan gydag wyneb coch a dwylo mawr. Dihiwmor oedd o tuag ataf ar y cychwyn (am i mi feiddio dod i siop lyfrau er mwyn prynu llyfr), ond meddalodd ei surni pan ddeallodd fod diddordeb gennyf mewn dysgu Cymraeg.

'Y Beibl sydd ei angen arnoch, syr, wyddoch chi?' meddai Evans yn Saesneg. 'Mae'r *Beibl Cysegr-lân*, y cyfieithiad o law yr Esgob William Morgan, yn cynnwys yr holl eiriau a moddion ysbrydol y byddai ar unrhyw ddyn eu hangen, wyddoch chi?'

Meddyliais ei bod hi'n od bod gwerthwr llyfrau yn awgrymu mai dim ond un llyfr fyddai ei angen arnaf – ond ni ddylwn fod wedi poeni, oherwydd yn syth wedyn dyma Evans yn fy nhywys gerfydd fy mhenelin i lawr gwahanol resi o silffoedd gan dynnu amryw gyfrolau oddi arnynt a'u taflu i'm breichiau. Roedd y dyn bach wedi'i gynhyrfu'n lân, er, ymddengys fod ei frwdfrydedd yn deillio mwy o'r llyfrau oedd yn dod i'w feddwl nag o'r cymorth roedd yn ei roi i mi. Roedd hi'n amlwg hefyd mai Cristion o'r math diflasaf oedd Evans, yn cenhadu tra ei fod yn gwerthu ac yn dethol llyfrau ar fy nghyfer a fyddai'n 'ail-lenwi eich ysbryd â daioni'r Hollalluog' neu'n 'eich troi oddi wrth luoedd Satan a thua'r goleuni tragwyddol'; wyddwn i ddim a ddylwn i ei ddiawlio am fy enllibio neu ddiolch iddo am ei bryder dros iechyd fy enaid (O! pe bai ond yn gwybod).

'Mae plant tlawd yn Llundain, wyddoch chi, syr?' meddai wrth i mi faglu yn ôl tua blaen y siop er mwyn talu, wedi fy ngorlwytho gan *oeuvre* cyfan llenyddiaeth ysbrydol Cymru. 'Mae angen addysg arnynt er mwyn eu tynnu allan o Uffern eu tlodi, wyddoch chi? Ac er mwyn sicrhau addysg, wrth gwrs, mae angen llyfrau, wyddoch chi – dyna pam y deuthum yn llyfrwerthwr. Ond wyddoch chi hefyd, mae angen arian, oes. Mae addysg yn beth drud, wyddoch chi? Rydw i fy hun yn cefnogi'r Welsh Charity School yn Gray's Inn. Beth sy'n waeth, dybiwch chi, na phlant yn cardota ar strydoedd y ddinas?' (Ni roddodd amser i mi ymateb.) 'Plant yn cardota ar strydoedd y ddinas *sydd yn siarad Cymraeg*, wyddoch chi! Tybed, syr, fel gŵr bonheddig sydd yn hael ac yn hoff o lenyddiaeth – tybed a fyddech chi'n fodlon cyfrannu tuag at ein—?'

Torrais ar ei draws a mynnu bod y pentwr roedd wedi ei argymell i mi yn hen ddigon o wariant am heddiw. Edrychodd Evans fymryn yn benisel, ond ailflagurodd ei wên pan welodd y cwdyn arian a dynnais o'm gwregys er mwyn talu am y llyfrgell o lyfrau a orweddai rhyngom.

Talais, y swm yn hurt er yn ddim i mi, ond ar ganol cadw'r arian yn y *lockbox* o dan y ddesg, oedodd Evans, cyn sythu. Edrychodd arnaf gyda golwg od, gyfarwydd, yna ar y pentwr o lyfrau.

'Cymro ydych chi, syr?' meddai, yn Gymraeg. 'Dewis da o lyfrau sydd gennych yma, wyddoch chi!'

Ddeallais i mohono, wrth reswm, ond dyna beth y dyfalaf iddo'i ddweud.

'Mae'n ddrwg gen i,' atebais yn swta yn Saesneg, yn digio bod fy melltith wedi peri iddo fy anghofio mor fuan, ond nid yn ddigon buan i mi lwyddo i gael y llyfrau heb orfod talu, 'nid ydw i'n siarad Cymraeg.'

'Os ydych chi am ddysgu Cymraeg,' meddai llais main wrth fy ysgwydd, 'byddech yn buddio o ddarllen gwell llyfrau na'r sothach modern yna.'

Trois i edrych ar berchennog y llais. Roedd yma ddyn ifanc tenau gyda llygaid mawrion a gwefusau porffor. Nid oedd yn gwisgo wig ac roedd annibendod ei wallt yn fy atgoffa o fwgan brain. Saesneg roedd wedi ei siarad ond roedd acen Gymraeg gref o dde Cymru ganddo, nes i mi bron beidio â'i ddeall. Gofynnais am ei bardwn a holi beth a olygai.

'Y llyfrau hyn,' meddai'r bwgan brain, gan bwyntio bys hir, dilornus at y pentwr roeddwn i newydd ei brynu am grocbris. 'Ydych chi'n meddwl bod gwerth mewn darllen ysgrifau cyfoes sydd wedi cael eu dylanwadu cymaint gan ddiwylliant y Sais, y Ffrancwr, yr Eidalwr? Mae Cristnogaeth – os bydd yr Hollalluog yn maddau i mi – wedi ymwthio i bob rhan o draddodiad y Cymro, nes bod dim o'r hen Gymru i'w gweld.'

Nid oedd o wedi cynhyrfu nac wedi codi ei lais; yn hytrach, roedd yn cyflwyno hyn fel pe bai'n ffaith na allai unrhyw berson synhwyrol anghytuno â hi. Ond roedd ei eiriau wedi codi gwrychyn Thomas Evans.

'Cadwch eich tafod gableddus dan glo, Mr Williams!' meddai gan gochi. 'Wyddoch chi, prin yw'r Cymry a fyddai'n cytuno â chi. Mae'r rhelyw ohonynt yn Gristnogion pybyr sydd yn deall bod Eglwys Crist wedi dod â golau moes a gwareiddiad i'r ynys hon!'

'Golau moes a gwareiddiad!' Chwarddodd Williams, gan lithro llyfr tenau roedd yn amlwg yn bwriadu ei brynu ar draws y ddesg. 'Pe baech chi, Mr Evans, ond yn gallu *gweld* y Golau a fu'n disgleirio arnom unwaith.'

Bytheiriodd Evans, ond tawodd wrth iddo gwblhau'r pryniant, arian am lyfr, gyda Mr Williams.

Yna, wrth i'r gŵr ifanc droi i adael, anfonodd y siopwr un *broadside* olaf at ei gefn. 'Mi gewch chi weld, syr,' meddai, 'y bydd yr iaith Gymraeg yn troi Llundain i gyd tua daioni Duw!'

Arhosodd Williams ar y rhiniog. Trodd ei wyneb fel mai dim ond un llygad roeddwn i'n ei gweld. Edrychodd y llygad honno yn graff ar Evans.

'Heb os, syr,' atebodd Williams. 'Bydd y Cymry'n siglo'r ddinas hon ryw ddydd. Peidiwch â phoeni am hynny.'

Llithrodd drwy'r drws wrth i Evans fwmian rhywbeth anghynnes amdano. Rhaid i mi ddweud i eiriau'r Mr Williams hwn fy oeri am ennyd, ond ni adewais iddynt fy mhryderu am yn hir. Gadewais maes o law gan gario'r bwndel o lyfrau Cymraeg o dan fy mraich.

Welais i fyth mo Thomas Evans eto, ond nid dyna'r tro olaf y deuwn ar draws y dyn rhyfedd gyda'r gwallt bwgan brain. Yn wir, mae'n deg dweud y byddai fy mywyd wedyn wedi dilyn llwybr tra gwahanol oni bai am Iolo Morganwg.

IV

Nid peth hawdd yw dysgu iaith pan ydych ar eich pen eich hun.

Cymerodd amser hir i mi ddysgu darllen Cymraeg. Defnyddiais y llyfrau ieithyddol y bu i mi eu prynu, ynghyd â thestunau Saesneg o'r Beibl, er mwyn dechrau'r broses hir o geisio cyfieithu a dehongli'r iaith. Trwy wneud hyn a chan groesgyfeirio rhwng sawl cyfrol agored ar fwrdd fy mharlwr, llusgais fy ffordd yn araf drwy'r orchwyl o ddysgu'r iaith Gymraeg.

Nid yw hi fel Ffrangeg neu Eidaleg, ieithoedd roeddwn i'n dra chyfforddus yn eu siarad erbyn hynny. Mae'r geiriau yn llawer mwy estron i lygad y Sais, ac mae'r gystrawen, os caf i ddweud, â'i hwyneb i waered! Tasg hirfaith, flinderus oedd mynd yn araf, araf drwy'r testunau gan geisio adnabod geiriau wrth eu tebygrwydd i Saesneg neu un o'r ieithoedd Lladinaidd, eu gwirio yn y geiriadur neu'r thesawrws, cyn eu hysgrifennu'n ddiwyd mewn rhestr a oedd wrth fy mhenelin.

Cefais lond bol o'r Esgob William Morgan erbyn y diwedd, heb sôn am gael fy atgoffa y ceir rhannau diflas tu hwnt yn yr Ysgrythur. Codi fy nwrn yr oeddwn at Doctor Morgan a'r seintiau oll cyn y diwedd. Wedi i mi, i bob pwrpas, gwblhau cyfieithu'r Beibl Cymraeg i'r Saesneg, rhoddais hwp i'r gyfrol i gornel yr ystafell, cyn symud ymlaen i geisio defnyddio hynny o'r iaith roeddwn i wedi ei dysgu er mwyn dehongli'r llyfrau eraill, a thrwy hynny ddysgu mymryn mwy bob dydd.

Cymerodd hyn oll flynyddoedd. Nid yw treigl amser yn effeithio ar fy nghorff, felly nid oedd yn *teimlo* fel blynyddoedd, ond sylweddolais ar un pwynt i mi fod yn darllen am chwe mis heb oedi heblaw er mwyn cysgu. Nid oedd awydd bwyd arnaf yn aml, heblaw am yr ysfa ysbeidiol i fwynhau blas rhywbeth neu'i gilydd, felly nid oedd gwir angen i mi adael y tŷ i fwyta. Roedd seler eang o boteli gwin gennyf ac yfwn o'r rhain yn gyson; mewn gwirionedd, deuthum i fesur y blynyddoedd gan ddefnyddio maint fy storfa win yn fwy na dim arall.

Erbyn 1790 roeddwn i wedi darllen pob un o fy llyfrau Cymraeg (heblaw'r Beibl) ddwsinau o weithiau yr un, ac mi deimlwn yn hyderus o ran fy Nghymraeg; roedd fy seler bellach bron yn wag. Roeddwn hefyd wedi dechrau ysgrifennu yn Gymraeg, er mwyn ymgyfarwyddo â'r ramadeg a'r eirfa.

Mae'n rhaid i mi gyfaddef, yn y degawd hwnnw o fod yn sownd yn fy ystafell yn pori drwy'r llyfrau mi gollais afael ar y rheswm dros ddysgu Cymraeg yn y lle cyntaf! Sylweddolais, wrth edrych yn ôl, fod y sibrwd yn fy mhen wedi distewi – nid yn gyfan gwbl, ond nes ei fod yn ddim ond murmur ar yr awel. Dechreuais ar y daith ieithyddol hon er mwyn dod i ddeall mwy am y Cymry cyfrin yn eu clogynnau coch, ond nid oeddwn wedi meddwl amdanynt o ddifri ers blynyddoedd.

Tua'r adeg honno y cofiais am Iolo Morganwg. Fel 'Mr Williams' yn unig roeddwn i'n ei adnabod bryd hynny, wrth gwrs, a ninnau ddim ond wedi torri gair am ychydig funudau flynyddoedd ynghynt; nid tan yn ddiweddarach y deuthum i gysylltu'r bwgan brain hwnnw gyda'r llysenw sydd bellach yn dra adnabyddus. Daeth ei eiriau yn ôl ataf; bod llên y Cymro wedi cael ei llygru gan ddylanwad gwledydd a diwylliannau eraill. Os gwir ei eiriau, roedd mwy gennyf i'w ddysgu am y traddodiad Cymreig – mwy, tybiais, nag oedd detholiad llenyddol Thomas Evans wedi ei ddatgelu i mi.

Yn rhydd o'r llyfrau (am y tro), cerddais strydoedd Llundain yn chwilio am Gymry. Ers i mi fod yn feudwy yn fy nhŷ roedd prysurdeb y ddinas wedi cynyddu fwyfwy. Hwn oedd bore cynnar y Chwyldro mawr – nid yr un gwaedlyd a oedd ar droed yn Ffrainc, ond chwyldro mewn diwydiant. Yn y blynyddoedd diweddar roedd fy ninas wedi tyfu, mwg newydd yn codi o'i hadeiladau. Roedd pentrefi cyfagos, a oedd un tro ar wahân, bellach yn sownd i'r *City* nes bod Llundain yn ehangu ei chrafangau. Roedd rhai hen ranbarthau o'r ddinas wedi cael eu chwalu i'r llwch megis waliau Jerico gynt, a chafwyd adeiladau newydd, modern yn fuan yn eu lle. Roedd y traffig hefyd yn drymach ac mi daerwn mod i'n clywed mwy o acenion anghyfarwydd ar y stryd.

Wyddwn i ddim sut i gael hyd i fudiad cyfrinachol dilynwyr Mathonwy – yn sicr, nid oeddwn i'n cofio'r ffordd at y tŷ di-nod hwnnw a'i seler. Ond siawns y byddai *rhywun* ymysg siaradwyr Cymraeg Llundain yn gwybod rhywbeth amdanynt? Felly, gyda'm cansen yn fy llaw a'm gwefusau'n symud yn fud er mwyn ceisio ymarfer fy iaith newydd, dyma fi'n chwilio.

Ers peth amser, ymddengys, ffurfiodd Cymry hyddysg Llundain nifer o gymdeithasau er mwyn iddynt gael, mewn egwyddor, drafod llenyddiaeth a diwylliant eu mamwlad. Yn eu mysg roedd y Cymmrodorion, y Cymreigyddion a'r Gwyneddigion (wyddwn i ddim pam na fyddent yn uno i greu un gymdeithas, ond dyna natur y Cymry, fel y deallais wedyn). Ni fûm i na fy nhad erioed yn aelodau o *gentlemen's societies* fel hyn, gan i mi (am unwaith) gytuno ag o mai esgus i gael llawer o ddynion yn yr un ystafell yn anadlu aer poeth ar ei gilydd oedd y fath glybiau, a bod ffyrdd rhatach a difyrrach o yfed. Ond cefais ar ddeall mai'r cymdeithasau hyn oedd y mudiadau gorau ar gyfer 'gŵr bonheddig fel fi' os oeddwn i am ddysgu mwy am y Cymry.

Cefais groeso, o fath, gan y Gwyneddigion bondigrybwyll, a oedd yn cyfarfod ym mharlwr cefn tafarn y Bull's Head, ond buan y diflannais o'u hymwybyddiaeth, wrth gwrs, gan eistedd mewn cornel yn gwylio ac yn gwrando. Roedd y gymdeithas honno yn bennaf dan lywyddiaeth Owain Myfyr, neu Owen Jones, dyn rhadlon o ran corff a chymeriad yr oedd ganddo ddau brif wendid: yn gyntaf, roedd ei gôt ffwr yn drewi'n dragwyddol; yn ail, roedd yn rhy hoff o lawer o'i lais ei hun.

Nid oes diben dweud gormod am y cyfarfodydd hynny, heblaw eu bod yn union beth roeddwn i'n dychmygu y byddent. Ar ddechrau pob cyfarfod byddai Owain Myfyr yn datgan trefn y noson yn fanwl a hirfaith. Wedyn byddai'r tafarnwr yn dod ac yn tywallt gwin i bawb, ac yfid hwnnw tra bod rhywun, Iorwerth Siôn, Bardd y Brenin fel arfer, yn canu alaw (o dragwyddol hyd) ar y delyn neu fod Twm Edwards yn darllen ei awdl ddiweddaraf (a oedd wastad yn swnio'n eithriadol o debyg i'r awdl flaenorol); eisoes yr her i'r aelod hwn o'r gynulleidfa fyddai aros yn effro. Ar ôl hynny byddai'r cadeirydd yn darparu pwnc trafod a dueddai i fod yn ddigwyddiad diweddar yng Nghymru nad oedd o bwys i weddill y byd o gwbl, ond a fyddai'n ddi-os yn cynnau dadl losg yn syth ymysg y Gwyneddigion. Roedd hi'n ymddangos i mi eu bod i gyd yn y bôn yn cytuno â'i gilydd – bod traddodiad Cymru yn un i'w gostrelu ond bod angen i bob Cymro gwerth ei halen symud i Lundain – ond byddent yn dadlau tan yr oriau mân er hynny.

Roedd y rhan fwyaf o'r dynion yn frenhinwyr rhonc ac yn cynnig llwncdestun bob pum munud i'r Brenin, 'er mwyn iddo gael gwelliant buan a chyflawn', tra bod un neu ddau o'r rhai ieuengaf yn fwy beirniadol, gan fynegi eu hanhapusrwydd am y Prince Regent a gresynu nad oedd llinach tywysogion Cymru wedi goroesi; rhegent y byddai Glyndŵr yn gwneud llawer gwell teyrn yn y byd oedd ohoni. Erbyn y pwynt hwnnw mewn cyfarfod byddai'r rhaglen a osododd Owain Myfyr ar y dechrau wedi cael ei chwalu'n ulw, a chwerylai ac yfai'r gwŷr bonheddig i gyd tan y bydden ni'n cael ein taflu allan ar y stryd.

Prin y byddwn i'n cymryd rhan weithredol yn y cyfarfodydd, ond roedd yma ac acw wybodaeth werthfawr i mi ei dysgu. Byddai William Owen Pughe – gŵr tal, grymus a phwyllog – yn cyfeirio'n selog at 'yr hen ddulliau', gan awgrymu y bu pŵer rhyfeddol gan yr hen Gymry cyn i Rufain a Lloegr dagu'r nerth hwnnw. Yn raddol cefais gadarnhad bod chwedloniaeth Gymreig na chafodd ei chofnodi yn y llyfrau roeddwn wedi eu darllen, ond cyfeiriadau ffwrdd-â-hi a gafwyd yng nghyfarfodydd y Gwyneddigion at enwau nad oeddent yn dal ystyr i mi ar y pryd, megis Pwyll, Manawydan a Gwydion. Er i mi holi sawl gwaith am fwy o wybodaeth ganddynt, roedd natur fy melltith yn golygu nad oedd y drafodaeth yn glynu at yr hen chwedlau am yn hir.

Glynais innau, fodd bynnag, at y gymdeithas am y misoedd dilynol. Deuthum i adnabod y dynion a'u daliadau gwleidyddol a diwylliannol. Fe'u holais er mwyn mesur maint eu gwybodaeth o'r 'hen ddulliau', a chanfod bod y mwyafrif llethol o'r Gwyneddigion yn gwybod y cyfan a ellid ei wybod am reolau dyrys cynghanedd – ond bod eu harbenigedd ynghylch unrhyw Gymro o bwys cyn Einion Offeiriad yn dila iawn.

Unwaith, gofynnais i'r cwmni'n gyffredinol a wydden nhw am fudiad Cymreig oedd yn gwisgo clogynnau cochion – yn feiddgar, canys gwyddwn na fydden nhw'n cofio fy nghwestiwn wedyn p'run bynnag. Wynebau dryslyd a gefais yn ateb, neb yn cydnabod eu bod yn gwybod unrhyw beth – heblaw mod i'n amau i mi weld sglein fechan ryfedd yn llygad William Owen Pughe a awgrymai ei fod yn gwybod mwy nag a ddwedodd. Ar ddiwedd y cyfarfod hwnnw, euthum at Pughe yn ddi-hid a gofyn iddo (roedd yn fwy sobr na'r lleill) unwaith eto a wyddai am fudiad y clogynnau.

Byseddodd Pughe ei wig a mwytho ochr ei drwyn gyda'i fys. Craffodd arnaf am rai eiliadau, yna meddai, 'Allaf i ddim dweud ychwaneg, ond os arhoswch yn ein cwmni, yna efallai y cewch chi agoriad llygad, gyfaill.'

Serch hynny, ar ôl blwyddyn a mwy o fynychu cyfarfodydd y Gwyneddigion, nid oeddwn ddim callach am Mathonwy na'i urdd o ddilynwyr. Parheais i droi ymysg Owain Myfyr a'i gyd-Gymry er mwyn aros am y datguddiad y cyfeiriodd Pughe ato, ond ddaeth yr un.

Wn i ddim pam na roddais i'r gorau iddi bryd hynny, ac wfftio'r hen drwynau hyn, ond mae'n rhaid i mi gyfaddef bod cael rhyw fath o gwmni cyson yn foddion i mi. Hyd yn oed os nad oedden nhw'n fy adnabod o un cwrdd i'r nesaf, cawn groeso bob tro, ac roedd hynny'n codi fy nghalon rywfaint.

Ceisiais gadw un llygad ar theatrau Llundain yn ystod y

cyfnod hwn hefyd. Roedd gennyf obaith o hyd y byddwn, ryw ddydd, yn dychwelyd i'r llwyfan ac yn gwneud iawn am yr hyn a gafodd ei gymryd oddi arnaf – ond roedd dramâu'r oes yn wrthun i mi. Roedd Garrick a'i ddynwaredwyr wedi cael effaith andwyol ar ddulliau'r theatr. Roedd y cynyrchiadau mawreddog a oedd yn denu cynulleidfaoedd yn eu miloedd pan oeddwn i'n troedio'r llwyfan nawr yn cael eu gweld yn hen ffasiwn; yn eu lle cafwyd perfformiadau cynnil a dirodres nad oeddent yn ennyn dim diddordeb gennyf. Mae'n rhaid i mi gyfaddef i mi fwynhau Mrs Sarah Siddons, yr angyles Gymreig, fel y Fonesig Macbeth, a bu i mi syrthio mewn cariad â hi'n syth – fi a hanner y deyrnas. Ceisiais ei chyfarfod un tro, ond roedd y tyrfaoedd yn rhy loerig i mi fedru ei chyrraedd. Ar ôl peth amser, felly, diflasais ar theatr yr oes a pheidio mynd. Dychmygwch! Theophilus Cibber yn gwrthod mynd i weld sioe! Beiwch David Garrick.

Nid oeddwn i'n segur yn fy ymchwiliadau i Mathonwy ychwaith. Roeddwn i wedi dod i'r casgliad bod rhywbeth hynafol am arferion y bobl yn eu clogynnau cochion, a bod *rhaid* bod cyfeiriadau atynt mewn hen lyfrau Cymraeg, dim ond i mi gael hyd i'r llyfrau iawn. Dychwelais at y siop lyfrau ar Paternoster Row (er nad Thomas Evans oedd ei pherchennog erbyn hynny) a chwiliais am unrhyw gyfrolau a ddisgrifiai hen hanesion a mytholeg Cymru. Seithug braidd oedd y cyrch hwnnw; dim ond un llyfr y cefais hyd iddo, a hwnnw'n gyfrol o farddoniaeth Dafydd ap Gwilym. Ei awdur oedd Edward Williams, enw na olygai ddim i mi, ond pan ddangosais y gyfrol i Siôn Ceiriog yn y cyfarfod nesaf o'r Gwyneddigion, meddai yntau, 'A, ie, llyfr Iolo.'

'Iolo?'

'Neb llai. Dydych chi heb ei gyfarfod? Dal i fyw yn Sir

Forgannwg mae'r creadur, ar ôl iddo ddigio â Llundain sbel yn ôl! Buon ni'n trafod y gyfrol honno pan gafodd ei chyhoeddi. Rydyn ni'n gyfarwydd, wrth gwrs, â barddoniaeth Dafydd, ond cafodd Iolo hyd i ychwaneg o'i gerddi yn ei lawysgrifau nad oedd neb wedi'u gweld o'r blaen.'

'Mae hen lawysgrifau ganddo, felly?'

'Oes yn wir! Y si yw mai un o'r rhesymau iddo adael y ddinas yn, beth, '77, '78, oedd ei fod yn ofni y byddai rhywun yn dwyn ei lyfrau. Mae wedi casglu cryn nifer o'r hen ysgrifau, yn ôl y sôn, ond er gwaethaf ein herfynion dydi o ddim wedi dod aton ni i'w dangos hyd yn hyn. Serch hynny, gyfaill, gŵyr 'rhen Iolo fwy am gynhanes ein gwlad nag unrhyw un. Hen dro nad ydi o yn Llundain!'

Wn i ddim a wrandawai'r duwiau ar Siôn Ceiriog, ond cwta chwe mis wedi ein sgwrs, dychwelodd Iolo Morganwg i Lundain gan ddod â newid mawr gydag o.

V

Mae'n deg dweud bod un hanner o'r Gwyneddigion yn parchu Iolo Morganwg, os nad yn ei eilunaddoli, tra bod yr hanner arall yn edrych arno o gil eu llygaid ac yn sibrwd amdano y tu ôl i'w gefn.

Pan ddaeth Iolo yn ôl i fyw yn y ddinas yn haf 1791, fe'i gwahoddwyd ar ei union i fod yn siaradwr gwadd ar gyfer cyfarfod nesaf y gymdeithas. Roedd Iolo yn un o'i haelodau gwreiddiol, ond gan ei fod wedi bod i ffwrdd cyhyd – ei wallt bwgan brain bellach wedi britho – roedd nifer o'r aelodau nad oeddent yn ei adnabod yn dda, heblaw drwy ei ysgrifennu. Oherwydd hyn dyfarnodd William Owen Pughe y byddai Iolo'n cael sedd anrhydeddus er mwyn iddo allu cyflwyno i ni ei ddarganfyddiadau diweddaraf, 'gan y byddant' (meddai ef, gyda llewyrch ystyrlon yn ei lygad) 'heb os yn gyfraniad sylweddol i'n hachos.' Roedd Pughe ac Owain Myfyr yn ddau o noddwyr mwyaf blaenllaw Iolo, a chan mai nhw oedd lleisiau cryfaf y Gwyneddigion ar y pryd, bu taith Iolo Morganwg yn ôl i'r gymdeithas yn un hwylus.

Cofiaf edrych arno yn y cyfarfod hwnnw, minnau yn eistedd yn fy sedd arferol yng nghysgodion cefn yr ystafell tra bo yntau'n eistedd ar gadair o flaen y tân, honno'n gadair eisteddfodol y mynnodd un o'r beirdd a oedd yn bresennol ei chludo i'r cyfarfod; 'mae angen sedd haeddiannol ar gyfer hybarch Fardd Morgannwg' oedd yr esboniad. Roedd y 'Mr

Williams' roeddwn i wedi bwrw i mewn iddo flynyddoedd ynghynt wedi teneuo yn y cyfamser, ond roedd yr egni anniddig yn dal ganddo, ei lygaid yn ddwfn a llachar a'i fysedd yn gwingo mewn cyffro ar freichiau ei gadair.

Dechreuodd y cyfarfod yn y modd arferol, ond yn lle datganiad telyn neu ddarlleniad, amneidiodd Owain Myfyr yn ymostyngol tuag at Iolo. Safodd hwnnw ar ei draed.

'Foneddigion; gyd-Gymry,' meddai. Roedd ei lais yn drawiadol. Pan siaradodd â mi yn y siop flynyddoedd ynghynt, credwn iddo swnio'n wichlyd a chwynfanllyd braidd, ond heno roedd cryfder newydd i'w lais, y geiriau'n canu yn ei wddf fel pe bai'n bregethwr. 'Y mae gennym hanes nad ydym yn ymwneud dim ag ef. Treftadaeth nad ydym yn ei chofio. Urddas nad ydym yn ei warchod. Mae'r Hen Gymru wedi llithro oddi wrthym wrth i ni gael ein taeogi i ddiwylliannau newydd, rhai sydd yn llwyd a gwantan o'u cymharu â'r hen ffyrdd a gollwyd! Y barddas!' (Cafwyd 'clywch, clywch!' gan gwpwl o'r gynulleidfa ar hyn, Pughe yr uchaf ohonynt.) 'Do, mae'r gymdeithas hon wedi cymryd camau tuag at ailgydio yn yr hyn a gollwyd cyn iddo gael ei gipio am byth gan wyntoedd oriog "gwareiddiad". Y mae'r bonheddwyr sydd yn yr ystafell heno i gyd – *bob un* – yn Feirdd, ac nid yn feirdd Dosbarth y Cŵn neu Ddosbarth y Domen!' (Chwerthin yma gan ambell un, er na ddeallais y cyfeiriad.) 'Nage, Beirdd ydych chwithau sydd wedi dysgu'ch crefft yn unol â'r hen ddull, yn gwybod bod rhai pethau nad ydynt yn addas i'w datguddio i *unrhyw un nad yw'n Fardd*, neu fe gollent eu gwerthfawrogrwydd.

'Diau y gallwch olrhain llinach eich barddas yn ôl at y Cychwyn, fel y gallaf innau drwy Feirdd Morgannwg a Gwent ac Ergyng ac Ewias. *Prifeirdd* y'ch galwaf chwi! Ac rydych chwi wedi cadw fflam y traddodiad Cymreig yn fyw. Do, cynhaliwyd eisteddfodau, mireiniwyd y gerdd dant, cyfansoddwyd awdlau yn unol â'r rheolau' – cafwyd sniff swnllyd gan Twm o'r Nant – 'ond ai ar hyn yr oedwn? A orffwyswn ar ein bri a bodloni ar y briwsion o draddodiad a adawn i'n plant? *Na wnawn!*'

Ar hyn, trawodd ddwrn i gledr ei law arall a stampiodd ei droed. Saib; roedd gwreichion yn ei lygaid.

'Na, gyfeillion,' aeth yn ei flaen, yn ddistawach y tro hwn. 'Un o'r rhwystrau sydd yn ein hwynebu fel gwir Gymry yw bod barbariaid wedi difa cymaint o'r hyn a fu nes bod y rhan helaethaf o'r hen ysgrifau wedi eu colli – a doethineb cyfrin y Derwyddon gyda nhw. O! y llyfrau a gafodd eu llosgi er mwyn diffodd golau'r gorffennol. Do, fe gollwyd cymaint. Ac yn eu mysg roedd ein colled fwyaf, cyfrol a oedd wedi diflannu yn nhywyllwch amser – sef y llyfr sydd yn datgelu Cyfrinach y Beirdd.' (Murmur trydanol.) 'Ond llawenhewch! Yr ydwyf innau, Iorwerth ap Gwilym, Bardd Morgannwg, *wedi cael hyd iddo eto.*'

Cafwyd bonllef o gymeradwyaeth, Iolo'n oedi dan wenu. Dyfalaf fod y rhan fwyaf o'r dynion yno yn gwybod eisoes am weithgareddau Iolo ac nad oedd yr hyn a ddywedai, felly, yn newyddion iddynt, ond fe'i croesawsant yr un fath.

'Dyma i chwi'r llyfr!' Cynhyrchodd Iolo y gwrthrych o'r aer megis consuriwr. Llyfr sylweddol ydoedd, a'i glawr yn awgrymu i mi – ar y pryd – bod oed eithriadol iddo. Ar hyn, wele fwy o gyffro ymysg y Gwyneddigion; bron na allent ffrwyno eu cynnwrf.

'Y mae ambell un o'n cwmni,' parhaodd Iolo, 'eisoes wedi gweld yr ysgrif ac wedi cadarnhau'r gwirionedd a geir ynddi.' Gwnaeth amnaid barchus i gyfeiriad Dafydd Ddu Feddyg ac yna tuag at William Owen Pughe (roedd hwnnw'n edrych yn eithriadol o falch ohono'i hun, meddyliais). 'Ac nac ofnwch fyth eto, felly, i farbariaid ei erlid, gan fod pob gair, erbyn hyn' – tapiodd ochr ei ben – 'yn ddiogel rhwng y ddwy arlais hon. Yn fwy na hynny, mynnaf, gyd-Gymry, rannu'r Gyfrinach yr awron, heno, gyda chwi. Rydych wedi bod yn gorffwys hyd nawr ar du arall yr afon, ond gadewch i mi heno adeiladu pont i chwi fynd hyd-ddi, er mwyn i chwi allu camu i'r Byd Anweledig.'

Mwy o gymeradwyaeth, y gymeradwyaeth wresocaf i mi erioed ei chlywed yn yr ystafell honno. Mynnwyd codi sawl llwncdestun yn dymuno iechyd anfeidrol i ŵr y noson. Yna dechreuodd Iolo ddarllen.

Pan fyddai'n cyrraedd rhyw frawddeg a ystyrid gan y llenorion yn nodedig, byddent yn ffrwydro mewn ton o gyffro swnllyd, hyd nes bu'n rhaid i Iolo beidio â siarad ambell waith gan nad oedd i'w glywed, ac aros iddynt ddistewi ('pob chwarae teg,' fyddai Owain Myfyr yn ei furmur ar y fath adegau). Roedd llais darllen Iolo'n araf, gan fy atgoffa o offeiriad mewn eglwys. Gwelais Pughe yn dilyn llyfr arall ar ei lin wrth i Iolo annerch, a thybiwn ei fod wedi creu copi eisoes o'r Gyfrinach.

Roedd yr hyn a ddarllenai Iolo yn hynod o gymhleth ac roedd llawer o'r cysyniadau yn gwbl anhysbys i mi. Ymysg geiriau y gallwn fwy neu lai eu deall, fel 'Gwynfyd', 'Awen', a 'Cythraul', roedd hefyd eiriau annelwig fel 'Ceugant', 'Abred' ac 'Annwn' nad oeddwn yn gallu eu dehongli. Edrychwn ar y llenorion o'm cwmpas a gweld sawl un yn nodio'n ddoeth nawr ac yn y man; po fwyaf pendant eu nodio, mwyaf annealladwy oedd yr hyn a ddywedai Iolo, tybiais. Roeddwn i'n falch, fodd bynnag, i weld ambell un, megis Siôn Ceiriog a Jac Glan-y-gors, â golwg ar goll ar eu hwynebau am lawer o'r amser; nid oeddwn ar fy mhen fy hun, felly!

Ond nid yw popeth pwysig yn hawdd ei ddeall. Hwyrach nad yw'r pethau pwysicaf i *fod* yn ddealladwy. Er gwaethaf fy mhenbleth, gallwn werthfawrogi pwys yr hyn a oedd yn cael ei rannu'r noson honno; yn wir, roedd gwefr yn trydanu rhwng y dynion yn yr ystafell. Roeddwn i wedi clywed am bobl yn cael tröedigaethau megis y cafodd Saul ar ei ffordd i Ddamascus, ac roedd hi fel pe bai ambell un o'r gwŷr yma yn cael profiad ysbrydol wrth i Iolo siarad, y cen yn syrthio o'u llygaid a'u dwylo'n crynu.

Aeth oriau heibio. Er bod Iolo'n darllen yn huawdl ac yn hyderus, ambell waith mi stopiai, ei geg yn cau'n glep yn sydyn a'i dalcen yn crychu. Tybiais mai anodd-deb dehongli'r llythrennau cyntefig o'i flaen oedd y rheswm, ond cefais yr argraff, yn yr eiliadau prin hynny, fod rhywbeth mwy yn ei bryderu – efallai fod pwysigrwydd y foment iddo yn siglo ei hyder.

Wrth edrych yn ôl nawr rydw i'n deall y bu rhywbeth amgenach yn ei boeni y noson honno; rydw i hefyd yn deall pam na allai ddatgelu'r pryder hwnnw i ni.

Ond roedd y noson yn fuddugoliaeth i'r Gwyneddigion. Trwy'r cyfan mi eisteddais yn dawel yn y cefn, yn gwylio. Gwelais William Owen Pughe yn darllen ac yn ailddarllen rhai rhannau o'r llyfr cyfrinachol gyda blas; gwelais Dafydd Ddu Feddyg ac Iorwerth Siôn yn edrych ar ei gilydd gan rannu gwên ddirgel; gwelais Owain Myfyr yn sychu dagrau â'i hances boced; gwelais Siôn Ceiriog yn cymeradwyo ychydig yn llai egnïol na'r lleill.

Wrth i faterion ddod at eu terfyn, gydag Iolo Morganwg yn eistedd gan dorheulo yn yr ymateb tanbaid i'w ymdrechion, cefais y teimlad eto bod cryndod o dan ei wyneb. Rydw i'n cofio – neu'n meddwl – ei fod wedi dal fy llygad bryd hynny, a thaeraf i mi weld dau sbecyn o fraw yn disgleirio i'm cyfeiriad, ond allaf i ddim bod yn siŵr.

Mae angen i chi ddeall fy mod i, yn y cyfnod hwn, wedi perswadio fy hun bod gan Iolo Morganwg yr atebion. Teimlwn fel petai'r dyn wedi cael ei osod gan ragluniaeth o fy mlaen, wedi'r blynyddoedd hir o chwilio. Yn wir, drwy Mr Williams mi *gefais* atebion, ond nid yn y ffordd y disgwyliais. Cefais fy swyno, efallai, gan asbri'r foment a chan y datguddiadau rhyfeddol a wnaeth Iolo o'r llenyddiaeth goll yr oedd, meddai, wedi ei hailddarganfod, a hefyd gan y disgrifiadau manwl y bu iddo eu datgelu o'r Derwyddon.

Yr hyn y mae pob dyn yn chwilio amdano yw angor, rhywbeth sydd yn dangos iddo nad yw'n arnofio'n anwadal yng nghanol môr du anghysbell. Dyna pam, gredaf i, mae pobl yn hel achau ac yn cofnodi coeden eu teulu mewn manylder maith, oherwydd mae gwreiddiau'n clymu rhywun i'r ddaear. I'r Gwyneddigion, roedd hi'n amlwg mai'r angor roeddent wedi bod yn ei ymofyn ers cyhyd oedd y Derwyddon. O'r diwedd, meddent, roedd tystiolaeth bod eu holl ymdrechion yn gallu cael eu holrhain dros dair mil a mwy o flynyddoedd, ers pan oedd Prydain a Chymru yr un peth. Os oedd y Derwyddon gynt, credai'r llenorion hyn, hefyd yn cynganeddu ac yn telynora, yna onid oedd y Gwyneddigion yn parhau'r traddodiad purlan hwn? Ac onid oeddent hwy felly yn cael eu hangori gan gadwyn a oedd yn arwain yr holl ffordd yn ôl at y Dechrau? Roedd cael prawf o hyn yn fêl ar eu bysedd, a llyfasant y bysedd hynny at yr asgwrn.

Mae'r hyn a ddigwyddodd yn Llundain yn haf 1792 yn adnabyddus bellach, ond hyd yn oed ar y pryd roedd hi'n amlwg bod rhywbeth o bwys yn digwydd. Cafwyd peth wmbreth o gynllunio ymlaen llaw, Iolo'n gweithio'n agos gyda Pughe a'r holl Wyneddigion eraill yn gwneud trefniadau megis archebu dillad addas a chysylltu â chwareli yn ôl yng Nghymru er mwyn cael meini addas i'w pwrpas. Hysbysebwyd yn 1791 mewn cyfrol o awdlau Dafydd Ddu Eryri – a ariannwyd gan y gymdeithas – eu bwriad i gynnal seremoni yn Llundain 'yn Llygad Haul, ac yn wyneb y Goleuni', ar ddiwrnod Alban Haf y flwyddyn ganlynol. Cafodd sawl nodyn arall o'r fath ei gynnwys mewn cyhoeddiadau a phapurau newydd yn ystod y misoedd wedyn. Trwy hyn denwyd sylw llenorion o'r tu hwnt i Lundain, ac yng nghyfarfodydd y Gwyneddigion yn ystod gwanwyn a dechrau haf 1792 darllenwyd yn frwd lythyrau oddi wrth 'feirdd o safon' o Gymru a oedd yn ymrwymo at achos newydd a chyffrous Iolo. 'Bydd Gorsedd Beirdd Ynys Prydain,' datganodd William Owen Pughe i ni mewn un cyfarfod, 'yn fudiad o heddwch ac o ryddid. Yn enw Duw a phob daioni!'

Nid oedd rhan gennyf innau i'w chwarae yn y paratoadau, ond yn y cyfamser ceisiais gadw golwg ar Iolo Morganwg gymaint ag y gallwn, er mwyn gweld a oedd unrhyw ran o'r cynlluniau hyn yn mynd i gynnwys mudiad y clogynnau cochion. Yn sicr, roedd lliw dillad aelodau'r Orsedd o bwys mawr i Iolo. Rhan o'r 'Gyfrinach' oedd bod prifeirdd o dri math, sef y Bardd mewn glas, yr Ofydd mewn gwyrdd a'r Derwydd mewn gwyn. Gan fod angen, yn ôl Iolo, i ddyn ennill tair cadair eisteddfodol cyn cael gwisgo glas, roedd hi'n ofynnol i bob un o'r Gwyneddigion wisgo lifrai gwyrddion ('lliw dysg') – ac eithrio Iolo, oherwydd cytunwyd yn frwd ymysg y gymdeithas fod Bardd Morgannwg yn perthyn i urdd y Derwyddon a bod angen iddo wisgo gwisg wen; 'lliw purdeb, lliw'r haul, lliw golau'. Holais a oedd lle i wisgoedd coch, ond gwgu a wnaeth Iolo ac ysgwyd ei ben; credaf i wefusau William Owen Pughe dynhau fymryn wrth glywed hyn.

Ychydig oriau cyn y wawr ar fore'r unfed ar hugain o Fehefin, diwrnod hwyaf 1792, cerddodd mintai fechan o'r Gwyneddigion, ychydig dros ddwsin ohonom, drwy strydoedd Camden ac at gopa Primrose Hill, Bryn y Briallu. Llecyn eang, unig o wyrddni oedd hwnnw, gyda blodau melyn yn gwrlid dros bob man. Er gwaethaf ambell weithiwr blinedig yn codi ael arnom wrth i ni orymdeithio heibio i'w tai, ni chawsom gynulleidfa na sylw arbennig.

Pan gyrhaeddon ni gopa'r bryn ychydig cyn deg o'r gloch, roedd cerrig yr Orsedd yn aros amdanon ni, gweithwyr wedi eu gosod mewn cylch rai diwrnodau ynghynt. Mynnodd Iolo gael gafael ar feini o wahanol ranbarthau Cymru, gan mai 'dyna fel y byddai'r Derwyddon yn ei wneuthur', ond hefyd, meddai, er mwyn dangos y byddai ei Orsedd ef yn rhoi lle dyledus i dde Cymru yn ogystal â gogledd Cymru. Tua throedfedd o daldra oedd pob carreg yn y cylch, ond yng nghanol y copa roedd maen mwy, ac nid oeddwn yn eiddigeddu wrth y llanciau a dreiglodd hwnnw i fyny'r llethr.

Roedd glaswellt y bryn wedi ei sathru'n fwd gan y gweithwyr a oedd wedi gosod y cylch yn ei le. Roedd Iolo wedi ein cysuro y byddai haul Mehefin wedi ei sychu erbyn i ni gyrraedd, ond serch hynny, cododd sawl aelod o'r fintai odre ei wisg wrth iddo gerdded yn ofalus i'r cylch o gerrig.

Roedd Iolo wedi ei wisgo mewn gwyn, a gwisgai benwisg addurnog (o'i wneuthuriad ei hun) a oedd mor drwm nes iddo bron â baglu sawl gwaith wrth gerdded. Gafaelai mewn teyrnwialen bren a oedd wedi ei naddu â symbolau cyfrin y Goelbren, gwyddor y Derwyddon (meddai). Yn glòs ato safai Dafydd Ddu Feddyg, Bardd y Brenin, Twm Siôn y Bardd Cloff a William Owen Pughe; pedwar a oedd wedi rhoi cefnogaeth frwd i Iolo yn ei ymgyrch i ledaenu'i neges. Gwisgent hwy, fel pob un arall o'r Gwyneddigion, gan gynnwys finnau, y wisg werdd, lifrai'r urdd Ofydd. Bu i mi fwynhau, mae'n rhaid i mi gyfaddef, rwysg ac ysblander y pasiant a oedd yn mynd rhagddo. Roedd y cyfan megis drama fawreddog a Bryn y Briallu oedd ein theatr.

Ond Iolo Morganwg, nid fi, oedd y prif gymeriad. Ein Harchdderwydd.

Aeth y seremoni ymlaen am oriau. Cafwyd areithiau gan bob un o henaduriaid y Gwyneddigion, a llefarwyd cerddi, gan gynnwys un yn Saesneg gan Iolo ('er mwyn i'r Sais allu gwybod am ein treftadaeth, a bydded i'r Saesonaeg fel y Gymraeg fod yn Iaith Farddol yr Orsedd o hyn ymlaen'). Roedd rhai cerddi eraill mewn iaith ddyrys a ddisgrifiwyd i mi fel ffurf gyntefig ar y Gymraeg. Cafwyd sawl datganiad cerddorol hefyd ar y delyn gan wahanol aelodau, rhai'n perfformio'n fwy persain na'i gilydd.

Erbyn i ganol dydd fynd heibio ac i'r haul hwylio'n ddiog uwch ein pennau, roeddwn i wedi llwyr alaru ar y seremoni ac yn ysu iddi gyrraedd uchafbwynt fel y gallwn adael. Byrhoedlog oedd fy mrwdfrydedd tuag at yr holl rodres, ond roedd llais Iolo yn ddiflino. Mi areithiodd yn hwyr i'r prynhawn, yn deisyfu am fendith Duw yn ogystal â bendith yr hen Dderwyddon, ac yn disgrifio dulliau'r Orsedd a sut roedden nhw'n ategu'r hyn a wnaethpwyd filoedd o flynyddoedd ynghynt.

'Gan Dduw,' meddai ar un pwynt, 'daw goleuni. O'r goleuni daw'r Awen. Yr Awen yw'r goleuni, a'r goleuni yw Duw. Yn y golau mae gwirionedd, ac yn y gwirionedd, dysg. Y tri pheth hyn felly yw Awen, tair colofn sanctaidd yr hyn a roddwyd i ni gan Dduw. A hyn fydd ein harwydd,' meddai gan gyfeirio at ei benwisg. Ar honno, yn y canol, roedd bathodyn efydd gyda chylch wedi ei naddu arno, a thu mewn i'r cylch hwnnw roedd tair llinell syth, fel y rhif Rhufeinig III ond bod y llinellau'n gwyro tuag at ei gilydd er mwyn bron â chyfarfod ar y brig. 'Dysg! Gwirionedd! Golau! Y rhain yw'r tri pheth y dylai pob dyn ymdrechu tuag atynt, er mwyn gallu cyrraedd Gwynfyd!'

Roedd y seremoni yn frith o'r math hwn o beth. Rhaid i mi gyfaddef y bu'n rhaid i mi ymladd yr ysfa i hepian yn ystod y fath adrannau. Nid oedd athroniaeth ddyrys Iolo o fawr o ddiddordeb i mi.

Symudodd yr Archdderwydd o bregethu am Dduw i ymbil am heddwch. Glynodd at y pen hwn am oesoedd. Cyfeiriodd at yr anghydfod amhleserus a oedd bryd hynny'n digwydd yn Ffrainc, a mynnodd y byddai'r Orsedd yn adlewyrchu arferion heddychlon Cymru heb ddim o'i hanes gwaedlyd.

Ar ddiwedd y seremoni, cododd Iolo gleddyf a ddarparwyd gan Jac Glan-y-gors uwch ei ben, ond gwrthododd ei ddinoethi, gan ein hysgogi oll i floeddio 'heddwch!' nes iddo osod y cleddyf ar faen yr Orsedd, yn dal yn ei wain.

Gorffennodd y ddefod. Teimlwn gymysgedd o ryddhad a rhwystredigaeth. Nid oedd dim byd wedi digwydd nad oeddwn i wedi ei weld, ar ryw ffurf, yng nghyfarfodydd blaenorol y Gwyneddigion yn y Bull's Head, heblaw bod pawb mewn gwisgoedd traddodiadol a heb fod ar gyfyl cadeiriau na chlaret. Teimlwn fy hun yn gwylltio wrth gerdded i lawr y bryn derfyn dydd, yn diawlio Iolo a'r lleill am wneud i mi feddwl y byddwn i'n cael atebion.

Dyna pryd y gwelais i o – fflach o goch – cip o frethyn ysgarlad o dan y wisg werdd.

O dan wisg William Owen Pughe.

Roedd yntau'n cerdded gydag Iolo, yn sgwrsio'n ddwfn a llawn cyffro gydag o. Er eu bod beth pellter o fy mlaen, gallwn weld gwrychyn Iolo'n codi. Rhoddodd Pughe ei law ar ysgwydd Iolo ond cafodd ei hysgwyd ymaith. Siglodd Iolo ei ben yn chwyrn mewn ymateb i rywbeth a ddywedodd Pughe, gan ddweud, 'Nid peth *Cymreig* yw hynny, Gwilym, ond peth estron.'

Pan gyrhaeddon ni ganol Camden, yn lle parhau gyda'r prosesiwn mi dorrodd Pughe ymaith a mynd i lawr stryd arall; dilynodd dau arall o'r Gwyneddigion o. Aeth gweddill aelodau'r Orsedd yn eu blaen yn llawn asbri, wedi eu hysgogi gan yr addewid o lymaid, er mwyn ymofyn coetsys i fynd i Walbrook. Gyda'm sylw wedi ei hogi gan y cip o goch a welais islaw dillad Gorseddol Pughe, gadewais y gweddill i fwynhau eu cyfeddach a'i ddilyn yntau a'i ddau gydymaith.

Roedd Pughe yn amlwg wedi ei gythruddo. Cerddai'n gyflym gyda'i ysgwyddau'n sgwâr ac roedd yn brathu geiriau achlysurol tuag at y ddau oedd gydag o. Sylwais mai Iorwerth ab Owain ac Edmwnt Prys oedd y rheiny, y ddau yn feirdd ifanc a oedd wedi derbyn yr anrhydedd sylweddol (datganodd Iolo) o gael gwisgo'r wisg werdd y diwrnod hwnnw. Nid oeddwn erioed wedi talu llawer o sylw i'r naill lanc na'r llall; ni chofiwn ddim am Iorwerth, tra bod Edmwnt ddim ond yn dod i'm cof oherwydd iddo wneud miri mawr o'r ffaith ei fod yn ddisgynnydd i'r 'enwog fardd o Feirionnydd y rhannaf ei enw ag o'. Wyddwn i ddim pam roedd y ddau ŵr ifanc wedi mynd gyda Pughe, ond dychmygwn eu bod oll yn gyfeillion, neu fod Pughe – a oedd yn hŷn na nhw o ugain mlynedd – yn cael ei drin fel ffigwr tadol ganddynt, fel sydd yn gyffredin ymysg beirdd Cymru.

Efallai, meddwn wrthyf fy hun, fod rheswm diniwed pam y bu iddynt dorri oddi wrth y lleill. Ond penderfynais gadw golwg arnyn nhw serch hynny.

Cefais wared ar fy ngwisg werdd mewn gwrych ac, heb adael iddynt fy ngweld, dilynais y triawd wrth iddynt frasgamu allan o Camden. Machludodd. Maes o law gwelais Pughe yn arafu a dechrau blino, a dyma nhw'n oedi am gyfnod y tu allan i dafarn wrth i Edmwnt Prys fynd i mewn i ofyn am gerbyd. Gan nad oedd arnaf eisiau eu colli, euthum at was y stabl yn syth a llogi ceffyl ganddo, gan ordalu er mwyn iddo ei ddarparu'n chwim i mi. Fues i erioed yn gyfforddus ar gefn ceffyl, er gwaethaf (fel pob actor) beth a ddwedwn wrth bobl, ond doedd gen i ddim awydd rhedeg ar eu holau. Felly, wrth i Pughe a'i ddau ddilynwr ddringo i mewn i goets a gadael ar hyd New Road, dilynais nhw ar gefn fy march. Cododd y lleuad.

Roedd tai newydd wedi cael eu codi yma'n ddiweddar er mwyn darparu cartrefi ar gyfer poblogaeth gynyddol Llundain. Roedd y ffordd yn rhwydd i farchogaeth ar ei hyd, er ei bod hi bron yn wag yr adeg honno o'r nos beth bynnag. Siwrnai fer o ryw dair milltir oedd hi rhwng tref Camden a Clerkenwell, ble stopiodd y cerbyd a disgynnodd y tri dyn allan. Roedd William Owen Pughe yn dal â golwg stormus ar ei wyneb ond roedd wedi sadio fymryn, ymddengys. Gadewais fy ngheffyl i ffeindio ei ffordd ei hun adref a llwybreiddiais ar ôl y triawd wrth iddynt fynd drwy strydoedd Clerkenwell, hyd nes y cyraeddasant gât fawr hen briordy Sant Ioan. Roedd golau yn ei ffenestri a synau tafarn i'w clywed oddi mewn.

Nid oeddwn i'n gyfarwydd iawn â'r rhan honno o'r ddinas, felly roeddwn i'n wyliadwrus rhag ofn i ladron ymosod arnaf eto. Roeddwn i hefyd yn llawn cyffro, gan i mi deimlo, am y tro cyntaf ers blynyddoedd, mod i ar y trywydd iawn. Aeth Pughe a'r lleill i mewn i'r adeilad drwy ddrws yn yr ochr; dilynais heb oedi.

Roedd coridorau cul o garreg yma, fel mewn castell, ac mi gymerodd rai eiliadau i'm llygaid arfer â'r golau gwan a ddeuai o'r canhwyllau. Clywn furmur lleisiau a chlincian llestri o'm de ac aswy; roedd hi'n amlwg bod y priordy wedi cael newydd wedd fel mangre yfed, gyda byrddau wedi'u gosod yn erbyn y waliau yma ac acw. Ni welwn ble roedd Pughe na'r lleill wedi mynd; yn wir, nid oedd llawer o neb o fewn trem heblaw dau hen was yn llymeitian ag ewyn melyn hyd eu barfau. Cymerais eiliad i lonyddu fy nghalon cyn ymlwybro'n ddyfnach i mewn i'r adeilad.

Trois sawl cornel o un cyntedd i'r nesaf, ac o fewn dim roedd fy mhen yn troi. Canlyniad sefyll ar fryncyn drwy'r dydd yn gwrando ar gynghanedd, meddyliais yn sur. Allwn i'n dal ddim gweld y tri roeddwn i wedi eu dilyn yma. Oedden nhw wedi fy ngweld, ac wedi cymryd y cyfle i ddianc oddi wrthyf?

Deuthum ar draws llen oedd yn hongian dros agoriad, megis drws. Roedd sibrwd i'w glywed o'r ochr arall, a llifodd gwefr sydyn, anghynnes drwof, yr un fath ag a deimlais yn y seler honno y tro cynt. Teimlwn mod i ar drothwy o bwys, ac oedodd fy nhroed cyn i mi wthio'r llen i'r ochr a chamu drwodd.

Roedd siambr fechan yno, dim mwy nag alcof, lle roedd bwrdd hirgrwn a dau ddyn yn eistedd gyda photel o win rhyngddynt. Edmwnt Prys ac Iorwerth ab Owain oedden nhw. Edrychasant arnaf yn fud ac yn ddigyffro.

Yna clywais lais y tu ôl i mi. 'Noswaith dda.'

Trois ar fy sawdl. Yno y safai William Owen Pugh. Roedd yn agos iawn ataf. Heb dynnu ei olwg oddi arnaf, caeodd y llen yn dawel ac ystumio tuag at gadair wag wrth y bwrdd.

'Bûm yn meddwl,' meddai, 'a fyddai'ch chwilfrydedd yn eich tywys ar ein holau. Mae'n siŵr bod cwestiynau gennych. Eisteddwch, da chi – *Mr Cibber*.'

VI

Gallwch ddychmygu yr effaith a gafodd cyfarchiad Pughe arnaf. Nid oedd neb wedi fy nghyfarch wrth fy enw ers dros ddeng mlynedd ar hugain, ond fe'i defnyddiwyd gan y gŵr hwn yn hawdd a diymdrech. Ni wnaeth ei wyneb wingo ac ni ddaeth unrhyw anghydfod drosto.

Mewn llesmair, eisteddais, a Pughe gyferbyn â mi. Roedd y pedwar ohonom yn ddigon agos at ein gilydd nes i bob un allu arogli anadl y llall, anadl llawn chwerwder a chyffro. Roedd y tri arall wedi tynnu eu lifrai Gorseddol hefyd, ac yn eu lle gwisgent glogynnau cochion cyfarwydd.

Mae'n rhaid bod fy ngheg yn hongian ar agor, oherwydd gwenodd Pughe yn fain. 'Rydw i wedi cadw fy llygad arnoch ers i chi ddechrau mynychu ein cyfarfodydd,' meddai, ei lais yn isel ond yn treiddio i'm clustiau serch hynny. 'Mr Cibber ddwedsoch chi oedd eich enw chi, yntê? Rhaid i mi ddweud mod i mewn penbleth am gyfnod, gan nad oedd yr aelodau eraill yn eich adnabod pan gyfeiriwn atoch. "Cibber, y gŵr hwnnw sydd wedi dysgu'r Gymraeg ac yn mynychu'n rheolaidd," byddwn i'n ddweud, ond, "Pwy?" fyddai'r ateb bob tro. Rhyfedd tu hwnt, onid e! Dim ond finnau, ac Iorwerth ac Edmwnt ill dau, oedd yn cofio amdanoch. A dyna pryd y sylweddolais rywbeth – rhywbeth a brofwyd pan wnaethoch fy holi am y clogynnau hyn – sef eich bod *chwithau* wedi cael eich bendithio gan Mathonwy. Fel ninnau.'

'Felly rydych chi hefyd—?' gofynnais yn wyllt, ond daliais

fy nhafod cyn i mi orffen gydag 'yn anfarwol?', oherwydd y teimlad sydyn na ddylwn i rannu'r gyfrinach honno â neb.

Camddehonglodd Pughe fy nghwestiwn, a nodiodd mewn ymateb. 'Ydyn, rydyn ninnau hefyd wedi ymroi i Mathonwy, ac wedi buddio'n fawr o'i nerth. Mae'r fendith mae'n ei rhoi i bawb yn wahanol. I mi fe roddodd y gallu arbennig i adnabod ei ffyddloniaid. Cefais fy newis i fod yn fugail iddo, i gasglu dilynwyr. Oherwydd hynny gallaf weld, yn llygaid pobl, pan maen nhw wedi rhannu eu henaid â'r Hud Anfeidrol. Dyna welais i ynoch chi, Mr Cibber, a dyna pryd y sylweddolais *pam* eich bod megis ysbryd i'r lleill.'

'Ydi hynny yn arferol, ymysg dilynwyr Mathonwy?' gofynnais yn betrus, fy stumog yn corddi wrth i mi geisio deall beth roeddwn i'n ei glywed. 'Bod pobl eraill ddim yn eu hadnabod?'

Gwenodd Pughe wên dosturiol. 'Nac ydi, Mr Cibber, ond mae sawl un o ffyddloniaid Mathonwy yn derbyn... *bendithion ychwanegol* yn sgil eu cyfathrach ag o. Dyna ddigwyddodd i chi, fe ymddengys. Ond rydw i'n eich adnabod o un diwrnod i'r llall – ac mae'r ddau gyfaill yma hefyd yn gallu'ch adnabod. Yn wir, tybiaf y bydd *unrhyw* wir ddilynwr i Mathonwy yn gallu gweld heibio i'r swyn.'

Ni allwn beidio â gwenu wrth glywed hyn. Roedd clywed bod rhai pobl, hyd yn oed nifer fechan, yn gallu fy nghofio yn arwydd i mi, ar y pryd, bod gobaith ar y gorwel.

'Do,' aeth Pughe yn ei flaen, 'fe syrthiodd popeth i'w le i mi pan ddeallais eich bod chi wedi gwneud cyswllt â'r Hud Anfeidrol.'

'Beth yw'r Hud Anfeidrol?'

'Mathonwy,' esboniodd Iorwerth ab Owain wrth fy ochr chwith.

'Mae llu o enwau iddo,' mwmiodd Edmwnt Prys i'm hochr dde.

Teimlwn wres yn fy ngwddf ac roedd y sibrwd i'w glywed eto yn fy nghlust. 'Pwy yw Mathonwy, felly?' Llithrodd y geiriau'n anfoddog ond yn anochel o'm gwefusau.

Cododd William Owen Pughe ei law. 'Mae digon o amser i hynny, Mr Cibber. Yr hyn mae angen i chi ei wneud nawr yw *penderfynu*. Rydych chi'n un o'r bobl hynny sydd wedi profi bendith Mathonwy ond heb ei ddilyn. Ceir defaid colledig, fel petai, yn enwedig os yw'r ddafad wedi cael bendith *aruthrol* oddi wrth Mathonwy, gan fod hynny'n gallu eu drysu. Gallaf weld bod hyn yn taro deuddeg gyda chi, Mr Cibber?'

Gwridais ac amneidio â 'mhen.

'Dywedwch wrthyf i,' gofynnodd Pughe gan bwyso ymlaen, 'beth oedd y fendith gawsoch chi ganddo?'

Roedd chwe llygad yn rhythu arnaf. Sugnais fy nannedd. 'Nid oes neb yn fy nghofio,' meddwn o'r diwedd, yn llesg, 'a thrwy hynny rydw i wedi gallu gwneud fy ffortiwn.' Ddwedais i ddim ychwaneg. Ymddengys fod hynny'n ddigon i'r tri arall, gan i Edmwnt chwerthin yn isel mewn rhyfeddod ac i Pughe wenu'n dadol.

'Hyfryd,' meddai yntau, a gafaelais yn fy mhen-glin o dan y bwrdd fel na fyddwn i'n cael y demtasiwn i roi dwrn yn ei wyneb. Hyfryd, yn wir!

'Mi sonioch chi,' meddwn i wedyn, 'am benderfyniad.' Pwyntiais at ei glogyn. 'A dydych chi'n dal heb esbonio'r mentyll hyn.'

Cymerodd Pughe sip o'i win cyn ateb. 'Nid pawb, gyfaill, sydd yn gallu adnabod ffyddloniaid Mathonwy fel finnau. Ers blynyddoedd maith – canrifoedd, cofiwch chi – mae ei ddilynwyr wedi bod o gwmpas, ac yn gwisgo'r clogyn coch er mwyn adnabod ei gilydd. Mae'n arwydd bod rhywun yn gyfaill ac yn rhannu'r un... uchelgeisiau. Trwy nid yn unig ymroi i Mathonwy ond hefyd gytuno i gydweithio ag eraill yn ei enw – dyna pryd y caiff y person hwnnw wisgo'r fantell ysgarlad. Ni yw'r Urdd Goch, Mr Cibber.'

'Nid chi,' cyfaddefais, 'yw'r rhai cyntaf i mi eu cyfarfod.'

'Yn wir, mi dybiais hynny. Ydych chi wedi dod ar draws unrhyw aelodau eraill o'r Urdd Goch yn Llundain?'

Roeddwn ar fin dweud fy mod i, cyn newid fy meddwl. 'Naddo. Yng Nghymru.'

Nodiodd Pughe yn ddoeth a hiraethus. 'Ie, yng Nghymru lân mae'r dilynwyr selocaf. Ond mae ein niferoedd wedi lleihau dros y blynyddoedd, Mr Cibber. Dyna yw effaith y byd modern. Mae pethau'n newid ac mae pobl yn troi i ffwrdd oddi wrth yr hen ffyrdd.'

Dechreuais ddeall. 'Iolo Morganwg.'

Gwingodd gwefus Pughe am eiliad. 'Ie, roeddwn i'n wir yn meddwl bod Iolo ar ein hochr ni. Mae ei ymdrechion ef i ailgydio yn nhraddodiadau creiddiol Cymru yn wefreiddiol. Esboniais iddo fod lle i'r Urdd Goch yn ei Orsedd. Dychmygwch hynny, Mr Cibber! Ond nid oedd arno eisiau hynny. Nid yw'n cytuno bod lle i'r Hud Anfeidrol yn ei gynlluniau.'

'Mi wnaf i geisio ei ddarbwyllo,' meddai Edmwnt.

'A minnau,' ychwanegodd Iorwerth, brwdfrydedd llanc ifanc yn daer yn ei lais.

Nodiodd Pughe yn bwyllog. 'Da iawn, ond gochelwch, hogiau,' meddai. 'Mae Bardd Morgannwg yn gyfrin ac yn gyfrwys.' Edrychodd arnaf i. 'Mae Iorwerth ac Edmwnt yma wedi cael eu prentisio i Iolo, fel cyw-feirdd.' Roedd golwg falch yn ddisglair yn wynebau'r ddau ŵr ifanc. 'Nid yw Iolo'n gwybod am eu hymroddiad i Mathonwy. Gydag amser, gobeithiaf y byddan nhw'n medru agor meddwl Iolo i leufer Mathonwy – a throi ei droed i gerdded ar y llwybr cywir.'

Syllais ar y naill a'r llall. Roedd Iorwerth ab Owain yn fachgen tua ugain oed, tybiwn, gyda gwallt trwchus melyn a dannedd cam. Edrychai Edmwnt Prys yn hŷn nag Iorwerth o ryw ychydig flynyddoedd, ond gwelwn yn ei wyneb yntau yr un diniweidrwydd. Nid oedd bywyd wedi gwthio'i grafangau'n llwyr i mewn i'r ddau lanc eto.

'Nid oedd heddiw yn fethiant,' mynnodd William Owen Pughe, a chredaf ei fod yn ceisio dwyn perswâd arno'i hun gymaint ag ar y lleill oedd o gylch o bwrdd. 'Er gwaethaf gwrthodiad Iolo, mae ein cynlluniau yn mynd rhagddynt. Eisoes mae'r Urdd Goch wedi bod yn ceisio ymledu ar draws cymunedau'r wlad, gan ddarganfod ffyddloniaid newydd drwy'r amser. Mae darpar ddilynwyr i Mathonwy yn cael eu geni bob dydd. Ac mae arnom angen ffyddloniaid ym mhob haen o gymdeithas, wyddoch chi, ym mhob swyddfa, ym mhob gweithdy, ym mhob capel, ym mhob tafarn, ym mhob parlwr. Ond rydyn ni wedi dysgu ers tro bod dim mantais i ni arddangos ein hunain ormod – sydyn yw pobl i farnu, a bu sawl merthyr o'r Urdd Goch yn ystod ein hanes. Felly rydyn ni'n cadw'r gwirionedd yn dynn at ein brest, Mr Cibber, gan holi'n dawel a chyfrinachol nes ein bod ni'n siŵr bod person yn *addas* i'w wahodd i'n mudiad. Dyna oeddwn i wedi bod yn ei wneud ers blynyddoedd gydag Iolo. Dyma ddyn sydd yn gweld pethau fel ninnau, meddyliais! Ond na – mae wedi ei ddallu gan ei lawysgrifau.'

Sylwn fod Pughe wedi cyffroi fymryn yn ormod a bod Edmwnt wedi rhoi llaw ar ei fraich er mwyn ei dawelu. Cochodd Pughe a chymryd llymaid arall o win. Edrychodd arnaf am funud hir.

'Ddewch chi aton ni, felly, Mr Cibber?' gofynnodd o'r diwedd. 'Wnewch chi ddod i gyfarfod ein haelodau, rhoi eich hun i'r achos, a gwisgo'r clogyn coch, er gogoniant Mathonwy?'

Clywais y sibrwd yn ddwndwr yn fy nghlustiau.

'Gwnaf,' meddwn.

VII

Ysgydwodd William Owen Pughe a'r ddau arall fy llaw yn wresog sawl gwaith wrth fy ngadael, a hithau'n oriau mân y bore yn dilyn y seremoni ar Fryn y Briallu. Byrlymodd Pughe am ba mor falch oedd o mod i wedi cydsynio i ddod i'w cyfarfod nesaf. Rhoddwyd cyfeiriad stryd i mi, gyda'r cais i mi ymweld y nos Fawrth ganlynol er mwyn gweld defod yr Urdd Goch drosof fy hunan. Roedden nhw'n edrych ymlaen at fy ngweld, meddent.

Euthum adref a 'mhen yn troi ac ias annifyr yn cosi fy asgwrn cefn.

Wyddwn i ddim a oeddwn i'n falch o'r hyn ddigwyddodd ai peidio. O'r diwedd, roeddwn i wedi darganfod pwy oedd yr Urdd Goch a beth oedd eu cysylltiad â Mathonwy. Yma roedd mudiad hynafol a oedd yn ymofyn pwerau goruwchnaturiol oddi wrth yr 'Hud Anfeidrol' bondigrybwyll. Roeddent yn cuddio ym mhobman, ymddengys. Roeddwn i wedi derbyn gwahoddiad i'w plith, a thrwy hynny dylwn i gael mwy o atebion – ac, efallai, gymorth i ddad-wneud melltith fy anfarwoldeb.

Pam, felly, oeddwn i'n teimlo ofn?

Roedd goblygiadau fy anfarwoldeb yn rhywbeth roeddwn wedi bod yn ceisio ei anwybyddu ers tro, drwy lenwi fy amser gyda phethau eraill fel claddu fy nhrwyn mewn llyfrau. Roedd hi bellach yn naw deg mlynedd ers i mi gael fy ngeni, ac nid oeddwn yn edrych yn ddim hŷn nag oeddwn i yn 1758. Roedd meddwl am hynny weithiau'n gwneud i mi arswydo, tra ar adegau eraill byddai'n rhoi gwefr i mi, gan wneud i mi deimlo fel hanner duw. Dyma felly oedd storm fy mywyd: cawn fy nghario yn uchel ar frig ton o nerth a llawenydd un diwrnod cyn cael fy hyrddio i lawr i ddyfnderoedd anobaith drannoeth.

Beth oeddwn i wedi ei wneud gyda'r amser ychwanegol roedd Mathonwy wedi ei ddyfarnu i mi? Roeddwn i wedi meddwi, roeddwn i wedi dysgu ieithoedd ac roeddwn i wedi dod yn rhan o Orsedd y Beirdd. Am wastraffus oeddwn i wedi bod! Ambell noson byddai fy methiant yn gwawrio arnaf a byddwn i'n gorwedd yn belen ar fy ngwely gan sgrechian am oriau i mewn i'r tywyllwch. Nid oedd neb yn fy ateb.

Yn dilyn y sgwrs gyda Pughe a'r lleill, disgynnais i bydew arall, fy nghalon i'n brifo. Wn i ddim pam – wedi'r cyfan, roeddwn i un cam yn nes at gael ateb – ond roedd yr iselder erchyll hwn yn rhywbeth a oedd yn gallu fy llethu heb fod angen rheswm. Roeddwn i'n gyfarwydd â'r teimlad bellach, ond ni wnâi hynny fywyd yn brafiach.

Eisteddais yn fy nghartref mewn tywyllwch am y tri diwrnod canlynol gan geisio tawelu'r llais yn fy nghlust. Troellai geiriau Pughe o amgylch fy mhen fel grŵn. Y tu ôl i fy amrannau gwelwn ddrychiolaethau o wynebau coch a thonnau arian. Dim ond blas y claret ar fy nhafod a'm cadwodd rhag colli fy mhwyll yn llwyr – hynny a'r edau brau oedd yn fy nghlymu at y byd, sef bod uchelgais gennyf: darganfod ffordd i waredu fy hun o'r felltith.

Y diwrnod cyn fy apwyntiad gyda'r Urdd Goch, rhwygais fy hun o'r tŷ a gorfodi fy nhraed swrth i gerdded. Weithiau roedd awyr iach yn gymorth i mi godi allan o fy mhydew, tra ar ddiwrnodau eraill byddai gweld pobl o'm cwmpas a chlywed sŵn aflafar y ddinas yn fy ngwthio'n ddyfnach i mewn iddo. Gobeithiwn mai diwrnod o'r math cyntaf oedd hwn.

Prysurais allan o Kensington ac i ffwrdd o ganol Llundain. Bryd hynny roedd rhywfaint o ardaloedd gwyrdd o gefn gwlad yn dal i fod rhwng y talpiau poblog, y rhain yn fannau prin lle roedd mymryn o heddwch i'w gael.

Wrth frasgamu i lawr y lôn, fy meddwl yn troi pymtheg i'r dwsin, clywais draed yn cerdded i'r un cyfeiriad y tu ôl i mi. Roedd y person hwn yn cerdded yn gyflym. Daliais fy ngwynt a chydio'n dynn yn fy nghansen...

Ond brysiodd y ffigwr heibio i mi, cwt ei gôt laes, las yn ysgwyd yn y gwynt a'i het wellt yn codi a gostwng gyda phob cam. Gŵr bychan oedd o, yn cerdded yn bwrpasol ac yn hynod o chwim i lawr y lôn.

Mewn syndod, sylweddolais mai Iolo Morganwg oedd yno!

Galwais ar ei ôl yn reddfol. Trodd yntau heb arafu ei gamre. Ni ddangosodd ymwybyddiaeth o bwy oeddwn i (wrth gwrs), ond cyffyrddodd gantel ei het mewn cyfarchiad sydyn.

'Gaf i gerdded gyda chi, syr?' meddwn, yn codi fy llais gan ei fod eisoes yn cyrraedd y troad nesaf yn y ffordd.

'Cewch, syr – os gallwch chi!' atebodd ef yn chwareus.

Wn i ddim pam y penderfynais ei ddilyn, ond roedd y cyd-ddigwyddiad o'i weld a hithau ddim ond ychydig ddyddiau ers seremoni'r Orsedd yn fy nghyffroi, am ryw reswm. Prysurais ar ei ôl.

Roedd yn ddigon cwrtais i arafu fymryn nes mod i ochr yn ochr ag o, yna dychwelodd i'w gyflymder blaenorol. Dechreuon ni sgwrsio, yntau'n siarad yn berffaith hamddenol tra mod innau'n bustachu.

'Nid Cymra'g yw'ch iaith gyntaf chi, nace?' meddai maes o law. Nid cwestiwn oedd o; mae'n rhaid ei fod wedi dirnad hyn oddi wrth fy acen. Atebais ei fod yn gywir a mod i wedi dysgu'r iaith yn lled ddiweddar.

'Saesneg oedd iaith f'aelwyd inna' 'efyd,' synfyfyriodd Iolo, cyn ychwanegu, 'ond Cymra'g yw iaith *man 'yn*.' Pwyntiodd â bys esgyrnog at ei galon.

Roedd tafodiaith Iolo ei hun yn bur newydd i mi, gan mai gwŷr Meirionnydd, Sir Ddinbych a Gwynedd oedd y rhelyw o'r Cymry y bu i mi eu cyfarfod hyd yn hyn. Pan fu'n areithio yng nghyfarfodydd y Gwyneddigion ac ar Fryn y Briallu, siaradai Iolo mewn modd clasurol, fel a oedd yn weddus (am wn i) i'r fath amgylchiadau. Ond nawr roedd sain bro ei febyd yn heini ar ei dafod, hwyrach dan ddylanwad yr awyr iach a'r porfeydd gleision o'n cwmpas.

Mi a geisiaf efelychu tinc eithriadol (fel yr ymddangosai i mi bryd hynny) ei iaith lafar yn yr hyn a ganlyn.

'Nid wy'n arafu i'r un dyn, syr!' canodd Iolo'n siriol. 'C'isiwch ddal i lan. Mae milltiroedd i fynd eto!'

'Milltiroedd i fynd nes cyrraedd ble?'

'Pwy a ŵyr!'

Wrth i Iolo gerdded roeddwn i'n ymdrechu'n arwrol i gadw wrth ei ochr, ond roedd cyflymder ei symud, er gwaethaf y ffaith mai coesau byrion oedd ganddo, yn golygu bod rhaid i mi hanner rhedeg er mwyn dal i fyny ag o. Nid oeddwn wedi arfer â brasgamu cyhyd heb orffwys ac roedd fy nghalon yn mynd fel regarŷg.

'A oes... a oes teulu gennych, Mr Williams?' gofynnais rhwng pob cegaid o wynt roedd rhaid i mi ei lyncu.

'Yn sicr – mae gwraig a phedwar o blant yn aros yn amineddgar nes y dychwelaf. Yn amineddgar o'erwydd eu bod nhw'n diall pa mor bwysig yw fy ngalwediga'th, welwch chi. Edrychaf ymla'n, serch 'ynny, at weld nentydd a choetwigoedd

Morgannwg a muria' gwyngalch ei thai, at gliwed cân yr eos gyda'r wawr ac arogli persawr y meillion ar y gwynt.'

'Lle tra gwahanol i Lundain, felly!'

'Mae'n gas gennyf y ddinas fellticetig hon!' poerodd. 'Gormod o sŵn. Gormod o bobl. Gormod o *Saeson*! Er mwyn ci'oeddi fy llyfra' y deuthum yma. Nid o'erwydd ei gweisg – nace, canys mae ci'oeddwyr llyfra' 'eb eu 'ail yng Nghymru – ond o'erwydd y *noddwyr* sydd i'w ca'l yma. Fel arall biddwn weti aros yng Nghymru, cretwch chi fi. Mae Cymry yma (er taw gogleddwyr odynt yn fwy aml na pheidio) sydd yn fodlon cefnoci eu mamwlad. Ond fe atawaf ddwndwr Llundain pan ddaw'r cyfle, a dichwelyd i Forgannwg – paradwys tir Prydain! Gardd Cymru!'

Gofynnais iddo'n ddi-hid a oedd yn aelod o'r Gwyneddigion. Edrychodd arnaf o gornel ei lygad cyn ateb. 'Otw, wrth reswm, a'r Cimreigyddion 'efyd. Fel y dwedais i, syr: gogleddwyr oll! Ond gogleddwyr sydd ag arian yn eu poceti. Minna' fy hun, syr, rwy'n dilyn triwydd *cynildeb*, fel y dysgwyd ni gan Fab y Saer. Mae 'ynny o arian a enillaf yn ca'l ei wario ar lyfra' ac ar e'angu gwypotaeth dynolryw o'r 'en ddefota'. Nid yw'n weddus, gretaf i, i ddyn gifeirio ei fywyd at y pwrpas o ennill arian. Dysg a goleuni ddyla' fod amcan pawb. Ro'dd tri brawd gennyf, wyddoch chi, y tri weti mynd i Jamaica i wneuthur eu ffortiwn. Ac, yn bendifadda', dyna a wnaethon nhw – ond sut, syr? Sut enillws pob un ohonynt eu cifalaf?'

Edrychodd arnaf yn bigog fel pe bai'n disgwyl i mi ateb, ond cyn i mi allu agor fy ngheg roedd yn parhau. 'Drwy lafur caethw'ision, wrth gwrs! Drwy chwip a chwys a gwa'd. Seiri ma'n oedd y tri o'nyn nhw, nid seiri'r siwcwr a'r cotwm – ond y Meistri a oedd yn eu talu, onid e? Yn eu talu i adeilatu'r tai a'r ffatrïo'dd a'r carchardai. Ac o ba le cafas y Meistri 'ynny eu 'arian, oni bai bod caethw'ision weti griddfan a llefen a gwaetu? Buont farw, fy mrotyr, ac ni chawsant fwyn'au eu 'arian am yn 'ir. I minna' fel y brawd olaf y dylsa' eu cifoeth fod weti mynd, ie, ond ni chimerais i'r un ddima' goch o'u 'etifeddia'th, syr, 'run ddima' goch, oblecid gwa'd y chwip a'r meysydd sydd weti eu *gwneuthur* yn goch! Byddai'n well gennyf lwcu na swpera ar fwyd 'eintiedig caethfasnach. Os byddwn ni Gristnocion yn isel'au ein cyd-ddyn ishta mae'r dyn Gwyn weti ei wneuthur i'r dyn Du, yna nid ydym yn well na'r cŵn! Gweddïaf y bydd Mr Wilberforce a'i Seintia'n llwyddo i roi terfyn ar y busnes aflan o werthu cyrff, a 'ynny'n glou. Peidiwch, da chi, syr, â phrynu'r 'yn sydd weti ei ystaenio â gwaed y caethwas! Roedd fy mryd ar fynd i'r Amerig unwa'th, o'dd, i ddilyn olion tra'd Madog, ond mae'r tir 'wnnw weti ca'l ei 'eintio gan gaethwasia'th. Dyna sydd yn dicwydd, syr, pan mae'r Gormeswr yn sathru ei gyd-ddyn o dan ei sawdwl. Pe bydde dynion yn wironeddol gifartal o dan y Nef, byddent yn ca'l y lliwodra'th sydd yn eu *trin* yn gyfartal.'

Siaradai Iolo'n ddi-baid, heb fyth adael bwlch a oedd yn ddigon hir i mi ymateb iddo. Tybiaf y byddai wedi bod yn siarad fel hyn hyd yn oed petasai neb arall yno gydag o! Yn amlwg, roedd ei feddyliau'n hedfan mor gyflym o'i ymennydd nes eu bod yn ymaflyd codwm, megis, yn ei benglog, un syniad ar ôl y llall yn dymchwel o'i geg. Roedd tân ynddo wrth iddo bregethu, ac er bod ei ddatganiadau yn *republican* braidd i'm clustiau i (ar y pryd), roedd hi'n anodd peidio cael fy nghynhyrfu gan ei eiriau.

Aeth yn ei flaen fel hyn am sawl milltir arall. Cododd awel fain ac mi gipiodd honno lawer o'r hyn a ddwedodd Iolo, ond rydw i'n siŵr iddo lwyddo i draethu ar bob pwnc dan haul – athroniaeth, crefydd, Hawliau Dyn, y gwrthryfel yn Ffrainc, y llawysgrifau diweddaraf iddo gael hyd iddynt a'u copïo, y cyrch o dan Washington yn America, rhyw stori am gawr a fu'n byw ers talwm yn Llanilltud, ei uchelgais i agor ei siop lyfrau ei hun, iechyd ei ferch, yr her o adeiladu porth i dŷ fel ei fod yn gadarn, y drwg a ddaw o yfed alcohol...

Yna arafodd Iolo, gan stopio siarad yn sydyn, ei gam yn petruso a'i ben yn gwyro. Safodd (sefais innau hefyd, yn ddiolchgar o'r hoe) ac aeth ei law at ei frest. Gwgodd mewn poen.

'O, diawl,' rhegodd.

Holais a oedd popeth yn iawn. Ysgydwodd Iolo ei ben yn chwyrn. 'Y boen, syr,' esboniodd, ei lais yn llesg ac yn dynn. Caeodd ac yna agorodd ei lygaid ddwywaith neu dair; gwelais ddiferyn o chwys ar ei dalcen. Roedd ei fochau'n mynd yn llwyd ac roedd yn edrych yn ansad ar ei draed. Dechreuodd Iolo ymbalfalu yn ei sgrepan, ond roedd ei fysedd yn straffaglu i gael hyd i'r hyn roedd yn chwilio amdano.

Llamais tuag ato i'w gynorthwyo. 'Y botel, y botel!' meddai wrthyf, yn prin mwy na sibrwd.

Cymerais ei fag oddi arno wrth iddo eistedd yn araf ar y glaswellt. Roedd y sgrepan yn orlawn o ddarnau papur, potiau inc, sawl llyfr a thorth gyfan o fara du. Yng ngwaelod y bag cefais hyd i botel fechan o hylif brown – lodnwm. Daliais y botel allan i Iolo ac mi gipiodd hi yn farus o'm llaw. O fewn eiliadau roedd yn yfed y ffisig. Cymerodd sawl cegaid ohono cyn gwneud ystum o atgasedd (roeddwn i'n hen gyfarwydd â chwerwder y moddion hwnnw).

Yn raddol daeth y lliw yn ôl i ruddiau Iolo. Pesychodd ychydig o weithiau cyn rhoi ochenaid ddofn o ryddhad.

'Y tyndra yn fy mrest, welwch chi; yr asthma,' esboniodd pan oedd wedi dadebru ddigon. Cododd yn ansicr. 'Fues i erio'd yr un fath ar ôl ca'l clefyd rai blynydda' yn ôl. Yr anadlu, weithia', mae'n... boenus, yn boenus iawn.'

'Dylech chi gerdded llai, Mr Williams!'

'Byth bythoedd!' Roedd yr egni wedi ei atgyfodi yn sydyn yn Iolo. 'Pe bai ceffyl gennyf, byddwn yn mynnyd cerdded wrth ei ymyl! Pe bai *ackney* ar ga'l, byddwn yn ei anfon ymaith! Rhoddws Duw goesa' i mi er mwyn i mi gerdded, felly cerdded a wnaf!'

A dyma'r Bardd yn brasgamu yn ei flaen yn gynt nag erioed, ei het yn sboncio ar ei ben wrth iddo fynd.

Mi barheais i gerdded gydag o, er mod i wedi ymlâdd erbyn hynny a bod potel o win yn aros amdanaf yn ôl gartref. Roedd rhywbeth yr oeddwn i'n dal angen holi Iolo amdano.

'Syr,' meddwn, dan duchan, 'Mr Williams?' Ni throdd wrth gerdded, ond gwnaeth sŵn sydyn a awgrymai ei fod yn hapus i mi siarad (ac y dylwn i wneud hynny yn gyflym cyn iddo benderfynu ailddechrau parablu). 'Gaf i ofyn, Mr Williams, pam eich bod chi wedi gwrthod gwahoddiad Mr Owen Pughe i ymuno â'r Urdd Goch?'

Roedd fel pe bai saeth wedi trywanu Iolo, oherwydd stopiodd yn ei unfan ar hanner cam. Trodd yn araf, ei lygaid yn gul a'i wefus yn crynu.

'Pam ydych chi'n gofyn 'ynny?' meddai. Roedd caledwch yn ei lais.

Teimlais yn anghyfforddus, ond roedd *rhaid* i mi wybod. 'Yr Urdd Goch. Maen nhw'n dilyn Mathonwy. Mi wn fod gennych ddisgyblion sydd yn eich annog chi i'w ddilyn hefyd. Rydw i wedi cael fy ngwahodd i—'

Ni orffennais y frawddeg oherwydd bod Iolo wedi gafael yn daer yn llabedi fy nghôt. Tynnodd fi ato gyda'r fath nerth nes i mi bron â baglu.

'Gochelwch, syr, gochelwch!' meddai. Roedd ei lygaid yn fawr, y canhwyllau fel soseri. 'Dim ond drwg a ddaw o hyn.'

'Ond sut ydych chi'n gwybod?' Ceisiais ddatblethu fy hun o'i grafangau, ond roedd cryfder gorffwyllog ganddo.

'Rwyf—' Clymodd tafod Iolo yn ei geg. Caeodd ei lygaid a chymryd anadl fawr. Pan agorodd ei lygaid unwaith eto roedden nhw'n disgleirio gyda lliw newydd, anghynnes. 'Rwyf weti gweld beth sydd yn dicwydd i'w ddilynwyr! Weti clywad yr alwad – y gân gwynfanllyd – ac weti ymladd yn ei 'erbyn. Nid… nid dyma'r wlad gyntaf i Mathonwy ei gwenwyno, syr! Mae eraill weti cerdded y llwypyr hwn o'r bla'n. Fe ymdrechais i gymaint ag o'ddwn i'n gallu, fel nad oes neb arall yn… Y Sgupell – y Gyfrinach… Yr awyr, yr awyr! Ow, mae e'n syllu arnaf! Edrychwch, edrychwch!'

Pwyntiodd yn wyllt uwch ein pennau. Allwn i weld dim byd ond awyr gymylog, ond roedd artaith ffwndrus ar wyneb Iolo. Disgynnodd ar ei liniau gan grynu. Rhythais arno mewn syndod mud wrth iddo estyn eto am y botel lodnwm o'i sgrepan ac yfed yn ddwfn ohoni.

Wedi sawl munud, sadiodd.

Cyrcydais wrth ei ymyl. 'Mr Williams? Ydych chi'n iawn?'

Syllodd arnaf yn swrth. 'Mm?'

'Ydych chi'n *iach*, syr?'

'O. Otw, yn iach, syr.' Roedd ei lais yn drwchus ac yn amhendant. Edrychodd i ffwrdd, yna'n ôl ataf fi. 'Beth… beth o'ddwn i'n ei ddwetyd?'

Oedais. 'Dim, syr,' atebais yn dawel. 'Dim o gwbl.'

Nodiodd yn ddifeddwl a chywiro safiad yr het am ei ben. 'Gwell i… gwell i mi fynd tua thref, syr,' meddai, cyn dechrau cerdded yn araf yn ôl y ffordd y daethom, gyda Llundain yn stribed llwyd ar y gorwel. Roedd ysgwyddau

Iolo'n llipa nawr, fel petasai baich trwm newydd gael ei osod ar ei gefn.

Ni symudais innau. Sefais gan ei wylio cyn iddo ddiflannu dros ael y bryn.

Dyna'r tro olaf y byddwn i'n ei weld erioed.

VIII

Ynoson wedyn, ar yr awr ddynodedig, dyma fi'n mynd i'r cyfeiriad a roddwyd i mi gan Pughe, ansicrwydd yn cnoi fy mherfedd wedi fy sgwrs gyda Bardd Morgannwg.

Nid yr adeilad gwreiddiol gyda'r seler roeddwn i wedi cael fy anfon ato, ond un gwahanol, sef tŷ moethus yr olwg. Mae'n rhaid bod gan hwn berchennog cefnog – a oedd yntau hefyd yn aelod o'r Urdd Goch? Roedd goleuadau i'w gweld y tu mewn.

Pan atebwyd y drws cefais fy hebrwng i mewn gan forwyn â llygaid tywyll a syllai ar y llawr. Fe'm tywysodd i barlwr eang yng nghefn y tŷ ble roedd nifer o bobl eraill wedi ymgynnull, cymysgedd o ddynion a menywod. Llosgai tanllwyth yn erbyn y wal bellaf. Roedd y bobl yn sgwrsio'n isel â'i gilydd a nifer yn yfed neu'n smocio. Roedd pob un yn gwisgo mantell goch, rhai â'u cyflau'n gorchuddio'u hwynebau ond y rhan fwyaf yn bennoeth. Heblaw am y forwyn, fi oedd yr unig un nad oedd yn y wisg goch.

Trodd yr wynebau ataf wrth i mi ddod i mewn i'r ystafell. Gwelwn fflamau'r aelwyd yn adlewyrchu yn eu llygaid wrth iddynt wenu arnaf ac amneidio â'u pennau i'm cyfarch. Sefais yn lletchwith ger y wal. Nid oeddwn yn adnabod neb a welwn; roedd hi'n flynyddoedd ers i mi weld seremoni'r Urdd Goch yn y seler gynt, a byddai pawb ohonynt yn siŵr o fod naill ai wedi heneiddio cymaint nes mod i'n methu eu hadnabod, neu wedi marw. Yr unig wynebau a gofiwn i'n iawn o'r adeg honno oedd yr arweinydd – hwnnw mor hen ar y pryd nes ei fod yn sicr mewn priddell erbyn hyn – a'r ferch ben-aur. Gyda chwant sydyn yn tynhau ynof, chwiliais yr wynebau eto rhag ofn bod hen fenyw brydferth yn eu mysg a oedd yn fy atgoffa ohoni, ond welais i neb felly.

Cyn hir prysurodd dyn tuag ataf. Gwelais mai William Owen Pughe ydoedd.

'Da eich gweld chi, Mr Cibber,' meddai mewn llais isel, cynnes, gan gydio'n dynn yn fy llaw. 'Mae derbyn mwy o aelodau bob tro'n fraint, yn fraint!'

Disgwyliais weld Edmwnt Prys ac Iorwerth ab Owain gydag ef, ond roedd ar ei ben ei hun. Sylwodd ar fy llygaid yn edrych dros ei ysgwydd a rhoddodd wên ymddiheurol. 'Mae'r ddau lanc yn brysur yn rhywle yn barddoni heno, mae gennyf ofn. Ond diau y cawn fwynhau cwmni ein gilydd, chi a fi.'

Mwmiais rywbeth am fod yn edrych ymlaen at gael dysgu mwy am yr Urdd Goch ac am Mathonwy. Rhaid i mi gyfaddef nad oedd yr ansicrwydd a fu ynof wrth gerdded at y tŷ y noson honno wedi fy ngadael; yn wir, roedd gweld yr ystafell a'i llond o urddedigion yn eu hysgarlad wedi siglo'r hyder allan o'm hesgyrn fwyfwy. Roedd y llais yn fy nghlust, llais Mathonwy efallai, yn sibrwd yn uchel erbyn hyn, fel gwynt cas yn curo yn erbyn drws. Derbyniais wydryn gan Pughe yn ddiolchgar a'i wagio mewn un llymaid.

Roedd teimlad rhyfedd yn yr ystafell honno hefyd. Wrth edrych yn ôl, rydw i'n deall pam, ac yn gwybod beth oedd ar fai, ond ar y pryd roedd fy mhen yn llawn dryswch a phryder ac ni allwn ddod â fy meddwl darniog ynghyd. Yr hyn nad oeddwn i'n ei werthfawrogi (mi welaf hynny nawr) oedd bod grym Mathonwy ymysg y bobl yn yr ystafell yn llawer cryfach nag oeddwn i'n ei ddychmygu, a bod egnïoedd yn trydanu drwy eu cyrff – yn ddiarwybod i mi ac efallai yn ddiarwybod iddynt hwythau hefyd – ac yn tylino fy enaid. Fesul eiliad roeddwn i'n cael fy nghlymu'n agosach at y lliaws hwn ac at yr Hud Anfeidrol. Allaf i ddim credu'r perygl roeddwn i'n ei wynebu y noson honno, na pha mor anwybodus oeddwn i ohono.

Serch hynny, roedd yn rhaid i mi ymwroli a cheisio gwneud y gorau o'r sefyllfa. Roeddwn i wedi dod yma er mwyn cael atebion, ac ni fyddai gwywo yn y gornel yn gwireddu'r nod hwnnw. Dyna pryd y sylweddolais fod gennyf innau allu nad oedd gan y boblach eraill yma; gallu a oedd drwy gydol fy oes wedi caniatáu i mi edrych i fyw llygaid dieithriaid a bod yn feistr ar unrhyw ystafell. *Actio.*

Cymerais anadl ddofn cyn gwisgo gwên a sythu fy nghefn. 'Mr Pughe,' meddwn, yn tynhau fy mrest er mwyn rhoi nerth a dyfnder i'm llais, fel y gwnelwn ar lwyfan y Drury ers talwm, 'mae'n wir yn fraint cael bod yma. Dywedwch wrthyf i: rydw i'n daer eisiau dysgu am Mathonwy, am noddwr ein bendithion. Beth yw natur ei rym, beth yw hyd a lled ei rym? A phwy *ydi* o?'

Cydiais yn gadarn yn ysgwydd Pughe gyda fy llaw dde ac edrych yn ddigryndod i'w lygaid, minnau yn Messala ac yntau'n Titus. Heb eiriau mynnais, erchais iddo ddatgelu mwy i mi.

Agorodd Pughe ei geg fel pe bai am ddweud rhywbeth, yna oedodd. Ac yn y saib hwnnw, cododd llais o ben draw'r ystafell yn ein gwahodd ni oll i'r 'siambr'. Ar eu hunion dechreuodd pawb symud i gyfeiriad y drws cefn gerllaw'r tân, gyda Pughe yn llyfu ei wefus ac yn fy hebrwng gerfydd fy mhenelin ar ôl y lleill.

Aethom i lawr grisiau troellog wedi eu gwneud o faen du. Gallwn arogli chwys a chyffro'r Urdd Goch wrth iddynt bentyrru i seleri'r tŷ. Roedd cerfiadau cywrain yn y waliau ar bob ochr na allwn eu dehongli, ond chefais i mo'r cyfle i'w harchwilio'n fanylach wrth i Pughe fy nhynnu'n eiddgar ymlaen.

Ar waelod y grisiau roedd ystafell fawr gyda nenfwd sawl troedfedd uwch fy mhen, wedi ei goleuo gan lusernau. Roedd hi'n ehangach na'r seler yn y tŷ blaenorol, ac yn fwy urddasol rywsut, fel pe bai hi wedi cael ei hadeiladu ar gyfer y diben o gynnal seremonïau, yn hytrach na bod seler win wedi ei gosod at ail bwrpas. Safai colofnau mewn cylch yn dal y to i fyny – gan fy atgoffa i o feini'r Orsedd – ac roedd cylch llydan yn eu canol, y llawr o farmor gwyn. Ar ganolbwynt y cylch roedd carreg yn sefyll ar ei phen, megis plinth neu einion gof. Roedd y plinth hwnnw wedi ei wneuthur o faen lliw gwahanol i weddill yr ystafell, a bu bron i mi ochneidio wrth i mi sylweddoli bod hon yr un math o garreg â'r un fechan a welais yn y tyddyn yng Nghaergybi – er ei bod yn llawer mwy, o leiaf tair troedfedd o daldra a throedfedd o led, ei hochrau'n onglog a cham ond gydag wyneb cwbl lyfn ar ei chopa, fel pe bai rhywun wedi ei hollti gyda bwyell.

Eisoes yn y siambr roedd gŵr yn sefyll. Roeddwn i'n adnabod ei wisg, er ei fod yn ddieithr fel arall, gan fod ganddo rimyn gwyn i'w glogyn coch, fel yr arweinydd a welais y tro blaenorol. Roedd y dyn hwn yn iau na'r llall, yn ei ganol oed a chyda barf gwta a llygaid gleision pefriog.

'Efô,' sibrydodd Pughe wrthyf, 'yw'r Tad Garmon.'

Gallwn weld bod y Tad Garmon yn edrych yn astud arnaf, a theimlwn yn anfoddog wrth i'w lygaid dreiddio i mewn i mi.

Rhwygais fy sylw oddi wrtho ac edrych ar beth roedd pawb arall yn ei wneud. Roeddent yn ymgynnull yn gylch o gwmpas ochrau'r llawr, gyda'r Tad Garmon yn sefyll ar bwys y maen canolog. Roedd pawb bellach wedi gorchuddio eu pennau â'u cyflau. Dim ond fi oedd heb fantell goch, a theimlwn gropian annifyr dros fy nghroen wrth i mi ddychmygu pob person arall yn syllu arnaf o dan rimyn ei hugan.

'Henffych well,' meddai'r Tad Garmon. 'Deuwn eto ynghyd i brofi bendith yr Hud Anfeidrol, yr Un sydd y Tu Hwnt, y Bendigedig Rym.' Yna dwedodd rywbeth a oedd yn gyfres o sillafau mewn iaith nad oeddwn i'n ei deall; ac ar eu diwedd, 'Mathonwy.'

Ailadroddodd pawb yn yr ystafell, heblaw amdanaf i, yr un frawddeg, os brawddeg oedd hi, yn unsain. Taerwn i mi deimlo gwefr boeth, bigog yn tasgu o gwmpas y siambr fel ateb, ond welais i ddim byd.

Aeth y Tad Garmon yn ei flaen, ei lais yn undonog, y geiriau, ymddengys, yn dod yn reddfol iddo fel pe bai wedi eu llefaru ganwaith o'r blaen. 'Drwy gynnull heno i ffurfio'r Cylch, dangoswn ein gwrogaeth i Mathonwy. Os bydd y Cylch yn torri, daw dinistr i bopeth. Ond ni fydd y Cylch yn torri!'

'Ni fydd y Cylch yn torri,' ategodd yr Urddedigion.

'Ni fyddwn,' llafarganodd Garmon, 'yn gadael i'r byd gael ei ystaenio gan y Grymoedd Newydd, ond ildiwn i Mathonwy ac i'r Hen Rymoedd y mae ef yn eu rhoddi i ni. Hyd farw, rhown deyrngarwch i'r Hud Anfeidrol ac i'n gilydd, fel y gall y cenedlaethau a ddêl brofi buddiant ein hymdrechion, a thrigo mewn byd sydd yn llachar yng ngolau Mathonwy.'

Atebodd y gynulleidfa hyn, ond roedd eu geiriau yn yr iaith arall honno. Teimlais yn anghysurus, y seiniau anghyfarwydd yn rhygnu yn fy mhen. Roedd gwres yn y siambr, awel boeth a ddeuai, yn amhosib, o rywle. Blasais chwerwder fel cyfog yn fy ngheg.

'Mathonwy, clyw ni'n awr,' gweddïodd y Tad Garmon, ei

lais yn codi'n uwch, 'a dyro i ni dy fendith. Unwn ein dwylo er mwyn dy wahodd i'n plith. Unwn yn dy ŵydd yn Gylch anfeidrol ac—'

Torrwyd ei anerchiad yn ddirybudd wrth i glec atseinio yn yr ystafell. Gwaeddais yn reddfol, ac ambell un arall hefyd; ar yr un ennyd baglodd y Tad Garmon yn ei ôl. Ble roedd ei grys gynt yn sidan gwyn, roedd blodyn coch nawr yn blodeuo yng nghanol ei frest. Tasgodd arogl powdwr du i fyny fy ffroenau.

'I'r Diawl â thi,' bloeddiodd llais, 'ac i'r Diawl â chi i gyd!'

Edrychais mewn braw ar y ffigwr a oedd wedi camu ymlaen o'r Cylch. Roedd ei llaw yn ymestyn o'i blaen, y pistol ynddi yn dal i boeri mwg.

Dynes oedd yno. *Y* ddynes; y ferch ben-aur a welais yng Nghaergybi ac a arweiniodd fi i mewn i hyn oll. Roedd golwg gandryll ar ei hwyneb, ei gwefusau'n llydan ar draws ei dannedd. Roedd hi'n syllu ar y Tad Garmon wrth iddo lithro ar ei liniau, gwaed yn diferu o'i geg.

Ond y peth am y ddynes a wnaeth i mi rewi yn fy unfan oedd bod ganddi wallt euraid o hyd. Roedd hi'n ifanc ac yn llawn egni. Yn wir, *nid oedd ei hymddangosiad wedi newid ers i mi ei gweld hi y tro cyntaf...*

IX

Bu farw'r Tad Garmon yn y fan a'r lle, ond hyd yn oed wrth iddo wingo ei wingiad olaf roedd y ferch wedi gollwng ei phistol ac wedi tynnu cleddyf o'r tu mewn i'w chlogyn. Wrth i aelodau dewraf yr Urdd Goch lamu tuag ati gan weiddi eu dial, chwifiodd hi'r cleddyf o'i blaen. Tasgodd gwaed. Tynnodd hithau'r llafn yn ei ôl cyn ei drywanu yn nerthol i mewn i ddyn praff, a ddisgynnodd gan gydio yn ei stumog. Sgrechiodd y ferch mewn atgasedd wrth ymosod arnynt, a syrthiodd dau arall o'r Urddedigion i'r llawr o'i blaen.

Erbyn hyn roeddwn i yn fy nghwrcwd. Dim ond eiliadau oedd wedi pasio ers i'r Tad Garmon gael ei saethu, ac eisoes roedd hi'n anhrefn llwyr yn y siambr. Roedd rhai yn rhedeg tua'r grisiau, eraill yn ceisio cornelu'r ferch, eraill eto yn gerfluniau ac yn rhythu mewn ing ar beth a welent. Sylwais i ddim sut yr ymatebodd William Owen Pughe – nid oedd i'w weld.

Cefais hyd i fy synnwyr a sylweddoli bod angen i mi ddianc. Cropiais tua'r grisiau ond cefais fy sathru o dan draed pobl eraill oedd yn carlamu i'r un cyfeiriad. Gan lusgo fy hun i un ochr, pwysais yn erbyn colofn. Allwn i ddim peidio ag edrych ar y ferch, yn ymladd heb ofn na gofid, ei chleddyf yn fflachio'n arian yng ngolau'r lampau, ei llygaid fel dwy seren.

Ar ôl iddi anfon dau greadur arall at y llawr, trodd y ferch at y plinth yng nghanol y siambr. Gyda'i chorff yn crynu, dyma hi'n cymryd cam tuag ato – cyn stopio. Gwelwn ei bod hi'n brathu ei gwefus a llifodd ton o ansicrwydd dros ei hwyneb. Daeth storm o sibrwd yn sydyn y tu mewn i fy mhen, mor swnllyd ac mor ynfyd nes bod angen i mi roi fy nwylo dros fy nghlustiau, er na wnaeth hynny unrhyw wahaniaeth.

Yna rhoddodd y ddynes waedd, cododd ei chleddyf uwch ei phen gyda'i dwy law a dod ag o i lawr ar y garreg gyda'i holl nerth.

Clywais glec, fel cloch yn cael ei churo, yn diasbedain wrth i ddur y cleddyf daro'r maen – a sgrechiais, am ei fod fel poen miniog yn brathu fy mhenglog. Gwelais y ddynes hefyd yn baglu yn ei hôl, ei hwyneb yn gwingo mewn artaith. Roedd tolc yn ei chleddyf; nid oedd y maen wedi ei ddifrodi.

Ar hynny teimlais egni yn chwyrlïo o amgylch yr ystafell, fel pwysau trwm yn sugno ar fy nghnawd, a gwelais liwiau'n fflachio o flaen fy llygaid. Brathais fy nhafod; blasais waed.

Yna gwelais fod y ferch yn edrych arnaf i.

Ni ddangosodd syndod o'm gweld i yno, ond oedodd am eiliad – cyn cerdded i 'nghyfeiriad, tynnu'r cleddyf yn ei ôl a phlannu ei bwynt yn fy nghalon.

Wrth gwrs, nid aeth i mewn drwy'r cnawd, ond gwnaeth dwll yn fy siaced. Tynhaodd pob cyhyr yn fy nghorff ac efallai i mi wichian mewn braw, ond roedd popeth wedi digwydd mor sydyn nes nad oedd syniad gennyf sut i ymateb.

Nodiodd y ddynes iddi hi ei hun. 'Dim ond angen gwneud yn siŵr,' meddai'n llesg. Yna amneidiodd ataf. 'Cwyd dithau oddi ar dy din. Dere; fyddi di ddim yn dymuno bod yma mewn munud.'

Syllais arni fel pe bai hi'n wallgof, ond roedd llafnau ei llygaid yn ddigon i roi ofn Duw ynof, felly sgrialais er mwyn sefyll a'i dilyn. Brasgamodd hithau'n benderfynol at waelod y grisiau, symud ei chleddyf i'w llaw chwith a thynnu ail bistol allan o'i gwregys. Pwyntiodd y gwn i fyny'r grisiau a thanio. Brifodd y glec fy nghlustiau. Heb fwrw golwg yn ôl arnaf, llamodd y ferch i fyny'r grisiau. Nid oedd neb ar ôl yn fyw, hyd y gwyddwn i, yn y siambr. Euthum ar ei hôl, arswyd a dryswch yn ei gwneud hi'n amhosib i mi wneud dim arall.

Mi gyrhaeddon ni'n dau y brif ystafell. Roedd corff wrth fy nhraed gyda siot yn ei gefn. Gallwn glywed sŵn traed yn rhuthro yn nhu blaen y tŷ; nid oedd neb i'w weld o'n cwmpas. Arhosodd y ferch i ail-lwytho ei phistolau, ac ni allwn gredu mor hamddenol yr ymddangosai bellach. Oedd, roedd cyffro'r lladdfa yn amlwg yn dal i wneud i'w brest godi a suddo ac roedd gwrid ar ei bochau, ond nid ymddangosai fod y ffaith ei bod newydd ddifa hanner dwsin o bobl yn cael effaith arni o gwbl.

'Ble…? Beth…?' Ceisiais ofyn rhywbeth ond roedd fy nhafod fel plwm.

Taflodd olwg sarhaus arnaf. 'Bydd y Moch yn dod i drybaeddu yma ymhen dim. Gafael yn hwn – os wyt ti'n gwybod sut i wneud defnydd ohono fe.'

Gwthiodd un o'r pistolau i'm llaw. Rhythais arno fel llo.

Aeth hi at yr aelwyd a chodi boncyff mawr tanllyd allan ohoni. Cydiodd ynddo am ennyd gan wylio'r gwreichion yn tasgu ohono – yna fe'i taflodd yn ffwr-bwt ar gadair gerllaw. Gafaelodd y fflamau yn y pren a'r deunydd yn syth. Cododd y ddynes foncyff arall o'r tân – heb boeni bod y fflam yn llyfu ei llaw – a'i ollwng ar y carped wrth ei thraed.

'Bydd hyn yn ddigon,' meddai mewn llais fel dur, 'ac eto, ddim gymaint ag y maen nhw'n ei haeddu.'

Cerddodd allan i'r nos a dilynais hi. Heb dorri gair yn

rhagor, aethom i lawr y stryd gan adael y tŷ yn llosgi y tu ôl i ni. Nid oedd golwg o'r Urdd Goch yn unlle. Arweiniodd y ferch fi ymhell i ffwrdd ac fe'n llyncwyd ni gan y tywyllwch.

Y BEDWAREDD ACT

I

Ei henw yw Elen.
Dywedaf 'yw', nid 'oedd'. Nid ydi hi o gwmpas bellach, ond hyd y gwn i mae hi'n dal yn fyw – yn rhywle.

Dros y blynyddoedd a ddaeth wedyn, ar ôl i ni'n dau ddianc o ddefod yr Urdd Goch, dysgais fwy amdani, ac felly dyma grynhoi hynny nawr.

Roedd Elen, fel y fi, yn anfarwol. Cafodd ei geni yng nghanol yr ail ganrif ar bymtheg, yng nghefn gwlad Cymru, ond symudodd hi a'i theulu i Lundain pan oedd hi'n blentyn er mwyn i'w thad gael gwaith. Ychydig flynyddoedd wedi iddynt symud digwyddodd y Pla Mawr, epidemig a laddodd ddegau o filoedd o drigolion y ddinas. Cribiniwr, sef glanhäwr strydoedd, oedd tad Elen, ac mi dreuliai bob awr o olau dydd yn palu'r carthion a'r ysbwriel a adawai pobl ar eu holau a'u symud â chert y tu draw i furiau Llundain. Nid oedd y swydd yn dda i'w iechyd, ac yn wir, roedd yntau ymysg y cyntaf i gael ei daro'n wael gan y Pla. Bu farw, ond nid cyn iddo heintio ei deulu. Un wrth un, bu farw brawd, chwaer hŷn ac yna mam Elen.

Gyda dim ond hi a'i chwaer fach ar ôl, ceisiodd Elen gael hyd i unrhyw ffordd o ddianc rhag crafangau'r Pla. Aeth y ddwy ohonynt yn ôl i Gymru, ond ni wnaeth wahaniaeth: bu farw ei chwaer fach yn fuan wedyn. Wedi ei llethu gan alar ac yn crwydro'n amddifad, daeth Elen i sylw yr Urdd Goch.

'Deunaw oed oeddwn i,' meddai hi'n dawel wrthyf un nos. 'Roeddwn i wedi colli popeth. Roeddwn i'n... ysu am gael marw. Ond wnaeth y Pla ddim fy nghymryd i. Fe gymrodd e bawb arall yn fy lle. Does dim ffordd o ddisgrifio sut mae hynny'n teimlo, a doeddwn i ddim yn fi fy hun. Dyma fi'n crwydro. Dydw i ddim yn cofio sut, ond fe wnes i gyfarfod â rhywun mewn clogyn coch. Dyn ifanc. Roedd e'n olygus, rwy'n credu. Ddwedodd e y byddai'n gallu fy helpu, fod ffordd allan o'r galar a oedd yn rhwygo fy nghalon yn ddarnau mân. Fe wnaeth e fy arwain i at *Mathonwy*.' Poerodd yr enw fel pe bai'n wenwyn yn ei cheg.

Awgrymodd fod y profiad hwnnw o gael ei chyflwyno i Mathonwy yn dra thebyg i'r hyn ddigwyddodd i mi flynyddoedd yn ddiweddarach.

'Pan edrychais i mewn i'r garreg... a *gweld*... roedd e fel mellten yn fy mhen i,' meddai Elen. 'Er y *bu* arnaf i eisiau marw – minnau'n ysu i wneud i'r boen ddiflannu – fe wnes i sylweddoli yn yr eiliad honno bod arnaf i eisiau *byw*. Roedd ofn marw arnaf i – ofn dilyn yr un llwybr ag y gwnaeth fy nheulu. Felly dyma fi'n ymbil arno *fe* i gymryd yr ofn hwnnw oddi wrthyf i.'

Rydw i'n cofio ei hwyneb y noson yr adroddodd hi'r stori am y tro cyntaf. Roedd hi'n eistedd wrth y ffenestr ac roedd lleuad felen yn sgleinio arni, yn ei gwneud yn rhyfeddol o brydferth – ond roedd ei llygaid mor drist, a gwelais ynddynt dinc o'r gwacter a fyddai'n dod i'w boddi yn ddiweddarach. Ar y pryd, fodd bynnag, roedd hi'n dal i afael yng nghhortyn gobaith, hwnnw'n ei chlymu'n fregus at y lan.

Cefais weddill ei hanes mewn pytiau. Darganfu Elen yn fuan – yn fwy buan na mi – nad oedd modd iddi farw, ac roedd hi wedi ymfalchïo i ddechrau, gan weld budd o fod yn dragwyddol ifanc, ei hwyneb byth yn crychu a'i chorff yn parhau'n eiddil. Ond roedd y bobl o'i chwmpas yn heneiddio ac yn marw yn eu tro, tra bod Elen yn parhau. Mi achosodd hynny loes iddi, gan nad oedd ei chalon hi ond yn llawn, meddai, pan oedd hi yng nghwmni ceraint. Yn wahanol i minnau, nid oedd pobl yn ei hanghofio hi – ond roedd hyn yn peri anawsterau iddi yr un fath. Byddai pobl yn troi yn ei herbyn o sylweddoli nad oedd hi'n heneiddio, yn ei galw'n wrach neu'n ddiafol. Os byddai'n cael hyd i rywun fyddai'n ei derbyn fel yr oedd hi, byddent hwythau'n marw yn y pen draw, a byddai ei galar yn ormod iddi allu ymdopi ag o.

Felly, ar wawr y ddeunawfed ganrif, dyma hi'n troi at yr Urdd Goch. Y pryd hynny, esboniodd, roedd yr aelodau wedi'u gwasgaru fwy ar draws y wlad, heb fod wedi treiddio eto i wythiennau cymdeithas fel y byddent wrthi'n ei wneud erbyn diwedd y ganrif honno. Mudiad y bryniau a'r dyffrynnoedd oedd yr Urdd Goch pan ymunodd Elen â nhw, eu pencadlysau mewn deildai neu dyddynnod anghysbell. Cafodd hyd iddynt yn gynt nag y disgwyliai; hwyrach, synfyfyriodd, ei bod hi wedi ei hatynnu atynt rywsut.

'Ond pam,' gofynnais iddi un diwrnod, 'wnest ti fynd atyn *nhw*? Dydyn nhw ddim yn anfarwol chwaith, ddim fel ti a mi. Beth oedd yn well amdanyn nhw na phobl eraill?'

'Mae pobl eraill yn newid.' Doedd ei llais yn ddim ond sibrwd. 'Maen nhw'n tyfu'n hen. Mae eu cymunedau'n newid, eu credoau, eu hiaith. Popeth yn gwywo ac yn pydru yn y pen draw. Ond mae'r Urdd Goch yn... fythol. Dydyn nhw byth yn newid. Maen nhw'n *barhad*. Ac, fel Mathonwy, fe fyddan nhw'n parhau hyd ddiwedd popeth.'

Fe gafodd hyd i deulu newydd yn yr Urdd Goch. Roedd hyn yn rhyddhad iddi ac roedd eu cwmni yn rhoi iddi gydbwysedd.

Rhan fawr o weithgarwch y mudiad oedd ymgyrchu, yn gyfrinachol, i gynyddu eu niferoedd.

'Doeddwn i ddim yn gweld drwg yn y peth bryd hynny,' meddai. 'Roeddwn i wedi cael fy mendithio, mewn ffordd, on'd oeddwn, felly roeddwn i'n credu ei bod hi'n deg rhannu hyn gyda phobl eraill. Fe gollais i gyfrif o faint o bobl druan wnes i eu denu ato fe. Pobl fel ti.'

Edrychodd arnaf heb ddweud rhagor.

Dylwn i fod wedi bod yn gas gyda hi. Onid ei bai hi, ar ryw wedd, oedd y cyfan a ddigwyddodd i mi? Nid ar hap y daeth hi ar fy nhraws y diwrnod tyngedfennol hwnnw, meddai hi, gan fod ei Thad yn yr Urdd Goch wedi dweud wrthi bod fy enw 'wedi dod iddo' ac y gellid cael hyd i mi yn crwydro'r llwybrau uwchben Caergybi. Fe'm swynodd, fe'm tywysodd, fel roedd hi wedi tywys eraill yn eu tro, i'r tyddyn ble cafodd cyfrinachau Mathonwy eu datgelu. Dylwn – dylwn ei dal yn gyfrifol, ond gallwn weld ei bod hi wedi cael ei swyno gan y rhai a ddaeth o'i blaen, flynyddoedd ynghynt, ac erbyn hynny roedd hi'n dynn yn nwylo'r Urdd Goch ac yn gwneud yr hyn a orchymynnent.

Pan wnaethon ni gyfarfod yng Nghaergybi, roedd hi, meddai, eisoes wedi dechrau teimlo anniddigrwydd am yr hyn roedd ei mudiad hi'n ei wneud, yn colli ei ffydd yn Mathonwy. Roedd hi, fel minnau, wedi teimlo pwysau enbyd anfarwoldeb ar ei chalon, 'fel cadwyn drom nad ydw i'n medru ei datod'. Mi welodd hi fi yn y seler ger y *rookery* yn 1760, er, meddai, na wnaeth fy adnabod ar y pryd oherwydd fy ngolwg flêr. Ond honno oedd y seremoni olaf iddi gymryd rhan ynddi cyn penderfynu ei bod am gael dial.

Dros y blynyddoedd nesaf, treuliodd Elen ei hamser yn dysgu sut i ymladd, gan gostrelu'r dicter oedd wedi bod yn mudferwi y tu mewn iddi ers cyhyd. Roedd hi'n raddol yn paratoi am yr amser y byddai hi'n difa'r rhai a oedd wedi ei phoenydio am bron i ganrif.

'Nid yr un bobl oedden nhw, wrth gwrs,' cyfaddefodd. 'Roeddwn i'n digwydd byw yn Llundain a nhw, yn digwydd bod, oedd aelodau'r Urdd Goch yn y ddinas ar y pryd. Eu hanlwc nhw, mewn gwirionedd. Doeddwn i prin yn adnabod y Tad Garmon, na llawer un o'r lleill. Ond yr un rhai oedden nhw, yn y bôn, â'r diawliaid a ddifethodd fy mywyd i yn y cychwyn. Wynebau gwahanol, enwau gwahanol, ond yr un bobl. Felly roedd yn rhaid iddynt farw.'

Rhyfeddais bob tro y siaradai fel hyn. Roedd caledwch yn ei llygaid a dim gronyn o dosturi. Meddyliais na fyddwn i byth yn gallu cymryd bywyd dyn, a dim ond ymladd llwyfan roeddwn i wedi ei wneud erioed. Bu pistol gennyf unwaith, ond roedd hwnnw bellach ar waelod Môr Iwerddon – ac wnes i erioed ei saethu beth bynnag.

'Doeddwn i ddim yn disgwyl dy weld di yno,' meddai. 'Ond fe gerddais i mewn i'r parlwr yna, yr arfau'n cuddio o dan fy mantell, y cwfl yn cuddio fy wyneb – a dyna ble roeddet ti. Fe gofiais i bopeth yn syth. Doedd dy wyneb di heb newid, er gwaethaf y blynyddoedd.'

'Mi allet ti fod wedi fy ngadael i yno.'

'Gwir. Ond doeddwn i erioed wedi cyfarfod rhywun fel y fi o'r blaen.' Gwridodd ychydig. 'Ac am wn i fy mod i wedi... cael digon ar fod ar fy mhen fy hun.'

II

Roedd y sgyrsiau hyn i gyd eto i ddod pan ddihangon ni o Lundain gyda'n gilydd yn haf 1792.

Ar ôl i gyffro'r holl ladd ei gadael, roedd Elen yn welw ac yn crynu. Euthum â hi i fy nhŷ i. Roedd yn ymddangos i mi, o'r ffordd letchwith yr edrychai arnaf o ochr ei llygad, ei bod hi braidd yn embaras o'r sefyllfa, efallai yn difaru fy nhywys allan o siambr yr Urdd Goch o gwbl. Ond, gydag amser, mi sylweddolais mod i'n ymddwyn yr un modd tuag ati hithau. Rydw i'n credu bod ein hansicrwydd yn deillio o gael person arall gyda ni a oedd nid yn unig yn ein hadnabod ac yn ein cofio, ond hefyd wedi bod drwy brofiadau tebyg.

Dwedodd Elen wrthyf ei bod hi'n tybio y byddai'r Urdd Goch yn dial arni. Atebais na fyddai niwed yn gallu dod iddi beth bynnag ddigwyddai, ond gwgodd hithau a dweud, 'Does wybod beth maen nhw'n gallu ei wneud. Rydw i'n amau bod ganddyn nhw gosbau gwaeth na marwolaeth...'

Fy ymateb cyntaf i Elen oedd ei bod hi'n ymddwyn fel menyw wallgof, ei bod hi'n beryglus a'i bod hi'n hel angau ar ei hôl. Ar y llaw arall, roedd hi'n fy swyno – nid yn unig oherwydd ei gwedd a'r egni bythol ifanc a dywynnai ohoni, ond hefyd am fod rhywbeth cyffrous iawn amdani a lanwai fy nghalon. Roeddwn i wedi teimlo'n anniddig yn y siambr gyda'r Urdd Goch, ac roedd yr hyn a ddywedasai'r Tad Garmon, y llafarganu rhyfedd gan y lliaws a'r ynni arswydus a ffrydiai rhwng y colofnau wedi fy nychryn. Teimlwn, rywsut, yn fwy diogel gydag Elen. Heblaw am hynny, roedd hi'n amlwg ein bod ni wedi ein clymu at ein gilydd drwy ffawd. Ymddengys ei bod hithau wedi dod i'r un casgliad.

'Allwn ni ddim aros yn Llundain – ddim am gyfnod, o leiaf,' meddai ar ôl rhai diwrnodau.

'I ble'r awn ni?' Roedd yn rhaid i mi gydnabod bod yr ysfa i deithio a gadael y ddinas wedi dechrau ffrwtian ynof fi hefyd.

'I Gymru, wrth gwrs,' atebodd Elen.

Roedd Cymru yn y dyddiau hynny wedi cychwyn i lawr llwybr du diwydiant. Er nad oedd ei hawyr las wedi cael ei chuddio'n llwyr gan fwg eto, roedd ffatrïoedd i'w gweld ym mhob ardal pan gyrhaeddon ni ddeheubarth Cymru. Copor, tun, haearn – dyna oedd cyfoeth y cymoedd yn niwedd y ganrif, ac roedd aur yn llifo drwy fysedd gwŷr busnes megis Crawshay a'r Homfrays. Roedd y Gymru y bu i mi basio drwyddi yn y gorffennol, a Chymru ei hatgofion a ddisgrifiodd Elen wrthyf, a fu'n feysydd gwyrdd a phentrefi bychain ble nad oedd dim ond y Gymraeg i'w chlywed, eisoes yn newid. Roedd tai ym mhobman, ac mi glywais y Saesneg a pheth wmbreth o ieithoedd eraill yn ymosod ar fy nghlustiau o'r cychwyn.

Elen a benderfynodd mai ym Merthyr Tudful y dylai ein pencadlys fod. Roedd Merthyr, esboniodd, wedi ffrwydro o fod yn glwstwr o dai i fod dan ei sang o fewn cenhedlaeth, a chredai hithau fod yr Urdd Goch wedi chwarae rhan fawr yn hyn.

'Beth mae'n rhaid i ti ei ddeall,' mynnodd, 'yw bod yr Urdd Goch yn bwerus. Nid dim ond oherwydd y grym maen nhw'n ei gael drwy Mathonwy, ond mae'r aelodau'n helpu ei gilydd, yn rhannu arian, yn gwneud cytundebau tu ôl i ddrysau clo nad oes neb arall yn gwybod amdanyn nhw. Fe welais i beth oedd yr Urdd Goch yn gallu ei gyflawni. Mae'n rhaid i ni eu stopio nhw.'

'I gyd?' Rhythais arni pan ddwedodd hi hyn.

Edrychodd arnaf yn bigog. 'Ie. Un ar y tro. Nes bydd dim un ohonyn nhw ar ôl. Fe ddechreuwn ni ym Merthyr.'

A dyna ddigwyddodd. Defnyddiais fy 'mendith' er mwyn casglu cymaint o arian ag y gallwn ac yna cawsom dŷ ar gyrion y dref, ar ben llethr ble (yn ôl Elen) byddai modd gweld unrhyw elyn yn dod o bell. Roedd ystafelloedd ar wahân yn y tŷ i ni gysgu ynddynt ac yn aml byddai hi'n cau ei hun yn ei hystafell neu'n mynd allan heb ddweud wrthyf, ond fel arfer byddem yn swpera gyda'n gilydd, weithiau mewn tawelwch neu weithiau yn rhannu straeon am ein bywydau. Yr adegau hynny oedd pryd y deuthum i ddechrau adnabod Elen, a hithau finnau, ac er ei bod hi'n rhewllyd tuag ataf ar y cychwyn, dros amser dyma hi'n dod yn fwy parod i rannu ei theimladau, ei dyheadau, ei chyfrinachau.

Y cam nesaf ar ôl symud i'r tŷ oedd dysgu mwy am yr Urdd Goch yn yr ardal. Dwedodd Elen fod angen i ni gael hyd i'w siambr gudd. 'Maen nhw wastad yn adeiladu un,' meddai. 'Neu'n cael hyd i un sydd yn bodoli eisoes.'

Gofynnais iddi beth roedd hi'n ei olygu wrth hynny. 'Mae'r Urdd Goch yn bodoli ers canrifoedd,' brathodd, 'fel y dwedais i wrthyt eisoes.' (Nid oedd hi ar y pryd wedi meddalu ataf eto.)

Pan fu hi'n aelod gweithgar o'r Urdd Goch yn y gorffennol, ni fu Elen yn y rhan hon o Gymru'n aml, ond yn y gogledd neu'r gorllewin. Ar y naill law roedd hyn yn fantais gan fod neb yn ei hadnabod ym Merthyr, ond ar y llaw arall golygai fwy o waith chwilio am wybodaeth. Treuliodd y ddau ohonom oriau lawer yn cerdded y strydoedd, yn gwrando ac yn gwylio, gan finiogi clust rhag ofn bod tafodau llac yn datguddio rhywbeth, a chadw llygad am gip o fantell goch. Am i William Owen Pughe ddweud wrthyf bod aelodau'r Urdd Goch i'w canfod ym mhob haen o'r gymuned, deuthum yn gwsmer selog a hael yn holl dafarndai'r dref, hyd yn oed y rhai gwaelaf, er i Elen fy siarsio i beidio cymylu fy meddwl â diod, rhag ofn i hynny beri i gliw lithro drwy ein bysedd.

Tra oeddwn i'n sipian yn wyliadwrus bob noswaith, dyma hi'n cael swydd fel morwyn i wraig newydd Thomas Guest, rheolwr gwaith haearn Dowlais nid nepell o ganol Merthyr. Gan fod Elen yn dal i edrych fel dynes ifanc ac yn gallu bod yn ddiymhongar pan oedd angen, roedd hi'n ymddangos ei bod hi wedi cael ei hoffi'n fawr yn syth gan Mrs Guest. Buan roedd Elen yn gallu clustfeinio ar sgyrsiau rhwng rhai o aelodau mwyaf blaenllaw'r dref.

'Mae Mr Guest,' meddai wrthyf un noson, 'yn weinidog – Weslead. Mae'r rheiny'n ddynion y dylen ni fod yn wyliadwrus ohonynt! Mae'r grym sydd ganddyn nhw ymysg y werin yn sylweddol. Fe glywais ei fod yn ariannu adeiladu'r capel newydd ger Nant Morlais.'

'Ond Sais yw Guest,' atebais, 'ac onid capel Saesneg fydd hwnnw? Mae llawer yn y tafarndai'n sôn amdano. Addoldy ar gyfer y gweithwyr haearn newydd o Loegr fydd o. Mae'r Urdd Goch yn cefnogi'r iaith Gymraeg uwchlaw'r Saesneg, on'd ydyn?'

'Ydyn,' cydnabu Elen, 'ond mae arnyn nhw eisiau ehangu eu haelodaeth y tu hwnt i'r Cymry Cymraeg. Gallasen nhw wneud hynny drwy gapeli Saesneg. Rydw i'n hyderus bod gan Guest rywbeth i'w guddio.'

Nid oedd gennyf i'r un hyder ac roeddwn i'n dechrau amau ei bod hi'n gweld arwyddocâd mewn mannau lle nad oedd dim, ond un diwrnod dyma Elen yn dweud wrthyf, gyda golau buddugoliaethus yn ei llygaid, 'Rydw i wedi cael hyd iddyn nhw!'

Synnais. 'Ymysg y Guests?'

'Nage, ymysg y *Crawshays*. Clywais Jemima Guest yn siarad gyda'i chyfaill un noson. Fe ddaeth rhyw ddyn i'w gweld, meddai, ar gais Richard Crawshay Cyfarthfa. Cais yn gofyn iddi ddeisyfu ar ei gŵr i gyfarfod Richard yn breifat.'

'Gallasai hynny olygu unrhyw beth. Cyfarfod busnes, efallai.'

'Tybed! Pam felly bod yr ymwelydd hwn wedi sôn wrth Mrs Guest – Saesnes yw hi, cofia – am *"the Infinite Magic that binds all of us together"*?'

Cyfieithais yn sydyn yn fy mhen. 'Yr Hud Anfeidrol. Mathonwy?'

'Heb os.'

Crychais fy nhrwyn. 'Iawn. Beth ddwedodd Mrs Guest?'

'Dilorni'r dyn wrth ei chyfaill oedd hi. Chredaf i byth y bydd hi'n pasio'r neges ymlaen.'

'Efallai nad oddi wrth Crawshay y daeth y negesydd wedi'r cyfan.'

'Efallai – ond mae'n rhaid i ni ymchwilio ymhellach.'

Fel hyn oedd ein bywyd am sbel. Yn ôl ac ymlaen, o un lle i'r llall, o un dydd i'r nesaf, gan chwilio am friwsion gwybodaeth a dilyn y trywydd nes ei fod yn diflannu. Os, meddyliais, oedd yr Urdd Goch ym Merthyr, yna roeddent wedi eu cuddio'n dda.

Ar ôl blwyddyn, roedd Elen wedi colli ei hamynedd gyda'n llafur. 'Mae'r teuluoedd hyn yn haeddu edrych i mewn i faril dryll am yr hyn maen nhw'n ei wneud i'w gweithwyr,' poerodd, 'ond efallai nad ydyn nhw'n rhan o'r Urdd Goch.'

'Nid yw pob drwgweithredwr,' myfyriais, 'yn perthyn i'r mudiad hwnnw.'

Serch hynny, cytunasom i roi un cynnig arall arni cyn rhoi'r gorau iddi a symud i borfeydd mwy gwelltog.

Cynllun Elen oedd o, ac nid oedd yn gynllun roeddwn i'n hynod falch o fod yn rhan ohono, ond meddai hi, 'Rwyt ti'n actor, Theophilus! Neu fe *oeddet* ti, 'ta beth. Dyma dy gyfle!'

Wn i ddim ai bod yn chwareus oedd hi, ond digiais wrth ei geiriau a chydsynio â'r cynllun, ddim ond er mwyn profi iddi mod i'n *dal* yn actor.

Felly un noson ym mis Medi 1793, cerddais i'r Lamb Inn, yfais yno botel gyfan o glaret, cyn sefyll yng nghanol y llawr, dal fy mreichiau ar led a bloeddio, 'Gyfeillion! Yr ydw i'n chwilio am Mathonwy. Pa ŵr yma a all fy nghyfeirio tuag at iachawdwriaeth Mathonwy?'

Edrychodd preswylwyr y dafarn yn fud arnaf am eiliad, cyn i'r rhan fwyaf ohonynt ffrwydro chwerthin. 'Mae fe'n gweithio ym Mhenydarren, siŵr o fod i ti!' gwaeddodd rhyw gymeriad, tra clywais un arall yn dweud, 'Bydd angen capel arall arnon ni maes o law, bois!'

Roeddwn i wedi bod ar ddigon o lwyfannau, ac wedi yfed digon o win, i beidio â chael fy nhanseilio gan yr ymateb hwn. Yn wir, dyma roeddwn i wedi ei ddisgwyl.

'Dywedaf eto,' euthum yn fy mlaen, 'fy mod i'n chwilio am Mathonwy! Bydded i unrhyw un sydd yn gallu fy nghynorthwyo ddod ataf wrth y bwrdd acw.' Cyfeiriais gyda fy nghansen at fy mwrdd unig yn y gornel, cyn moesymgrymu'n llaes i'r gynulleidfa – curodd dau ohonynt eu dwylo – a mynd yn ôl i eistedd.

Wedi i wefr y perfformiad ostegu, daeth gwrid i fy mochau a theimlwn gwlwm yn fy stumog. Am ychydig funudau taflwyd cipolygon dilornus i'm cyfeiriad, a dyma un gŵr bonheddig hyd yn oed yn anfon jwg o gwrw at fy mwrdd. Ond ddaeth neb i eistedd gyda mi, ac yn fuan roedd pawb, fel bob tro, wedi anghofio amdanaf ac am beth ddigwyddodd. Y cyfan oedd yn rhaid i mi ei wneud nawr oedd aros.

Aeth sawl awr heibio, minnau heb symud o'r gornel ond gyda dynion eraill yn mynd a dod fesul munud. Roedd hi'n demtasiwn i mi gael trydedd botel, ond ymwrthodais.

Pan ordrodd y tafarnwr ni i adael yr adeilad, gan orfod gwahanu dau rafin oedd yn taflu dyrnau at ei gilydd wrth y drws, gwnes yn siŵr mod i'n datgan 'hwyl fawr' yn uchel wrth i mi fynd, gan godi fy het a chwifio fy nghansen. Roeddwn i'n rhoi'r argraff mod i'n fwy meddw nag oeddwn i (er, nid o lawer) wrth i mi frasgamu i lawr y ffordd dan chwibanu.

Roedd hi'n noson oer ac roedd rhew ar gerrig Stryd y Castell. Oherwydd hyn mi glywais sŵn y traed cyn iddynt fy nghyrraedd, ond wnes i ddim troi. Dyma ddwylo'n gafael ynof ac yn fy ngwthio'n ddisymwth i gysgod wal.

Edrychais i wyneb dyn praff gyda barf ddreiniog a breichiau fel boncyffion. Roedd wedi ei wisgo'n syml; gweithiwr haearn, dyfalais. Gafaelai ynof fel feis gerfydd fy mraich, ond nid oedd arf ganddo – nid i mi weld, beth bynnag. Edrychodd i bob cyfeiriad yn wyliadwrus.

'Roeddech chi'n uchel eich cloch heno, syr,' meddai'n floesg. 'Rydych chi wedi tynnu sylw atoch eich hun.'

'Do wir?' holais yn syn. 'Mae'n ddrwg gen i!'

'Fe wnawn ni ddangos i chi beth rydych chi'n moyn,' meddai'r dyn wedyn, 'ond rwy'n erfyn arnoch i fod yn dawel!'

Rhoddais fys ar fy ngwefus i ddangos mod i'n cydsynio, a nodiodd yntau.

'Allwch chi fynd â fi at yr Urdd Goch, felly?' sibrydais.

Gwgodd; mae'n rhaid nad oeddwn i fod i ddweud eu henw. 'Gallaf. Dilynwch fi. Yn glou nawr.'

Aeth â fi, heb ollwng ei afael, i lawr cyfres o strydoedd tywyll, i ffwrdd o ganol Merthyr a thua'i chyrion. Roedd fy anadl yn stêm o fy mlaen, ond ymddengys nad oedd yr oerfel yn poeni'r gŵr mawr. Ar ôl rhyw ddeng munud, oedodd y dyn ar groesfan gan fod person arall yno yn gafael mewn llusern dywyll. Roedd y gŵr hwn wedi ei wisgo'n fwy trwsiadus na'r gweithiwr haearn, het gantel-lydan yn cuddio ei lygaid. Serch hynny, gallwn ei deimlo'n syllu'n galed arnaf.

'Dyma fe,' meddai'r gweithiwr haearn wrtho.

Rhwbiodd y dyn trwsiadus ei ên yn feddylgar. 'Fe glywais,' meddai mewn llais isel, llais nad oedd yn gyfarwydd i mi, 'i chi fod yn holi am iachawdwriaeth.'

'Do!' atebais i, yn parhau yn fy rôl. 'Rydw i'n clywed bod gwŷr sydd yn gwisgo coch yn ymgasglu'n lleol, er mwyn addoli Mathonwy. Rhaid i mi ymuno â chi!'

Eisoes roedd y dyn trwsiadus yn hisian ac yn gwneud ystumiau arnaf i dewi. Gwasgodd gafael y llabwst y tu ôl i mi yn dynnach fyth, megis rhybudd.

'Nid yma,' meddai'r dyn trwsiadus gan symud yn agosach ataf. 'Rhowch eich enw i mi, syr, ac *efallai* y cewch neges gennym gyda hyn.'

Gallwn weld nad oeddwn i wedi gwneud argraff dda arno. Agorais fy ngheg i ymbil fwyfwy, er mwyn erfyn arno i'm tywys i'w siambr gudd, ond ar hynny clywais gnoc drom o'r tu ôl. Dyma gafael y gŵr mawr ar fy mraich yn llacio'n syth

– gwelais lygaid y dyn trwsiadus yn agor ar led o dan ei het – a chlywais lais Elen.

'Allwn ni ddim disgwyl am hynny,' meddai. Roedd ei phistol yn pwyntio at galon y dyn trwsiadus, tra bod y gweithiwr haearn yn swp diymadferth yn y stryd ger ei thraed. 'Cerwch â ni yno nawr.'

Roedd y cynllun wedi gweithio fwy neu lai fel y dywedodd Elen y byddai, er nad oeddwn i wedi disgwyl iddi fod mor fyrbwyll. Wedi'r cyfan, er nad oedd pobl – ac eithrio aelodau'r Urdd Goch, ymddengys – yn fy nghofio *i*, roedd pobl yn gallu ei chofio *hi* ac felly roedd hi'n synhwyrol iddi fod yn ofalus.

'Wel, fe wnawn ni adael y dref wedyn beth bynnag, siŵr o fod,' oedd beth ddwedodd hi. 'Felly os aiff pethau'n wael, yna – beth sydd gennym i'w golli?'

Roedd fflam ei hyder yn llosgi mor llachar yn y cyfnod hwnnw nes i mi ryfeddu ati, ac roedd yr hyder hwnnw yn ddigon heintus i ddwyn perswâd arnaf i. Roeddwn i'n hapus i'w dilyn. Dyna sut, felly, yr arweiniwyd ni i adeilad yng ngogledd-orllewin Merthyr gan y dyn trwsiadus – er bod ei hwyliau wedi colli eu gwynt nawr bod dryll Elen yn pwyntio at ei gefn drwy gydol ein taith. Melltithiodd y dyn truenus ni dan ei wynt, nes i Elen roi gwybod iddo ei bod hi'n berffaith fodlon ei saethu a gadael ei gorff yn yr afon pe na byddai'n tawelu. Bu'n fud ar ôl hynny.

Roedd yr adeilad ar glo. Defnyddiodd y dyn allwedd arian gain er mwyn agor y drws ac arweiniodd ni i mewn yn gyndyn. Roedd ofn yn chwys ar ei dalcen a thynnai ei het nawr ac yn y man er mwyn ysgubo'i wallt gwlyb o'i wyneb.

'Islaw?' sibrydodd Elen.

Nodiodd y dyn. Brathodd ei wefus. 'Os gwelwch chi'n dda,' meddai, 'gadewch i mi fynd. Dim ond negesydd ydw i.'

Anwybyddodd Elen o. 'Ewch â ni i lawr y staer.' Roedd cyhyrau ei hwyneb fel dur.

Grisiau carreg oedden nhw, rhai hen iawn a phob gris wedi ei wisgo yn y canol lle bu miloedd o draed yn camu arnynt. Gyda'i lusern fechan yn bwrw llafn main o olau o'n blaenau, cerddodd y tri ohonom i lawr y grisiau yn rhes, fo ar y blaen, wedyn Elen a'i phistol, a minnau yn y cefn yn ceisio tawelu rhuthr fy nghalon.

Cyrhaeddon ni'r siambr. Roedd yn fwy plaen a syml ei gwneuthuriad na'r ddwy arall roeddwn i wedi eu gweld, a dyfalais ei bod wedi ei hadeiladu yng nghyfnod y Normaniaid, yr un pryd â'u holl gestyll. Nid oedd golau heblaw am lusern y dyn trwsiadus, ond gallwn weld rhywbeth disglair yng nghanol y siambr.

Piler isel oedd yno, wedi ei wneud o wenithfaen neu graig debyg, ac ar ei dop roedd carreg lai, maint torth o fara. Roedd honno'n sgleinio'n amryliw wrth i olau'r llusern dasgu drosti. Maen Mathonwy – nid yr un un ag a welais i yng Nghaergybi, a oedd yn llai, na chwaith yn y seler yn Llundain y flwyddyn gynt, a oedd yn fwy, ond yn ddi-os roedd gan hwn yr un ansawdd iddo. Yn fwy na hynny, gallwn *deimlo* mai'r un graig oedd hon o bell.

Heb dynnu ei golwg na'i phistol oddi wrth ei charcharor, symudodd Elen tuag at y maen. Wrth iddi wneud hynny teimlais gryndod yn fy nghorff a nodyn hir yn canu'n boenus yn fy mhen. Roedd Mathonwy yma, neu atsain ohono o leiaf. A oedd ein presenoldeb yn ei gythruddo?

Ceisiodd y dyn trwsiadus ddweud rhywbeth ond siarsiodd

Elen ef i dawelu. Yna, cymerodd hi, gyda'i llaw chwith, fag o'i hysgwydd a'i ddal uwchben maen Mathonwy. Petrusodd am eiliad – roedd y sibrwd yn fytheiriol yn fy nghlustiau – cyn gollwng y bag dros y garreg ac, mewn un symudiad, ei rowlio oddi ar y piler a rhoi'r bag dros ei hysgwydd.

Ebychodd y dyn trwsiadus. 'Allwch chi ddim—' meddai.

'Gallaf,' poerodd Elen, cyn tynnu triger y gwn. Fflachiodd powdwr a fflam yn y siambr a thasgodd clec o wal i wal. Syrthiodd y dyn â thrydydd llygad yn ei dalcen.

Chefais i fyth wybod ei enw.

III

Taflodd Elen y garreg i'r môr. Aethon ni y bore wedyn at yr arfordir, minnau'n flinedig ond hithau'n dal i ferwi ag egni, er mwyn cyflawni'r weithred honno.

Nid oedden ni'n gwybod yn iawn – neu nid oeddwn i'n gwybod, o leiaf – beth fydden ni'n ei wneud gyda'r maen unwaith i ni ei ddwyn. Dyna oedd prif amcan Elen, yn ei hôl hi.

'Mae'r meini'n dod o'r awyr,' roedd hi wedi esbonio yn fuan ar ôl i ni adael Llundain, 'neu dyna mae'r Urdd Goch yn ei gredu. Maen nhw'n brin iawn ac felly'n werthfawr. Drwy gyffwrdd un ohonyn nhw, os ydi'r amgylchiadau yn addas, rydych chi'n teimlo presenoldeb Mathonwy. Unwaith mae e'n cael gafael ynoch chi, dyna hi wedyn.'

Nid oedd angen iddi esbonio ei hystyr.

Roedd ymosodiad cyntaf Elen ar yr Urdd Goch, pan laddodd hi'r Tad Garmon, yn un o ddial; yn ffrwydrad o atgasedd a oedd wedi bod yn adeiladu y tu mewn iddi ers mwy na chanrif. Roedd hi wedi bwriadu, meddai, ceisio cymryd y maen oedd yn y seler honno, ond roedd hwnnw'n fawr – y mwyaf iddi ei weld erioed – ac felly dyma hi'n ceisio ei chwalu gyda'i chleddyf, ond seithug fu'r ymdrech. Dyna pam y llosgodd hi'r lle, er mwyn rhwystro'r Urdd Goch rhag defnyddio'r siambr eto.

'Sawl maen sydd i gyd?' gofynnais, y noson cyn fy mherfformiad yn y Lamb Inn.

Cododd ei hysgwyddau. 'Rydw i wedi gweld saith, wyth? Am wn i bod darn ym mhob siambr. Mae llawer i seren wib wedi syrthio ar y ddaear dros y blynyddoedd, on'd oes? Neu hwyrach mai talpiau o'r un graig fawr a syrthiodd unwaith o'r nefoedd yw'r meini. Rydw i'n cofio'r comed mawr a losgodd yr awyr yn bell yn ôl, ychydig cyn...' Tawodd a throdd oddi wrthyf. 'Wn i ddim sawl siambr sydd,' aeth hi yn ei blaen toc, 'ond mae angen i ni gael hyd iddyn nhw i gyd. Heb y meini, byddan nhw'n colli eu dull o dderbyn cymun Mathonwy.'

'Felly dyna ydyn ni'n ceisio'i wneud?' gofynnais. 'Nid lladd aelodau'r Urdd Goch fel y cyfryw, ond eu stopio rhag derbyn bendithion Mathonwy?'

Llwythodd ei phistol a gwisgo cwfl tywyll. 'Ie. Ond dydyn nhw ddim yn haeddu byw, felly wna i ddim poeni os yw un neu ddau yn fwy o'r diawliaid yn marw.'

Atebais i ddim.

Cefais y argraff, unwaith bod y maen yn ei bag a'r dyn trwsiadus yn gorff marw mewn seler ym Merthyr Tudful, bod Elen yn dymuno edrych yn fwy gofalus ar y garreg arbennig. Fe'i daliais hi'n cyffwrdd y bag fwy nag unwaith a byseddu'r bachyn oedd yn ei ddal ynghau. Wnaf i ddim gwadu mod i, hefyd, yn teimlo cosi yn fy mysedd ac yn fy mrest i gyffwrdd y maen hwnnw eto. Er nad oeddwn i'n edrych yn ôl â blas ar yr adeg, ddeugain mlynedd ynghynt, pan 'gyfarfyddais' Mathonwy yn y tyddyn yng Nghaergybi, roedd darn bach ohonof yn llosgi – yn teimlo y byddai'r *ail* dro, pe cawn i ond gweld y sglein hwnnw eto a'i gyffwrdd, yn wahanol...

Ond, fel y bu, nid agorodd yr un o'r ddau ohonom y bag (hyd y gwn i), a phan gyrhaeddon ni ochr y clogwyn dyma Elen yn hyrddio'r cwdyn a'i gynnwys yn ddisymwth i'r tonnau duon islaw. Suddodd yn syth i'r dyfnderoedd heb wneud sŵn.

'Gobeithio na chaiff neb hyd iddo,' sibrydais, a llygadodd Elen fi'n sarrug.

Mi adawson ni Ferthyr. Roeddwn i'n pryderu i ni fod yn ddiofal, ac nid oeddwn i nac Elen yn fodlon aros i ddarganfod a fyddai gweddill aelodau'r Urdd Goch yn codi yn ein herbyn, felly gadael oedd y peth callaf.

Roedd Elen mewn hwyliau syfrdanol o dda am rai dyddiau wedyn. Dichon y gallen ni fod wedi cael yr un canlyniad ar ôl un diwrnod yn hytrach na blwyddyn o ystyried y dull terfynol y bu i ni ei ddefnyddio, ond serch hynny bu ein hymgyrch ym Merthyr yn llwyddiannus. Crynai'r pleser yng nghorff Elen ac mi welais hi fwy nag unwaith yn brathu ei gwefus mewn ffordd fodlon, gyffrous.

Yn fuan ar ôl hynny y daeth hi i fy ngwely am y tro cyntaf.

Ni fu Elen erioed yn gariadus â mi, ond roedd hi'n nwydus ar brydiau, gan leddfu fy ngeiriau ar ganol brawddeg gyda chusan awchus, neu gan fynnu noson ddi-gwsg wrth i'n cyrff ymgordeddu islaw'r ffenestr. Ond ar adegau eraill byddai'n oeraidd, fel pe bawn i wedi mynd dan ei chroen ac y byddai'n well ganddi pe na bawn i o gwmpas. Weithiau byddai'n wylo dagrau o lawenydd, dro arall yn llefain mor ingol fel nad oeddwn i'n gallu ei chysuro, waeth pa mor dynn y cydiwn yn ei hysgwyddau noethion.

Rydw i'n meddwl mai ein sefyllfa oedd yr unig reswm y cydsyniodd i rannu ei chorff, gan nad oedd ganddi neb arall, na minnau ychwaith. Teimlwn fel petaen ni'r ddau berson olaf a oedd yn fyw yn y byd, yn ceisio gwneud yr unig beth a oedd ar ôl i ni ei wneud.

Ar y cychwyn, cymerais bleser aruthrol ym mlas ei chwys a gwylltineb ei hegni, gan ymollwng o'm pryderon yn ein huniad. Ond gydag amser teimlwn fwy o gysur na gollyngiad pan oedd ein croen yn cyffwrdd, a hyd yn oed pan oedd hi'n ganol dydd a ninnau wedi gwisgo, yswn weithiau am gael cydio ynddi a theimlo ei hanadl yn erbyn fy ngwddf. Sylweddolais fy mod i ei *hangen* hi, bod yr amser pan nad oedd hi o gwmpas yn ymestyn yn boenus, tra bod ei dychwelyd dros y trothwy yn llonni fy nghalon. Roeddwn i'n gobeithio, wrth gwrs, ei bod hi'n dechrau teimlo'r un fath, ond yr un peth fyddai ei hymddygiad tuag ataf: yn oriog rhwng gwres tanbaid a rhewynt gaeafol. Poenwn fod ei chalon yn dal o dan glo y gadwyn honno.

Dros y blynyddoedd nesaf mi symudodd y ddau ohonom ar draws Cymru yn enw ein cyrch, gan drigo yn bennaf yn ei deheubarth, yn Sir Gâr a Sir Frycheiniog, Sir Faesyfed a Sir Benfro. Yr un oedd ein hamcan bob tro, sef bod Elen yn adnabod lleoliad y tybiai y byddai'r Urdd Goch yn gweithredu ynddo a ninnau'n sefydlu ein hunain yn y rhanbarth dros dro, gan geisio cael hyd i aelodau'r mudiad ac yna eu siambrau.

Dod â diwedd i weithredoedd yr Urdd Goch: dyna oedd diben ein bywydau.

Roeddwn i'n gyndyn i ddefnyddio'r un dull i ddenu sylw dilynwyr Mathonwy ag y gwneuthum ym Merthyr. Esboniais wrth Elen mod i'n poeni y byddai hyn yn tynnu gormod o sylw aton ni, ond mewn gwirionedd roeddwn i'n pryderu mwy a mwy am ei diogelwch hi, yn dod yn ochelgar a meddiannol o'i chalon a'i chorff.

Cydsyniodd hithau'n anfoddog – 'byddai'n llawer cynt petaen ni'n… ond, o wel' – ac felly roedden ni'n ysbiwyr o fewn y gymdeithas, yn gwylio ac yn gwrando, gan ganolbwyntio'n bennaf ar y bobl gyfoethog a oedd, meddai Elen, y rhai mwyaf tebygol o gael eu hudo gan addewidion Mathonwy am bŵer.

Roedden ni'n llwyddiannus weithiau ac yn aflwyddiannus droeon eraill. Yn Aberhonddu cawsom hyd i siambr o dan eglwys, lle mai'r ficer ei hun oedd Tad eu cell, yn ymddwyn fel offeiriad uwchlaw ac islaw'r ddaear. Yng Nghaerdydd mi ddysgon ni bod aelodau'r Urdd Goch yn buddsoddi yn yr harbwr a'r gamlas newydd, fel rhan o'u hymgais i droi'r dref yn ddinas bwysig ac yn ganolbwynt i fasnach y deyrnas. Nid dim ond trefi mawr oedd yn fannau cyfarfod ar gyfer dilynwyr Mathonwy ychwaith, gan i ni ddilyn trywydd un gell fechan i Drefyclo, nid nepell o Glawdd Offa, ble y bu'n rhaid i Elen ladd y Tad Blwchfardd (a oedd yn ffermwr gwartheg cefnog liw dydd) pan wrthododd yntau ddatgelu lleoliad ei siambr i ni; daethom yn waglaw o'r pentref hwnnw.

I ddechrau, nid oeddwn i'n siŵr a oedd gwahanol gelloedd yr Urdd Goch yn cyfathrebu â'i gilydd, ynteu oedden nhw'n gymunedau ar wahân, yn gysylltiedig dim ond oherwydd eu hymroddiad i Mathonwy. Ond wrth i'n hanturiaethau ledled Cymru fynd rhagddynt, deuthum i sylweddoli bod mwy o gydweithio rhwng y gwahanol Dadau nag y tybiwn.

Dyma sut, am wn i, y dechreuodd yr Urdd Goch ein herlid. Rywsut daeth Elen yn hysbys iddynt, a phan oedden ni wrth ein pethau yn Sir Aberteifi daeth criw ohonynt ar ein holau, gan gyrraedd ein tŷ un nos gyda gynnau a bwyeill. Lladdodd

Elen ddau, hyd yn oed wrth i sawl siot daro yn erbyn ei chorff, ac mi anafais i un ohonynt drwy ei wthio oddi ar sil ffenestr ein llofft wrth iddo ddringo drwyddi. Teimlais yn euog am hynny am beth amser wedyn. Er ein bod ni wedi llwyddo i yrru ymaith yr ymosodwyr, diawliodd Elen nhw am y byddai'r rhai a oroesodd wedi dod i wybod, mae'n debyg, nad oedd dim yn gallu ei hanafu. Roedd honno'n gyfrinach roedd hi wedi llwyddo, fe dybiem, i'w chadw rhag pawb (heblaw fi) ar hyd y blynyddoedd. Gwnaeth hyn iddi betruso mewn ffordd nad oeddwn i wedi ei gweld o'r blaen, gyda goblygiadau ei hymgyrch efallai'n amlygu eu hunain iddi. Dihangon ni yr un noson gyda dim ond y dillad oedd ar ein cefnau a'r arfau oedd yn ein dwylo.

Roedd y bedwaredd ganrif ar bymtheg wedi hen gychwyn erbyn hyn. Mae'n rhaid i mi gyfaddef bod ein symud cyson a'n holi diflino wedi gwneud y calendr yn rhywbeth nad oeddwn i'n talu llawer o sylw iddo. Roedd meddylfryd Elen yn dylanwadu arnaf: mynnai byth a hefyd fod yr Urdd Goch yn fythol ac nad oedd ots pa flwyddyn oedd hi, na pha oes, canys byddai'r mudiad ysgeler hwnnw yn parhau yn yr un modd.

Ond ar ôl i ni ddianc o'r tŷ yn Sir Aberteifi, yn dilyn yr ymosodiad, a mynd i lechu mewn pentref diarffordd ar ymylon Eryri, sylweddolais fod y ganrif newydd eisoes wedi cyrraedd ei hail ddegawd a mod i wedi bod yn byw ar y ddaear ers dros gant o flynyddoedd.

Cefais fy llorio. Roedd pawb roeddwn i wedi tyfu i fyny gyda nhw yn farw. Roedd unrhyw un roeddwn i wedi gweithio gyda nhw yn fy mywyd cyn y llongddrylliad hefyd wedi ymadael. Pan oeddwn i'n blentyn, dim ond gyda cheffyl a choets roedd pobl yn mynd o un lle i'r llall; bellach roedd camlesi yn croes-ymgroesi'r wlad ac roedd gwallgofddynion fel Trevithick yn creu peiriannau haearn swnllyd er mwyn llusgo pobl ar hyd traciau. Er i mi gael fy magu yn Llundain, roeddwn i wedi gweld y byd ac ymddangosai hwnnw i mi fel byd gwyrddach a gwacach na'r byd a welwn i heddiw. Roedd yn berffaith amlwg i mi bellach y byddwn i, fel Elen, yn byw am byth, yn methu heneiddio, yn methu clafychu, yn goroesi tra bod popeth o'm cwmpas yn gwywo.

Wrth reswm, ni ddylasai hyn fod yn newydd i mi, ond roeddwn i wedi ei guddio yng nghefn fy meddwl cyhyd, er mwyn peidio gorfod ei wynebu, nes bod y foment honno o edrych ar y *North Wales Gazette* a gweld y rhif '1811' ar ben y papur wedi dryllio twll yn argae fy ymennydd, gan anfon ton erchyll, oer dros fy enaid.

Am beth amser ni allwn i symud. Dwedodd Elen yn ddiweddarach i mi orwedd yn gatatonig yn fy ngwely, yn rhythu ar y wal heb gau fy amrannau, fy anadl yn dod yn herciog, heb ymateb i ddim byd a ddywedai. Fwyteais i ddim; yfais i ddim. Dechreuodd Elen boeni amdanaf, yna ar ôl tipyn dyma hi (meddai wrthyf wedyn) yn colli ei hamynedd a dechrau mynd o gwmpas ei phethau eto. Mae'n debyg iddi fy ngadael yn y bwthyn bach hwnnw am ddyddiau ar y tro, gan deithio i'r pentrefi a'r trefi ym mro Machynlleth er mwyn dechrau ei hymholiadau ynghylch aelodau lleol yr Urdd Goch.

Nid ydw i'n cofio beth oedd yn mynd drwy fy meddwl yn yr wythnosau hynny. Mae'r atgof yn un du, fel cwmwl nad ydw i'n gallu gweld drwyddo, ac mewn gwirionedd rydw i'n falch nad ydw i'n cofio.

Wedi dioddef am sawl wythnos fel hyn, stwyriais o'm

trwmgwsg di-gwsg a chael fy hun yn gorwedd mewn dillad drewllyd, chwys wedi sychu yn haen laith drosof. Mewn llesmair, mi adewais i'r tŷ a chael hyd i nant gyfagos i ymolchi ynddi. Tynnais fy siwt a nofio'n noeth yn ei dyfroedd. Roedd hi'n Ebrill ac felly roedd y dŵr yn drybeilig o oer, ond mi wnaeth fy mywiogi. Erbyn i mi gerdded yn ôl i'r tŷ, heb ddilledyn amdanaf, roeddwn i'n teimlo'n well, fel pe bai hunllef wedi pasio.

Daeth Elen yn ôl maes o law, ac, ar ôl y bonllefau o ryddhad a dwrdio y gorfodwyd fi i'w dioddef, dyma ni'n caru'n frwd. Wedi hynny dyma hi'n mynd allan eto i brynu siwt lân i mi (llosgodd hi'r hen ddillad).

Tra oeddwn i 'yn fy ngwaeledd', dwedodd Elen ei bod hi wedi cael hyd i edefyn neu ddau a allai ein harwain at siambr nesaf yr Urdd Goch. Ond dwedais wrthi mod i wedi blino. ('Rwyt ti wedi bod yn cysgu ers bron i fis,' arthiodd, ond anwybyddais hynny.) Roedd ein cyrch yn mynd yn un peryglus. Er nad oedd modd i ni gael ein lladd, beth, awgrymais, petai'r Urdd Goch yn ein dal ac yn ein gyrru i garchar? Roedd bod dan glo mewn twll tan ddiwedd amser yn ddyfodol nad oedd yn rhyngu fy modd, ac, er i Elen ateb fy mod i'n gwneud môr a mynydd o bethau ac nad oedden ni mewn unrhyw berygl, gallwn weld yn ei llygaid ei bod hi'n adfyfyrio ar fy ngeiriau ac yn cuddio'i phryder rhagof.

Fel roedd hi'n sefyll roedden ni wedi cael gafael a chael gwared ar bump o feini Mathonwy. Mewn dau achos roedden ni wedi cyrraedd siambr ond bod y garreg yn rhy fawr i'w symud. Mewn achos arall roedd cell leol yr Urdd Goch mor ifanc, ymddengys nad oedd ganddynt eu maen eu hunain. Gwnelai hyn i Elen deimlo'n rhwystredig, gan ddweud ein bod ni ddim yn gwneud digon o gynnydd wrth ymlid y mudiad, ond tynnais ei sylw at y ffaith bod gennym ddigon o amser (yr *holl* amser, yn wir) a bod pwyll yn well na rhuthro. Nid oedd hi'n cytuno a dyma ni'n cael ffrae danllyd. Digwyddodd hyn sawl gwaith.

Cytunais (yn surbwch, braidd) i roi clust i'r pared drwy fynychu tafarndai Machynlleth a'r pentrefi cyfagos – Corris, Minffordd, Derwen-las, ar hyd y ffordd fawr newydd; weithiau marchogwn y milltiroedd i Dywyn neu Ddolgellau. Ardal wledig, dlawd oedd gogledd Cymru o gymharu â'r De, ac roedd yn llai prysur o lawer, er bod creithiau diwydiant i'w gweld yn agor ar ambell i lechwedd. Gwyddwn, wrth gwrs, fod celloedd yr Urdd Goch i'w cael yn y rhan hon o'r wlad oherwydd fy mhrofiadau ym Môn, ond nid oeddwn yn sicr a fyddai'r mudiad yn cael hyd i ddilynwyr gwerth chweil ym mhentrefi gwachul y dyffrynnoedd a'r mynyddoedd oer hyn! Canolbwyntiais ar gerdded y bryniau, felly, ac yfed neu ddarllen, a gwylio pobl eraill yn byw eu bywydau.

Ni ddeuthum ar draws unrhyw arlliw o'r Urdd Goch, er mae'n rhaid i mi gyfaddef nad oeddwn yn ymdrechu cymaint ag y dylwn. Roedd pryder am yr hyn a ddigwyddodd yn y De, ynghyd â fy ngwaeledd diweddar, wedi siglo fy ysbryd ac nid oeddwn bellach mor awyddus i gefnogi cyrch Elen yn erbyn yr Urdd Goch.

Ac fel y digwyddodd, fi oedd yn iawn i boeni.

Roedd gennym dŷ ym Machynlleth ar y pryd, y tu ôl i'r ysgubor y dywedir iddi fod unwaith yn senedd-dy Owain Glyndŵr. Cyrhaeddais adref un noswaith i weld Elen yn pacio'n frysiog. Gofynnais iddi beth roedd hi'n ei wneud.

Roedd hi'n gyndyn i ateb am ychydig, ond yn y diwedd dyma hi'n dweud, 'Rydw i wedi gwneud camgymeriad, Theophilus.'

'Pa gamgymeriad?' Teimlais ddiferyn o ofn yn oeri fy ngwddf.

Parablodd wrth barhau i daflu pethau i mewn i'r bag. 'Fe gefais i hyd i un o'r Urdd Goch. Dyn – meddyg lleol. Er mwyn cael mwy o wybodaeth ohono, fe... Wel, fe gytunais i gysgu gydag e.' (Trodd yr oerni yn fy ngwddf yn golsyn o eiddigedd.) 'Ond trap oedd e – roedd e wedi fy adnabod i. Neges wedi dod o'r De yn fy nisgrifio i fel menyw sydd yn beryglus i'r Urdd Goch!' Stopiodd bacio a throi ataf. Roedd ei llygaid yn llaith. 'Fe laddais i e, Theophilus. Roedd... roedd gwaed ym mhobman...'

Gafaelais ynddi. Nid oeddwn wedi ei gweld fel hyn o'r blaen, yn cael ei heffeithio gan ladd. Crynai yn erbyn fy ysgwydd a theimlwn ei bronnau'n codi a gostwng. Daliais hi yno am gyfnod.

'Felly rydyn ni'n mynd?' gofynnais.

'Ydyn.' Sychodd ei llygaid. 'Byddan nhw ar fy ôl i nawr.'

Agorais fy ngheg i ddechrau esbonio y byddai'n ddoethach pe bai hi wedi gwrando arnaf yn y lle cyntaf, cyn penderfynu dweud dim. Nodiais.

'Gallwn ni fynd dramor am sbel,' meddai Elen gan wthio llaw drwy ei gwallt. Roedd dafnau o waed y meddyg yn dal ar ei bysedd a chymysgodd y coch gyda'r cudynnau aur. 'Ffrainc? Sbaen?'

'Nid oni bai dy fod di am i ni ddod wyneb yn wyneb â Napoleon,' atebais dan wgu. Meddyliais am rywle pell i ffwrdd fel America, ond roedd y terfysg ar hyd ei thiroedd yn parhau, yn ôl y papurau newydd, ac ar ben hynny nid oeddwn i'n hoffi'r syniad o dreulio wythnosau ar long yn croesi'r Iwerydd maith.

'Iwerddon, felly?' awgrymais.

Y tro diwethaf i mi ymgeisio i hwylio i Iwerddon... wel, rydw i wedi disgrifio hynny eisoes. Digon yw dweud bod y siwrnai yn 1813 yn dipyn tawelach nag oedd hi yn 1758, ond bod Elen (fel minnau) ar bigau'r drain wrth deithio i Gaergybi er mwyn dal y llong. Er ein bod ni'n dau yn cuddio'n hwynebau gyda hetiau llydan, rhag ofn i neb ein hadnabod, byddai hi'n taflu golwg bryderus dros ei hysgwydd bob munud. Neidiais innau allan o 'nghroen wrth i geffyl a throl garlamu drwy bwll o fwd y tu cefn i ni. Dyma ni'n dal dwylo'n dynn a brysio at y porthladd, gan geisio peidio torri gair â neb.

Roedd Caergybi, fel pobman arall, wedi gweddnewid dros y degawdau ers i mi fod yno gyntaf. Roedd ei strydoedd wedi ehangu i fyny'r bryn ac i lawr yr arfordir ac roedd tair gwaith cymaint o bobl i'w gweld yno. Eisteddai nifer o longau wrth y cei, eu mastiau tal megis coedwig ar y tonnau. Nid edrychais yn fanwl ar y dref ei hun, rhag ofn i mi weld clogynnau coch yn cuddio yn y cysgodion, ond cefais ysfa ryfedd i fynd i chwilio eto am y tyddyn bychan yn y bryniau ble y cyfarfyddais ag Elen am y tro cyntaf. Am wn i mod i wedi cael y chwiw wallgof y byddai'n rhamantus dychwelyd yno, ond mi gredais na fyddai

Elen yn cyd-weld, ac roeddwn i'n ofni beth y deuwn i ar ei draws yno.

Aethom felly dros y môr gyda'r llanw nesaf, gan lwyddo i beidio â denu – hyd y gwyddon ni – sylw yr Urdd Goch wrth wneud.

Roedd Iwerddon yn y cyfnod hwnnw yn ceisio mynd i'r afael â'i safle yn Ymerodraeth Prydain, ac, er nad oeddwn i wedi bod yn talu llawer o sylw i'r newyddion o'r ynys, roedd gennyf frith syniad bod dadleuon crefyddol yn berwi yno. Ni ddylai hynny ein poeni ni, penderfynais, gan mai ein bwriad oedd cuddio mewn rhyw dref ddi-nod nes bod storm yr Urdd Goch yn ein herbyn wedi distewi. Dychrynais fy hun ar un pwynt wrth feddwl efallai fod sect o'r Urdd Goch ymysg y Gwyddelod hefyd, ac ystyriais rannu'r pryder hwn gydag Elen, cyn perswadio fy hun nad oedd synnwyr mewn meddwl fel hyn. Os *oedd* y mudiad yn wir ym mhobman – yng Nghymru a thu hwnt – yna nid oedd dianc rhagddo; y prif beth i'w wneud oedd cadw Elen yn ddiogel.

Felly dyna wnes i.

IV

Roedden ni yn Iwerddon am bron i ddegawd a hanner.

Mewn ffermdy y tu draw i Ceatharlach, fel y gelwid ef gan y Gwyddel, neu Carlow gan y concwerwyr, roedden ni'n byw am y rhan fwyaf o'r cyfnod hwn. Er y byddai'n flynyddoedd eto cyn i'r Newyn Mawr siglo'r wlad, roedd arwyddion cyntaf y catastroffi hwnnw i'w gweld eisoes o'n cwmpas. Tyddynnod bychain roedd Gwyddelod y dosbarth gweithiol yn byw ynddynt, gyda dim ond dernyn o dir yr un i dyfu cnydau ynddo, tra bod y dosbarth canol – llawer ohonynt yn Saeson, os nad o dras, yna o ran ymlyniad – yn byw mewn tai mwy moethus ac yn gwneud yn fawr o'u cysylltiadau gyda'r llywodraeth yn Llundain.

Nid oedd modd i mi ac Elen smalio bod yn Wyddelod – er i ni'n dau ddysgu'r iaith yn ddigon da i siarad â'n cymdogion – felly dyma ni'n cyflwyno ein hunain fel dau Gymro llewyrchus oedd wedi dod i Iwerddon er mwyn osgoi tarth diwydiannol y Cymoedd. Ni enynnodd hynny hoffter tuag aton ni ymhlith y brodorion, ac unrhyw bryd yr elen ni tu hwnt i ffiniau ein tir byddai wynebau drwgdybus yn syllu arnon ni, yn ein gweld fel y tresmaswyr yr oedden ni. Ond ar y pryd nid oeddwn i'n poeni llawer am hynny. Roedd y ddau ohonom wedi hen arfer â thrin pobl eraill fel darnau ym mheiriant mawr ein cyrch i ddifetha'r Urdd Goch – nid fel unigolion ac yn sicr nid fel cyfeillion, ond yn hytrach fel pethau i gymryd mantais ohonynt yn ôl yr angen. Roedd gwydr trwchus yn ffenestri ein tŷ ger Ceatharlach, ac roedd gwrychoedd uchel yn amgylchynu'r caeau o'n cwmpas, ac felly roedd hi'n hawdd i ni guddio ac anwybyddu'r problemau oedd yn berwi yn y gymdeithas ehangach. Roedd bod yn hunanol yn rhan greiddiol o'n bodolaeth erbyn hynny. Tybiaf y byddai unrhyw un arall yn ein sefyllfa wedi ymddwyn yr un fath.

I ddechrau, roedd Elen yn wyliadwrus ac yn gyndyn i adael ffiniau'r tŷ, ond ar ôl rhai misoedd dechreuodd ei hysbryd ddychwelyd a byddai hi'n treulio'i hamser yn teithio'r ardal leol er mwyn dysgu mwy am ei thrigolion – er bod hynny wastad o hyd braich, yn y modd y mae arglwydd yn ymlwybro ymysg y werin, yntau'n gwenu arnynt yn dadol a hwythau'n gwyro'u pennau ac yn diosg eu capiau. Ambell waith bydden ni'n rhoi arian i gefnogi achosion lleol, a byddai'r diolch a ddeuai'n ôl atom yn ddiffuant, ond rhaid i mi gyfaddef na wneuthum ymroi yn llwyr i unrhyw weithredoedd elusengar, ac roedd fy arian yn mynd yn fwy aml i bocedi marchnatwyr gwin a bwyd o safon nag i unrhyw le arall.

Serch popeth, roedd yn dda gennyf weld Elen mewn hwyliau gwell, a chefais fy hun yn mynd gyda hi ar ei throeon yn fwy aml na pheidio, ninnau'n mwynhau cwmni ein gilydd yn fwy nag oedden ni wedi ei wneud o'r blaen, rydw i'n credu. Mae rhannau o ddeheubarth Iwerddon yn fy atgoffa o Gymru, ond mae iddi naws arall unigryw hefyd sydd yn wahanol i unrhyw le arall yn y byd i mi ymweld ag o. Roedd rhywbeth am ein hamgylchedd oedd wedi caniatáu i ni esgus, am gyfnod, nad oedd dim o'i le ac mai cwpwl arferol oedden ni.

Ond nid oedd hyd yn oed llonyddwch ein buchedd fugeilgerddol yn Iwerddon yn ddigon i lusgo meddwl Elen oddi wrth Gymru a'r Urdd Goch. Ar ôl dim ond dwy flynedd yno dywedodd wrthyf fod arni eisiau mynd yn ei hôl, gan fod ein gwaith yn bwysig ac na fyddai unrhyw beth yn cael ei gyflawni a ninnau'n cuddio, ond mynnais nad oedd yn ddiogel i ddychwelyd eto. Roedd hi'n ymddiried ddigon ynof erbyn hynny i gydsynio. Dyna oedd y patrwm wedyn: bob hyn a hyn byddai hi'n dweud ei bod hi'n bryd dychwelyd at ein hymgyrch yng Nghymru, ond byddwn i wastad yn ei siarsio i waredu ei meddwl o'r fath syniad, oherwydd diau y byddai'r Urdd Goch yn dal i'w chofio ac y byddai hi felly yn beryglus i fynd yn ôl yn rhy fuan.

A bod yn onest, roeddwn i'n mwynhau'r heddwch.

Ond wrth i'r blynyddoedd fynd heibio roedd dyhead Elen yn mynd yn gryfach, a'i pharodrwydd i ildio i mi yn gwanhau. Yn y pen draw, ym mis Mai yn y flwyddyn 1826, dyma ni'n teithio i Ddulyn (ystyriais daro heibio i'r theatr y bu Sheridan unwaith yn berchennog arni, ond chefais i ddim y cyfle) a hwylio'r tonnau llwydion yn ôl i Gymru. Wrth i ni sefyll ger y reilin wrth gyrraedd porthladd Caergybi, gallwn weld golwg benderfynol ar wyneb Elen, pob cyhyr yn dynn a'i llygaid yn fflamau. Oedd, roedd hi'n fwy na pharod i ymladd yr Urdd Goch unwaith eto.

Y cwestiwn oedd, a oeddwn i?

I'r gogledd-ddwyrain yr aethom er mwyn ailgydio yn ein cyrch. Cytunai Elen â mi y byddai pobl efallai'n dal i gofio amdani yn ardal Machynlleth, er bod pedair blynedd ar ddeg wedi mynd heibio ers iddi lofruddio'r meddyg, ac felly y byddai'n fwy synhwyrol creu pencadlys mewn rhan o'r wlad nad oedden ni wedi troedio ynddi o'r blaen.

Er ei bod wedi ei lleoli mewn dyffryn clyd gyda bryniau

melynion yn fôr o'i chwmpas, nid oeddwn i'n hoff o'r Wyddgrug pan gyrhaeddais y lle. Roeddwn i'n llai hoff fyth ohoni pan adawson ni'r dref yn ddiweddarach. Serch hynny, dyma ble y tybiai Elen y byddai'r Urdd Goch yn fwyaf tebygol o weithredu yn y rhan hon o Gymru, gan fod y pyllau glo yn gwneud busnes da yn yr ardal a'i hagosrwydd at Loegr a diwydiant Glannau Merswy yn golygu y 'byddai meddiannu'r cilcyn hwn o dir yn rhoi grym mawr i'r Urdd Goch'. 'Mae'r lle'n llawn cyfreithwyr a gwleidyddion,' ychwanegodd. Allwn i ddim dychmygu cyfuniad gwaeth.

Cawsom dŷ yng nghanol y dref, dafliad carreg o'r eglwys; roedd hi'n amlwg i mi bod Elen yn wfftio fy awgrym blaenorol i gymryd pwyll, a bod ei bryd ar fod yn llygad y ffynnon, megis.

Roedd y tŷ yn un bychan ond trwsiadus, yn yr arddull newydd a oedd yn boblogaidd bryd hynny. Cafodd Elen y syniad o gyflogi morwyn, gan ei thalu ddigon nid yn unig i gadw ei cheg ar gau, ond i ddod â newyddion lleol aton ni pan glywai hi o. Siwsan oedd yr eneth y cafodd Elen hyd iddi, honno'n un ar bymtheg a chroen brown tywyll ganddi. Cymraeg lletchwith oedd gan Siwsan, yn ail iaith iddi, ond roedd hi'n ddigon rhugl ar gyfer ein pwrpasau ni. Nid oeddwn i'n gwbl gyfforddus – a dweud y lleiaf – gyda chynllun Elen, ond doedd dim troi arni yn y cyfnod hwnnw. Gwnelai'r ddynes fel y mynnai.

Roedd Siwsan yn ferch gyfrwys a pheniog a ddeuai yn ei blaen yn dda gydag Elen, ond roedd hi'n swil a di-ddweud gyda mi. A pha ryfedd – bob tro y deuai i mewn i'r tŷ a fy ngweld (yn fy stydi, dyweder, neu'n darllen pamffledi yn y parlwr cefn), byddai syndod yn gwawrio ar ei hwyneb, oherwydd ni fyddai'n cofio o un diwrnod i'r nesaf mod i'n byw yno o gwbl. Tynnais sylw Elen at hyn, a dyma hi'n dechrau dweud wrth

Siwsan bob bore, 'Mae fy ngŵr yma heddiw.' (Nid oedd Elen a fi yn briod, heblaw yn y dull cyffredin, a rhaid i mi gyfaddef bod ei chlywed yn fy ngalw'n 'ŵr' – a hynny am y tro cyntaf i mi erioed ei gofio – yn peri i wefr sboncio yn fy stumog.)

Hwyrach i Siwsan ddychmygu pam nad oedd hi wedi cyfarfod y 'gŵr' hwn o'r blaen; wn i ddim. Tybed a oedd hi hefyd yn pendroni yn ddyddiol pam roedd dyn a oedd (ymddengys) heibio ei ganol oed yn byw gydag (ymddengys) gwraig a oedd (ymddengys) i bob pwrpas yr un oed â Siwsan ei hun? Nid oeddwn i'n gweld Elen fel merch ifanc, wrth gwrs, gan mod i'n gwybod ei bod yn hŷn na mi o lawer. Nid oeddwn i ychwaith yn unigryw wrth gyd-fyw gyda menyw 'iau' na fi, gan fod dau ddwsin o hen ddynion lleol â gwragedd hanner eu hoedran (ar y gorau). Nid yw rhai pethau byth yn newid.

Er nad esboniodd Elen na finnau natur yr Urdd Goch, na'i henw hyd yn oed, i Siwsan, roedd ganddi ddigon o gyfarwyddiadau i'w galluogi i roi ei thrwyn i mewn i bethau nad oedd hi i fod i'w clywed. 'Mae genethod,' meddai Elen yn slei, 'yn gallu diflannu os oes arnyn nhw eisiau. Fydd neb yn gwybod ei bod hi yno.'

'Tai waeth am hynny. Bu Siwsan yn lled lwyddiannus, am wn i, ac Elen yn hapus gyda'r hyn y llwyddodd y ddwy ohonynt i'w gyflawni – sef adnabod llond llaw o aelodau'r Urdd Goch a gyfarfyddai mewn warws y tu ôl i'r Black Lion. Heliodd Elen nhw allan er mwyn dwyn eu maen, ond ar ôl ei gludo adref dyma ni'n sylweddoli mai dim ond talp o gwarts ydoedd, dim byd arbennig. Ymddengys fod adrannau o'r mudiad erbyn hyn yn glynu at *addurniadau*'r Urdd Goch ond ddim o anghenraid at ei holl hanfodion cyfriniol. Wyddwn i ddim a oedd hyn yn beth da ai peidio.

O fewn blwyddyn gadawodd Siwsan, gan briodi glöwr

o Benarlâg, ac yn ei lle daeth Gwen. Yna Maria. Yna Eliza. Wedyn Eliza arall. Ar ôl ychydig, peidiais â thalu sylw i ba bynnag ysbïwr ieuanc benywaidd a gyflogai Elen ar y pryd.

Yn ystod y blynyddoedd hynny, tyfodd Cymru ym mron pob modd y gall gwlad dyfu. Bob bore, megis, o ffenestr fy ystafell teimlwn y gallwn weld mwy o bobl na'r diwrnod cynt. Llifodd y ffatrïoedd, y glofeydd a'r mwynfeydd ar draws tiroedd Cymru, gan atynnu pobl o'r tu allan iddi yn eu miloedd, a thrawsnewidiwyd cymunedau a oedd yn uniaith Gymraeg o fewn cenhedlaeth nes bod y Saesneg yn drech. Tybiwn i mi allu clywed Saesneg ar wefusau plant na fyddai eu rhieni erioed wedi medru'r fath iaith. Roedd Cymru hefyd yn lle mwy peryglus, meddyliwn, i fyw ynddo nag o'r blaen. Drwy derfysg dangosodd y werin eu dannedd; daeth y lonydd a'r dinasoedd yn feysydd y gad, a phwy a ŵyr nad oedd yr Urdd Goch â'u bysedd ym mhopeth, yn cynyddu eu harian a'u nerth fesul tipyn.

Ond roedd digwyddiadau'r gymdeithas o lai a llai o ddiddordeb i mi wrth i amser fynd yn ei flaen. Roeddwn i'n teimlo fwyfwy bod arnaf eisiau cau fy hun i ffwrdd yn fy ystafell a stopio gorfod gwylio'r boblach wirion hyn a'u cyrff meidrol, eu dyheadau pitw a'u diwylliant brau. Beth oedden nhw i mi? Newid oedd popeth ac roedd popeth yn newid – heblaw amdanaf i ac Elen. O'i rhan hithau, taflodd ei hun fwy nag erioed i mewn i'w hymgyrch yn erbyn yr Urdd Goch, nes nad oedd hi'n cysgu, bron.

A dyna fel yr oedd pethau.

Flwyddyn…

Ar ôl blwyddyn…

Ar ôl blwyddyn…

Un diwrnod, tua diwedd 1837, dyma Elen yn dod ataf â newyddion. Dyma beth newidiodd bob dim, rydw i'n credu, er nad oedden ni'n sylweddoli hynny ar y pryd.

Dwedodd wrthyf, mewn cryn gyffro, ei bod hi wedi clywed am fodolaeth 'llyfr gramadeg'.

'Beth am hynny?' atebais yn ddi-hid, a braidd yn swta – roeddwn i wrthi'n ceisio hepian ar y pryd. 'Mae llawer o lyfrau gramadeg i'w cael.'

'Nid fel hwn! Mae'r Urdd Goch wedi dechrau cadw cofnodion ohonyn nhw'u hunain, yn ôl y sôn. Maen nhw'n eu galw'n "llyfrau gramadeg". On'd wyt ti'n cofio'r hyn ddwedodd y Tad Blwchfardd?'

'Cyn i ti ei saethu? Ydw.' Cofiais fod y gŵr hwnnw o Drefyclo ers talwm wedi parablu ei felltith ar y ddau ohonom wrth i Elen ddal ei phistol at ei ben, ac ymysg ei faldordd mi soniodd rywbeth am y ffaith na fydden ni byth yn cael ein dwylo ar eu 'gramadegau', gan honni y byddai cyfrinachau'r Urdd Goch yn fythol.

Ni chymerais sylw manwl o eiriau'r creadur hwnnw ar y pryd – roedd gennyf ormod o ofn beth roedd Elen ar fin ei gyflawni – ond nawr roedd yn rhaid i mi gydnabod eu bod yn eiriau od iddo eu defnyddio. Cyneuodd fflam ieithyddol yn fy mhen (nid yw'n digwydd yn aml), a chofiais fod y Ffrancwyr yn defnyddio *grammaire* i gyfeirio at bethau amgenach na chystrawen. Roedd hen wreigan yn Lyon, flynyddoedd yn ôl, wedi bygwth fy swyno a'm troi yn froga oherwydd y difrod roeddwn i wedi ei wneud, yn fy meddwdod, i'w thafarndy; *grammaire* oedd y gair a ddefnyddiodd hi am yr hud bondigrybwyll hwnnw.

Esboniais hyn i Elen, ac roedd cyfuniad o edmygedd a phryder ar ei hwyneb. 'Mae'n bosib bod Mathonwy wedi rhoi galluoedd hudol i'w ddilynwyr,' meddai dan blethu ei bysedd o dan ei gên yn fyfyrgar. 'Nid ydw i wedi gweld llawer o wir allu hudol ymysg yr Urdd Goch – dyw'r "fendith" mae'r rhelyw o'r mudiad yn ei derbyn yn ddim mwy na chonsurio, ac yn fwy aml na pheidio mae bendith Mathonwy yn fwy ysbrydol nag ymarferol. Ond, tybed... Wrth i'r Urdd Goch gynyddu mewn niferoedd, a yw'r galluoedd mae Mathonwy yn eu rhoi iddyn nhw yn dod yn rhai cryfach?'

Rhynnodd; cefais innau adwaith debyg. Roeddwn i'n ofni'r Urdd Goch ddigon eisoes – roedden nhw wedi arddangos eu bod yn ffynnu er gwaethaf ein hymdrechion – ac roedd y posibilrwydd eu bod yn datblygu i fod yn wrachod neu'n ddewiniaid pwerus yn fy ngorchuddio â chwys oer.

'Mae'n rhaid i ni gael gafael ar y llyfr *"grammaire"* hwn,' meddai Elen gan edrych arnaf gyda llygaid mawrion, 'a'i ddinistrio.'

'Beth os oes mwy nag un?'

Tynhaodd ei gwefusau'n benderfynol a gwelais y fflam gyfarwydd yn goleuo'i hwyneb. 'Yna fe'u dinistriwn ni nhw i gyd.'

Roedd gwybodaeth Elen o'r Urdd Goch – eu hamcanion, eu daliadau, eu harferion – yn eang am ei bod hi wedi gweithio ochr yn ochr â nhw cyhyd. Er hynny, cyndyn fu hi erioed i rannu yr holl wybodaeth gyda mi.

'Weithiau, mae *peidio* gwybod popeth yn brafiach,' meddai pan fyddwn i'n ei holi am rywbeth. Byddwn i'n dadlau y byddai'n hwyluso fy rhan innau o'n gorchwyl pe bawn i'n gwybod cymaint ag oedd bosib, ond roedd Elen, er gwaethaf y tyndra oedd yn amlwg ynddi pan atebai, yn gwrthod.

Un o'r pethau y credaf ei bod hi'n gwybod mwy amdano nag yr oedd yn fodlon ei ddweud wrthyf oedd gwir natur Mathonwy. 'Dydw i ddim yn meddwl eu bod nhw'n gwybod beth yw e,' fyddai ei hateb hi pe holwn am hyn, 'dim ond eu bod nhw'n gwerthfawrogi'r nerth mae e'n ei gynnig.'

'Ond *beth*,' byddwn i'n ei gwthio, gan nad oedd neb erioed wedi gallu esbonio hyn i mi, 'yw Mathonwy?'

Byddai'n codi ei hysgwyddau. 'Mae pethau sydd y tu hwnt i'n dealltwriaeth. Mae'r Urdd Goch yn cofleidio'r annealltwriaeth hon, bron, yn achos Mathonwy. Dyw hi ddim fel pe bai arnyn nhw *eisiau* gwybod. Mae'n ddigon iddyn nhw bod y... *grym* yma, yr "Hud Anfeidrol" bondigrybwyll, yn bodoli yn rhywle nad ydyn ni'n gallu ei weld.'

'Roedd y Rhufeiniaid a'r Celtiaid paganaidd yn addoli duwiau lu,' myfyriais yn uchel un tro. 'Mae Mathonwy yn enw yn y chwedlau Cymreig, on'd ydi? Ydi o, tybed, yn un o'r duwiau hynny y mae Cymry wedi ailddechrau ei addoli?'

'Pwy ddwedodd,' meddai Elen gan giledrych arnaf, 'bod y Cymry erioed wedi *stopio* addoli Mathonwy? Enw yw enw. Ydi, mae'r enw yn ein chwedlau. Tad Math y dewin. Hen enw. Ond pwy sydd i ddweud pa un ddaeth gyntaf – Mathonwy'r Mabinogi, neu Mathonwy'r Urdd Goch?'

Siarad o amgylch yr ateb oedd hi; gallwn *ddweud*. Byddai'n torri'r sgwrs yn ei blas ac yn gadael yr ystafell, neu'n tynnu fy sylw mewn ffordd amgenach. Byddwn i felly'n anghofio fy nghwestiwn am y tro.

Ond roedd y gwirionedd am Mathonwy yn parhau i gnoi ar fy meddwl. Nid oeddwn yn siŵr, ar y pryd, a oeddwn i'n credu mewn 'duwiau' heblaw am Dduw'r Beibl – er i mi gydnabod

bod pwerau'n bodoli tu hwnt i'r hyn y sonnir amdano yn yr Ysgrythur – ond nid oedd modd gwadu bod hud a lledrith wedi digwydd i mi ac Elen, ac os oedd Mathonwy yn gyfrifol yna byddai darganfod ei wir natur yn gymorth i ni wrth hela'i ddilynwyr. Mae'n rhaid, meddyliais, bod *rhywun* yn gwybod!

Oeddwn, roeddwn i wedi dechrau colli ffydd yng ngwaith Elen. Nid oeddwn wedi dweud hynny wrthi yn blwmp ac yn blaen, ond roeddwn i'n gweld mai canlyniad ei hymdrechion oedd datguddio hyd yn oed mwy o'r Urdd Goch ymysg cymunedau Cymru. Cawsom wared ar ambell faen Mathonwy, do, ond nid llawer, ac yn wir, roedd hi'n ymddangos bod niferoedd dilynwyr yr endid nerthol hwn yn tyfu fesul blwyddyn.

Wrth i mi dreulio'r rhan fwyaf o fy amser ar fy mhen fy hun, myfyriais yn ddi-ben-draw ar beth oedd arnaf ei eisiau. Roeddwn i wedi bod yn hapus yn Iwerddon, ond roedd yr Wyddgrug yn fy mygu ac nid oedd cydymdeimlad gan Elen tuag at fy nheimladau. 'Tyrd allan gyda mi i hela!' fyddai ei hateb, ond nid oedd awydd hela arnaf. Ond, pan gludodd Elen y si ataf o fodolaeth bosib Llyfr Gramadeg, cyneuodd llusern yn fy mhen. Dyma dro yn y gynffon; nodyn newydd yn y gân; rhywbeth a oedd yn ddigon i'm llusgo allan o'm hwyliau lluddedig.

Os oedd unrhyw un yn gwybod y gwirionedd am Mathonwy, un o'r Urdd Goch fyddai hwnnw. Ac os oedd eu cyfrinachau'n cael eu cofnodi yn unrhyw le, teimlwn yn sicr mai yn un o'r Llyfrau Gramadeg hyn y byddent yn cael eu cofnodi.

Gyda'n gilydd, gweithiodd Elen a minnau'n ddiwyd am yr wythnosau nesaf yn ceisio dysgu mwy am y Llyfr Gramadeg.

Wrth i'r Nadolig ddynesu, euthum i bori drwy siopau llyfrau'r Wyddgrug yn ogystal â rhai'r trefi cyfagos – nid yn y gobaith o brynu'r fath ysgrif â'r *grammaire* dan sylw, ond i holi'n dawel am unrhyw newyddion, er mwyn gweld a oedd rhywun yn gwybod am hen lawysgrifau cêl neu ysgolheigion a oedd yn casglu'r fath bethau. Seithug oedd ein hymdrechion i ddechrau, ond roedd brwdfrydedd newydd ynof – yr helfa am lyfr cyfrin efallai yn fy atgoffa o fy anturiaethau yn Llundain ddegawdau ynghynt. Felly daliais ati, gydag Elen yn arddangos ei phleser mod i wedi ailgydio yn ei hymgyrch yn y modd corfforol nwydus yr oedden ni wedi arfer ei rannu (ond heb ei rannu hanner cymaint yn y blynyddoedd diweddar).

Yna, ar nos Galan, cefais hyd i'r cliw roedd arnom ei angen. Roedd cyfreithiwr a fu hefyd yn fardd wedi bod yn siopa am lyfrau 'ocwltaidd', meddid, a'r disgrifiad ohono yn awgrymu bod natur gyfrinachol i'w waith. Dwedodd y siopwr y bu i mi ei holi – a'i dalu am ei gymorth – fod y dyn hwn â chrychau cochion o dan ei lygaid a chryndod yn ei wefus, fel pe bai heb gysgu ers hydoedd. Tybiais mai mympwy llenyddol pob llyfrwerthwr oedd yn bwydo'r disgrifiad ffantastig hwn, ond, fel y digwyddodd, roedd y siopwr yn llygad ei le.

Enw'r cwsmer oedd Pryce, a chefais ei gyfeiriad, a oedd yng ngorllewin yr Wyddgrug yng nghysgod crug y beili. Daeth Elen gyda mi. Roedd pobl feddw yn y strydoedd yn dathlu diwedd yr hen flwyddyn; chymerodd neb sylw ohonon ni. Roedd hi'n hwyr pan gyrhaeddon ni'r stryd ble safai tŷ Pryce; roedd honno'n llawer llai prysur. Eisteddai hogyn tua deuddeg oed gyferbyn â'r tŷ yn cnoi tybaco ac yn yfed potel o jin. Rhoddais chwecheiniog iddo a dwedodd nad oedd y cyfreithiwr wedi'i weld yn gadael ei gartref ers dyddiau. Feddyliais i ddim mwy am hynny – onid oeddwn innau hefyd yn hoff o aros yn fy stydi am gyfnod hir o bryd i'w gilydd? – er efallai mai dyna pryd y dylwn i fod wedi troi a dianc.

Ond dyblwyd ein penderfyniad, Elen a minnau. Roedd golau gwan i'w weld yn ffenestr uchaf tŷ'r cyfreithiwr. Dyma Elen yn torri'r clo yn ddistaw (roedd yr hogyn gyferbyn yn edrych i'r cyfeiriad arall, gyda phishyn chwech arall yn cynhesu'i boced) ac mi aethon ni i mewn i'r adeilad.

Roedd hi'n dywyll ar y llawr gwaelod, y lampau olew wedi llosgi'n ddim. Edrychon ni o gwmpas yr ystafelloedd cyfagos; roedden nhw'n llanast o bapurau a llyfrau, ond nid oedd neb yno. Tynnodd Elen ddagr o'i gwregys a gwneud ystum arnaf i'w dilyn i fyny'r grisiau. Heb siw na miw dyma ni'n dringo.

Ar ben y grisiau, ar y trydydd llawr, deuai'r golau gwan o dan ddrws. Rhoddais fy nghlust yn erbyn y pren i wrando, ond allwn i glywed dim byd. Sbeciais drwy dwll y clo ond roedd goriad ynddo, y drws wedi ei gloi o'r tu mewn. Beth wnaeth fy nharo oedd bod arogl od yn cyrraedd fy ffroenau, megis sylffwr. Codais fy ysgwyddau. Edrychodd Elen yn od arnaf – yna rhoddodd gic i'r drws fel ei fod yn hedfan ar agor a'r clo yn chwalu.

Llamodd hithau dros y trothwy gyda'i dagr; baglais innau ar ei hôl, yn llawn cyffro.

A rhoddodd Elen sgrech.

Nid oeddwn erioed wedi ei chlywed yn sgrechian fel hynny. Daeth y sgrech o grombil ei stumog, fel pe bai'n rhwygo'i hun allan o'i henaid.

Gafaelais ynddi yn reddfol, gan gamu ymlaen i weld beth oedd wedi peri iddi ymateb felly.

Pan welais, mi sgrechiais innau hefyd. Syrthiais ar fy ngliniau a chyfogi'n hidl.

Roedd Mr Pryce yn eistedd mewn cadair wrth y lle tân, y glo'n dal i fudlosgi yn y grât gan gynhyrchu'r golau gwan coch yn yr ystafell fechan. Roedd wyneb Pryce yn rhythu ar gynnwys y cols, ond roedd ei lygaid yn wag – yn llythrennol wag, gan fod socedi coch yno a oedd yn dangos drwodd i'r penglog; ac roedd ei grys yn llanast o waed, y rhan fwyaf o'i frest wedi ei dryllio ymaith gan adael twll mawr llosgedig lle bu unwaith ei galon.

V

Mae rhai delweddau'n aros gyda chi, yn dychwelyd i'ch meddwl gyda'r nos pan fo cwsg yn ceisio eich cymryd, neu'n tresmasu ar eich diwrnod o nunlle. Fel hynny mae hi gyda fi ers i mi weld corff marw Pryce yn yr oruwchystafell honno. Wnaf i *fyth* ei anghofio. Bob tro y daw i fy ymennydd, heb ei wysio, mae'n gwneud i mi ddal fy ngwynt yn sydyn ac i fustl godi i gefn fy ngheg.

Wedi i mi ddadebru digon i allu edrych eilwaith ar y corff, llifodd ton newydd o atgasedd drosof. Roedd Pryce yn farw, yn gwbl farw, ond roedd rhywbeth am yr anafiadau oedd yn edrych yn *ddiweddar*, fel pe baen nhw'n dal i sïo fel bacwn ar radell. Roedd pwy bynnag a wnaeth hyn iddo wedi bod yn drylwyr dros ben; ymddengys eu bod wedi glanhau'r llawr ar ôl y lladdfa, gan i mi fethu gweld diferyn o waed ar y carped o dan y gadair ble'r eisteddai Pryce druan.

Nid oeddwn i'n gallu dioddef mynd yn ddigon agos i edrych ar y grât, ond roedd Elen yn ddewrach na fi. Cymerodd brocer o ochr y pentan a phwnio'r cols. Yn syth daeth arogl echrydus ohonynt, a bagiodd Elen gan roi ei llawes dros ei cheg; byddwn i wedi cyfogi eto pe bai gennyf unrhyw beth ar ôl i'w waredu. Prociodd Elen y marwor o bellter. Ddaeth dim i'r golwg; roedd tarddiad y drewdod wedi llosgi'n ddim, ymddengys, ond sibrydais wrth Elen fod lliw anarferol i'r lludw, fel pe bai rhyw bowdwr neu hylif tywyll wedi cael ei roi yn y fflamau.

'Pam...?' dechreuodd Elen, ond orffennodd hi mo'i

chwestiwn, ac ni fyddwn i wedi gallu cynnig ateb beth bynnag. Pam yn wir – edrychai hyn fel llofruddiaeth erchyll, ond os nad oedd neb wedi mynd i'r tŷ na'i adael yn ddiweddar, a chan gofio bod y drws wedi'i gloi o'r tu mewn, pwy oedd yn gyfrifol? Yn sicr, nid Pryce ei hun oedd wedi cyflawni'r weithred!

Roedd yn rhaid i mi edrych yn fanylach ar y dyn marw, fy chwilfrydedd yn ymlid yr ofn. Cyrcydais o'i flaen gan geisio peidio anadlu. Yn ei eiliadau olaf bu Pryce mewn poen, dychmygais, gan fod ei wyneb yn sownd mewn bloedd, y gwefusau'n llydan gan ddatgelu dannedd melyn. Roedd ei gyhyrau i gyd yn galed a'i fysedd wedi eu clymu'n dynn o amgylch breichiau'r gadair. Na – nid bysedd y *ddwy* law, oherwydd sylwais ei fod yn gafael yn rhywbeth yng nghledr ei law dde. Yn araf, araf, estynnais at y llaw honno a, gyda bys a bawd crynedig, tynnais y gwrthrych o'i gafael.

Carreg oedd yno, carreg fechan, yn ddim mwy o faint na swllt. Roedd sglein gyfarwydd i'r garreg; wrth i mi ei throi yn fy mysedd daeth gwres sydyn i fy nhalcen, a dyma'r llais a oedd wedi bod yn sibrwd yn fythol yn fy nghlust – hyd nes mod i bron wedi anghofio amdano – yn codi'n uwch, yn parablu mewn cyffro, megis. Roedd hwn yn un o feini Mathonwy, er mai dim ond pitw oedd o. Gwthiais y garreg i fy mhoced yn fyrbwyll fel nad oeddwn i'n gorfod ei chyffwrdd mwyach.

Gwnaeth Elen ebychiad bychan o syndod. Roedd hi wedi cynnau cannwyll bellach ac wedi cerdded y tu ôl i gadair Pryce. Nawr plygodd yn sydyn a chodi rhywbeth o'r llawr wrth ochr y gadair.

Roedd hi wedi cael hyd i lyfr. Llyfr bychan mewn clawr tywyll ei liw – brown neu borffor, efallai, ond anodd dweud yn y golau annigonol – heb deitl nac unrhyw eiriau eraill ar y tu allan. Y Llyfr Gramadeg?

Heb air fe'i cipiais o law Elen. Dechreuodd brotestio ond roeddwn i eisoes yn byseddu'r tudalennau, fy anadl yn cyflymu.

Roedd llawysgrifen drwyddo, y geiriau'n llenwi bron pob modfedd wag o'r papur. Edrychai'r rhan fwyaf o'r ysgrifen fel Cymraeg, os Cymraeg cyntefig yr olwg, ond roedd rhannau eraill mewn iaith – neu ieithoedd – nad oeddwn i'n eu hadnabod. Roedd hefyd gryn dipyn o ysgrifen mewn gwyddor na allwn ei dehongli, er i mi feddwl mod i wedi ei gweld yn rhywle cyn hyn. Roedd ambell i siâp neu ddiagram ymysg y geiriau hefyd, rhai ohonynt yn gwneud i mi deimlo yn anghyffordus.

Dyfalais, o ystyried ym mhle y cafodd Elen hyd i'r llyfr, i Pryce fod yn darllen y gyfrol ond iddo ei gollwng cyn marw – neu *wrth* farw. Ailedrychais ar y clawr a gweld un defnyn mawr o waed hanner sych ar y lledr (os mai lledr *oedd* o…).

Daeth atgof sydyn ataf fel gwynt oer. Roedd rhywbeth yn od o gyfarwydd am wyneb Pryce – yr hyn oedd yn weddill ohono, beth bynnag. Ailagorais y llyfr ac edrych ar y dudalen gyntaf. Roeddwn wedi brysio heibio iddo yn fy nghyffro gwreiddiol, ond yno nawr gwelais y geiriau, *Dyma ddechrau cofnod o'r Gwirionedd Eithriadol yn llaw Edmwnt ap Rhys*. Ap Rhys oedd Pryce, wrth gwrs, ond pam oedd yr enw hwnnw'n canu cloch?

Yna mi gofiais. Edmwnt Prys. Un o ddynion ifanc y Gwyneddigion a fu o dan adain William Owen Pughe yn Llundain. Hwnnw a oedd yn aelod o Orsedd y Beirdd, yn ddisgybl ifanc i Iolo Morganwg ac yn daer yn ei ymdrechion i ddenu Iolo tuag at fynwes Mathonwy. Wrth ailystyried y corff, yr un dyn oedd hwn, heb os, bron i hanner canrif yn ddiweddarach, nawr yn gorff wedi ei fwtsiera mewn tŷ unig yn yr Wyddgrug.

Beth *ddiawl* oedd wedi digwydd iddo...?

A dyna pryd y cofiais hefyd ble roeddwn i wedi gweld yr wyddor anarferol honno a oedd wedi ei hysgrifennu yn y llyfr bychan. Roedd Iolo wedi ei dangos i ni yng nghyfarfodydd y Gwyneddigion ambell waith, ac roedd wedi ei naddu ar y wialen a ddefnyddiodd yn seremoni'r Orsedd a gynhaliwyd ar Fryn y Briallu. Coelbren y Beirdd roedd Iolo'n ei galw; symbolau cyfrin a ddefnyddiai'r Derwyddon ers talwm. Gwyddor hud oedd hon, meddai wrthym, roedd o wedi ei datguddio o niwloedd amser.

Yn sydyn nid oedd arnaf eisiau gafael yn y llyfr. Gwthiais o i ddwylo Elen. Roedd ei hwyneb hi, mae'n siŵr, yn ddrych i fy wyneb i. Roedd wedi ei rewi mewn cymysgedd o arswyd a ffieidd-dra; roedd ei cheg wedi ei chau'n glep, fel pe bai hi'n ofni ei hagor rhag ofn iddi lefain neu sgrechian neu ddweud rhywbeth nad oedd hi'n ei fwriadu.

Rhoddais law ar ei hysgwydd, mor dyner ag y gallwn, a llwyddais i ddweud, 'Gwell i ni adael.'

Nodiodd hithau. Dihangon ni'n dau i'r stryd oer heb edrych yn ein holau. Canodd clych y dref i ddweud ei bod hi'n 1838.

Roedden ni wedi ein siglo am oriau, hyd yn oed wedi i ni gyrraedd adref. Nid oedd y forwyn gyfredol o gwmpas, ac roedd hynny'n dda o beth.

Soniais i ddim wrth Elen am y garreg fechan y bu Edmwnt Prys yn ei dal yn dynn yn ei law. Arhosodd honno ym mhoced fy nghôt, minnau'n ceisio rhwystro fy meddwl rhag cael ei dynnu ati.

Aeth Elen ati yn syth i ddarllen y Llyfr Gramadeg wrth fwrdd y gegin. Eisteddais gyferbyn â hi, fy nwylo'n aflonydd. Roedd lamp olew ar ben draw'r bwrdd yn bwrw golau oeraidd, brawychus dros y ddau ohonon ni, a theimlwn oerfel y nos yn treiddio i mewn.

Ar ôl tipyn, codais er mwyn ailgynnau'r tân yn y grât, i gynhesu fy nghymalau crynedig.

'Wyt ti wedi darganfod unrhyw beth?' gofynnais wrth i mi eistedd yn ôl wrth y bwrdd.

Ni atebodd Elen yn syth ac ni chododd ei llygaid o'r tudalennau. 'Mae'n ddyrys,' meddai o'r diwedd. 'Popeth wedi ei ysgrifennu mewn ffordd sydd ddim yn gwneud synnwyr. Fel geiriau dyn lloerig.'

'Hm. Rho enghraifft i mi?'

Ochneidiodd, ond symudodd ei bys ar hyd y dudalen a darllen yn uchel. '"Mae'r Nef yn goch ac Uffern yn wyn. Rhodded tri thro i'r chwith pan ddaw'r Hen Ddihenydd dros y trothwy. Dychwelwn, dychwelwn i Abred odid, canys yno y dilynwyd ef orau. Mewn defod daw'r Gwahanwr a thrwy hynny cei glywed." Ac mae'n parhau, ond allaf i ddim darllen yr ysgrifen.'

Trodd y dudalen a darllen mwy iddi hi ei hun. 'Mae cyfarwyddyd o ryw fath yma, rwy'n credu,' meddai wedyn. Craffodd. 'Mae e mewn arddull hen iawn. Mae'n dweud, "Caeed y pyrth. Ffurfied yr ystum. Llosged yr offrwm. Cynigied y chwant. Cymerir a rhoddir, yna agorir."'

'Swyn, efallai?' dyfalais. Roedd yn swnio fel cyfres o gamau er mwyn cyflawni... rhywbeth. Nid oeddwn yn deall ystyr y cyfarwyddiadau, ond safai'r gair 'llosged' allan i mi. Yna, cefais syniad. 'Ai *dyna* beth oedd Prys yn ei wneud? Ceisio gwneud y swyn hwn? Ai... ai *dyna* sut y buodd farw?'

'Beth wyt ti'n feddwl?'

'"Llosged." Roedd rhywbeth rhyfedd yn llosgi yn grât Prys. Ac roedd y drysau, y "pyrth", wedi'u cau yn y tŷ. Efallai fod y swyn heb weithio – beth bynnag oedd ei bwrpas. Ond,' cyfaddefais, 'wn i ddim sut y byddai'r fath swyn yn gwneud anafiadau fel hynny iddo. Wyt ti'n meddwl bod rhywun arall yna gydag o?'

Cododd Elen ei hysgwyddau. Wnes i ddim sylwi ar y pryd, ond wrth edrych yn ôl rydw i'n meddwl bod golwg anghyfforddus wedi ffurfio ar ei hwyneb; ei thafod yn llyfu ei gweflau'n nerfus a'i hanadlu'n cyflymu. Roedd dau smotyn coch yn gwrido ar ei bochau.

'Does dim ots gen i sut bu Prys farw,' meddai'n sydyn, cyn parhau i droi'r tudalennau'n ddiamynedd.

Pwdais fymryn. Roedd gennyf i ddiddordeb ym marwolaeth Edmwnt Prys, ac yn y gŵr ei hun. Esboniais yn gryno wrth Elen beth roeddwn i'n ei wybod amdano, sut y bu i ni gyfarfod ers talwm a'i fod yn un o ddisgyblion Iolo Morganwg unwaith. 'Siawns nad cyd-ddigwyddiad ydi hyn?' ebychais.

Edrychodd Elen arnaf yn amheus. 'Wrth gwrs taw cyd-ddigwyddiad yw e.'

'Sut elli di fod mor siŵr?'

'A oedd Iolo'n rhan o'r Urdd Goch?'

'Nag oedd, hyd y gwn i, ond—'

'Does wnelo hyn' – cyfeiriodd â'i llaw at dudalennau'r llyfr – 'ddim byd â Mathonwy.'

'Ond pam arall fyddai—?'

'Chwiw Iolo Morganwg a'i ddilynwyr ydi e, dyna'r oll! Pan oeddwn i'n weithgar gyda'r Urdd Goch, byddai rhai o'r lleill yn sôn am Iolo, gan weld addewid yn yr hyn roedd e wedi ei ddarganfod am hen ffyrdd Cymru. Ond daeth y Tad Garmon i'r penderfyniad nad oedd ffansïon Iolo'n berthnasol i Mathonwy.'

'Mi *saethaist* ti'r Tad Garmon,' meddwn. 'Pam fyddet ti'n parchu ei farn o?'

Gwgodd Elen. 'Does dim ots,' mwmiodd, gan gau'r llyfr.

Teimlais yn rhwystredig – yna'n euog. Roedd Elen yn amlwg wedi ei gofidio gan ddigwyddiadau'r noson a chynnwys y Llyfr Gramadeg, ac roedd blinder yn ei llethu. Roeddwn i'n ei hadnabod yn ddigon da i wybod pan oedd hi dan bwysau, ei meddwl yn gorlifo. Hwyrach ei bod hi wedi ei siomi hefyd, gan obeithio am fwy o eglurdeb yn nhudalennau'r llyfr, yn hytrach na mwy o gwestiynau. Nid oedd cawdel ocwlt Prys – os mai fo yn wir oedd ffynhonnell y geiriau – yn gwneud synnwyr iddi hithau nac i minnau. Roedd cyfrinachau'r llyfr, p'run a oeddent yn ymwneud â Mathonwy ai peidio, dan glo.

Ceisiais gysuro Elen, gan ddweud yn ysgafn, 'Rydyn ni wedi blino'n lân. Ar ôl pwt o gwsg mi wnawn ni edrych arno eto gyda llygaid effro. Hwyrach y daw mwy ohono yn eglur yfory.'

Oedodd Elen, yna cododd yn ddirybudd – a hyrddio'r Llyfr Gramadeg i fflamau'r lle tân!

Ebychais a neidio i'w achub, ond safodd Elen yn fy ffordd. Roedd ei llygaid yn orffwyll. 'Na, Theophilus,' meddai'n gryg. 'Mae perygl yn y tudalennau hyn. Gad iddyn nhw losgi.'

Ymdrechais i wthio heibio iddi, ond daliodd ei thir. Syllais mewn arswyd wrth i'r papur droelli a duo yn y tân, y lledr yn toddi. Tasgodd gwreichion ar y llawr. Taerwn i mi glywed hisian yn dod o'r fflamau a gweld cysgod porffor yn pasio dros y ffenestr.

Dechreuais arthio ar Elen a'i galw'n jadan ynfyd, ond roedd hi eisoes yn prysuro o'r gegin, yn gwrthod edrych arnaf. Aeth i'w hystafell a chau'r drws yn glep.

Eisteddais yn ôl i lawr yn swrth. Roedd y Llyfr Gramadeg yn lludw. Beth oedd wedi dod dros Elen? Oedd hi'n gwybod mwy nag y dywedai? Teimlwn yn oerach fyth ac yn sâl at fy nghraidd.

VI

Hwnnw oedd y tro olaf i mi ac Elen fynd ar drywydd yr Urdd Goch. Yn dilyn ein hantur erchyll yng nghartref Edmwnt Prys, ni siaradodd Elen gyda mi am dridiau. Pan ddaeth hi ataf yn y diwedd, dywedodd yn flinedig ei bod hi'n meddwl ein bod ni wedi mynd yn rhy bell a'i bod hi'n bryd i ni gymryd egwyl arall o'n hymgyrch.

Synnais, ar un llaw, o'i chlywed hi'n ildio fel hyn. Roedd tân yng nghalon Elen a oedd wastad wedi ei gyrru, ond ymddengys fod rhywbeth wedi diffodd ei fflam. Edrychai'n llai, rywsut, ei llygaid yn syllu'n fwy i'r pellter nag arfer. Ond ar y llaw arall cefais yr argraff ei fod yn rhyddhad iddi, a bod ei chamau ychydig yn ysgafnach. Doedd ryfedd, felly, ei bod hi'n barod i gau pen y mwdwl. Roedd ymlid yr Urdd Goch wedi cymryd ei hegni ers cyhyd. Nid oes neb yn gallu gwneud yr un peth am byth.

O'm rhan i, roeddwn i'n fwy na pharod i stopio mynd ar ôl yr Urdd Goch ddiawledig. Pan ddysgais amdanyn nhw yn wreiddiol, yr holl flynyddoedd hynny yn ôl, roeddwn i wedi fy nghynhyrfu ganddynt ac yn eu gweld fel ffordd i mi gael hyd i Mathonwy – a chael gwared ar felltith fy anfarwoldeb. Yna gwnaeth y seremoni islaw Llundain i mi deimlo'n chwithig, wedyn dyma Elen yn ffrwydro i mewn i fy mywyd. Ers hynny roeddwn i wedi bod gyda hi, a bu llawer o'r blynyddoedd hynny ers 1792 yn rhai eithriadol o brysur – a blinedig. Roeddwn i'n hapus i gymryd seibiant ac, yn wir, i beidio meddwl am yr Urdd Goch fyth eto!

Roedd Elen yn bwysig i mi. Wn i ddim a oeddwn i'n credu mewn ffawd, ond roeddwn i'n sicr nad ar hap y croesais ei llwybr yng Nghaergybi y prynhawn hwnnw oes yn ôl. Roedd hi wedi agor drws newydd y tu mewn i mi, bron nes nad oeddwn i'n adnabod bellach y creadur hwnnw a ddringodd ar fwrdd y *Dublin Merchant*. Roedden ni wedi bod drwy gymaint gyda'n gilydd nes bod Elen wedi dod yn rhan annatod o fy mywyd.

Gobeithiais ei bod hi'n teimlo'r un fath. Yn wir, un o'r pethau cyntaf ddywedodd hi, ar ôl cyfaddef nad oedd hi am i ni barhau i hela'r Urdd Goch, oedd ei bod am i ni adael yr Wyddgrug a mynd i fyw gyda'n gilydd rywle arall.

'Rhywle tawel,' meddai, gan afael yn ysgafn yn fy llaw. 'Yng nghefn gwlad, efallai.'

Hen ffermdy oedd y bwthyn, gyda gardd lysiau fechan yn y cefn a pherllan ar hyd yr ochr ble roedd gellyg yn tyfu. Safai'r tŷ yng nghesail bryn yn nyfnderoedd Sir Drefaldwyn, ddwy filltir o'r annedd agosaf. Trigai merlod gwyllt mewn maes gerllaw, ac roedd afon yn rhedeg heibio troed y bryn gan sisial yn dragywydd.

I mi roedd y lle'n baradwys. Elen oedd wedi dewis ein cartrefi cyn hyn, ond fy newis i oedd y bwthyn, ac roedd bod o dan ei do yn teimlo fel pe na bai neb arall yn bodoli yn y byd i gyd – dim ond fi ac Elen. Ac rydw i'n weddol siŵr ei bod hi'n hoff o'r lle hefyd. Ar y cychwyn, o leiaf.

Yr unig brydiau y bydden ni'n gadael cyffiniau'r tŷ oedd er mwyn mynd gyda'r drol i Drefaldwyn neu Lanidloes er mwyn prynu nwyddau; bwyd, diod, papurau neu ddillad. Fel arall byddem yn bodloni ar aros gartref heb wneud fawr o ddim. Cefais bleser o fod yng nghwmni Elen heb orfod poeni am ein helfa nesaf neu fod llygaid yr Urdd Goch yn chwilio amdanom. Heblaw am ein tripiau achlysurol i'r dref, prin ein bod ni'n gweld yr un creadur byw.

Roedd y ddau ohonom yn gweld ein hoes yn ymestyn o'n blaenau tuag at fachlud na fyddai byth yn troi'n nos, ac roedd hynny wedi fy llorio unwaith. Nawr teimlwn fod dedwyddwch i'w gael drwy wneud dim ond parhau, treulio un flwyddyn i'r nesaf yng nghwmni ein gilydd.

Dyma Elen yn plannu tatws, bresych a ffa yn yr ardd lysiau, ac roedd blodau'r maes yn dringo dros y waliau i grwydro'n lliwgar ar hyd ein lawnt. Mi lwyddais, gyda help Elen, i adfywio'r berllan ddiymgeledd fel bod blaenffrwyth dechrau haf yn felys ac yn helaeth, arogl gellyg yn treiddio drwy ffenestr y gegin flaen.

Weithiau byddem yn treulio'r diwrnod yn darllen, yn nau ben y brif ystafell, heb dorri gair ond yn hapus bod y llall yno. Dro arall byddem yn nofio'n noethlymun yn yr afon yn y dyffryn, ble roedd y dyfroedd wastad yn iasoer a'r cerrig yn llithrig, ond byddai rhoi fy mhen o dan ddŵr y cerrynt yn fy iacháu. Atgoffai'r afon honno fi o'r tŷ a oedd gennym gynt yn Eryri, ond bod fy atgofion yma yn llawer brafiach na'r atgofion o'r cyfnod hwnnw.

Roedd bod yn ein hencil yn y bryniau yn ein cadw oddi wrth dreigl cynnydd. Yma roedd y milltiroedd yn llydan a gwag, gyda dim ond ambell ffermwr neu farchog yn pasio. Ond gwyddwn beth oedd yn digwydd bryd hynny yn y gymdeithas ehangach y tu hwnt i waliau'r bwthyn, yn y trefi a'r dinasoedd, pethau a wnelai i mi ddymuno ymochel fwyfwy yn ein bwthyn bach.

Clywais, er enghraifft, am gyfodiad y Siartwyr yn Llanidloes wrth i'r gweithwyr droi yn erbyn eu rheolwyr cefnog, a chefais fy arswydo gan ba mor agos atom oedd hynny. Roedd awduron y Siarter honno yn diawlio'r peiriannau a oedd, meddent, yn dwyn eu swyddi, a gallwn gydymdeimlo â'u pryderon am sut roedd diwydiant yr oes yn gwneud dwylo dynion yn segur. Daeth taw go sydyn ar yr anghydfod hwnnw, ond fisoedd wedyn daeth y newyddion o'r De am gyrff marw ar strydoedd Casnewydd, a phryderwn y byddai'r fath derfysg yn ein cyrraedd yma; ofnwn, hyd yn oed, y byddai gwerin Cymru yn codi'r *guillotine* fel a wnaethpwyd yn Ffrainc.

Pan ddechreuodd dynion y sir grwydro'r lonydd mewn sgertiau liw nos yn dial yn erbyn ceidwaid y tollbyrth gyda bwyeill a thân, bu bron i mi ddweud wrth Elen bod rhaid i ni ddianc dros y môr eto, gan fod perygl yn dod o bob cwr. Ond llwyddodd hi i'm sadio, gan ddweud nad oedd unrhyw le mwy diogel yn y byd na'r bwthyn hwn.

Oedd, roedd cysgodion yn lledaenu ar draws Cymru. Serch hynny, boed law neu hindda, teimlwn fod golau yn tywynnu ar ein tŷ ni ac y bydden ni'n aros yno hyd nes bod yr haul yn diffodd.

Cymerodd hi beth amser i mi sylweddoli nad oedd Elen yn hapus.

Yn fwy aml na pheidio byddai'n edrych yn iawn. Gwenai pan gyfarchwn hi yn y bore ac fe'm cusanai yn wresog pan ddywedwn wrthi pa mor ddedwydd fy myd oeddwn. Ni fyddai'n awgrymu bod ganddi unrhyw bryderon, ac os byddwn innau'n dechrau poeni am grafangau'n ymestyn atom o'r tu hwnt i'r ardd, hi fyddai'r un i'm cysuro gyda geiriau mwyn a dwylo cynnes.

Ond byddwn i'n ei dal weithiau'n edrych allan drwy'r ffenestr gyda golwg wag ar ei hwyneb, nofel ar agor ar ei glin ond hithau heb droi'r dudalen ers awr. Dro arall byddai'n mynd am dro i'r goedwig gyfagos – ble roedd y meillion yn tyfu'n gorws a gwenyn yn suo – am oriau ar y tro, heb ddychwelyd tan fod yr haul yn machlud. Byddwn yn ei gweld weithiau yn ysgrifennu, ond byddai'n cuddio'r llyfr pan geisiwn edrych beth roedd hi'n gweithio arno. Nid oedd y pethau hyn ar eu pennau eu hunain yn fy mhoeni, gan mod i'n hapus iddi wneud beth bynnag a fynnai, ond wrth i amser fynd yn ei flaen sylweddolais eu bod yn dod yn fwy ac yn fwy cyffredin.

Holais hi amdano un prynhawn. Dwedais fy mod yn pryderu nad oedd hi'n fodlon yma. Dwedais y gallem adael a mynd i rywle arall pe bai hynny'n ei phlesio. Dyma hi'n oedi cyn gwenu – roedd y wên yn drist, rydw i'n meddwl – a rhoi ei llaw ar fy un i.

'Theophilus,' meddai, 'rydw i'n hoff o'r tŷ hwn. Mae'n gartref da.'

Ni ofynnais ddim arall iddi, gan i mi gymryd ei bod hi felly yn hapus i aros yno. Teimlais ryddhad o glywed ei hateb, a dweud y gwir, gan nad oeddwn i eisiau gadael o gwbl.

Y bore trannoeth deuthum i lawr y grisiau a chanfod bod y tŷ'n wag. Nid oedd Elen yn unman. Yn fwy na hynny, nid oedd golwg o'i phethau ychwaith, gan gynnwys ei chleddyf, ac roedd y llyfrau a gadwai wrth erchwyn ei gwely wedi mynd.

Cefais hyd i nodyn yn ei llawysgrifen yn aros amdanaf ar fwrdd y parlwr.

Y mae'n ddrwg gennyf, Theophilus. Ni allaf aros yma. Y mae'n rhaid i mi barhau i'w hela hwy. Fe wn na fyddi byth yn rhannu'r dyhead hwn cymaint â minnau. Maddau i mi. E.

Eisteddais ar y llawr ac wylo'n hallt.

Y BUMED
ACT

I

Ar yr ail ar hugain o Fedi, 1842, felly, roeddwn yn byw, am y tro cyntaf ers hanner canrif, ar fy mhen fy hun.

Teimlai'r tŷ yn fawr a gallwn arogli Elen ym mhob ystafell. Llusgodd yr hydref heibio'n araf a minnau'n eistedd yn y berllan bob prynhawn yn aros iddi ddychwelyd, ond ddaeth hi ddim. Pan aeth yn rhy oer i mi fod y tu allan am yn hir, bolltiais y drysau, caeais y caeadau ar y ffenestri ac arhosais yn fy stydi am ddiwrnodau ar y tro, heb ddianc oni bai bod angen mynd i brynu mwy o ddiod.

Pan ddoddodd y gwanwyn, roedd peth o'r hiraeth a orweddai'n fwrn ar fy ysgwyddau wedi codi, ond roeddwn i'n dal i golli ei chwmni. Teimlwn fel pe bai rhaff y cwch roeddwn i ynddo, a oedd wedi bod yn sownd at y lan ers cyhyd, newydd gael ei datglymu a mod i bellach yn arnofio allan i'r môr mawr heb na phadl na hwyl.

Yn yr hen ddyddiau byddwn wedi cymryd hyn fel arwydd gan rymoedd y llanw y dylwn i symud eto, ond roeddwn i wedi arfer aros yn fy unfan. Roeddwn i'n edrych o hyd fel gŵr hanner cant a phump oed, eto roeddwn i wedi bod ar y ddaear ers cant a deugain o flynyddoedd. Er bod fy nghorff yn heini ac iach, roedd pwysau yn fy nghalon a oedd yn gwneud i mi deimlo'n hen. Roedd deffro bob bore yn orchwyl gynyddol anos, ac ambell ddiwrnod ni fyddwn i'n codi o'r gwely o gwbl, ond yn hytrach yn treulio'r dydd yn darllen neu'n meddwl amdani hi. Byddwn, yn y dyddiau gynt, wedi mynd i deithio er mwyn cael newid fy ngolygfa, ond pryd bynnag yr ystyriwn wneud hynny nawr byddai poen yn pigo fy mrest wrth i mi sylweddoli y byddwn yn teithio hebddi *hi*.

Wrth i'r blynyddoedd nesaf lithro heibio, teimlwn fwy a mwy o oerni tuag at y byd y tu hwnt i'r bwthyn. Cynyddais fy ymdrechion i gadw fy hun yn fodlon, ond roedd hynny'n llafurus. Dechreuais dendio'r berllan a thyfais lysiau yn yr ardd, er nad oedden nhw'n tyfu'n dda heb help Elen. Ceisiais ysgrifennu barddoniaeth ond talcen slip oedd pob cerdd. Roeddwn i'n daer am gael ci er mwyn mynd ag o am dro, ond gwyddwn fod oes ci yn fyr a f'un innau'n hir.

Roeddwn i'n dechrau arfer ag absenoldeb Elen, neu o leiaf gallwn dreulio nifer o oriau heb feddwl amdani, ond eto nid oeddwn wedi cael hyd i'r hyn roeddwn ei angen er mwyn llenwi'r bwlch ar ei hôl. Ceisiais feddwl beth y bûm yn ei wneud â mi fy hun cyn 1792, pan oeddwn yn fythol unig. Roeddwn i'n gyntaf wedi boddi fy hun mewn diod, cyn chwilio am rialtwch ar y cyfandir. Roeddwn i wedi darllen yn eang a dysgu Cymraeg, ac wedi bwrw fy nghoelbren gyda'r Gwyneddigion. Yn yr achos cyntaf, nid oedd amcan gennyf o gwbl; yn yr ail, roedd amcan eglur i bob awr roeddwn i'n effro. Ond nid oedd y naill na'r llall o'r pegynau hyn wedi dod â dedwyddwch i mi. Yr unig bryd y bûm i'n ddedwydd oedd yn y blynyddoedd diweddar gydag Elen. Ond roedd hi wedi mynd, ac roedd yn ymddangos nad oedd hi am ddychwelyd.

Gallwn, gallwn fod wedi mynd i chwilio amdani. Ond ym mhle? Yr unig wybodaeth oedd gennyf oedd ei nodyn – hwnnw'n cael ei gadw megis crair yn fy *bureau* – lle dywedodd hi ei bod am ailgychwyn eu hela 'hwy', sef yr Urdd Goch.

Tybiwn ei bod yn dal yng Nghymru, ond efallai ei bod hi yn Lloegr neu'r Alban neu ym mhen draw'r byd erbyn hyn. Efallai ei bod hi wedi rhoi'r gorau i'w chyrch a'i bod wedi cael hyd i ffordd arall o dreulio'i hamser. Efallai ei bod hi'n meddwl amdanaf i; efallai ddim.

Dros y blynyddoedd cyntaf ar ôl iddi adael byddwn i'n arteithio fy hun drwy fyfyrio ar pam roedd hi wedi mynd, p'run a ddylwn ei dilyn, pam na wahoddodd fi i fynd gyda hi. Fy ateb i'r cwestiwn cyntaf oedd nad oedd Elen erioed, mewn gwirionedd, wedi gollwng gafael ar ei dyhead i dynnu'r Urdd Goch yn ddarnau. Roedd hi wedi edrych arnaf a gweld nad oedd arnaf eisiau aberthu fy mywyd hir i'r cyrch hwnnw, ac roedd hi wedi penderfynu ildio'r hyn roedd arni *hi* eisiau ei wneud er mwyn fy ngwneud i'n ddedwydd. Ond nid oedd hi wedi profi'r un dedwyddwch, neu o leiaf ddim fel y fi.

Roedd fy atebion i'r ail a'r trydydd cwestiwn yn cydblethu: roedd hi wedi mynd ar ei phen ei hun gan iddi sylweddoli bod ein dyheadau'n wahanol. Roeddwn i wedi darganfod rhyw ffordd o ymdopi ag anfarwoldeb, a hynny drwy 'setlo', ond nid oedd hi'n teimlo'r un fath. Tybiaf y bu iddi ymladd â'i theimladau cyn gadael, gan wybod y byddai aros yn fy mhlesio i, ond y byddai mynd yn ei phlesio *hi*, ac nad oedd trefniant a'n bodlonai ni'n dau. Felly dyma hi'n gwneud y penderfyniad i rwygo ei hun oddi wrthyf, er mwyn, efallai, iddi hi gael blas ar yr awel gynnes a chwythodd drwy fy enaid innau yma, am gyfnod byr.

Do, bûm yn ddedwydd yma. Ond roedd y bodlondeb hwnnw yn ddibynnol ar Elen – ac roedd hi wedi mynd.

Dyma'r meddyliau oedd yn atsain yn fy mhen am flynyddoedd, yn fwy swnllyd ar rai dyddiau nag eraill. Beth bynnag oedd y rheswm i Elen fy ngadael, roedd angen i mi ddarganfod rhywbeth i'w wneud â fy anfeidroldeb, a byddai'n rhaid i mi wneud hynny ar fy mhen fy hun.

Gadewais y tŷ. Nid oedd diben ei werthu gan na fyddai pobl yn gallu fy nghofio am yn ddigon hir i gwblhau'r pryniant. Felly casglais yr eiddo a oedd fwyaf gwerthfawr i mi mewn cert, gan gynnwys yr ychydig drugareddau o eiddo Elen a oedd yn dal yn y tŷ. Caeais y drws a gadael nodyn wedi ei hoelio iddo: *I'r sawl sydd yn darllen hwn: os hoffech fyw yn yr annedd hon, mae croeso i chwi wneud.* Wedyn, ar y cyntaf o Fai, 1849, gadewais y lle am byth.

Dychwelais i Lundain. Gwyddwn, ym mêr fy esgyrn, mai dyma ble y dechreuodd fy mywyd ac mai dyma ble roeddwn i'n perthyn. Ond bu blynyddoedd maith ers i mi fyw yno ac roedd y newidiadau a welais i'r ddinas yn syfrdanol. Roeddwn i wedi gwylio'r treigl cymdeithasol a ddigwyddodd i drefi a dinasoedd Cymru, ond doedd hynny'n ddim o beth o'i gymharu â'r newid a fu i Lundain dros yr hanner canrif blaenorol. Dywedent fod dros ddwy filiwn o bobl yn byw yn ei dalgylch bellach, mwy o fodau dynol yn yr un lle nag y gallwn ei ddychmygu.

Roedd rhyw genau bach wedi cymryd y tŷ hardd y bûm yn berchen arno yn Kensington, felly mi brynais dŷ yn Soho ar Great Windmill Street – gan ddefnyddio fy melltith, yn ôl fy arfer, i gasglu arian yn hawdd at y pwrpas. Cymerais yn ganiataol y byddai Soho yr un ardal fonheddig a heddychlon ag y bu ar ddiwedd y ddeunawfed ganrif. Ysywaeth, roeddwn i'n anghywir.

Tua blwyddyn cyn i mi adael Cymru a dychwelyd i Lundain

bu gwrthryfeloedd ar draws prif ddinasoedd Ewrop, er mai methiant fu ymgyrchoedd yr holl *rebels* hynny. Y canlyniad oedd eu bod wedi ffoi rhag y Gyfraith ar y cyfandir i Lundain – mewn rhai achosion er mwyn gwneud cartref newydd iddynt eu hunain yn Lloegr, ond bwriad y mwyafrif (tybiaf) oedd defnyddio ei siopau coffi er mwyn plotio'u gwrthryfel nesaf (byddai Iolo Morganwg wedi bod wrth ei fodd yn eu mysg). Almaenwyr, Rwsiaid, Prwsiaid, Ffrancwyr, Pwyliaid, heb sôn am Iddewon, Mwslemiaid, Cristnogion o bob streip, a Chomiwnyddion – i gyd yn gymdogion i mi, fe ymddengys!

O leiaf roedd modd dianc o Lundain yn hawdd pe bai angen. Roedd sawl cwmni trenau bellach yn rhedeg leiniau er mwyn cludo'r cyhoedd ar draws y ddinas ac allan ohoni. Ymddengys fod llawer o bobl ddosbarth canol bellach yn byw yn y maestrefi ac yn teithio i mewn ar gyfer eu gwaith gyda'r bore, cyn teithio adref eto gyda'r nos. Rhedai fferis stêm ar hyd tonnau Tafwys ac, yn ogystal â'r cabiau Hansom dwy-olwyn ffasiynol newydd, roedd modd i dros ddwsin o deithwyr ar yr un pryd fynd, yn y dull Parisaidd, ar *omnibus* Mr Shillibeer yn ôl a blaen o'r *City*.

Yn wir, roedd y ddinas i gyd wedi gweddnewid, yn araf mewn rhai achosion a dros nos, megis, mewn achosion eraill. Clywais, er enghraifft, eu bod wedi dymchwel *rookery* St Giles er mwyn codi tai newydd yn lle'r hen rai ac er mwyn gwaredu'r ardal o'i dihirod. Meddyliais tybed a oedd yr hen adeilad ble gwelais ddefod yr Urdd Goch am y tro cyntaf hefyd wedi cael ei ddifa, neu a oedd y seler honno'n dal i guddio islaw'r strydoedd yn aros i rywun arall ei hailfeddiannu.

Ers talwm ceid heddwch o ryw fath yn Llundain gyda'r nos, gan fod y *night-watchmen* yn crwydro'r strydoedd yn sicrhau bod pawb yn glyd yn ei wely. Erbyn hyn, fodd bynnag, nid oedd modd cael tawelwch hyd yn oed gyda'r nos, gan fod lampau nwy yn goleuo pobman, gan olygu bod modd clywed pobl yn clebran yn y stryd tu allan i fy ffenestr ymhell wedi iddi fachlud. Roedd golau nwy hefyd wedi cyrraedd y theatrau, a bu bron i mi lewygu pan euthum i weld sioe yn Llundain am y tro cyntaf ers cantoedd a gweld y lle mor ddi-chwaeth o lachar. Roedd gormod o theatrau yn y ddinas nawr hefyd. Cysgod o'i hen gymeriad oedd y Drury newydd (llosgodd yr hen un i lawr – fyddwn i erioed wedi gadael i hynny ddigwydd!). Er bod yr hen Lyceum yn dal i fynd, nawr gallai pobl ddewis mynd yn lle hynny i'r Royal Victoria, i'r Haymarket, i'r Opera Frenhinol... Cofiwn am y brwydrau a fu ers talwm rhwng theatrau pan oedd dim ond *dwy* yn Llundain – allwn i ddim dychmygu beth oedd cyflwr y Busnes erbyn hyn!

Serch hyn oll, roeddwn i wedi gwneud y penderfyniad i ddychwelyd i ddinas fy mebyd, felly roeddwn am roi cynnig da ar geisio creu bywyd braf yma. Yr hyn roeddwn i wedi ei osod fel nod cyntaf i mi fy hun yn Llundain oedd ailsefydlu fy hun fel gŵr bonheddig. Er nad oedd bwriad gennyf faeddu fy nwylo eto gyda chymdeithasau llenyddol, cofiwn y gymrodoriaeth a deimlais pan oeddwn i gyda'r Gwyneddigion, hyd yn oed os nad oedd eu holl waith at fy nant. Os nad oes neb yn eich adnabod, yna o leiaf mae bod yn agos at bobl eraill yn caniatáu i chi *esgus* bod pobl yn eich adnabod.

At y diben hwn prynais ddillad yn ffasiwn y dydd a sicrhau mod i'n prynu papurau newydd (roedd toreth ohonyn nhw erbyn hyn, ond roeddwn i wedi tyfu'n ddarllenwr cyflym), er mwyn adfywio fy ngwybodaeth o ddigwyddiadau'r gymdeithas oedd ohoni. Roeddwn i wedi ceisio anwybyddu am flynyddoedd yr hyn a elai ymlaen yn y byd mawr, ond roedd angen newid hynny nawr – ni wnâi'r tro i *gentleman* fod yn anymwybodol o'r sïon a'r sgandalau gwleidyddol diweddaraf!

Ac felly, yn fy mharlwr bychan ymysg synau newydd gorllewin Llundain, dechreuais bennod nesaf fy mywyd anfeidrol.

II

Ymdrechais. Do, mi ymdrechais.

Am y blynyddoedd cyntaf hynny yn ôl yn y brifddinas, gweithiais yn galed er mwyn darganfod pethau i lenwi fy amser. Roeddwn wedi dod yn ddarllenwr brwd dros y degawdau diwethaf – yn llawer mwy parod i agor llyfr nag oeddwn i cyn y llongddrylliad – ond roedd fy llyfrgell wedi bod braidd yn wachul gan i ni symud o gwmpas cymaint. Cymerais y cyfle nawr i ddarllen pa lyfr bynnag y gallwn gael hyd iddo nad oeddwn i wedi ei ddarllen eto – roedd llawer iawn ohonynt. Mae pob darllenydd yn erfyn am fwy o amser, a dyna'r oll oedd gennyf.

Gwelais fod chwedlau'r Cymry, y Mabinogi, wedi cael eu cyfieithu i'r Saesneg o'r diwedd, a hynny gan Charlotte Guest, honno a briododd fab y fenyw y gweithiodd Elen iddi ym Merthyr. Darllenais y cyfieithiad – er na feiddiais ddarllen y bedwaredd gainc – a meddwl bod yr ieithwedd yn llafurus, braidd, ond o leiaf byddai Iolo Morganwg yn hapus bod Saeson nawr yn gallu gwerthfawrogi mymryn mwy o ddiwylliant y Cymry.

Tu hwnt i gloriau llyfr roedd pleser cyffredinol i'w gael o gerdded y strydoedd newydd, yn ymweld â'r orielau celf a'r amgueddfeydd. Roeddwn i wedi gweld pethau o'r fath ar y cyfandir ers talwm, ond nid fel y rhain.

Er na chefais erioed flas ar opera, fel y dwedais, mi wyliais gymaint o ddramâu ag y gallwn, yn enwedig y rhai newydd nad oeddent yn gyfarwydd i mi, a dechreuais gymryd nodiadau manwl o bob perfformiad, gyda'r bwriad o gyhoeddi *treatise* newydd ar actorion y ganrif hon ryw ddydd. Yn nhudalennau'r llyfr hwnnw, mewn egwyddor, rhoddid clod haeddiannol i Falstaff George Bartley (safonol ac yn yr hen ddull) a Caliban George Bennett (gŵr a oedd yn cyffroi gormod, ond yn cael blas ar y rôl er hynny), tra byddai, er enghraifft, perfformiadau William Blakeley (ystumiwr diawledig), Henry Irving (dim hyder gan y creadur) a'r echrydus Mrs Fitzwilliam yn cael eu dadelfennu'n gelfydd gan fy ysgrifbin.

Ond segur yw'r llawysgrif honno nawr, ac ni chredaf y byddaf fyth yn ei chwblhau.

Euthum i'r Arddangosfa Fawr yn 1851 yn ei phalas crisial ysblennydd ym Mharc Hyde. Roedd y byd a'r betws wedi ymweld â hwnnw hefyd, yn talu eu swllt yn ufudd er mwyn cael cerdded ar hyd chwarter milltir o stondinau a oedd yn dangos caffaeliadau Ymerodraeth Victoria, ynghyd â phethau nad oedd ei haul eto'n tywynnu drostynt. O dan y to gwydr uchel ceid celf – peintiadau, cerfiadau pren, cerfluniau marmor, crochenwaith – ochr yn ochr ag anifeiliaid wedi eu stwffio a rhai anifeiliaid (gan gynnwys eliffant) a oedd yn dal yn fyw. Dangoswyd teclynnau mwyaf modern yr oes, y rhan helaeth ohonynt wedi eu hadeiladu yn Lloegr (er mwyn i Brydain allu codi ei phlu a datgan ei safle fel pennaeth diwydiannol y ddaear). Gwelais delesgop anferthol; gwelais *velocipede* dwy-olwyn; gwelais beiriannau argraffu, peiriannau mesur, peiriannau adeiladu. Roedd yno ddeunyddiau crai, bwydydd, diodydd; roedd yno drysorau a gemwaith, rhai ohonynt yn hynafol dros ben tra bo eraill yn arddangos sut roedd mwynfeydd yr Ymerodraeth yn parhau i gloddio. Cofiaf gael fy nghyfareddu gan y Koh-i-Noor, y

Mynydd Golau, diemwnt anferthol o India. Roedd mewn cawell gyda fflamau nwy yn ei oleuo o sawl cyfeiriad fel ei fod yn disgleirio ddydd a nos. Byddwn yn sefyll yno gan syllu arno am oriau ar y tro, ei ochrau a'i onglau a'i liwiau bron yn fy nhynnu i mewn iddo.

Euthum i'r Arddangosfa droeon yn ystod haf a hydref y flwyddyn honno, i weld yr arddangosfeydd i ddechrau, ond wedyn er mwyn gweld yr arddangoswyr. Roedd y dyhead a'r uchelgais yn eu hwynebau yn drawiadol, yn fy arswydo mewn gwirionedd. Miloedd ar filoedd o bobl yn ymlafnio yn erbyn ei gilydd er mwyn sicrhau sedd yn neuaddau hanes. Byddai'r rhan fwyaf ohonynt yn methu, meddyliais, a'u dyfeisiadau neu eu gwaith celf yn mynd yn angof, ond byddai'r dethol rai yn ennill eu clod ac yn cael eu cofio.

Nid fel y fi.

Teimlwn fel cysgod yng nghanol yr holl liw a sŵn, pobl yn heidio o'm cwmpas ond byth yn sylweddoli mod i yno. Yn yr arddangosfeydd yn y palas hwnnw gwelais fyd eang yn ei holl ysblander – a sylweddoli na fyddwn i fyth yn cael unrhyw effaith ar un fodfedd sgwâr ohono. Byddai ei bobl a'i ddiwylliannau a'i siâp yn newid dros yr oesau tra byddwn innau'n aros yr un fath.

Yn y gorffennol roedd meddwl gormod am hyn wedi fy llusgo i iselder, ond nawr y teimlad a godai y tu mewn i mi – yn fychan ac yn ddi-nod i ddechrau, ond yn poethi'n raddol fesul dydd – oedd dicter. Dicter am fy sefyllfa. Dicter am bawb arall oedd yn byw eu bywydau hapus, braf heb feddwl un eiliad amdanaf i. Dicter am y byd a oedd wedi newid. Dicter am yr enw a oedd wedi cael ei ddwyn oddi arnaf. Dicter am beth oedd wedi digwydd i mi. Dicter am Mathonwy.

Cwyn plentyn yw nadu bod rhywbeth ddim yn deg – ond,

diawl, roedd annhegwch fy sefyllfa yn gwneud i mi gorddi'n wirioneddol.

Wrth i'r blynyddoedd fynd heibio, dim ond gwaethygu wnaeth fy nhymer. Dechreuais fyw fy mywyd yn fwy beiddgar. Beth oedd diben gofal pan nad oedd dim yn gallu fy anafu? Beth oedd diben poeni am bobl eraill pan nad oedd pobl eraill yn poeni amdanaf i? Beth oedd diben unrhyw beth?

Pan ydych chi'n ddig, mae pawb yn elyn i chi. Ers talwm rydw i'n cofio i fy mam ddweud wrthyf y dylwn fynd i fy ngwely pan oeddwn i'n gwylltio, a bod cwsg yn *panacea* i bopeth. Ond roedd byd cwsg yn lle tywyll i mi; nid yn harbwr diogel oddi wrth gynddaredd bywyd ond yn ddibyn du lle y gallwn syrthio a syrthio nes bod yr holl gysgodion yn fy nhraflyncu.

Rywbryd yn ystod y cyfnod hwn, dyma fi'n troi'n dreisgar. Roeddwn i wedi gweld pobl eraill yn ymladd yn fy amser, wrth gwrs, a phobl mewn poen, yn gwaedu, yn marw. Ond nid oeddwn erioed mewn gwirionedd wedi ymosod ar neb fy hun, nid mewn dicter. Nawr, fodd bynnag, daeth yr ysfa drosof i ymladd gyda phobl y byddwn i'n eu gweld ar y stryd neu mewn siop neu mewn tafarn os oeddent yn fy nghynddeiriogi. Ac ufuddhau i'r ysfa a wneuthum.

Ar hap roeddwn i'n eu dewis, mi gredaf. Hwyrach mai osgo person a fyddai'n mynd o dan fy nghroen, neu'r ffordd yr edrychent arnaf i, neu'r ffordd yr edrychent; hwyrach nad oedd cymhelliant o gwbl. Byddwn i'n llamu tuag atynt, y dicter yn fy llenwi nes bod y byd yn troi'n goch, a byddwn yn eu colbio gyda fy nyrnau neu fy esgidiau neu fy nghansen. Weithiau byddent yn ymladd yn ôl ac efallai y cawn grasfa ganddynt – nid oedd ots am hynny, gan nad oedd fy nghorff i ddim gwaeth wedyn – ond y rhan fwyaf o'r amser byddent yn syrthio i'r llawr gan wylo am i mi stopio, ond fyddwn i ddim yn stopio tan y byddwn wedi fy modloni. Yna byddwn yn cerdded ymaith. Nid oedd hi'n bosib i neb fy nal; diflannwn fel ysbryd yn y nos.

Nid oedd yr ymosodiadau hyn yn gwneud i mi deimlo'n well, ond roedden nhw'n gwneud i mi *deimlo*, ac roedd hynny'n ddigon o ysgogiad i mi ddeffro bob dydd er mwyn hela fy ysglyfaeth. Gwelwn ddynoliaeth fel morgrug, nid fel pobl. Mae'r dyn sydd yn sathru ar forgrugyn yn gwneud hynny oherwydd nad oes hawl gan y pryfyn hwnnw i fyw, nid oherwydd atgasedd personol y dyn at y morgrugyn. Dyna sut roedd hi gyda mi a'r bobl a gwffiwn. Nid oedd hi'n fater o'u beio am unrhyw beth a oedd wedi digwydd i mi, ond roedden nhw yno, ac roeddwn i'n *gallu*. Dyna yw pŵer.

Nid ydw i'n gofyn am faddeuant. Dim ond esbonio sut roeddwn i'n teimlo ydw i.

Yna, un noswaith, cronnodd y dicter ynof yn waeth nag erioed. Cerddais ar hyd a lled Llundain, fy mhen yn llosgi a'm dannedd yn ysgyrnygu, ac roeddwn i'n gallu teimlo bod fy nhymer ar fin torri fel rhedynen sych. Wrth groesi pont Clattern yn Kingston, gwelais ffigwr yn dod tuag ataf, ei wyneb gwelw yn syllu arnaf – mor ddilornus, mor hunanfalch! Rhuais a neidio tuag ato, gan godi fy nghansen uwch fy mhen er mwyn ei waldio. Pwy oedd yr adyn diddim hwn i feiddio croesi'r bont hon ar yr un pryd â *fi*? Roeddwn yn barod i'w ladd.

Gwaeddodd fy mhrae mewn braw enbyd pan welodd beth oedd fy mwriad. Aeth ei goesau'n llipa oddi tano a syrthiodd gan ddal ei ddwylo o flaen ei wyneb. Hyrddiais ben llachar y gansen tuag ato – cyn stopio.

Sylweddolais mai bachgen oedd yma. Ni allai fod yn hŷn

nag un ar ddeg oed. Roedd ei groen yn dynn am ei esgyrn ac roedd ei lygaid yn bolio'n ofnus, dagrau yn llifo'n barod.

Yn sydyn ffieiddiais fy hun. Roeddwn i wedi bod ar fin curo pen y plentyn hwn yn llanast coch, ac i beth? Bron na allwn weld fy hun yn nrych ei lygaid, megis diafol erchyll. Ai dyna pwy oeddwn i bellach?

Daeth chwys drosof. Dihangodd y bachgen ond allwn i ddim symud, fy nhraed wedi eu sodro i'r palmant. Disgynnodd y gansen o'm bysedd llipa.

Pwysais yn erbyn ochr y bont er mwyn cael fy ngwynt ataf. Islaw roedd tonnau afon Hogsmill yn wyn a du yng ngolau'r lleuad ifanc. Edrychais am yn hir i mewn i'w dyfroedd gan ystyried a ddylwn i hyrddio fy hun i mewn iddynt a gadael i'r cerrynt fy ngharío allan i'r môr. Efallai mai o dan donnau'r môr oedd fy lle i ac na ddylwn erioed fod wedi goroesi'r llongddrylliad hwnnw. Dychmygais flynyddoedd bythol fy mywyd yn cael eu treulio yn nhywyllwch dyfroedd duon, oer...

Ar ôl hydoedd, tynnais fy hun oddi wrth yr afon a cherdded y milltiroedd araf adref. Roeddwn i wedi dod i benderfyniad. Nid ar waelod môr oedd fy lle i – ddim eto.

Roedd gennyf dasg ar ei hanner. Gorffen honno fyddai pwrpas fy mywyd o hyn ymlaen.

Y dasg oedd darganfod y gwir am Mathonwy.

Ar Mathonwy oedd y bai am bob dim. Fo oedd yn haeddu fy atgasedd – nid trigolion diniwed Llundain – ond sut mae dyn yn mynd yn erbyn peth fel y fo? Mae'n ymddangos yn amhosib. Ond roeddwn i wedi cael digon – digon ar *bopeth* – ac yn sylweddoli bod angen i mi *wneud* rhywbeth, yn lle eistedd yn llonydd neu ddargyfeirio fy meddwl at bethau amgen.

'Tai waeth, beth arall y mae dyn anfarwol yn mynd i'w wneud â'i ddyddiau, os nad ystyried yr ateb i gwestiwn amhosib?

Roedd hi'n hydref 1858 – ganrif union ers i'r storm lyncu'r *Dublin Merchant* – pan ddechreuais o ddifri ar y dasg o gasglu ynghyd yr holl bethau a wyddwn am Mathonwy. Nid oedd hynny'n llawer. Er gwaethaf yr holl gyrchoedd roeddwn i wedi eu gwneud gydag Elen, er gwaethaf fy musnes gyda'r Urdd Goch, nid oeddwn i'n llawer nes at amgyffred *beth* oedd Mathonwy – ai person, ai creadur, ai endid, ai duwdod oedd o? Heb wybod hynny, ofnwn na allwn i fyth gael hyd i ffordd i'w gyrraedd. Yn y gorffennol roeddwn i wedi gobeithio y byddai gan yr Urdd Goch atebion, ond erbyn hyn nid oeddwn i'n hyderus eu bod hwythau'n gwybod mwy na mi ar bwnc Mathonwy. Addolwyr oedden nhw – fel y dwedodd Elen, cyn belled â bod Mathonwy yn rhoi ei fendith arnyn nhw, nid oedd angen iddynt ddeall pam.

Daeth fy meddyliau yn ôl at un person a fu, efallai, ar un adeg yn gwybod mwy: Edmwnt Prys. Wrth gwrs, roedd o'n farw ers tro – yn *eithriadol* o farw – ond roeddwn i'n cael yr argraff ei fod wedi ceisio cysylltu â Mathonwy yn ei ddull ei hun. Roeddwn i'n credu bod y geiriau rhyfedd a oedd yn y Llyfr Gramadeg, hwnnw roedd Elen wedi ei daflu i'r tân, yn cynnwys cliwiau tuag at y gwirionedd. Gwrthodais ei barn hithau nad oedd y gyfrol yn ddim i'w wneud â Mathonwy. Roedd Edmwnt Prys wedi bod yn defnyddio'r llyfr cyn marw, ac yn ei law roedd y garreg fechan honno, peth roeddwn yn sicr oedd yn ddernyn o'r maen meteorig roedd yr Urdd Goch yn ei ddefnyddio er mwyn ymgomio â Mathonwy. Roedd rhywbeth yn cysylltu Edmwnt Prys â'r garreg a'r swynion yn y Llyfr Gramadeg.

Roedd y garreg yn dal gennyf; nid oeddwn yn edrych arni ond byddwn i'n ei chadw ym mhoced fy nghôt, am resymau na allwn eu llawn ddeall. Nid oeddwn wedi ei hanghofio. Ond roedd y Llyfr Gramadeg ar goll yn y fflamau, Elen wedi ei ddinistrio.

Elen...

A oedd *hi*'n gwybod sut i gyrraedd Mathonwy?

Ysgydwais fy mhen, yn flin gyda mi fy hun. Na – roedd Elen wedi gadael. Roeddwn i ar fy mhen fy hun.

Ceisiais gofio beth oedd wedi ei ysgrifennu yn nhudalennau llyfr Edmwnt Prys, ond dim ond am eiliad roeddwn i wedi gallu edrych ar ei gynnwys. Mi ddarllenodd Elen ddarnau ohono i mi – ond allwn i ddim cofio'n dda beth oedd y geiriau. Brawddegau annelwig a dyrys dros ben. Rhywbeth am Uffern yn wyn... yr enw *y Gwahanwr*... rhywbeth *odid* – beth oedd y gair arall cyn hwnnw? *Armes*? *Arbed*? Nage – *Abred*. Dyna fo: Abred.

Rhewais. Roeddwn i wedi clywed y gair hwnnw o'r blaen, ers talwm. Daeth hen atgof yn ôl ataf o ystafell a'i llond o ddynion, gwres y claret yn fy mol, a llais main yn pregethu am oriau, yn sôn am... yn sôn am...

Allwn i ddim cofio. Nid oeddwn i ar y pryd yn deall beth roedd y llais hwnnw'n pregethu amdano, hyd yn oed. Ond mi wyddwn i nawr pwy fyddai'n gwybod beth oedd ystyr cynnwys y Llyfr Gramadeg.

Iolo Morganwg.

III

Wrth reswm, roedd Iolo wedi marw ers blynyddoedd. Nid oeddwn i wedi sylwi ar y newyddion am ei farwolaeth – digwyddodd hynny yn 1826, ddeng mlynedd ar hugain yn ôl bellach, a Iolo mewn tipyn o oed – ond, wedyn, roedd pawb yn marw, on'd oedden? Pawb *arall*. Roeddwn i wedi stopio meddwl llawer am farwolaethau pobl ers amser maith.

Roedd y ffaith nad oedd Iolo o gwmpas i'm cynorthwyo yn broblem. Prynais bob copi o'i lyfrau y gallwn gael hyd iddynt yn siopau Llundain a'u darllen, ond nid oedd eu cynnwys yn llawer mwy o help. Barddoniaeth gan yr hen feirdd oedd y rhan fwyaf ohono. Roedd nodiadau yma ac acw gan Iolo am ei ddaliadau parthed y Derwyddon ac ati, ond dim byd a oedd yn debyg i beth oedd yn Llyfr Gramadeg Edmwnt Prys.

Ceisiais gofio a oedd unrhyw beth arall roedd Iolo wedi ei ddweud yn canu cloch. Roeddwn i wedi ei glywed yn siarad droeon, ond ddim wedi talu llawer o sylw iddo unwaith i mi sylweddoli mai'r hyn roedd yn ceisio ei wneud oedd annog eraill i ymuno â Gorsedd y Beirdd. Dim ond un tro iddo siarad a wnaeth i mi dybio o ddifri ei fod yn gwybod mwy nag y dywedai, sef pan euthum am dro gydag o ar gyrion Llundain. Yr adeg honno mi ddychrynodd o fi wrth refru am weld rhywbeth yn yr awyr. Ai effaith y lodnwm oedd hynny, yr opiwm yn ei ddrysu? Nid oeddwn i'n anghyfarwydd â dylanwad lodnwm fy hun, ac yn wir, roedd wedi peri i mi weld pethau yn fy nhro a fyddai'n gwneud i mi ymateb mewn ffordd debyg i sut y gwnaeth Iolo.

Beth oedd o wedi ei ddweud? Rhywbeth am ddilynwyr – *ei ddilynwyr* – ac *nid dyma'r wlad gyntaf i Mathonwy ei gwenwyno*. Ni ddeallwn ystyr hynny.

Yn sydyn, cofiais fod rhywbeth am ddilynwyr yn y Llyfr Gramadeg hefyd. Caeais fy llygaid yn dynn er mwyn ceisio ailwrando ar lais Elen yn darllen y brawddegau cyfrin wrth fwrdd y gegin... *Dychwelwn i Abred odid, canys yno y dilynwyd ef orau.*

Beth oedd Abred? Lle, ymddengys; lle godidog yn ôl pwy bynnag ysgrifennodd y geiriau hyn. Lle bu dilynwyr Mathonwy yn byw – a hwyrach yn *dal* i fyw?

Chwiliais yn llyfrau Iolo er mwyn deall mwy, ond ofer oedd yr helfa. Mae'n rhaid nad oedd o wedi gosod ei wybodaeth am Abred ar glawr, neu fod ei ysgrifau am y lle heb gael eu cyhoeddi eto.

Teimlais rwystredigaeth wrth i bob un o fy syniadau gilio'n ddim. Roeddwn i wedi colli fy nghyfle i gael at waelod popeth oherwydd treigl amser – yr holl bobl roeddwn yn eu hadnabod a fyddai efallai'n gwybod rhywbeth wedi marw. Roeddwn i'n rhy hwyr.

Un noson cefais freuddwyd.

Roeddwn i ar Fryn y Briallu unwaith eto, cerrig yr Orsedd o'm cwmpas ond yn anferthol y tro hwn, yn codi mor uchel â'r nefoedd. Roedd y Beirdd eraill i gyd yno gyda mi. Gwisgent lifrai coch yn lle lifrai gwyrdd ac roedd cyflau yn gorchuddio eu hwynebau. Roedd pob un yn llafarganu'n undonog mewn iaith anhysbys, ei seiniau'n amhosib, ac adwaenwn y geiriau fel y rhai a glywais o enau'r Tad Garmon yn y siambr danddaearol.

Yng nghanol y cylch safai Iolo Morganwg. Edrychai'n ifanc, fel y gwelais i o yn siop lyfrau Thomas Evans. Fo yn unig oedd ddim yn gwisgo coch, ei wisg wen yn llachar fel pe bai haul yn tywynnu ohoni. Ond roedd poen yn ei wyneb, a thra bod pawb arall yn llefaru'r iaith ryfedd roedd Iolo'n canu yn Gymraeg ac yn wylo.

Ceisiais ddianc oddi ar gopa'r bryn, ond nid oedd ffordd allan. Roedd cerrig yr Orsedd yn rhy agos at ei gilydd a dim ond tywyllwch a orweddai y tu draw iddynt. Uwchben roedd yr awyr yn ysgarlad ac roedd adar gwylltion yn troelli ynddi dan grawcian.

Roedd y lleill yn ceisio rhwystro Iolo nawr, yn pentyrru arno ac yn ei wthio i'r llawr. Yn fuan nid oedd ei lais i'w glywed, ac roedd ei wisg wen o'r golwg o dan swp o gyrff coch. Gwaeddais arnynt i adael llonydd iddo, ond ni ddaeth sŵn o fy ngwefusau.

Cydiwyd ynof yn filain gan rai o'r addolwyr coch, eu bysedd yn oer wrth gyffwrdd fy nghroen. Cefais fy llusgo i ganol y cylch a gwelais un ohonynt yn tynnu cleddyf allan o'i wain. William Owen Pughe oedd o, yn galw 'heddwch!' drosodd a throsodd wrth osod llafn y cleddyf yn erbyn fy ngwddf. Chwarddai wynebau'r lleill uwch fy mhen, claret yn diferu o'u dannedd i mewn i fy llygaid. Roeddwn i'n adnabod yr wynebau, a cheisiais estyn atynt i ymbil arnynt i stopio—

Dyna pryd ddeffrois i.

Roeddwn i mewn gwewyr am weddill y diwrnod ac yn teimlo'n swp sâl. Gwyddwn nad oedd breuddwydion yn wir, ond teimlai'r hunllef hon mor fyw. Ceisiais ei gwthio o fy ymennydd, ond po fwyaf yr ymdrechwn i wneud hynny, mwyaf eglur fyddai'r delweddau'n dod. Yr wynebau hynny yn fy ngwatwar. Wynebau yr oeddwn yn eu hadnabod oherwydd i mi eu gweld ymysg aelodau'r Urdd Goch, ond nid oeddwn yn gwybod eu henwau. Roeddent fel dieithriaid yn fy mreuddwydion.

Yna daeth eglurdeb i fy meddwl fel ton o ddŵr oer.

Mi *oeddwn* i'n gwybod enw un person arall a fu'n aelod o'r Urdd Goch, yn aelod o'r Gwyneddigion ac a oedd yn adnabod Iolo Morganwg. Llanc heb farf oedd o pan wnes i ei gyfarfod, ond efallai – *efallai* – ei fod yn dal yn fyw...

IV

Yn y Canol Oesoedd adeiladwyd priordy ger y porth dwyreiniol yn waliau Llundain gyda'r pwrpas o fod yn ganolfan i helpu'r tlodion. Dros y blynyddoedd trodd yr adeilad yn ysbyty, ac o fewn amser yr unig gleifion a ddeuai i aros yno oedd pobl a oedd wedi colli eu pwyll – gwallgofiaid. Ysbyty Bethlehem oedd yr enw gwreiddiol arno, ond roedd pawb ers canrifoedd yn ei alw wrth enw gwahanol.

Bedlam.

Cerddais i lawr prif goridor y seilam honno gyda'r *superintendent physician*, dyn talsyth ac egnïol o'r enw Charles Hood. Edrychai hwnnw ar ei oriawr bob munud, fel pe bai ganddo rywle gwell i fod, ond roedd wedi derbyn fy nghais i weld y claf dan sylw. Yn ystod y trip o fynedfa'r ysbyty at yr adain ddwyreiniol roedd Dr Hood yn fwy na bodlon i esbonio wrthyf natur Bedlam erbyn hyn.

'Nid ydyn ni'r un lle ag oedden ni ar ddechrau'r ganrif, syr,' meddai yn Saesneg. 'Mae pethau wedi newid, heb os, o dan fy arweinyddiaeth, ac rydw i'n falch bellach o ddweud bod Bedlam yn lle *diogel* ar gyfer ein cleifion.'

Atebais i ddim. Roedd yr ysbyty presennol mewn lleoliad newydd yn Southwark, ac ni allwn wadu bod yr adeilad hwn yn dra gwahanol ei olwg i'r hen le. Oeddwn, roeddwn i wedi ymweld â Bedlam ers talwm, pan oeddwn i'n blentyn; ym Moorfields oedd y seilam bryd hynny. Byddai aelodau'r cyhoedd yn talu ceiniog i'r porthor er mwyn gweld y '*lunatics*', a dyma fy nhad yn mynd â mi unwaith. Roedd cyntedd uchel, agored yn rhedeg o un pen i'r llall o'r adeilad, a byddech yn cerdded mewn rhes gan edrych ar y trueiniaid yn eu hystafelloedd. Byddai'r rhan fwyaf o'r cleifion yn cerdded yn eich mysg neu yn y gerddi y tu allan, ond roedd y cleifion mwyaf difrifol – a'r rhai y deuai'r cyhoedd yn bennaf i rythu arnynt – yn cael eu cloi yn eu celloedd. Cofiaf weld un dyn a oedd yn chwerthin yn ddi-baid. Roedd dynes arall yn taro ei thalcen yn erbyn wal ei chell eto ac eto. Roedd rhai yn drewi o'u cachu eu hunain. Chwarddais.

'Dim ond pobl sy'n cael trwydded gennyf i sy'n cael ymweld erbyn hyn,' meddai Dr Hood, fel pe bai'n darllen fy meddwl. 'Mae ein cleifion angen llonydd er mwyn iddynt wella. Mae angen i bawb hefyd ddeall nad carchar yw hwn. Dim bariau ar y ffenestri, sylwch! Dim *straitjackets*! Ac mae fy nheulu fy hun yn byw yma ac yn gallu cymdeithasu gyda'r cleifion.'

'Dyngarol iawn,' meddwn, ac ni sylwodd Hood ar y coegni yn fy llais. Yna, gydag atgof arall yn dod ataf, mwmiais, '*Melancholy* a *Raving Madness*.'

Ciledrychodd Hood arnaf. 'Mae'n ddrwg gen i?'

'Y cerfluniau,' meddwn. 'Roedd dau gerflun yn arfer bod uwchben y fynedfa, os cofiaf yn iawn. Dau ffigwr, on'd e? *Melancholy* a *Raving Madness*.'

Gwgodd Hood gan edrych braidd yn ddryslyd. 'Cafwyd gwared ar y rheiny cyn fy amser i, syr. Braidd yn frawychus oedden nhw, a bod yn onest, yn ôl y sôn.'

'Fy nhaid wnaeth eu cerfio,' meddwn yn ddifeddwl, yn cofio'r ddau gerflun arswydus hwnnw yn fy nghyfarch pan euthum i Bedlam yn blentyn. O Ddenmarc y mudodd Caius Cibber, tad fy nhad, ac roedd yn cael ei ystyried yn un o artistiaid cerflunio gorau Llundain ar un cyfnod. Er na wnes i fyth ei gyfarfod – bu farw cyn i mi gael fy ngeni – roeddwn i wastad wedi digio at waith fy nhaid pan ddeuwn ar ei draws nawr ac yn y man. Roedd hi mor hawdd i gerflunydd greu pethau gyda'i gŷn a'i forthwyl a fyddai'n parhau ar hyd yr oesau. Hyd yn oed os oedd *Melancholy* a *Raving Madness* rywle arall yn awr, byddent yn goroesi'r blynyddoedd serch hynny, eu crechwenu anghynnes yn byw ymhell ar ôl eu creawdwr. Ond dwylo trwsgl fu gennyf i erioed.

Roedd Dr Hood wedi dweud rhywbeth. Gofynnais iddo ei ailadrodd. '*Cyn*-daid ydych chi'n olygu, am wn i, syr?'

'Hm, ie, dyna chi. Dwedwch wrthyf i: ydi'r holl gleifion yn cael eu trin yr un fath? Beth am y troseddwyr sydd yma?'

Tybiais i wyneb Hood galedu fymryn. 'Ie, mae rhai dynion truenus sydd angen... help ychwanegol. Drwy'r drws hwn, os gwelwch yn dda.'

Arweiniodd Hood fi nes i ni gyrraedd cyfres o ystafelloedd oedd â drysau cryfion; celloedd y byddwn i wedi eu galw, ond eu bod fymryn yn brafiach yr olwg na'r rhai oedd i'w cael yn ein carchardai.

Safai porthor gerllaw mewn iwnifform las tywyll. Amneidiodd Hood arno i agor drws un o'r ystafelloedd. Yn araf a phwrpasol dyma'r porthor yn cerdded tuag at y drws, gan fyseddu modrwy haearn wrth ei wregys ac arni nifer o allweddi. Sbeciodd drwy'r ffenestr yn y drws cyn ei agor.

'Dyma chi, syr,' meddai Hood. 'Croeso i chi siarad ag o am ychydig funudau. Hwn yw'r claf sydd wedi bod o dan ein gofal am yr amser hwyaf, ond rydw i'n eich rhybuddio chi: mae'n anodd cael llawer o synnwyr ohono, druan. Bydd y porthor yn cadw golwg rhag ofn i unrhyw beth fynd o'i le.' Rhoddodd wên broffesiynol nad oedd yn cyrraedd ei lygaid, yna edrychodd ar ei oriawr eto. 'Rhaid i mi fynd. Gobeithio y cewch chi, ym—'

Eisoes roedd y niwl yn dod dros ei wyneb, a oedd yn dangos i mi ei fod yn dechrau anghofio pwy oeddwn i a pham oeddwn i yma. Cyn iddo ailfeddwl a gofyn i mi adael, diolchais yn wresog iddo. Nodiodd Hood mewn ffordd lesmeiriol cyn troi ar ei sawdl a diflannu y ffordd y daethom.

Safodd y porthor â'i gefn at y wal gyferbyn â'r drws, ei lygaid ar hanner cau. Camais innau i mewn i'r gell heb gau'r drws.

'Iorwerth?'

Yn eistedd ar wely ym mhen draw'r ystafell roedd hen ddyn. Roedd yn esgyrn i gyd a dim ond ambell flewyn o wallt gwyn ar ei ben. Roedd yn gwisgo crys a throwsus o ddefnydd ysgafn llwyd heb fotymau arnynt; am ei draed roedd sliperi. Pan gyfarchais o, trodd ei ben yn araf, araf tuag ataf i.

'Rydych chi'n fy nghofio i, on'd ydych?' gofynnais yn obeithiol.

Roedd Iorwerth ab Owain wedi newid yn eithriadol ers i mi ei weld y tro diwethaf. Roedd ei groen yn glytwaith o smotiau a chrychau, a dim ond dyrnaid o ddannedd oedd ganddo yn ei geg, ond roeddwn i'n ei adnabod.

Fo oedd y bardd ifanc arall a oedd gyda William Owen Pughe pan ddilynais yntau ac Edmwnt Prys y noson honno yn 1792. Bu'n aelod o'r Urdd Goch ac o'r Gwyneddigion ac yn ddisgybl i Iolo Morganwg, ond nid oeddwn wedi meddwl amdano ers degawdau. Daeth ei enw yn ôl ataf yn dilyn yr hunllef erchyll honno a gefais, oherwydd bod ei wyneb ymysg y rhai a oedd yn chwerthin yn sarhaus arnaf.

Ifanc – prin yn ugain oed – oedd Iorwerth adeg seremoni'r Orsedd ar Fryn y Briallu, ac felly fy ngobaith oedd ei fod yn dal yn fyw. Nid oedd hi'n hawdd cael hyd iddo, gan na fu iddo fyth gael llwyddiant fel bardd, ymddengys – nid oeddwn i'n gallu cael hyd i unrhyw gyhoeddiadau ganddo – ac nid oedd yn aelod o unrhyw un o'r cymdeithasau llenyddol y gwyddwn amdanynt. Nid oeddwn i hyd yn oed yn gwybod ei wir enw, gan y tybiwn mai enw barddol oedd Iorwerth ab Owain. Gwyddwn, fodd bynnag, fod y Cymry'n hoff o gael eu bedyddio ag enw Saesneg ond galw eu hunain wrth enw Cymraeg. Gwyddwn o fy amser gyda'r Gwyneddigion mai 'Iorwerth' oedd 'Edward' iddyn nhw, felly tybiwn mai Edward Owen neu Bowen fyddai o mewn unrhyw ddogfennaeth swyddogol. Gobeithiwn gyda phob gewyn nad oedd wedi gadael Llundain, gan y byddai cael hyd iddo yng Nghymru gyda'r fath enw cyffredin fel canfod nodwydd mewn tas wair.

Cefais sawl siwrnai seithug wrth geisio cael hyd i'r Iorwerth iawn. Deuthum o hyd i hanner dwsin o Edward Owens, ac un Edward Bowen, a oedd o'r oedran cywir yn Llundain ond, unwaith i mi eu cyfarfod, roedden nhw'n amlwg yn ddynion gwahanol. Gan feddwl efallai ei fod wedi marw, edrychais drwy gofrestrau'r meirw ers dechrau'r ganrif (gorchwyl flinedig a diflas) a chael dim lwc yno ychwaith. Yn cyrraedd pen fy nhennyn, dechreuais bori drwy unrhyw hen bapurau newydd a chofnodion troseddol y gallwn gael fy nwylo arnynt – a dyna pryd y gwelais i'r enw. *Edward J. Bowen of Walbrook, formerly of Denbighshire, Wales; criminally insane; convicted in 1820 of arson and two counts of manslaughter; committed to Bethlehem hospital in perpetuity.*

Edrychodd Iorwerth ab Owain arnaf nawr. Sgleiniai'r sêr yn ei lygaid llaith.

'Mae'n amser maith,' meddai mewn llais crynedig, 'ers i rywun fy ngalw'n "Iorwerth". Ac i mi glywed yr iaith Gymraeg!' Crechwenodd. 'Dewch i mewn.'

Cymerais gam arall ymlaen. Roedd un gadair yn yr ystafell,

wedi ei bolltio at y llawr gyda bracedi metel. Eisteddais yn ofalus yn honno ac wynebu'r claf.

Sylwais fod pethau ar waliau'r ystafell. Siapiau wedi eu crafu i mewn i'r plastr ym mhob man yr edrychwn, er bod rhywun wedi ceisio eu cuddio gyda phaent yma ac acw. Am funud nid oeddwn yn gallu dehongli beth oedd y symbolau, cyn i mi sylweddoli mai llythrennau Coelbren y Beirdd oedd yma – yr wyddor gyntefig y gwnaeth Iolo Morganwg, yn ôl ei dystiolaeth ei hun, ei darganfod.

'Wyt ti wedi bod yn ysgrifennu, Iorwerth?' holais, gan geisio swnio mor ddi-hid ag y gallwn.

Symudodd llygaid Iorwerth at ble roeddwn i'n edrych, yna nodiodd yn ffyrnig. 'Mae angen amddiffyn y lle hwn, ydych chi'n deall? Dydi'r meddygon ddim yn derbyn hynny, ond mae'r ysgrifen yn hudol.'

Cododd yn fwy sionc nag y byddwn i wedi ei ddisgwyl a dawnsiodd at y wal bellaf. 'Dyma'r geiriau er mwyn cadw'r Golau yn tywynnu arnaf,' meddai, bron wrtho'i hun, gan redeg ei fysedd dros olion yr ysgrifen a oedd wedi ei naddu mewn un man. 'A dyma' – cyfeiriodd at res arall o symbolau – 'swyn i alw ar dangnefedd yr Iôr er mwyn distewi'r llais.'

'Y llais?'

Amneidiodd yn egnïol â'i ben. 'Mae'r llais wedi bod yn galw arnaf ers fy ieuenctid. Mae'r geiriau hud yn ei wthio ymaith. Dyna pam mae'r geiriau'n bwysig. Mor bwysig.'

Ai at lais Mathonwy roedd o'n cyfeirio? Oedais er mwyn talu sylw i'r sibrwd yn fy nghlust. Tybed ai dychmygu oeddwn i, neu a oedd y sibrwd yn ddistawach nag arfer?

Cnois fy nhafod wrth feddwl. Roedd hwn yn ŵr bregus ac, os oedd y cofnodion yn gywir, yn beryglus (er na allwn i gredu hynny o edrych arno nawr), felly nid oeddwn i'n awyddus i'w wthio gormod. Ond roeddwn i hefyd yn ymwybodol bod amser yn brin. Penderfynais ddod yn syth at y pwynt.

'Iorwerth,' meddwn yn gadarn, 'wyt ti'n cofio Iolo Morganwg?'

Fflachiodd golwg ddilornus ar draws ei wyneb. 'Cofio? Rydw i'n cofio pob dim. Dydw i ddim yn wallgof, er gwaethaf beth mae'r *rhain* yn ddweud.' Amneidiodd yn nawddoglyd i gyfeiriad y porthor, hwnnw'n syllu'n ôl heb gynnwrf.

'Ydw, wrth gwrs mod i'n cofio Iolo,' aeth Iorwerth yn ei flaen, 'ac yn eich cofio chi hefyd.' Fel un a dderbyniodd fendith Mathonwy, nid oedd fy melltith yn cymylu meddwl yr henwr fel pobl eraill. 'Mae henaint yn eich siwtio chi, os caf i ddweud, Mr Cibber. Roeddech chi yn un o'r Gwyneddigion. Roeddech chi yno pan—'

Stopiodd siarad wrth i gysgod atgof lithro dros ei lygaid.

'Mae arnaf eisiau dy gymorth, Iorwerth,' meddwn. 'Roedd rhywbeth roedd Iolo'n ei wybod, a hwyrach mai dim ond ti sydd ar ôl ar wyneb daear a all fy helpu.'

Gwingodd wyneb Iorwerth am eiliad a chrafodd ei wddf. Sylwais fod creithiau ar ei groen; llosgiadau, o bosib.

'Mi oedd Iolo'n deall llawer,' meddai wedyn, bron wrtho'i hun. 'Oedd, llawer. Clywais am ei farwolaeth. Ond roeddwn i yn fan hyn erbyn hynny. Aethoch chi i'r angladd?'

Ysgydwais fy mhen.

'Byddwn i wedi hoffi ei weld cyn iddo fynd,' aeth Iorwerth yn ei flaen, gan eistedd ar y gwely eto, yn edrych yn flinedig yn sydyn. 'Er mwyn... er mwyn ymddiheuro.'

'Pam?'

'Bûm i'n fyrbwyll, yn ffôl yn fy ieuenctid. Roeddwn i'n meddwl mod i'n gwybod popeth. Ond efô oedd yn gwybod.'

'Beth oedd o'n wybod?'

'Y Gyfrinach.' Oedodd Iorwerth a dechrau brathu blaenau ei fysedd. Trodd ei lygaid ataf, yna edrych i ffwrdd eto. 'Na. Mi fradychais o unwaith. Wnaf i ddim eto. *Allaf* i ddim dweud wrthoch chi.'

Sefais yn araf a mynd i edrych allan o'r ffenestr. Roedd hi'n uchel ond roedd pennau coed i'w gweld trwyddi a sleisen o awyr laslwyd.

'Abred,' meddwn. Roedd dwy sillaf yr enw yn teimlo'n galed ac yn chwerw ar fy nhafod. 'Wyt ti'n gwybod am Abred, Iorwerth?'

Trois i edrych arno – ac roedd yn amlwg bod effaith clywed yr enw hwnnw wedi ei glwyfo. Roedd ei wyneb yn llawn artaith, ei lygaid yn llydan a'i wefusau wedi eu tynnu ar draws ei ddannedd.

'Y lle hwnnw,' sibrydodd. 'Mi aeth Iolo yno. A minnau. Ond... Na. Mae'n rhaid gwarchod y llwybr. Rhaid gwarchod.'

'Mae'n bwysig, Iorwerth,' meddwn. 'Rwyt ti a fi, mi gredaf, wedi cael ein niweidio gan yr un endid. Gan Mathonwy. Roeddet ti'n arfer ei ddilyn. Beth newidiodd?'

Rhedodd Iorwerth ei fysedd drwy ei farf. Nid oedd wedi hoffi clywed enw Mathonwy ychwaith. 'Rhybuddiodd Iolo fi am fendithion M... bendithion yr Un hwnnw. Dwedodd eu bod yn beryglus. Ond wrandewais i ddim arno. Aeth yn gandryll. Cymerodd y Ddasgubell oddi wrthyf.'

'Dasgubell?'

'Y Ddasgubell Rodd. Yr hyn mae Bardd yn ei roi i'w ddisgybl. Arwydd o'u cyfamod. Torrais y cyfamod hwnnw ac felly collais y Ddasgubell. Nid ydw i... nid ydw i'n Fardd bellach o'r herwydd.'

Eisteddais ar y gadair eto. Arhosais yn fud nes ei fod yn barod i barhau.

'Ym mhob llannerch,' meddai maes o law, 'mae breuder. Mae'r haenau rhwng pethau yn fwy bregus. Dyna pam mae angen creu cylch. Cylch o gerrig yn fur er mwyn cadw'r Drwg allan. Ond un tro, yn y llannerch ger ei gartref, clywodd Iolo gri. Gwaedd druenus ar y gwynt a ddeuai o'r Tu Hwnt – o Abred. Ceisiodd Iolo ei hateb, ond llanwyd ef gydag ofn gan yr hyn a welodd – cymaint o ofn! Dwedodd wrthyf yn ddiweddarach bod y Derwyddon wedi clywed yr un alwad ers talwm ac wedi defnyddio'u swynion cyfrin er mwyn nadu neb rhag dod drwodd.'

'Beth oedd yr alwad?'

'Mi glywais i hi hefyd. Cannoedd o leisiau'n plethu, yn swnio fel erfyn. Megis cri am gymorth.'

'Lleisiau pwy?' holais, ond yna atebais fy nghwestiwn fy hun. 'Lleisiau dilynwyr Mathonwy glywodd o, on'd e? *Nhw* sydd yn Abred...?'

Gwasgodd Iorwerth ei lygaid yn dynn ar gau. 'Roedd Iolo'n gwybod erioed am berygl yr Un hwnnw. Teimlai fraw yn ei galon y byddai Cymru gyfan yn cael ei swyno gan addewidion chwerw M... Mathonwy. Pan glywodd yr alwad honno ar yr awel, roedd o'n sicr mai magl ydoedd. Trap i ddenu mwy o eneidiau i fynwes Mathonwy. I ddenu pobl *fel y fi...*'

'Ond beth os oes ganddyn nhw'r ateb?' meddwn, fy llais yn crynu mewn cynnwrf. 'Rydw i am ei drechu, Iorwerth. Trechu Mathonwy! Ond er mwyn gwneud hynny mae angen i mi fynd i—'

'All neb ei drechu!' llefodd Iorwerth. Roedd ei ddwylo esgyrnog yn ymestyn ataf. 'Dydych chi ddim yn deall? Mae o'n anfeidrol, yn byw tu hwnt i'r byd, tu hwnt i amser! Roeddwn i'n meddwl bod ei addoli yn dod â bendithion, ond mwya'n byd roeddwn i'n ei roi, mwya'n byd roedd o'n gymryd. Yn cymryd ac yn cymryd ac yn cymryd. Erbyn i mi sylweddoli bod rhybuddion Iolo yn ddoeth, roedd hi'n rhy hwyr.'

'Beth wnest ti?'

'Mi wnes i drio mynd yno hefyd! I Abred. Er mwyn cael hyd i fwy o bobl sy'n dilyn Mathonwy, er mwyn dod â nhw yma i ni gael bod yn un mudiad godidog, ond...'

'Ond beth? Mae'n *rhaid* i mi wybod!'

Llyncodd Iorwerth. Llyfodd ei wefusau'n araf. 'Ond,' meddai mewn llais tawelach, 'roedd beth welais i yno... Yr awyr yn fflam. Allwn i ddim cael fy ngwynt. Euthum i ddim ymhell. Fy mrest yn boeth. Fy mhen yn llosgi...'

Roedd yn crynu ac yn brathu ei wefus.

Cymerais anadl ac eisteddais eto. Arhosais i Iorwerth ddadebru fymryn, fy meddwl ar garlam.

'Am beth mae o'n sôn, syr?' Daeth llais y porthor o'r coridor. Sylweddolais i ni fod yn siarad Cymraeg, iaith nad oedd y porthor yn ei medru.

'Dim byd o sylwedd,' atebais yn Saesneg, fy ngheg yn sych.

Cododd yntau ei ysgwyddau'n ddi-hid. 'Ychydig funudau yn rhagor, syr, yna bydd angen i chi adael.'

Nodiais yn swta. Hyd yn oed gyda holl oriau fy mywyd ni fyddai digon o amser gennyf i ddod at waelod beth oedd Iorwerth yn ei ddisgrifio, ond, os oedd rhaid gadael yn fuan, roedd angen un darn arall o wybodaeth arnaf cyn mynd.

'Abred, Iorwerth. Sut est ti yno?'

Edrychodd y claf allan o'r ffenestr am gyfnod. Deuai sŵn pell cân adar o'r tu allan. Yna edrychodd Iorwerth arnaf, ei lygaid yn llawn blinder.

'Maen nhw'n dweud mod i'n wallgof,' meddai'n dawel. 'Dydw i ddim yn wallgof. Mi wnes i bethau... Er mwyn fy nghenedl a'm hiaith y gwnes i bob dim, cofiwch. Wedi dweud hynny, y gell hon yw'r lle gorau ar fy nghyfer i. Rydw i'n ddiogel yma...

'Cafodd Iolo hyd i'r Gyfrinach, welwch chi, Mr Cibber – yr atebion i wenwyn Mathonwy. Y gorseddau cerrig, llythrennau'r Goelbren, yr arwydd sanctaidd... Dangosodd y *cyfan* i ni, y cyfan oedd ar y byd ei angen er mwyn gwrthsefyll yr Hud Aflan. Ond pwy wrandawodd arno? Ddim digon...' Sugnodd ei ddannedd. 'Un peth oedd rhaid i mi ei wneud er mwyn cael bod yn Fardd, sef peidio â bradychu'r Gyfrinach. Dim ond un peth!' Rhoddodd ei ben yn ei ddwylo.

'Iorwerth...'

'"Rhaid gwybod y llwybr er mwyn gwarchod y llwybr",' meddai heb godi ei ben. 'Dyna oedd dihareb Iolo. Un noswaith dangosodd i Edmwnt a minnau sut i agor y trywydd at y cwm du sydd yn arwain at Abred – a sut i'w gau. "Ond peidiwch," siarsiodd, "peidiwch er lles eich enaid, ac er lles ein treftadaeth, â dangos hyn i neb heblaw Beirdd eraill. Y Beirdd fydd yn amddiffyn y wybodaeth hon, fel nad oes neb yn cael eu temtio i fynd i Abred ac i blith teulu Mathonwy, ond yn hytrach bydded iddynt droi tuag at Wynfyd a'r Goleuni".' Roedd llais Iorwerth yn gryg. '*Chaf* i ddim dweud wrthoch chi.'

'Mae Iolo wedi marw,' meddwn, fy nghalon yn cyflymu. 'Mae Edmwnt wedi marw. Sawl un sydd ar ôl a ŵyr am hyn? Gofynnodd Iolo i chi gadw'r wybodaeth oddi wrth eraill – ond pwy fydd yn amddiffyn y Gyfrinach o hyn ymlaen?'

Euthum ar fy ngliniau o'i flaen a chymryd ei ddwylo yn fy rhai i. 'Iorwerth, rydw i'n rhan o'r Orsedd! Cefais i fy melltithio gan Mathonwy hefyd. Dyweda wrthyf *i* beth ydi'r ateb. Ti, y Bardd; fi, y disgybl. Mi wna *i* amddiffyn y Gyfrinach.'

Edrychodd Iorwerth arnaf gyda golwg ryfedd. Roedd

dagrau yn ei lygaid. Crynai ei wefus. 'Ydych chi o ddifri am drechu Mathonwy?'

Oeddwn i? Wyddwn i ddim. Yr unig beth roeddwn i'n sicr ohono oedd bod dial ar Mathonwy yn berwi yn fy mron ac y byddwn i'n fodlon gwneud unrhyw beth – mynd i unrhyw le – er mwyn diwallu'r dialedd hwnnw.

Gwenais arno. 'Wrth gwrs.'

Roeddwn i'n actor dawnus, cofiwch.

Oedodd Iorwerth – cyn nodio. Pwysodd yn agosach a sibrwd yn fy nghlust.

'Bydd angen y Ddasgubell Rodd arnoch,' meddai. 'Fy hen un i. Credaf fod Iolo wedi ei chuddio o dan y grisiau yn ei gartref. Ei chadw rhag ofn mod i'n...' Llyncodd yn drwchus ond ni orffennodd y frawddeg. Gallwn deimlo gwres ei anadl a lleithder ei groen.

'Beth sydd angen i mi ei wneud â'r Sgubell?' sibrydais.

'Mae coed tu ôl i'r tŷ. Ewch at y llannerch, heibio ble mae'r coed yn tyfu drwchusaf.'

'A beth wedyn?'

'Gwell i chi fynd nawr, syr.' Sylweddolais fod y porthor wrth fy ysgwydd.

'Na, mae dal angen i mi—'

'Amser mynd.' Rhoddodd y porthor law gadarn ar fy mraich.

Sefais yn grynedig. Roedd Iorwerth yn syllu arnaf, cymysgedd o ofn a gobaith yn ei lygaid.

'Beth wedyn?' galwais ato wrth i'r porthor fy hebrwng tuag at y drws.

Lledodd Iorwerth ab Owain ei ddwylo. Roedd dagrau'n llifo i lawr ei ruddiau.

'Awen,' meddai.

Yna roeddwn i allan yn y cyntedd. 'Mae'r claf angen gorffwys, syr,' meddai'r porthor mewn llais isel ond pendant. Clodd y drws.

Nodiais. Dechreuasom gerdded yn ôl tua'r brif fynedfa.

'Pam mae o yma?' gofynnais i'r porthor wrth i ni fynd.

Cododd yntau ei ysgwyddau. 'Pam mae unrhyw un ohonyn nhw yma? Lwnatig ydi o.'

'Darllenais rywbeth am *arson*.'

'Ie, mae'n debyg. Blynyddoedd maith ers hynny, cofiwch. Y stori yw fod tŷ tafarn wedi llosgi i lawr, ac mai'r cnaf yma oedd wedi cynnau'r fatsien. Wnaeth pawb oedd tu mewn ddim llwyddo i ddianc mewn pryd. Mi gawson nhw hyd iddo fo yng nghanol y stryd yn rhefru yn Gymraeg.'

'Does dim amheuaeth mai fo wnaeth ddechrau'r tân?'

'Na, dim amheuaeth. Ond fel ddwedais i – amser maith yn ôl.'

Roedden ni'n ddistaw yr holl ffordd at y prif ddrysau.

V

Ym mhentref di-nod Flimston, Llanmihangel y Twyn, yn Sir Forgannwg y bu Iolo Morganwg fyw am y rhan fwyaf o'i fywyd. Do, arhosodd yn Llundain am gyfnodau, ond yn ddiffael byddai ei deithiau'n dychwelyd i fro ei febyd. Nid oeddwn wedi bod i'r rhan hon o Gymru o'r blaen – lle anghysbell, er nad annymunol – ond dyma ble roedd fy nhaith wedi dod â mi. At hen fwthyn gwyn ar gyrion y pentref. At dŷ Iolo.

Roedd angen i mi gerdded ar draws gwastatir Rhos Flemingston er mwyn ei gyrraedd, gan groesi'r bont fechan dros afon Dawan a phasio sawl tŷ ag waliau gwyn a oedd yn amlwg wedi bod yno ers o leiaf oes Elizabeth. Tawel iawn oedd y pentref ac, heblaw am un fenyw yn glanhau stepen ei drws, welais i neb arall.

Cyrhaeddais dŷ Iolo a sefyll yn y lôn am gryn dipyn o amser yn syllu arno. Murddun oedd o erbyn hyn, er mai dim ond ychydig ddegawdau oedd ers i'w berchennog farw. Roedd y to'n gwegian gydag adar yn nythu yn y bondo. Roedd y gwyngalch ar y waliau wedi troi'n llwyd mewn mannau a'r paent ar fframiau'r drws a'r ffenestri wedi fflawio. Ond yma, yn rhywle – gobeithiais – y gorweddai Dasgubell Rodd Iorwerth ab Owain; gyda honno gallwn gyrraedd Abred, ble roedd addolwyr Mathonwy i'w cael. Ac efallai y byddent hwythau yn gallu fy helpu.

Byddai unrhyw ddyn call wedi sylweddoli mai ffwlbri oedd hyn oll, parablu dyn gwallgof. Pe na bawn i mor danbaid o eiddgar i ddarganfod yr atebion, efallai y byddwn innau wedi dod i'r casgliad hwnnw hefyd. Ond roeddwn i wedi dod yn rhy bell i droi'n ôl nawr.

Camais dros weddillion pydredig y llidiart at fuarth gwag, trist. Roedd gardd ar ochr yr iard, rhyngof i a'r tŷ, honno'n llanast o chwyn a glaswellt hir; welwn i ddim blodau yno.

Roedd drws y tŷ yn hongian oddi ar ei fachau. Synnais at hynny; meddyliais y byddai teulu Iolo wedi ceisio ei warchod, ond gwyddwn hefyd i Iolo wastad fod yn ddrwg gyda'i arian, ac efallai nad ei deulu bellach oedd yn berchen ar yr adfail. Roedd awel fain yn gafael, felly tynnais fy nghôt yn dynn amdanaf a mynd i mewn i'r tŷ.

Roedd llusern olew fechan gennyf, felly cynnais honno a'i defnyddio i archwilio tu mewn yr hen furddun. Nid oedd llawer i'w weld heblaw tywyllwch a gwe pryfaid cop. Roedd rhywrai wedi cymryd unrhyw beth a allai fod o werth, megis dodrefn neu addurniadau, heb adael prin mwy nag ysbwriel ac ambell gelficyn a oedd wedi torri gormod i'w ddefnyddio. Daeth arogl llwydni, pydredd a thamprwydd i fy ffroenau ac roedd esgyrn y tŷ yn gwegian bob yn hyn a hyn. Rhynnais.

Cerddais yn araf o ystafell i ystafell gan geisio meddwl am y teulu a fu'n byw yma unwaith. Sawl plentyn oedd gan Iolo – pedwar? Lle bach i gymaint ohonynt. Lle gwag nawr, heb Iolo na neb ynddo.

Yma ac acw gwelais sgrapiau o bapur ar y llawr neu ar silff wrth y wal. Roedd amser a glaw wedi difetha'r rhan fwyaf ohonynt, ond gallwn weld ambell ddarn o lythyr neu lawysgrif, weithiau yn llaw Iolo (tybiais), neu daflenni printiedig. Ond ni welais unrhyw lyfrau; dychmygais y byddai teulu Iolo wedi sicrhau, yn fuan ar ôl iddo farw, fod ei gasgliad o lyfrau ac ysgrifau yn cael ei gadw'n ddiogel.

Cyrhaeddais waelod y grisiau. Sgleiniais y llusern i fyny ond ni feiddiais eu dringo. Oddi tan y grisiau roedd cwpwrdd bychan. Ceisiais ei agor a chael ei fod dan glo. Rhoddais y lamp ar y llawr a defnyddio nerth bôn braich – a chic go gadarn – er mwyn torri'r drws ar agor.

Estynnais y tu mewn. Cefais fy siomi; dim ond rwbel a phlastr hynafol y gallai fy llaw eu teimlo. Yna – cyffyrddais ddarn hir o bren. Tynnais y gwrthrych allan.

Sgubell oedd yno; *besom* fyddai fy mam wedi ei galw. Edrychai'n hen, ond roedd mewn un darn. Roedd hi tua phedair troedfedd o hyd, y goes yn bren bedw a chyda blew o wellt wedi eu clymu yno gan frigau helygen. Er i'r ysgub yn amlwg fod yn gorwedd yma ers blynyddoedd, roedd mewn cyflwr da ac nid oedd y pren wedi pydru na'r gwellt wedi meddalu.

Wrth afael yn y sgubell, sylweddolais fod rhywbeth ar y goes. Cerfiadau. Craffais yn agosach. Roedd llythrennau'r Goelbren wedi eu naddu yno'n gywrain. Ymdrechais i'w dehongli ond chefais i fawr o hwyl arni. Ond dangosai hyn i mi mai hon, yn wir, oedd y Ddasgubell Rodd y soniodd Iorwerth amdani: yr anrheg sanctaidd roedd Bardd, ymddengys, yn ei roi i'w ddisgybl, i'r disgybl hwnnw ei gadw – oni bai ei fod yn torri cyfraith yr Orsedd...

Cerddais allan o'r tŷ gan afael yn y sgubell yn un llaw a'r llusern yn y llall. Roeddwn i'n falch i adael yr adeilad, ond roedd hi'n prysuro tuag at oriau'r gwyll ac roedd cysgodion miniog yn cropian ar draws y cowt tuag ataf.

Nawr beth oeddwn i am ei wneud?

Ystyriais; pendronais. Y peth call i'w wneud fyddai dychwelyd i'r dafarn yn Sain Tathan, ble roedd ystafell gynnes yn aros amdanaf, ac archwilio'r Ddasgubell Rodd yn fwy gofalus cyn mynd ymhellach. Y peth synhwyrol i'w wneud fyddai pwyso a mesur, oherwydd roedd gennyf, wedi'r cyfan, yr holl amser yn y byd.

Ond roedd cyffro yn berwi ynof. Ni allwn aros.

Roeddwn i wedi bod yn segur yn rhy hir. Roedd Mathonwy wedi cymryd gennyf yr hyn a oedd bwysicaf i mi: fy enw. Yn fy nwylo, gobeithiais, roedd yr allwedd i gyrraedd Abred, ac yno y byddai dilynwyr Mathonwy i'w canfod – nid y dilynwyr chwarae-bach a oedd yn rhengoedd yr Urdd Goch, ond dilynwyr gwreiddiol a fyddai'n meddu ar yr *atebion*.

Os oedd fy amheuon yn gywir, byddai ganddynt hwythau'r wybodaeth am sut i dynnu'r felltith oddi arnaf. Byddai modd i mi adennill fy enw, fy enwogrwydd. Byddai Theophilus Cibber yn cael ei roi yn ôl yn y llyfrau hanes.

Ymlaen, felly. Dim oedi. Dim gorffwys nes bod y dasg wedi ei chwblhau.

Deuthum i'r penderfyniad, wrth sefyll ym muarth adfeilion tŷ Iolo, y byddwn i'n ceisio cael hyd i'r llannerch y soniodd Iorwerth amdani yn syth bìn. Yn ei ôl o, dyna ble dangosodd Iolo iddo sut i ddefnyddio'r Ddasgubell er mwyn agor y ffordd at Abred, felly dyna ble roedd arnaf innau eisiau mynd nawr.

Weindiai llwybr cul o amgylch ochr y tŷ ac i mewn i'r goedwig a orweddai y tu ôl iddo. Edrychai'r coed yn ddu ac yn noeth wrth i mi gerdded tuag atynt, fy nerfau yn rhacs. Llyncais fy ofn ac atgoffa fy hun na allai unrhyw niwed ddod i mi, er na wnaeth hynny fawr ddim i godi fy nghalon. Euthum o dan y canghennau.

Sisialai'r brigau uwch fy mhen wrth i mi gerdded; adar nos neu bryfed, gobeithiais. Sathrai fy nhraed ar bridd sych y llwybr, hwnnw yn amlwg heb gael neb yn cerdded arno ers tro byd. Roedd golau fy lamp yn ymwthio'n egwan drwy'r coed o fy mlaen a gallwn weld y llwybr yn nadreddu i mewn i'r tywyllwch. Wyddwn i ddim ble roeddwn i'n mynd, ond dilynais y trywydd beth bynnag.

Aeth boncyffion y coed yn nes ac yn nes at ei gilydd a'r synau uwch fy mhen yn fwy prysur. Roedd curiad fy nghalon yn wallgof yn fy asennau ac roedd cledrau fy nwylo'n llithrig. Cael a chael oedd hi i mi beidio â gollwng y llusern neu'r sgubell. Ond daliais ynddynt yn dynn, dynn a fforio yn fy mlaen wrth i'r coed fynd yn drwchusach ac yn drwchusach a'm calon yn curo'n gynt ac yn gynt.

Yn sydyn daeth y llwybr i ben – a distawodd synau'r creaduriaid yn y canghennau yn syth. Daliais fy anadl.

Roeddwn mewn llannerch, clwtyn agored yn y coed a fesurai tua phum llathen ym mhob cyfeiriad. Nid oedd coeden nac unrhyw blanhigyn yn tyfu yno ac roedd y pridd yn llyfn. Uwchben roedd brigau'r coed yn plethu gan guddio awyr y nos. Roeddwn ar fy mhen fy hun, gyda dim ond fflam grynedig fy lamp yn gwmni.

Yn betrus, a'm dannedd yn rhincian, camais at ganol y llannerch. Roedd popeth yn llonydd. Gallwn glywed fy anadl yn dew yn fy mrest.

Nid oedd llwybr i'w weld heblaw am y llwybr y deuthum ar ei hyd, ac roedd hwnnw'n gorffen yma. Fel arall roedd y coed o'm cwmpas yn fur tywyll. Welwn i ddim ffordd ymlaen – at Abred nac unrhyw le arall.

Eisteddais am funud er mwyn ceisio sadio. Edrychais ar y Ddasgubell Rodd yng ngolau'r llusern a rhedeg fy mysedd ar hyd y llythrennau bychain a oedd wedi eu naddu arni.

Un peth a gododd fy nghalon oedd fy mod i wedi datrys (mi gredwn) gair olaf Iorwerth ab Owain wrthyf. 'Awen'. Bûm yn hir ystyried beth oedd o'n ei olygu. Wrth gwrs, roeddwn i'n gwybod bod beirdd yn honni eu bod yn derbyn eu hysbrydoliaeth oddi wrth Awen megis ffynnon, ond wyddwn i ddim sut y gallai hyn fod yn berthnasol i ddarganfod y llwybr at Abred. Yna cofiais am rywbeth a ddywedodd Iolo yn y ddefod ar Fryn y Briallu – ac ar adegau eraill yn ystod cyfarfodydd y Gwyneddigion, rydw i'n credu – sef bod Awen yn dod oddi wrth Dduw, a bod tair elfen iddi, sef golau, gwirionedd a dysg. Roedd symbol gan Iolo a gynrychiolai hyn, symbol a oedd wedi ei wnïo ar benwisg ei wisg Orseddol. Wrth i mi fyseddu coes y sgubell nawr, teimlais gyda fy mawd yr un siâp wedi ei naddu yn union uwchben ble roedd y blew wedi eu clymu. Tair llinell syth yn gwyro tuag at ei gilydd. Hwn – hwn oedd arwydd Awen. Tri pheth yn arwain tuag at Dduw.

Y cwestiwn oedd, a oedd hefyd yn arwain at Abred?

Sefais, fy nghoesau'n egwan. Gan osod y lamp i'r naill ochr, cydiais yn y sgubell gyda dwy law. Yn araf ac yn ofalus, sgubais dair llinell yn y pridd, un ar y tro, yn arwain i ffwrdd ar ongl o ble y safwn. Gwnaeth blew'r brwsh sŵn crafu cras wrth i mi eu llusgo. Daliais fy ngwynt.

Ddigwyddodd dim byd.

Roedd chwys yn diferu i lawr fy nhalcen ac i mewn i fy llygaid, er gwaethaf y ffaith ei bod hi'n oer. Pam nad oedd yn gweithio?

Roedd fy ymennydd yn gweithio ar ruthr. Efallai fod rhywbeth arall roedd angen i mi ei wneud. Ond beth? Gafaelais yn fwy cadarn yng nghoes y sgubell er mwyn gwneud ymgais wahanol; hwyrach mod i wedi dewis y symbol anghywir.

Yna mi glywais i'r llais.

Roedd mor ddistaw nes y byddwn i wedi ei fethu oni bai bod y llannerch mor eithriadol o dawel. Swniai fel rhywun yn crio yn bell i ffwrdd. Clustfeiniais. Deuai'r sŵn yn fwy eglur nawr – a meddyliais fod mwy nag un llais yno, bron fel sawl person yn canu mewn un cord, ond bod dim miwsig i'r llais; dim ond goslef ddolefus.

Cododd y blewiach ar fy mreichiau. Roedd fy mochau'n eirias. Beth bynnag oedd y sŵn, roedd yn swnio'n annaturiol, fel dim byd roeddwn i wedi ei glywed o'r blaen.

Cnois fy ngwefus mewn rhwystredigaeth ac ofn. Pam nad oedd llwybr wedi ei agor ar fy nghyfer? Onid oeddwn i wedi llunio tair llinell Awen, fel yr awgrymodd Iorwerth? A oeddwn i wedi camddeall popeth?

Gwridais gan deimlo'n ffôl. Pam oeddwn i'n disgwyl y byddwn i, nad wyf yn Fardd nac yn arbenigydd yn ffyrdd cyfrin y Derwyddon, yn gallu datrys cyfrinach roedd Iolo wedi treulio'i fywyd yn ceisio ei hamddiffyn oddi wrth bawb heblaw'r dethol rai?

Tair llinell Awen. Golau, gwirionedd, dysg. Syllais i lawr ar y rhychau bas yn y pridd wrth fy nhraed. Edrychais wedyn ar yr hyn oedd wedi ei naddu ar goes y Ddasgubell Rodd. Onid oedden nhw yr un peth?

Trois fy nghof eto at yr het hurt a wisgai Iolo Morganwg ar ei ben yn ystod y ddefod ar y bryn dros hanner canrif ynghynt. Tair llinell yn gwyro tuag at ei gilydd, tu mewn i siâp cylch.

Daliais fy anadl. Cylch. Beth oedd Iorwerth wedi ei ddweud am feini'r Orsedd? 'Cylch o gerrig yn fur er mwyn cadw'r Drwg allan.' Roedd y siâp hwnnw yn bwysig i Iolo, yn ganolbwynt ei ddaliadau, yn cynrychioli undod ond hefyd ddiogelwch. Cylch i gysgodi'r golau – ond cylch o feini â bylchau ynddo fel bod y golau i'w weld o hyd...

Heb ddeall yn union beth roeddwn i'n ei wneud, dechreuais dynnu llinell arall gyda'r sgubell, hon nawr yn dechrau creu cylch o amgylch y symbol tair llinell oedd yno eisoes. Taerwn i'r llais swnio'n uwch ac yn uwch – yn nes ac yn nes – wrth i mi sgubo, fy nghalon yn curo'n gynt fesul eiliad. Parheais i sgubo yn un llinell hir, grom, gan gylchynu arwydd Awen fel y gwelais o ar benwisg Iolo. Yna, wrth i mi agosáu at ble y dechreuais y llinell, y cylch bron â'i gwblhau—

Clywais symud ymysg y coed.

Trois mewn braw gan godi'r sgubell megis arf. Ond ddaeth neb allan o'r tywyllwch tuag ataf.

Beth oedd yno oedd adwy. Roeddwn i'n *siŵr* na fu agoriad yno cyn hyn, ond nawr roedd y coed ar ochr draw'r llannerch wedi gwahanu, fel pe baent yn codi eu canghennau er mwyn creu lôn goed ar fy nghyfer.

Roedd hi'n ymddangos bod yr wylofain yn dod o'r twnnel hwnnw...

Edrychais eto ar y symbol roeddwn i wedi ei lunio gyda'r Ddasgubell wrth fy nhraed. Roedd cylch yn amgylchynu tair llinell Awen, heblaw am fwlch o ychydig fodfeddi tua'r brig.

Mae ffordd i agor y llwybr at Abred, meddai Iorwerth – a ffordd i'w gau. Hwn, y lôn goed hon, oedd y llwybr – onid e? – a thybiwn nawr pe bawn i'n cwblhau'r siâp cylch yn y pridd y byddai'r llwybr yn cau eto. Oedodd fy llaw ar y sgubell wrth i mi deimlo'r demtasiwn i wneud hynny, cau'r lôn goed, ac i droi ar fy sawdl ac anghofio'r cyfan, oherwydd roedd yr wylo a ddeuai o ben draw'r llwybr yn fy llenwi â'r fath arswyd nes mai prin y gallwn gadw fy mhwyll.

A hefyd – os awn i ar hyd y llwybr, a fyddwn i hyd yn oed yn gallu dod yn fy ôl wedyn...?

Cymerais gam ansicr yn ôl. Codais y llusern – ond yn sydyn diffoddodd ei golau rywsut, ac fe'i gollyngais mewn braw. Llanwyd fy myd â thywyllwch. Na – nid oedd tywyllwch ym *mhobman*, gan i mi sylweddoli bod golau gwelw coch yn treiddio o'r coed tu hwnt i'r adwy newydd. Golau a fflachiai nawr ac yn y man, fel pe bai rhywbeth yn symud y tu hwnt i ble y gallai fy llygaid weld.

Ni ddaeth neb drwyddo ataf i'r llannerch. Roeddwn i ar fy mhen fy hun. Nid oedd lamp gennyf chwaith i oleuo fy ffordd yn ôl at adfeilion tŷ Iolo. Dim ond un dewis oedd.

Gan ddal fy ngafael yn y Ddasgubell Rodd, cerddais drwy'r gât yn y coed tuag at y golau coch – a'r llais.

VI

Ni allwn weld dim ond siapiau anghyson canghennau'r coed yn ymwthio o'r tywyllwch i'r dde ac aswy, y cyfan â gwawr goch iddynt. Trwy deimlad yn bennaf, euthum yn fy mlaen, pob cam yn gwneud sŵn crensian wrth i mi sathru ar, o bosib, hen frigau sych. Deuai fy anadl yn boeth ac yn gyflym ac roedd ofn yn bygwth ffrydio allan ohonof. Credaf mai dim ond pren oer y Ddasgubell Rodd yn fy nwrn oedd yn fy nghadw rhag rhuthro yn ôl at y llannerch.

Yn raddol daeth y golau coch yn fwy llachar. Parheais i fynd tuag ato. Wn i ddim pa bryd y gadewais y coed ond yn sydyn sylwais fod y tirwedd o'm hamgylch wedi newid. Yn lle boncyffion du, nawr roedd llethrau creigiog, serth bob ochr i mi. Roeddwn i mewn dyffryn, ymddengys, a hwnnw'n dirwyn yn ei flaen at ben draw na allwn ei weld. Cochaidd oedd lliw y tir, yn fy atgoffa o bridd haearnaidd Ynys Môn wedi ei drwytho gan gopr.

O'r pellter o fy mlaen clywn sŵn dwfn: cryndod cyson, nerthol a oedd yn awgrymu gwynt cryf yn chwythu yn bell i ffwrdd. Yng nghanol y cryndod hwnnw deuai eto ambell nodyn gan y côr o leisiau cwynfanllyd, galarus y deuthum yn ymwybodol ohonynt yn y llannerch. Atgoffodd y llais fi o'r hyn ddwedodd Iorwerth ab Owain: fod Iolo ac yntau ill dau wedi clywed gwaedd druenus ar y gwynt, oedd yn swnio fel pe bai'n erfyn am gymorth…

Nid oedd neb byw yn y dyffryn gyda mi, ond cefais fy

nghysuro – am gyfnod byr – wrth sylwi nid yn unig bod awyr glir bellach uwch fy mhen, ond bod düwch y nos hefyd yn newid yn raddol i fachlud ysgarlad neu wawr fioled. O leiaf nid oedd hi'n dywyll yn awr.

Cul oedd y llwybr drwy'r cwm, ond o leiaf dim ond un cyfeiriad oedd gennyf i'w ddilyn, sef ymlaen. Cyflymais fy ngham wrth i mi brofi ennyd o hyder, yn teimlo'n siŵr mod i wedi cyrraedd y lle cudd roeddwn i wedi bod yn chwilio amdano. Abred.

Cododd lefel y tir wrth i mi nesáu at ben y dyffryn, a dringais y llathenni olaf yn eiddgar er mwyn cyrraedd bwlch rhwng y llechweddau. Arhosais yno ac edrych allan ar beth a orweddai y tu hwnt.

Roeddwn ar gyrion diffeithwch mawr anwastad gyda thywod neu lwch coch ym mhob man. Nid oedd modd gweld ymhell i unrhyw gyfeiriad gan fod y gwynt cryf roeddwn i wedi ei glywed ynghynt yn chwyrlïo'r tywod fel niwl.

Roedd yr awyr yn binc. Crynai uwch fy mhen gyda mellt porffor diddiwedd ynddi a siglai'r byd gyda tharanau bob yn hyn a hyn. Roeddwn mewn storm, er nad oedd glaw yn disgyn.

Lle yn enw'r Diawl oeddwn i?

Yr unig ffordd ymlaen oedd i lawr y llethr wrth fy nhraed. Chwythai'r gwynt mor nerthol nes mai prin y gallwn gadw fy llygaid ar agor. Cerddais yn erbyn y gwynt, y sgubell yn un llaw a llabed fy nghôt ar draws fy ngheg er mwyn i mi beidio llyncu'r llwch oedd yn peledu fy wyneb.

Ar ôl cyrraedd gwaelod y llethr gwelais fod creigiau anferthol wedi eu gwasgaru ar draws y diffeithwch. Oherwydd ochrau serth ac anghyson y meini seiclopeaidd hyn, roedd yn llafurus i mi droedio ar eu hyd gan fod pob cam ar ongl newydd a'r creigiau'n aml yn llithrig o lyfn. Weithiau byddai'n rhaid i mi ymbalfalu ar fy ngliniau i fyny ochr un garreg cyn hanner baglu i lawr yr un nesaf. Roedd yn siwrnai flinderus, ond nid oedd dewis gennyf. Er nad oedd trywydd yma, roedd yn rhaid i mi lwybreiddio yn fy mlaen nes y deuwn ar draws trigolion y paith arswydus hwn. Ymlaen â fi, felly, dros y meini, y mellt yn hollti'r wybren yn ddiddiwedd.

Cerddais am gyfnod hir, mi gredaf. Ni allwn ddweud am faint. Roedd oriawr boced gennyf, ond edrychais arni unwaith a gweld nad oedd y bysedd yn troi er i mi ei weindio. Ar ôl hynny, penderfynais ei bod yn well anwybyddu amser a chanolbwyntio ar fforio ymlaen. Roedd fy nhraed yn brifo a chyhyrau fy ysgwyddau'n llosgi. Rhedai dagrau i lawr fy ngruddiau wrth i mi ymlafnio yn erbyn y storm dywod.

Ar ôl oes, penderfynais orwedd yn lled-gysgod un o'r meini colosaidd a cheisio gorffwys, er mor amhosib y swniai hynny. Nid oedd bwyd na diod gennyf; byddwn wedi talu fy nghyfoeth i gyd er mwyn gwlychu fy ngheg â gwin coch. Ymdrechais i gysgu, er nad oeddwn yn disgwyl i gwsg ddod ag unrhyw heddwch i mi ychwaith. Lapiais fy nghôt o'm cwmpas a chau fy llygaid. Dirgrynai'r graig oddi tanaf bob hanner munud wrth i daran arall chwalu ar draws yr anialwch. Ceisiais arafu curiad fy nghalon a thawelu fy enaid fymryn, ond y cwbl a glywn oedd y storm yn chwythu – a'r llais cwynfanllyd yn griddfan rywle yn ei chanol.

O'r diwedd, llusgais fy hun ar fy nhraed a bwrw ymlaen. Ni wyddwn a oeddwn i'n mynd y ffordd iawn, dim ond mod i'n weddol ffyddiog nad oeddwn i'n mynd y ffordd y deuthum.

Allwn i ddim gweld yr un adyn byw. Dim ond y meini mawrion, y tywod a'r mellt. Parai hynny ofid i mi, ond ystyriais na fyddai pobl yn byw ar yr wyneb mewn lle fel hyn, nid tra bod y tywydd mor filain. Rhaid felly bod ganddynt gartrefi cysgodol, oddi tan y ddaear efallai. Cadwais lygad am dystiolaeth o hynny, am ddrysau, am olion. Am unrhyw beth.

Ar ôl cerdded drwy fwlch rhwng dwy garreg fawr a oedd yn ymestyn ddwsinau o lathenni tua'r nefoedd, cyrhaeddais dir mwy gwastad. Roedd meini yma hefyd, ond edrychent fel colofnau, neu waelodion colofnau, yn codi yma ac acw fel bysedd allan o'r tywod. Cyffyrddais un ohonynt. Teimlai'r graig yn llyfn, bron yn feddal. Roedd marciau ar y golofn; ôl ysgafn ond diamau oedd yn dangos i offer fod ar waith yn naddu'r meini hyn i'w siâp. Ni allai fy ymennydd ymdopi â maint y creigiau. Roedd pob bloc mor fawr â thŷ. Allwn i ddim dychmygu ymdrech yr adeiladwyr wrth ffurfio a chodi'r cerrig anferth i'w safleoedd. Roeddent yn fy atgoffa o feini Côr y Cewri yng Nghaersallog – euthum yno, unwaith – ond bod y rhain yn gymaint mwy.

Rhedodd ias drwof. Trois a phwyso'n flinedig yn erbyn un o'r colofnau. Pwy a'u hadeiladodd? A ble oedd yr adeiladwyr?

Megis ateb, clywais sŵn gerllaw. Rhewais. Sŵn rhygnu ydoedd; crafu, fel cannoedd o ewinedd yn rhwygo papur. Allwn i weld dim, ond swniai fel pe bai'r crafu'n dod o rywle y tu hwnt i'r golofn roeddwn i'n pwyso yn ei herbyn. Er bod llwch yn chwythu i mewn i fy llygaid nid oeddwn yn meiddio cau fy amrannau. Ewyllysiais fy nwylo i beidio â chrynu.

Roedd y sŵn yn perthyn i rywbeth byw. Allwn i ddim clywed anadlu ond deuai hisian main o ochr draw'r golofn, megis neidr, yn cyd-fynd â'r sŵn crafu.

Yna dechreuodd tarddiad y sŵn symud yn araf i fyny, fel pe bai beth bynnag oedd yno yn dringo'r golofn.

Clic. Clic. Clic.

Roedd y peth yn tapio ar y maen yn rhythmig, y dirgryniad yn gwefru i mewn i fy nghorff.

Nid oedd modd i mi ymdopi mwyach. Rhedais, dwndwr fy nghalon yn boddi pob sain arall. Bwriais yn fy mlaen gan blygu o dan garreg wedi hanner dymchwel, a gadael y lle gyda'r colofnau, yn cropian ac yn bustachu er mwyn cael dianc. Drwy wyrth llwyddais i gadw fy ngafael ar y Ddasgubell Rodd.

Roedd hi'n sbel cyn i mi fod yn ddigon dewr i edrych yn ôl. Welwn i ddim byd byw yn fy nilyn. Gorweddais yn swp chwyslyd ar y llawr. Gwrandewais yn astud, ond nid oedd synau'r crafu na'r hisian na'r tapio i'w clywed mwyach. Sylwais fod y crio dolefus wedi distewi hefyd. Dim ond rhu'r taranau a'r gwynt oedd i'w clywed.

Wyddwn i ddim beth oedd y creadur hwnnw, os mai creadur oedd o. Nid oedd arnaf *eisiau* gwybod. Ond o leiaf nawr roeddwn i'n gwybod nad oeddwn i ar fy mhen fy hun.

Ymlaen â mi, ond yn fwy gwyliadwrus na chynt. Teimlwn fel pe bawn i'n dringo'n araf, y tir oddi tanaf yn esgyn yn raddol. Meddyliais mod i'n gallu gweld mynyddoedd pellennig yn cuddio yn y storm, eu copâu fel llafnau du.

Deallwn nawr pam roedd Iolo Morganwg ac Iorwerth ab Owain wedi cael eu harswydo gymaint gan y lle hwn. Ble bynnag ydoedd, roedd yn wahanol i unrhyw fan arall ar wyneb y ddaear. Roedd yn beryglus hefyd – awgrymodd Iorwerth ei fod wedi cael trafferth anadlu yma, ac yn wir, roedd fy ysgyfaint yn llosgi gyda phob gwynt a gymerwn. Aeth fy meddwl hefyd at afiechyd Iolo a'r ffisig roedd yn ei gymryd er mwyn ymdopi ag o. Hwyrach bod gwenwyn yn aer y lle hwn a fyddai'n ddigon i lethu dyn meidrol, ond ei fod yn methu â'm dinistrio innau. A oedd Abred yn gwneud ei orau i'm lladd?

Wrth ddringo'r llethr gwelwn beth a edrychai fel twr anferth ar ben y bryn. Ymestynnai ei binacl tua dau gan troedfedd i'r awyr a mesurai ei sylfeini o leiaf hanner can troedfedd o un ochr i'r llall. Nid oedd ffenestri ganddo, ond yr hyn a roddodd yr argraff i mi mai twr ydoedd, yn hytrach na ffurfiant naturiol, oedd pa mor gwbl esmwyth a chrwn oedd ei ochrau. Wrth i mi nesáu teimlwn yn fwy hyderus fyth mai adeiladwaith pwrpasol oedd hwn, gan i mi sylwi ar siapiau wedi eu naddu i'r graig.

Nawr mod i wrth waelod y twr, cefais y bendro wrth werthfawrogi mor enfawr ydoedd. Hwyrach mai cryfder y gwynt oedd ar fai, ond ofnwn fod y peth ar fin dymchwel i lawr ar fy mhen, ac roedd yn rhaid i mi eistedd am funud yn y llwch er mwyn dod ataf fy hun.

Yn y man edrychais yn fwy manwl ar y siapiau oedd wedi eu cerfio wrth droed y twr, yn rhannol er mwyn hoelio fy sylw ar rywbeth. Roedd tywod bron â'u gorchuddio, felly defnyddiais fy sgubell er mwyn eu clirio rywfaint. Gwelais mai symbolau oedd y siapiau, wedi eu trefnu, ymddengys, mewn rhesi yn rhedeg i fyny waliau'r twr. Ac roedd y symbolau'n gyfarwydd.

Edrychent fel llythrennau Coelbren Iolo Morganwg.

Llyncais, ond nid oedd poer ar ôl yn fy ngheg. Ai o'r fan hon roedd Iolo wedi dysgu am yr wyddor? Neu'r ffordd arall?

Roedd pob llythyren yn fawr, llathen o daldra o leiaf, ac wedi eu cerfio'n gelfydd ac yn ddwfn i mewn i'r graig. Serch hynny roedd ôl tywydd ar yr hyn oedd wedi ei naddu yma, a llawer o'r symbolau yn annelwig bellach. Yma ac acw roedd talpiau o waliau'r twr wedi syrthio ymaith gan adael tyllau, ond roeddent yn rhy bell i fyny i mi allu dweud a oedd unrhyw beth y tu mewn i'r twr.

Gostegodd y gwynt fymryn bryd hynny, neu efallai iddo newid cyfeiriad. Rhoddodd hyn ennyd i mi allu gweld mwy o'r byd o'm cwmpas o ble y safwn ar gopa'r bryn. Yn ymestyn i bob cyfeiriad gwelais ddwsinau a dwsinau o'r un talpiau anferth o graig ac ambell golofn yn gwthio'i phen allan o'r storm; ymddangosai'r colofnau hynny mor fach nawr. Cefais gadarnhad bod mynyddoedd tal ar y gorwel ble bynnag yr edrychwn, ond bod ambell gopa yn uwch na'i gilydd.

Beth welais i hefyd oedd bod twr arall fel yr un hwn yn y pellter ar fy ochr chwith. Pa mor bell, allwn i ddim dweud oherwydd aruthredd ei faint, ond tybiais ei fod filltir neu ddwy i ffwrdd. Wrth droi yn fy ôl gwelais dŵr arall o'r un math, eto ddwy filltir i ffwrdd, ond bod hwn yn fwy o faint na'r lleill, yn codi efallai bum can troedfedd i fyny tua'r mellt. Er mawr ofid i mi, sylwais fod pen y twr hwnnw yn plygu i un ochr yn agos at ei frig, fel pe bai ar fin syrthio. Teimlais yn ddiolchgar nad wrth waelod *hwnnw* roeddwn i wedi dewis gorffwys!

Er mod i wedi dod i Abred gyda thinc o gyffro yn cyd-fynd â'm braw, erbyn hyn roedd y cyffro wedi diferu ohonof ac roedd anobaith yn cymryd ei le. Nid oedd y lle hwn yn cynnig dim byd ond llwch a chreigiau i mi. Ble roedd dilynwyr Mathonwy? Ble roedd fy atebion?

Cododd y gwynt eto gan chwythu cawod o lwch i fy llygaid. Roedd yn rhaid i mi gael hyd i loches; ofnais y byddwn i'n cael fy nghladdu o dan y tywod fel arall. Hefyd roedd copa'r bryn yn gul – gyda sawdl y twr yn gorchuddio'r rhan fwyaf ohono – ac roeddwn i'n dechrau pryderu y cawn fy chwythu oddi ar ei ochr os nad oeddwn i'n ofalus. Nid ofni cael fy anafu oeddwn i, mewn gwirionedd, ond ofni cael fy nhaflu i bydew du nad oedd modd dringo ohono.

Llwybreiddiais felly o amgylch cylchedd y twr yn araf, y

gwynt at fy nghefn, gan ddefnyddio fy llaw rydd er mwyn peidio syrthio oddi ar ochr dibyn anweledig. Roeddwn i'n chwilio, am wn i, am ddrws a ddarparai fynediad i du mewn y tŵr, neu, os nad hynny, am gilfach neu ogof y gallwn guddio ynddi rhag rhyferthwy'r tywydd.

Wedi sawl munud o symud pwyllog, brawychus, cyrhaeddais ochr arall y tŵr. Nid oedd cysgod yma rhag y tywydd, fel y cyfryw, ond roedd hi ychydig yn fwy goddefadwy. Cymerais ennyd i gael fy ngwynt ataf.

Wrth edrych allan dros y tirwedd o'r ochr hon i'r bryn gwelwn fwy o'r un peth, sef milltiroedd aneirif o dywod a meini ar wasgar. Tynnodd, fodd bynnag, un nodwedd fy sylw, gan fod ei faint yn fwy colosaidd hyd yn oed na'r tri thŵr. Roedd y gwrthrych hwn nifer o filltiroedd yn y pellter ac roedd siâp hynod o od ganddo – yn drionglog fel pyramid ond gyda chwyddiadau enfawr yn dod allan o'i ochrau. Roedd wedi ei hanner claddu yn y tywod ac ni allwn ei weld yn eglur. Roedd rhywbeth amdano a wnâi i mi deimlo'n anghynnes, felly trois oddi wrtho.

Dyna pryd y gwelais i'r cysgod yn symud tuag ataf, ond yn rhy hwyr i mi allu ymateb. Trawodd rhywbeth mawr, trwm yn fy erbyn ac yna roeddwn i'n syrthio – syrthio dros ochr y dibyn i mewn i gorn gwddf y storm.

VII

Chwalodd fy nghorff yn erbyn sawl craig finiog wrth i mi ddisgyn, pob un yn anfon llafn o boen drwof. Trewais y llawr ar y gwaelod gyda'r fath nerth nes i fy mhenglog ddirgrynu.

Gorweddais yno – ble bynnag roeddwn i – am gyfnod, mewn poen. Nid oeddwn wedi fy niweidio'n gorfforol, wrth reswm, ond roedd fy anadl wedi fy ngadael ac roedd fy nghymalau mewn artaith o boen. Ceisiais agor fy llygaid ond roedd haen o dywod arnynt. Rhwbiais fy amrannau â llawes fy nghôt ond dim ond gwaethygu pethau wnaeth hynny. Codais ar fy nhraed yn chwil a chymryd cwpwl o gamau ymlaen, er mwyn cael hyd i rywle cysgodol.

Euthum i ddim yn bell. Yn sydyn, gafaelodd rhywbeth yn dynn yn fy nghoes gan wneud i mi faglu. Straffaglais i geisio rhyddhau fy hun, ond yna roeddwn i'n cael fy nghodi oddi ar y llawr a'm hyrddio'n galed yn erbyn wal o graig. Cleciodd fy mhen yn erbyn y garreg gan beri i olau poenus fflachio yn fy llygaid. Chwifiais y Ddasgubell Rodd yn ddall o fy mlaen er mwyn ceisio gwthio ymaith beth bynnag oedd yn ymosod arnaf; mi gyffyrddodd â rhywbeth solet. Llaciwyd rhywfaint ar y gafael arnaf oherwydd hynny, a chymerais y cyfle i sgrialu fel cranc er mwyn dianc. Wrth wneud hynny, llwyddais i gael gwared ar ddigon o dywod o fy llygaid i allu hanner gweld, ac wedyn mi wneuthum y camgymeriad o edrych yn ôl ar fy ymosodwr.

Y mae mwy o bethau yn y nef a'r ddaear, meddai Hamlet wrth ei gyfaill, nag y gall dy athroniaeth di eu hamgyffred.

Dyma oedd un o'r rheiny.

Mae'r olwg gyntaf honno o'r Creadur wedi ei llosgi ar fy ymennydd. Mi ddylwn ei ddisgrifio nawr, er nad oes geiriau'n gwneud cyfiawnder ag o. Roedd lliw porffor i'w gnawd, ond ei fod yn edrych yn fwy fel cig sych na chnawd anifail byw. Roedd y Creadur yn fawr, o leiaf ddwywaith mor dal â mi, ac roedd ei gorff yn eithriadol o lydan. Nid oedd pen nac ysgwyddau amlwg ganddo, ond roedd tyfiant trionglog yn gwthio allan o ran uchaf y corff, ac yng nghrombil y tyfiant roedd hollt yn ffrwtian fel uwd trwchus. Allan o'r twll aflan hwnnw gwthiai hanner dwsin o dendriliau main, hir; pob un cyn hyblyged â chortyn ond yn finiog fel nodwydd. Symudai'r Creadur ar goesau hirion, tair ohonynt; pob coes mor drwchus â chyff coeden, eu pennau'n fflat fel morthwylion ond rywsut yn gallu glynu at y creigiau. Golygai hyn fod y Creadur yn gallu cerdded yn gyflym a bod y tirwedd ddim yn rhwystr o unrhyw fath iddo.

Sgrechiais, ond cipiodd y gwynt fy sgrech.

O'r Creadur daeth hisian – yr un sain a glywais wrth y colofnau yn gynharach – a oedd yn swnio fel sawl tegell yn berwi ar yr un pryd. Neidiodd y Creadur yn ei flaen, un o'r coesau mawr a nifer o'r tendriliau main yn ymestyn amdanaf ac yn clymu o gwmpas fy ngwddf a'm breichiau. Llusgodd fi tuag ato a synhwyrais ddrewdod y llysnafedd a oedd yn ewynnu allan o hollt ei safn. Teimlwn y tendriliau miniog yn brathu yn fy erbyn, a sylweddolais y byddent wedi hollti croen a chyhyrau unrhyw ddyn arferol yn syth bìn. Roedd cryfder eithriadol gan y Creadur ac nid oedd gennyf y nerth i ymladd yn ei erbyn. Ildiais mewn braw.

Llusgodd y Creadur fi ar ei ôl wrth iddo lamu o'r dibyn roedd wedi fy ngwthio iddo yn wreiddiol. Gafaelai ynof gyda'i dendriliau megis pryf cop yn lapio pryf; roedd fy wyneb yn cyffwrdd ei ystlys ac roedd y cnawd caled yn erchyll o boeth yn erbyn fy nhalcen. Roedd y Ddasgubell Rodd yn dal gennyf, ond rhoddai honno lai o hyder i mi bellach.

Roedd yn teimlo fel petaen ni'n hedfan, ond rydw i'n meddwl mai sboncio'n arswydus o un goes i'r llall roedd y Creadur, pob llam yn ein hyrddio'n uchel i'r awyr, gan ein cludo ar hyd y tir a thrwy'r storm o dywod. Ni wyddwn beth roedd yn bwriadu ei wneud â mi, ond pa ddewis oedd gennyf heblaw aros i weld?

Cariodd y Creadur fi allan o'r storm. Ni allwn ddweud pa mor bell o'r tŵr mawr hwnnw oedden ni erbyn hyn, ond roedd y Creadur yn ddiflino. Roedd wedi dod â ni at ogof, neu dyna a feddyliais i ddechrau. Yn sicr, roedd nenfwd uwch fy mhen ac nid oedd y gwynt yn chwythu yma; ond heblaw am hynny allwn i ddim gweld llawer gan mod i'n dal ynghlwm yn ei dafodau, ac roedd y lle'n dywyll.

Aeth y Creadur drwy dwnnel, ei gorff yn cywasgu a lleihau er mwyn ffitio drwyddo, a rhygnodd fy ysgwyddau yn erbyn ochrau garw'r twnnel wrth iddynt ruthro heibio, gan rwygo fy nghôt. Ymdrechais i weiddi, ond roedd un o dendriliau'r Creadur wedi ei wthio rhwng fy ngwefusau gan wasgu fy nhafod i lawr, felly'r cyfan y gallwn ei wneud oedd griddfan. Byddwn i wedi wylo pe bai gwlybaniaeth ar ôl yn fy llygaid.

Gadawsom y twnnel a dyma'r Creadur yn fy ngollwng yn ddiseremoni ar lawr caled, llyfn. Llarpiais sawl cegaid o aer, hwnnw'n llosgi fy ysgyfaint fel calch byw. Ysgydwais fy mhen er mwyn i'm synhwyrau ddychwelyd.

Gwelais fod y Creadur wedi symud oddi wrthyf a'i fod nawr

wrth wal ar ben draw'r ogof roedden ni wedi ei chyrraedd. Na – wrth edrych o gwmpas gwelais nad ogof oedd hon, ond *ystafell*. Gallwn ddweud hynny oherwydd bod golau yma – golau pinc, oer – er nad oedd hi'n eglur o ble y deuai'r golau.

Roedd yr ystafell yn eang ac nid oedd siâp pendant iddi, ond roedd yn amlwg bod rhywun wedi *adeiladu*'r siambr a hynny gyda gofal. Roedd cerfiadau ar y waliau megis ffresgos, ac roedd colofnau crymion yn nadreddu'n gelfydd rhwng y llawr a'r to. Yna, wrth sefyll yn egwan, sylwais fod y llawr ei hun wedi ei addurno – yn lliwgar a gyda sbiralau a siapiau hynod drosto – a bod dodrefn o fath yn yr ystafell; blychau a phlinthiau wrth y waliau. Yr hyn a'm syfrdanodd fwyaf oedd nad oedd popeth yma wedi ei wneud o garreg. Gwelais bethau wedi eu ffurfio o wydr – a metel? – a deunyddiau eraill nad oeddwn i'n eu hadnabod.

Safai'r Creadur nawr gan gyffwrdd rhai o'r gwrthrychau hyn gyda'i goesau a'i dendriliau am yn ail, yn edrych fel pe bai'n gwthio neu'n tynnu liferau anweledig. Nid oedd bosib mai *peiriannau* oedd yn yr ystafell hon – nag oedd?

Daeth sŵn rhygnu swnllyd o'r llawr yn sydyn, a chefais fod y graig o dan fy nhraed yn gostwng – ond yn raddol. Gwaeddais mewn ofn a cheisio gafael mewn rhywbeth i'm rhwystro rhag syrthio i mewn i'r pydew oedd yn agor oddi tanaf, ond wrth wneud hynny llithrodd y sgubell o'm dwylo a disgynnodd. Roedd y llawr wedi gostwng i fod yn llethr serth a diflannodd y Ddasgubell Rodd i lawr hwnnw ac o'r golwg. Dilynais hi wedyn – pwniodd y Creadur fi gydag un o'i goesau fel mod i'n syrthio bendramwnwgl yn fy mlaen.

Llithrais i lawr y llethr mewn gwewyr, ond nid oedd y daith yn un hir – glaniais yn swp poenus ar ei waelod, ar ben y sgubell.

Pesychais wrth godi. Roedd y Creadur wedi fy nilyn gan raffu ei ffordd i lawr y llethr gyda'i goesau anferth. Wrth fy nghyrraedd mi hisiodd eto a chydio ynof gerfydd fy ngwar – nid oedd gennyf amser i ailafael yn y sgubell, felly gadewais honno ble y syrthiodd.

Roedd ein lleoliad newydd yn neuadd; dyna'r gair sydd yn ei ddisgrifio orau. Roedd yn aruthrol o faint gyda cholofnau metel yn dal y to i fyny. Llanwyd y rhan fwyaf o'r llawr a nifer o'r waliau gyda thalpiau sgleiniog wedi eu creu o wydr a rhyw ddeunydd arall. Roedd y llawr ar ongl ac yn arwain i lawr tuag at lecyn yng ngwaelod y neuadd – islaw ble y glaniais – mewn modd a oedd yn fy atgoffa o amffitheatr, un a fyddai'n dal miloedd ar filoedd o fodau dynol.

Roedd y Creadur yn fy llusgo nawr, yn fy nghludo tuag at y 'llwyfan', at ganolbwynt y neuadd. Uwchben hwnnw roedd agoriad yn y to ble y gallwn weld yr awyr waedlyd a'r mellt yn ei byseddu – ond ni allwn glywed y storm a thybiwn fod haen o wydr yn ein gwahanu oddi wrth y tywydd.

Wrth i mi basio'r blychau od hynny a oedd yn frith ar hyd y neuadd, gwelais fod pethau y tu mewn i lawer ohonynt. Nid oedd y gwrthrychau hynny wedi eu gosod yn ddestlus, ond edrychent yn fwy fel pentyrrau o ysbwriel. Ceisiais graffu'n fwy gofalus arnynt wrth fynd heibio.

Rhuthrodd ias drwy fy nghalon wrth i mi sylweddoli mai *cyrff* oedd yn y blychau. Roeddent wedi ymgaregu a throi'n wyn-goch, ond yn ddi-os cyrff oedden nhw. Roeddwn i'n adnabod y torsos llydan a'r coesau heglog trwchus. Cyrff rhai eraill fel y Creadur oedd yma – *miloedd ohonynt…!*

Dyma ni'n cyrraedd y llwyfan. Gosodwyd fi yn ddidostur ar fy nghefn yng nghanol y platfform. Yna diflannodd y Creadur i rywle. Erbyn i mi godi – gan edrych yn wallgof o'm cwmpas am ffordd i ddianc – roedd wedi dychwelyd. Yn ei dendriliau roedd yn cario beth edrychai fel cist fawr. Gan fy anwybyddu, gosododd y gist ar y llawr ac agor y caead. Ohoni dyma fo'n tynnu sawl eitem sgleiniog.

Sylweddolais beth oedden nhw. Collais fy mhwyll yn llwyr.

Yr hyn roedd y Creadur yn gafael ynddo oedd nifer o gerrig o wahanol feintiau, pob un yn disgleirio gydag enfys o liwiau, y lliwiau'n gwneud i fy mhen droi.

Meini Mathonwy oedden nhw...

Parhaodd y Creadur i dynnu mwy a mwy o'r cerrig allan o'r gist. Dwsin, dau ddwsin, hanner cant. Gan hisian mewn brys – a chyffro? – pentyrrodd y meini o'i flaen. Ar yr un pryd, gydag un o'i goesau mawr, dechreuodd symud y cerrig a'u gosod mewn rhyw fath o batrwm o fy nghwmpas i.

Ceisiais redeg i ffwrdd, ond saethodd tendril o geg y Creadur a lapio o gwmpas fy mraich er mwyn fy nhynnu yn ôl at y llawr. Roeddwn i'n ddiymadferth, felly, wrth iddo osod y meini o'm hamgylch. Arswydais wrth feddwl beth oedd ei fwriad.

Safodd y Creadur uwch fy mhen, yntau hefyd y tu mewn i'r cylch o gerrig. Ymestynnodd ei hun ar bob un o'i dair coes nes ei fod yn cyrraedd ei lawn daldra. Meddyliais ei fod yn edrych tua'r ffenestr yn y nenfwd.

Yna gwnaeth y Creadur sŵn.

Roedd yn sain aflafar, erchyll, a dyna pryd y sylweddolais mai dyma'r un gri ag a glywais yn y goedwig tu draw i dŷ Iolo; yr un gri a glywodd yntau ac Iorwerth ab Owain hefyd flynyddoedd ynghynt, mae'n debyg. O fegin yng nghraidd ei gorff roedd y Creadur yn bloeddio gyda sawl llais ar yr un pryd, gan greu cord na ddylai'r un dyn ei glywed. Ond roedd sain yr alwad hon eto'n wahanol i'r un a glywais o'r blaen; nid yn wylofain, ond â goslef amgen. Nid oedd terfyn i'r alwad ychwaith – fel grŵn organ, mi barodd am funudau.

Roedd y gri yn diasbedain yn y neuadd. Allwn i ddim symud. Nid yn unig roedd ei lais – ei leisiau? – yn trywanu poenau enbyd yn fy mhen, ond teimlwn fod fy nghorff yn methu â symud, fel pe bai galwad y Creadur yn fy nghloi at y llawr. Gallwn weld y meini o'n cwmpas yn mynd yn fwy llachar, bron nad oedden nhw'n crynu.

Yna clywais lais Mathonwy.

Roedd fel ffrwydrad o sain a golau yn fy mhen. Roedd llais Mathonwy a llais y Creadur yn fy nghlustiau ar yr un pryd, y naill, meddyliais, yn galw ar y llall. Wrth iddyn nhw gymysgu, synhwyrais fod Mathonwy yn ffrydio i fy ymennydd. Teimlwn yn boeth, boeth ac roeddwn yn ubain mewn poen.

Uwch ein pennau gwelwn fod y mellt porffor yn wallgof, yn ffurfio cawell ar draws yr awyr. Cynyddodd galwad y Creadur ac ar yr un pryd roedd Mathonwy ynof. Gallwn glywed ei eiriau nawr, yn yr iaith annynol honno a glywais o enau'r Tad Garmon. Wyddwn i ddim beth oedd ystyr y geiriau, ond roedd ei wres yn llosgi drwy fy nghorff a gallwn ei deimlo'n tynnu'r bywyd oddi wrthyf. Nid oedd hyd yn oed fy anfarwoldeb yn mynd i fy achub rhag hyn. Roedd Mathonwy yn cymryd yn ôl yr hyn roedd wedi ei roi i mi.

Efallai, meddyliais, mai fel hyn y *dylai* pethau fod. Roeddwn i, wedi'r cyfan, wedi dyheu ers canrif am gael gwared ar y felltith. Gallwn aros fel hyn, anwybyddu'r boen a gadael i'r Hud Anfeidrol gymryd fy nghnawd. Byddwn yn feidrol eto. Byddwn yn gallu marw. Mi *fyddwn* i'n marw.

Er – pam y dylwn i adael i Mathonwy ennill eto?

Ai fel hyn, mewn neuadd wag y tu hwnt i lygaid dyn, y dylai Theophilus Cibber ddiweddu ei fywyd?

Nid fel hyn roedd fy stori'n mynd i orffen.

Er bod fy ngolwg yn niwlog, roeddwn yn dal i allu gweld y neuadd o'm cwmpas. Yn fwy na hynny, sylweddolais mod i'n gallu symud fy mreichiau fymryn. Wrth i mi arbrofi gyda hyn, gwelwn goesau'r Creadur yn llacio a'i gorff yn ymostwng megis mewn blinder. Hwyrach bod ymdrech ei ddefod yn ormod iddo; beth bynnag oedd y rheswm, cefais ddigon o fy nerth yn ôl i chwifio braich grynedig i un ochr, tuag at y cerrig disglair agosaf. Teimlais fy mysedd yn brwsio yn eu herbyn ac yn symud un neu ddwy allan o'u patrwm.

Lleihaodd y llosgi a'r lleisiau ynof yn syth. Nid oeddent wedi tewi'n gyfan gwbl, ond roedd yn ddigon o ymyriad i mi allu sgrialu fel cath i gythraul oddi wrth y Creadur – gan gnocio mwy o'r meini bychain o'r ffordd wrth i mi fynd. Roedd fy nghoesau eto'n wan ac ni allwn wneud mwy na llithro ar fy nhin i ffwrdd o'r llwyfan.

Rhuodd y Creadur – os mai rhu ydoedd; roedd yn gyfuniad o'r hisian a'r udo. Roedd ei dendriliau'n gwefru tuag ataf ac roedd ei holl gorff yn dirgrynu. Tybiais ei fod yn gandryll.

Symudodd yn erchyll tuag ataf. Roedd ganddo ddigon o egni i ymestyn un goes drwchus i fy mhwnio. Ond wrth iddo wneud hynny, a minnau'n bagio'n ôl yn orffwyll, symudodd fy llaw ar ddamwain i boced fy nghôt. Ynddi, heb fod yn ymwybodol o hynny, dyma fi'n adnabod teimlad y gwrthrych bychan oedd yno. A daeth syniad i fy mhen, yr unig syniad a allai fy achub yn yr ennyd honno.

Dyrnodd y Creadur y llawr wrth fy nhroed gyda phastwn ei goes, cyn llamu yn ei flaen er mwyn fy ngwasgu, ond roeddwn i eisoes yn estyn fy llaw ac yn agor fy mysedd. Dangosais yr hyn roeddwn i'n ei ddal i'r Creadur.

Stopiodd yntau'n stond.

Yng nghledr fy llaw roedd carreg fechan. Hwn oedd y maen a gefais oddi ar gorff Edmwnt Prys, a minnau wedi ei gadw yn fy mhoced ers hynny. Roedd yn sgleinio, er nad cymaint â'r lleill ar y llwyfan. Taerwn i mi weld y Creadur yn glafoeri hyd yn oed yn fwy nag arfer.

Bloeddiodd llais Mathonwy yn fy nghlustiau.

Yna hyrddiais y garreg mor galed ag y gallwn i ben draw'r neuadd. Hwyliodd drwy'r awyr. Symudodd y Creadur fel chwip ar ei hôl, hisian ynfyd yn llifo o'i hollt.

Roeddwn i wedi dyfalu'n gywir. Roedd y Creadur yn ysu am y cerrig hyn, y meini meteorig a oedd wedi cyrraedd ei bobl fel y cyrhaeddon nhw aelodau'r Urdd Goch, meini roedd wedi eu casglu a'u gwarchod – ac nid oedd am adael i hyd yn oed un bach arall lithro o'i afael.

Manteisiais ar fy nghyfle. Rhedais. Cythrais i fyny llawr cam yr amffitheatr, heibio i'r cyrff yn eu 'seddi', tuag at ble y daethom i mewn i'r neuadd. Roedd y llethr lle y llithrais i lawr yn rhy serth i mi ddringo'n ôl i fyny, ond gwelais y Ddasgubell Rodd yn gorwedd wrth ei droed. Fe'i codais a gafael yn dynn ynddi gan redeg yn fy mlaen.

Er nad oedd syniad gennyf ble roeddwn i'n mynd, gwelais agoriad twnnel yn nhop y neuadd, tu draw i'r llethr, felly plymiais i lawr hwnnw. Roedd y twnnel yn llydan ac uchel, yn amlwg wedi ei adeiladu gan – ac ar gyfer – creaduriaid estron Abred, ac roedd felly'n anodd i mi lwybreiddio drwyddo, ond roedd braw a dyfalbarhad wedi uno i roi egni newydd i mi. Fel fflamiau rhuthrais yn fy mlaen.

Clywais sŵn y tu ôl i mi. Roedd y Creadur yn dilyn…

Gwyrodd y twnnel at i fyny. Dilynais ei lwybr gan ddefnyddio fy llaw rydd i fustachu ymlaen. Roedd llais Mathonwy yn atsain yn fy mhen o hyd, yn ceisio dal gafael ynof, yn erfyn arnaf i droi'n ôl. Ond, gan grensian fy nannedd yn erbyn ei gilydd, fe'i hanwybyddais a symud, symud, symud.

Yna – golau. Roeddwn allan o'r twnnel ac ar blatfform llydan y tu allan. Berwai'r awyr stormus uwch fy mhen, y trydan yn dirgrynu yn yr aer. Gwelwn y byd yn gorwedd o fy mlaen; mae'n rhaid bod y Creadur wedi mynd â ni'n uwch nag oeddwn i'n ddisgwyl wrth fy nghludo i'w neuadd, gan fod y gwastatir ymhell oddi tanaf nawr. Roedd y gwynt yn hyrddio o'm cwmpas a'r tywod yn parhau i chwyrlïo, ond gallwn weld, yn y dyffryn wrth droed y mynydd roeddwn i arno, yr hyn a orweddai islaw – y gwrthrych colosaidd roeddwn i wedi ei weld o'r blaen, ond yn fwy gweladwy nawr. Talp anferthol o graig wedi ei naddu i siâp penodol iawn, bron fel pyramid. Roeddwn i'n ddigon agos nawr i allu dweud siâp *beth* oedd o…

Roedd arnaf eisiau sgrechian. Teimlais fy nghoesau'n dymchwel oddi tanaf, ond pwysais ar goes y Ddasgubell Rodd er mwyn cadw fy hun i fyny. Brathais fy ngwefus a llyncu'r sgrech, ond daeth dagrau i fy llygaid.

Pen oedd y garreg anferth islaw, neu y nesaf peth at ben roedd y Creadur yn berchen arno, canys *darn o gerflun oedd y graig* – cerflun o'r Creadur, neu un arall o'i rywogaeth. Y talpyn trionglog hwnnw… Pa mor fawr oedd y cerflun yn arfer bod, allwn i ond dychmygu. Beth arall oedd y tri thŵr enfawr a welais i o'r blaen, os nad gweddillion tair coes y cerflun? Pan oedd yn un darn, byddai'r ffigwr wedi ymestyn hanner milltir a mwy i'r awyr fel coloswa i herio'r duwiau. Ond nawr roedd yn ddarnau, wedi dymchwel yn deilchion. Dim byd ond adfail. Roedd Amser wedi ei drechu.

Dyna oedd wedi digwydd yma, felly, yn Abred, neu ble bynnag oeddwn i. Deallais bryd hynny. Un tro bu'n llawn o'r creaduriaid teircoes hyn, bodau deallus a chanddynt y medrusrwydd i adeiladu peiriannau a chartrefi a cherfluniau. Ond dechreuon nhw addoli Mathonwy, hwyrach ar ôl i gawod o sêr gwib syrthio ar eu tywod coch. Dim ond un Creadur oedd yn fyw ond dychmygais fod Abred yn arfer bod yn llawn ohonynt. Dros amser roedd eu temlau a'u delwau wedi dymchwel, a'r tywod wedi llyncu bron bob golwg bod eu hil wedi bodoli erioed. Roedden nhw eu hunain wedi marw – pawb ond un. Un Creadur a oedd wedi goroesi ac wedi bod yn galw ar bwy bynnag oedd yn gwrando, yn y gobaith y byddai rhywun yn ei ateb.

Rhywun y gallai wedyn ei aberthu i Mathonwy.

A pham? Efallai fod y Creadur yn dymuno gwneud hynny er mwyn cael mwy o nerth, er mwyn gorfoleddu ym mendithion Mathonwy.

Neu efallai mai dyna'r unig ddiben oedd ganddo ar ôl yn ei fywyd.

Clywais sŵn y tu ôl i mi. Gwyddwn fod y Creadur yno; roedd yn hisian ac roedd ei draed yn mynd *clic, clic, clic* yn erbyn y graig wrth iddo nesáu.

Ni throis i edrych arno. Gafaelais yn dynn yn y sgubell a thaflu fy hun oddi ar ochr y mynydd.

VIII

Roeddwn i mewn drama unwaith, flynyddoedd maith yn ôl. Yn ei golygfa olaf ceir geiriau gan Clytemnestra – Mrs Porter oedd yn y rôl – a arhosodd gyda mi byth wedyn. *Give me my peace again*, meddai, *or give me death, tho' death cannot relieve me.*

Tangnefedd. Distawrwydd. Dyna mae ar bawb ei eisiau yn y pen draw.

Ym mhumed act drama daw pob cymeriad at ddiwedd ei stori, er gwell neu er gwaeth. Ond dim ond i'r gynulleidfa mae'r cymeriadau'n stopio, oherwydd rydw i wastad wedi credu bod y cymeriadau'n parhau i fyw ar ôl cau'r llenni. Rydyn ni'r actorion wedi cael y fraint o fod yn lleisiau iddynt am ychydig oriau, ond, pan fo'r goleuadau'n cael eu diffodd a'r gynulleidfa wedi teithio adref, mae'r cymeriadau'n cael eu tangnefedd. Llonydd tan y tro nesaf.

Chefais i ddim hyd i'r hyn roeddwn i'n ei ddisgwyl yn Abred. Do, llwyddais i ddianc. Ar ôl syrthio cannoedd o droedfeddi oddi ar y clogwyn a bwrw'r llawr (cwymp a fyddai wedi dinistrio unrhyw ddyn arall), brysiais mor bell i ffwrdd o ffau'r Creadur ag oedd modd, heb wybod faint o amser a oedd gennyf tan y deuai o hyd i mi eto.

Mewn llecyn diarffordd a chysgodol, defnyddiais y

Ddasgubell Rodd i greu'r symbol eto yn y llawr, arwydd Awen, tair llinell â chylch o'u cwmpas: cylch cyfan y tro hwn, i gau'r drws yn glep ar Abred. Cofiaf fy mod wedi rhynnu wrth dynnu'r tair llinell, gan ystyried – wrth feddwl am y Creadur a'i fath – bod arwyddocâd iddynt nad oedd hyd yn oed Iolo'n ymwybodol ohono. Y munud y cwblheais y cylch, diflannodd tirwedd coch Abred, ac o fy mlaen safai adwy ddu gyda choed bob ochr iddi. Camais drwyddi a deuthum allan yn y llannerch dawel ar gyrion Llanmihangel y Twyn, yr awyr a sbeciai drwy'r brigau yn welw ac yn oer uwch fy mhen.

Brysiais o'r goedwig heb edrych yn fy ôl. Diau y bydd y llais cwynfanllyd i'w glywed yno ymysg y coed eto, maes o law.

Cyn mynd yno, tybiais mai rhan o'n byd ni oedd Abred, yn gilfan hudol neu'n isfyd megis Annwfn yn hen chwedlau'r Cymry. Ond wedi bod yno, ac wedi cofio geiriau'r hen ŵr yng Nghaergybi ganrif ynghynt – 'wyddoch chi fod rhai creigiau'n dod oddi fry?' – dechreuais feddwl am sut y gallasai seren wib lanio yn unrhyw le, ac nid dim ond ar dir ein planed ni…

Yn mhumed act pob drama ceir yr uchafbwynt, pan fo'r arwr yn cyflawni ei bwrpas ac yn gweld y byd – ei fyd o – am yr hyn ydi o. Daw wedyn y *dénouement*, yr ychydig eiriau ble mae'r cymeriadau'n datrys popeth ac yn cloi'r ddrama yn dwt.

Nid yw bywyd go-iawn yn dwt. Nid oes *dénouement*. Mae bywyd yn mynd yn ei flaen; yn fy achos i, mynd ymlaen am byth y mae.

Wn i ddim faint rydw i wedi llwyddo i'w ddatrys. Wedi dweud hynny, ar ôl i mi ddychwelyd o erchylltra Abred, daeth ambell beth yn gliriach i mi. Yn hynny o beth daeth fy stori i ben, neu'r stori *hon* beth bynnag.

Pan erfyniais ar Mathonwy i roi anfarwoldeb i mi (er na wyddwn i ar y pryd mai dyna roeddwn i'n ei wneud), roeddwn i'n ysu i gael fy enw'n atsain ar draws y canrifoedd. Nid oeddwn yn hapus oni bai fy mod ar y llwyfan yng nghanol bonllefau o gymeradwyaeth. Roedd arnaf eisiau i theatrau hyd ddiwedd amser fod yn llawn o bobl yn sibrwd wrth ei gilydd, 'Oedd, roedd hwn yn dda, ond ddim mor dda â Mr Cibber ers talwm – nawr *dyna* i chi actor!'

Ond yn Abred mi welais i'r gwirionedd. Mae pob enw'n cael ei golli. Mae popeth yn mynd yn angof, waeth pa mor galed rydyn ni'n ymdrechu i gofio. Efallai y cymerith flwyddyn, neu ganrif, neu fileniwm, neu gan mil mileniwm, ond yn y pen draw llwch yw popeth.

Felly y bu. Felly y bydd.

Yn y storm a suddodd y *Dublin Merchant*, dylwn i fod wedi marw. Yn lle hynny cefais fywyd estynedig – bywyd nad oeddwn i, credaf nawr, yn ei haeddu. Am ryw gyfnod yn fy ieuenctid, efallai, cefais lwyddiant yn y theatr, fy enw yn arobryn. Ond ymhell cyn 1758, llai a llai o bobl oedd yn malio am fy ffawd, llai a llai yn cofio pwy oeddwn i. Diflannodd Theophilus Cibber oes yn ôl. Dim ond ei gragen oedd yn cerdded o gwmpas wedyn.

Pe bawn i wedi sylweddoli hyn cyn i mi daro fy margen gyda Mathonwy, byddwn i wedi gwneud pethau'n wahanol. Byddwn i wedi gofyn am faddeuant Susannah; wedi mynd i chwilio am fy mhlant; wedi cymodi gyda fy nhad cyn ei farwolaeth...

Treuliais fy mywyd cyfan yn eiddigeddus o 'nhad – o'i allu, ei enwogrwydd, ei enw. Hwyrach iddo dreulio'i fywyd yn eiddigeddus o'i dad yntau yn yr un modd. Roedden ni'n debycach i'n gilydd nag yr oedd y naill na'r llall ohonom yn fodlon ei gydnabod, mi dybiaf. Roedd cymaint mwy y gallwn fod wedi ei ddysgu oddi wrtho.

Llithrodd yr holl gyfleoedd hynny rhwng fy mysedd. Roeddwn i'n rhy brysur yn y theatr. Wnes i erioed, mewn gwirionedd, adael y llwyfan.

Beth mae dyn yn ei wneud ag anfarwoldeb? Wn i ddim. Ers dros ddwy ganrif a hanner bellach, nid yw'r ateb wedi dod i mi.

Ond mae'n iawn. Nid oes angen ateb. Os ydw i'n treulio fy mywyd yn chwilio amdano, mi ddiweddaf fel Creadur Abred. Credaf ei fod o, fel y fi, wedi derbyn anfarwoldeb oddi wrth Mathonwy, mai dyna sut roedd o wedi goroesi tra bod ei holl rywogaeth wedi hen farw. Sawl oes oedd o wedi bod yno, yn galw am rywun i ddod ato? Am ba mor hir y bu ar ei ben ei hun – ac am ba mor hir y bydd?

Gwelais Elen un tro eto, yn Llundain yn 1949. Gadael y sinema oeddwn i pan welais hi ar draws y lôn. Sylwodd hi arnaf i ar yr un pryd. Trodd ar ei sawdl fel pe bai am fynd, ond arhosodd nes i mi ei chyrraedd.

'Helô, Elen,' meddwn i.

'Helô, Theophilus,' atebodd hithau. Roedd hi'n edrych yn union yr un fath â phan adawodd hi fi, ond bod golwg ychydig mwy pellennig yn ei llygaid.

'Sut wyt ti wedi bod?' gofynnais.

Cododd ei hysgwyddau. 'Dal i fynd,' meddai.

Aethom am baned o goffi mewn *milk bar* cyfagos. Dwedais

wrthi am yr hyn roeddwn i wedi bod yn ei wneud yn y blynyddoedd diweddar, ond wnes i ddim sôn gair am fy musnes gydag Abred a'r Ddasgubell Rodd (roedd honno mewn cuddfan ers tro). Sôn am bethau bychain wnes i, y pethau diflas mae pobl yn llenwi eu dyddiau â nhw. Roedd hi'n dda cael siarad gyda rhywun a oedd yn fy adnabod, ond eto, er bod Elen yn gwrtais ac yn nodio a gwenu, roedd hi'n anniddig rywsut. Gofynnais iddi beth oedd yn bod.

Amneidiodd â'i phen drwy'r ffenestr. 'Dwi'n dilyn rhywun.'

'Pwy?'

'Un ohonyn *nhw*. Mae'n flynyddoedd ers iddyn nhw fod yn Llundain, ond mae'n edrych fel tasen nhw'n ailffurfio yma.'

Nid oedd rhaid i mi ofyn at bwy roedd hi'n cyfeirio.

'Dwi bron â'u trechu nhw, Theophilus!' sibrydodd, ei llygaid yn edrych i rywle arall. 'Dim ond ychydig gamau eto ac fe fydda i'n cael gwared ohonyn nhw oddi ar wyneb y ddaear.'

Ddwedais i ddim byd, dim ond sipian fy mhaned yn araf. Syllodd Elen arnaf braidd yn ddig.

'Dwyt ti dal ddim moyn helpu, felly?' gofynnodd yn chwyrn.

Pwysais dros y bwrdd. 'Mi faswn i'n dy helpu hyd ddiwedd amser, Elen,' meddwn yn dyner, 'ond ddim efo hyn. Weithiau mae angen camu'n ôl.'

Gwgodd. 'Ond maen nhw ym *mhobman*!'

'Ydyn. Am y tro. Ond ddim am byth.'

Oedodd, cyn rhoi ei llaw yn sydyn ar fy llaw i. Teimlais wres ei chroen am y tro cyntaf ers canrif.

'Plis, Theophilus,' meddai.

Meddyliais beth fyddai'n digwydd pe na byddwn i'n tynnu fy llaw i ffwrdd. Pe bawn i'n ymroi i'n cyrch eto ac yn ymlid dilynwyr Mathonwy hyd y diwedd. Pe bawn i'n mynd tua'r machlud gyda hi.

'Na,' meddwn o'r diwedd. Edrychais arni, fy wyneb fel maen. Nid oedd arlliw o dristwch yn fy llais. 'Dos, felly. Gobeithio y cei di hyd i heddwch.'

Edrychodd Elen arnaf yn syn, cyn cochi – a sefyll. Cydiodd yn ei bag a cherdded allan o'r bar. Wnes i ddim ei gwylio hi'n mynd.

Roeddwn i wedi dangos iddi nad oedd ots gennyf ei cholli eilwaith, bod y tant olaf a'n cysylltai ni ein dau wedi ei dorri; dangos iddi fy mod i'n gwbl fodlon.

Ond dim ond actio oedd hynny.

EPILOG

Un min nos yn ddiweddar euthum i Covent Garden, nid nepell o ble y safai theatr Drury Lane gynt. Roedd 'Drury Lane' newydd yn bodoli ers sbel, ond nid oedd hwnnw erioed wedi gwneud yr un argraff arnaf â theatr fy mhrentisiaeth. Ar y noson honno roeddwn i'n pasio siop lyfrau fechan a oedd wedi digwydd aros ar agor yn hwyr ar gyfer lansiad rhyw lyfr, ac wrth weld golau yno dyma fi'n picio i mewn.

Roedd hi'n gynnes ac roedd arogl papur cyfarwydd, braf o'm cwmpas. Nodiodd y perchennog yn gyfeillgar arnaf i gan fy ngwahodd i sbrotian fel y mynnwn. Dynes yn ei chanol oed oedd hi ac roedd gwên groesawgar ganddi, felly arhosais i sgwrsio am funud. Roedd llwyddo i gael pytiau fel hyn o sgwrs, cyn i'r person ddechrau anghofio pwy oeddwn i a pham roedden ni'n siarad, yn rhywbeth roeddwn i'n dal i'w fwynhau.

Darganfyddais ei bod yn hoff o ddramâu ac wrthi'n gwneud doethuriaeth ar hanes theatrau'r ardal. Dwedais, gan geisio cuddio fy nghyffro, fod gennyf eithaf storfa o wybodaeth am hynny o beth, ac atebodd y byddai wrth ei bodd yn sgwrsio ymhellach am y peth. (Ni fyddai hi'n cofio'r addewid hwn o fewn chwarter awr, ond roedd yn braf ei chlywed yn ei ddweud serch hynny.)

Holais a oedd ganddi ddiddordeb mewn unrhyw ddramâu

neu actorion penodol. Atebodd mai theatr y ddeunawfed ganrif roedd ganddi fwyaf o ddiddordeb ynddi.

Heb feiddio anadlu, gofynnais, 'Ydach chi wedi dod ar draws actor o'r enw Theophilus Cibber?'

Meddyliodd am funud. Yna gwenodd a sythu ei sbectol. 'Do. Mae ambell gofnod ohono yn yr hen lyfrau. Mi fedra i gael hyd iddyn nhw os hoffech chi?'

Dychwelais y wên; allwn i ddim helpu gwneud hynny. 'Unrhyw actorion *eraill* mae gennych chi eich llygad arnyn nhw? David Garrick efallai?'

Crychodd ei thrwyn. 'O na, does dim diddordeb gen i ynddo fo. Sych braidd o actor oedd o, yntê? Mae'n hen bryd i ni ailedrych ar yr actorion hynny mae hanes wedi eu hesgeuluso, dych chi ddim yn cytuno?'

Oeddwn, roeddwn i'n cytuno, ond allwn i ddim mynegi hynny wrthi. Oherwydd roeddwn i'n chwerthin. Chwerthin go-iawn am y tro cyntaf ers canrifoedd. Chwerthin am fod y llenni'n dechrau agor ar fy nghyfer eto. Chwerthin nes bod yr hen esgyrn hyn yn crynu yn y gwyll.

NODYN HANESYDDOL

Ac eithrio ambell un, mae pob cymeriad sy'n cael ei enwi yn y nofel hon yn seiliedig ar berson go-iawn.[1] Fel arall, stori yw hi, a defnyddiais gryn dipyn o drwydded ddychmygol yr awdur wrth ei hysgrifennu.

Rydw i, hyd eithaf fy ngallu, wedi cyfleu manylion bywyd yr actor Theophilus Cibber (1703–58), hyd at y llongddrylliad ble y diflannodd, fwy neu lai fel y digwyddon nhw, er mai ffuglen yw'r naratif a'i gymeriadaeth. Nid oes tystiolaeth gadarn mai yn Ynys Môn yr aeth Mr Cibber ar fwrdd y *Dublin Merchant*,[2] ond heb os o Park-gate yng Nglannau Merswy y cychwynnodd siwrnai'r llong ac roedd y fordaith honno wastad yn stopio

---

1 Yn benodol, yr enwau (a'r cymeriadau) ffuglennol yn y nofel yw Elen, Edmwnt Prys, Iorwerth ab Owain, y Tad Garmon, y Tad Blwchfardd, a Siwsan a'r morynion eraill y mae Theophilus yn eu rhestru. Er eglurdeb, er fy mod wedi defnyddio enwau hanesyddol gywir ar gyfer gweddill y cymeriadau (neu ddim enw o gwbl), nid yw fy mhortread ohonynt o anghenraid yn cyfleu'r unigolyn go-iawn! Fel yr awgrymir ar un pwynt, mae'r Edmwnt Prys yn y stori yn honni ei fod yn ddisgynnydd i Edmwnt Prys Meirionnydd (1544–1623), bardd o bwys a wnaeth hefyd gydweithio â'r Esgob William Morgan wrth gyfieithu'r Beibl. Nid oes gennyf dystiolaeth, fodd bynnag, bod gan yr Edmwnt go-iawn ddisgynnydd a oedd yn aelod o'r Gwyneddigion yn niwedd y ddeunawfed ganrif.
2 Mae'r ffynonellau'n amrywio o ran enw'r llong y teithiodd Theophilus arni i Ddulyn, ond, o'r posibiliadau sydd ar gael, *Dublin Merchant* ddewisais i. Mae anghysondeb hefyd o ran dyddiad y llongddrylliad, ond roedd yn sicr rywbryd yn ystod tymor yr hydref 1758.

yng Nghaergybi cyn croesi'r môr at Iwerddon, felly mae'n berffaith bosib mai o'r man hwnnw yr hwyliodd Theophilus ar ei fordaith olaf. Adroddwyd yn y newyddion ar y pryd bod ei gas ffidil (anrheg iddo gan y cyfansoddwr Thomas Arne, ei frawd-yng-nghyfraith) wedi ei olchi ar draeth yn yr Alban yn dilyn y trasiedi; ni chafwyd hyd i'w gorff.

Mae tystiolaeth bod Theophilus wedi profi anlwc proffesiynol ym mlynyddoedd olaf ei fywyd, gan gynnwys un episod (nad yw'r cymeriad yn ei gydnabod yn y tudalennau hyn) pan wnaeth cynulleidfa, yn sgil sgandal ei achosion llys, daflu pethau ato tra'i fod yn perfformio, a hefyd ei berfformiad olaf erioed (o bosib), pan adroddodd brolog oportiwnistaidd er cof am ei ddiweddar dad fel rhan o gynhyrchiad di-nod na ddenodd gynulleidfa. Disgrifiwyd dull actio Theophilus gan Alexander Pope yn ystod ei fywyd fel 'un sydd yn gwthio ei hun yn llwyr i'ch wyneb'. Ychydig o sylw mae Theophilus Cibber yn ei gael yn y llyfrau hanes, hyd y gwelaf i, efallai am iddo fod, hyd yn oed yn ei gyfnod ei hun, yn actor traddodiadol a berffformiai mewn ffordd a oedd yn mynd allan o ffasiwn, gyda dulliau mwy 'realistig' fel rhai David Garrick yn fwy at ddant cynulleidfaoedd a chritigyddion. Er mai ffantasi lwyr yw'r holl bethau sy'n digwydd iddo yn y nofel hon ar ôl 1758 (gan gynnwys unrhyw gysylltiad â'r iaith Gymraeg), penderfynais roi mwy o gnawd yn y fan hon ar stori Theophilus yn fy ffordd fy hun.

Roedd Charlotte Charke / Charles Brown (plentyn ieuengaf Colley Cibber) hefyd yn bodoli, mae'n ymddangos i mi fel rhywun y gallem ei ddisgrifio heddiw fel *genderfluid* – yn cael ei (g)eni fel merch, yn byw cyfran helaeth o'i b/fywyd fel dyn, ond eto'n ysgrifennu ei hunangofiant fel menyw tua diwedd ei (h)oes. Mae'n anodd gwybod beth yn union oedd hunaniaeth ryweddol pobl o'r gorffennol (ac mae Charke/Brown yn nodi'n blaen yn ei hunangofiant nad oedd am ymhelaethu ar y pwnc); rydw i wedi defnyddio rhagenwau gwrywaidd ar gyfer y person hwn yn y nofel gan mai fel dyn y mae'r cymeriad yn ei gyfleu ei hun.

Mae Iolo Morganwg (Edward Williams) yn gymeriad llawer mwy enwog na Theophilus Cibber, er nad nofel am Iolo yw hon i fod. Dechreuodd fel cameo yn unig, gan fynnu mwy a mwy o le yn y stori; rhywbeth rydw i'n siŵr y byddai wedi ei ogleisio. Mae'r rhan fwyaf o'r wybodaeth rydw i'n ei rhoi amdano yn y nofel yn wir neu'n seiliedig ar wirionedd; mae ambell beth mae'n ei ddweud yn y deialog yn dyfynnu'n uniongyrchol o ysgrifennu Iolo ei hun. Mae 'Abred' yn enw sydd yn ymddangos yn ei waith droeon, ond yn hytrach na byd arall mae'n rhan o'i athroniaeth fetaffisegol gymhleth (yn fras, Abred yw'r cyflwr y mae person yn gorfod ei ddioddef cyn y gall gyrraedd heddwch Gwynfyd). Mae agweddau Iolo tuag at gaethwasiaeth, gan gynnwys (yn ôl ei honiad ei hun) y ffaith ei fod wedi gwrthod gwneud unrhyw arian o ystadau ei frodyr yn Jamaica, yn hanesyddol gywir, ac roedd daliadau gwleidyddol tra radicalaidd ganddo ar y cyfan (honnodd fod George Washington wedi tanysgrifio i un o'i lyfrau). Er iddo ddyfeisio cymaint o'r hyn a gyflwynodd fel y gwirionedd 'traddodiadol' am Gymru i'w gynulleidfaoedd – a hynny am resymau na fyddwn fyth yn debygol o'u deall – credaf fod rhai agweddau o fywyd a chymeriad Iolo sydd yn haeddu dyledus barch heddiw.

Roedd aelodaeth y Gwyneddigion yn yr 1790au yn cynnwys y dynion rydw i wedi eu disgrifio yma, er mai ffuglennol eto yw fy mhortread o bob un ohonynt. Er bod y Gwyneddigion wedi cynnal eu cyfarfodydd rheolaidd yn y Bull's Head, fel arall mae union gynnwys eu sesiynau wedi ei ddyfeisio gen i. Hoffwn ymddiheuro i stad William Owen Pughe am awgrymu bod unrhyw gymelliannau sinistr ganddo wrth gydweithio ag Iolo! Y ddau hyn a sawl un arall wnaeth lywio'r trefniadau ar gyfer seremoni gyntaf Gorsedd Beirdd Ynys Prydain ar Fryn y Briallu (Primrose Hill; mae ar ymyl gogleddol Regent's Park heddiw) ym Mehefin 1792. Mae fy nisgrifiad o'r hyn a ddigwyddodd yn y ddefod yn lled gywir, wedi ei seilio ar adroddiadau papur newydd y cyfnod, gan gynnwys y ffaith mai Iolo oedd, hyd y gwelaf, yr unig un a oedd yn Dderwydd (ac felly'n gwisgo gwyn) a'i fod wedi llefaru cerdd yn Saesneg (ei iaith gyntaf). Nid oedd y seremoni gyntaf honno mor hir ag rydw i'n ei disgrifio yma – cymerodd rhwng awr ac awr a hanner mewn gwirionedd – ac mae'n debyg bod llai o bobl yn bresennol nag yn fy fersiwn i. Bu'r seremoni Orseddol nesaf ym mis Medi yr un flwyddyn, ac i raddau rydw i wedi cyfuno'r ddau ddigwyddiad hwnnw mewn un. Nid ydw i'n gallu cael hyd i dystiolaeth bod y Beirdd yn gwisgo'u gynau seremonïol yn ystod y ddefod, ond roedd ysgrifau Iolo yn dweud mai gwyn oedd gwisg y Derwyddon a gwyrdd oedd gwisg yr Ofyddion, ac allaf i ddim dychmygu bod Bardd Morgannwg wedi gwrthod y cyfle i wisgo i fyny.

Mae'r holl actorion, dramodwyr a dramâu rydw i'n eu henwi yn y nofel yn rhai go-iawn, ond mae unrhyw feirniadaeth ohonynt yn dod yn llwyr o enau Theophilus Cibber ac nid yw'n cynrychioli barn bersonol yr awdur.

Cyflwynais yr ymgais hon i gystadleuaeth Gwobr Goffa Daniel Owen yn Eisteddfod Genedlaethol Wrecsam dan y ffugenw *Ozymandias*. Hwyrach y bydd y sawl sydd yn gyfarwydd â soned Percy Bysshe Shelley o'r un enw yn gallu adnabod dylanwad cynnwys ac ysbryd y gerdd honno ar uchafbwynt y nofel bresennol.

Mae'r nofel hon yn digwydd o fewn 'bydysawd' fy llyfrau eraill, er ei bod yn sefyll ar ei phen ei hun. Mae cysylltiad rhwng digwyddiadau *Anfarwol* a rhannau o *Pumed Gainc y Mabinogi* (Y Lolfa, 2022), os ydi'r darllenydd craff yn fodlon chwilio amdanyn nhw, yn enwedig yn y straeon 'Ar Allor Mathonwy' a 'Datganiad am Farwolaeth y Parchedig Dafydd Isherwood'.

Hoffwn ddiolch i bawb sydd wedi cynorthwyo wrth gael y nofel hon i ddwylo'r cyhoedd, gan gynnwys beirniaid y gystadleuaeth, wrth gwrs, a'r Eisteddfod, a hefyd i weithwyr gwasg y Lolfa. Diolch o galon i Meleri Wyn James a Huw Meirion Edwards am eu gwaith golygu craff. Diolch i bawb sydd wedi bod yn gefnogol o'm hysgrifennu hyd yn hyn, ac yn fwy na neb i fy rhieni, Gareth ac Eleri, i Seiriol fy mrawd, i Kelly, ac i Brython fy mab.

Holwch am bris argraffu!
www.ylolfa.com